はたちの時代

――60年代と私

重信房子

目次

第三部　実力闘争の時代

第四部　赤軍派の時代

第五部　パレスチナ連帯と赤軍派との乖離《かいり》の中で

第一部

はたちの時代

第一章　はたちの時代の前史

二〇歳《はたち》というと、私たちの世代では、ポール・ニザン『アデンアラビア』冒頭の一節が浮かびます。「ぼくは二〇歳だった。それが人生で最も美しいときだなんて誰にも言わせない」と。

二〇歳が人生で最も美しい時かどうかはわからないけど、人生のわかれ目や転機の時であったように思います。少なくとも私にとって。

だから「二〇歳の時代」を自ら描いてみることは、意味のあることだと思っています。当時、ほとんどの人がそうであったように私は父母の育んできた家族の中で育ち、またその延長のような学校や近所の小さな社会に棲みついていました。

その私は、高校を卒業して就職し社会の一員になった時、はじめて異質な価値観に直面しました。それが「世間」というものだと知った時、幻滅し、また、希望のよりどころとして、夜間大学の道をみつけました。

そのとき、私は一八歳でした。この時から、一九六五年に大学に入学し、新しい自分を信じ、夢をひらいていく、輝く時代は一九歳から二〇歳に始まります。

働きながら学ぶという決断。そして、大学での新しい人生。そこには、二〇歳の夢も正義もその可能性も掌の中にありました。サークル活動から、自治会活動、愛情や、学費闘争へ。誰にでもあった二〇歳の時代を語るところから、あの時の自分を捉え返してみたいと思います。

私のうまれてきた時代

私はちょうど「第二次大戦」の敗北のあとに生まれました。一九四五年九月二八日です。姉が私の誕生日の日の古い新聞を、コピーして送ってくれたことがありました。新聞の一面には、「天皇陛下 マッカーサー元帥と御会談」というもので、前日に天皇とマッカーサーの会談があり、その後の新しい日本のアメリカ支配を象徴するような記事が載っていました。

戦後の食料不足で、人々は配給制では足りず近郊農家に食料の買出しをして、命をつないでいました。父は退役軍人で、もとは教師のちょっとした知識を活かして、素人ながらパン屋を始め、戦後の我が家はスタートしたようです。食糧難の時代、イースト菌を手に入れ、パンを毎日作って売ると、飛ぶように売れたようです。世田谷の馬事公苑のすぐそばの家と、少し離れたボロ市通りにあった店を一つに統合しようと、父の決断で、家族は世田谷の玉電上町駅近くに引っ越しました。私が二歳〜三歳のころです。そこは大きな角地で、広い庭の一角に「日の出屋」という屋号の食料品店がスタートしました。

庭には、大きな白桃を毎年実らせる桃の木、数えきれない実をつける無花果があり、ブランコや木のぼりの毎日です。それに父が植えた葡萄棚や、柿、栗の木がありました。隣の家の少し高い石垣の境界にむかって広がるユキノシタの中には、大きな蝦蟇《がま》が住んでいました。子供心にも大きくて、じっとみつめる蝦蟇は家族の一員のように見えたものです。昆虫や蝦蟇や蛙、鼠《ねずみ》に蚯蚓《みみず》やおけら、蜘蛛《くも》や蟻地獄。それらは子供時代の楽しい遊び仲間でした。

日本は敗戦から復興へと、速い速度で進みはじめていました。近所の一段低い地の一角には、ひしめくように、黒いコールタールを塗った家が密集していて、そこは「朝鮮人部落」と呼ばれていました。その土地の話をする時に、大人たちは、声を潜めるのが不思議でしたが、私の父はそうではありませんでした。私は朝鮮部落の徳山さんや金さんの家に行っては、どぶろくを貰ったり、近所にたのまれて米を買ったり、おつかいもしました。

また、そこに我が家の商品を届けに行っては、めずらしくて、家の中をのぞき不思議な杏子《アンズ》の味の飴を貰ったりしたものです。大きくなって知ることですが、当時は朝鮮戦争が始まり、日本共産党が武装闘争を路線として、社会革命を求めていた時だったのでしょう。朝鮮人たちが鮮やかなチマチョゴリを着て行進すると、どの家も、「あぶない！」「こわいこわい！」と家の中に入る、そんな時代です。だから「日の出屋」が彼らと、地域の日本人とのやりとりの、つなぎの場だったようです。私の父が、ご近所からいろいろな相談事をうける、そのような役回りをしていたようです。

昔から我が家は、考えたことを家族で語り合います（父は一九〇三年の生まれです）。父方の祖父は元士族の漢学者で臨済宗の基礎となった「碧巌録」を訳した人だそうです。

しかし父にとっては厳しい人で、咳払いひとつ許さず、笑わないうちとけない人だったようです。友人が父親とねそべって話をしていたのは驚きで、うらやましかった、自分が親になったら、子供とうちとけて話すことの出来る家庭をつくろうと考えていたようです。父は大声をあげて叱ることは一度もありませんでした。静かに諄々《じゅんじゅん》と子供たちに諭す人です。

小さい頃から、何故、月は落ちないのか？　なぜ星は動くのか？　なぜ花は咲くときを知っているのか。あらゆることを子供たちは質問し、答えてくれる父を誇りにしていました。

私たち子供たちは、店番をしている父のまわりで、古事記や日本書紀、今昔物語や中国の様々な警句をきくのが楽しみでした。父は小さい時から、社会のあり方を子供と語り合うところがありました。父が民族運動にかかわっていたことを話してくれたのは、六七年一〇・八闘争の日です。それまでは詳しくは知りませんでしたが、静かで威厳のある人で、子供心に父を尊敬する気持ちがつよかったものです。

父はいつも、人間の価値はカネの多寡によって決まるものではないと語り人間の正義、世の中に尽くすことを教える人でした。そんな家族です。わたしは家族のこうした対話の中で育ちました。当時の私は、よく交番に花を届ける子供だったようです。おまわりさんが人々に尽くしていると子供心に感じたのでしょう。

朝鮮戦争後、特需で経済復興の足がかりを得た日本に、アメリカ文化生活のひとつ、スーパーマーケットが各地に出来はじめました。小さな規模のものでしたが、この大量仕入れによる安売りは、我が家のような小さな食料品店を直撃し、だんだん経営が成り立たなくなっていきました。ちょうど、父が癌の疑いで胃の摘出をおこない、結局店を閉めて借金を清算して、町田へと引越しました。私が中学の時代です。

その為に、大学を出て、小学校の先生になりたかった私は、商業高校に行って簿記や算盤のスキルを身につけて就職することが、その頃には当然のことと考えていました。

こうして、子供時代の夢の「小学校の先生になる」ことを捨てて、商業高校に行きました。中学時代まではは、たくさんの夢を描いていました。父の影響で、理科が大好きだった私は、小学校では生物・気象部、中学では化学部のクラブ活動にかかわっていました。

二つ違いの姉が、中学時代に生徒会長をしていて人気もあり、彼女が弁論大会や、スペリングコンテストなどで朝礼で表彰されるのを、恥ずかしく思いつつ影響もまた、受けてきました。詩や短編小説を書いたり、ほかには演劇部活動などです。私は弁論大会などは苦手で、避けていたのですが、「お姉さんも出来たのだから」とまわってくる役廻りを逃げまわったり、しぶしぶ引き受ける感じでした。

商業高校は何だか先がみえているようで、勉強もしなくなりました。中学のように夢を描いても実現するだけの財政的裏づけがないし……と。小説を書き、高校があった渋谷の街で遊び〝不良〟にもなりきれずに、その遊んだ時間の分、勉強してみたりという生活です。司書の先生から感想文を書くようにと言われて『橋のない川』を渡されて、読んだ時、不当な「宿命」ということに人間は尊厳をかけて闘うべきなのだ、と強く思い、そんな感想文を認《したた》めました。そして、その思いは常々の父の教えと強く結びつきました。それでも自分の今と、生き方がどう結びついているのか、わからない……。そんな思いの中にいました。

そして夏休み（六三年）には、茅誠司東京大学総長の提唱した「小さな親切運動」に共感し手伝わせてほしいと参加したり、「青年の主張（六三年秋）」の弁論大会に参加したり、何かをしたいけれど、何をしていいのかわからない、そんな高校時代を過ごしていました。

就職するということ　一九六四年——一八歳

高校三年生になると、就職にむけて、学校の体制や指導も重視されていきました。大学進学組はH組一クラスで、A〜G組までの四〇〇人位が自営業の子弟か就職試験を受けて職場を選び、巣立っていくことになります。昔、私たちの高校は男子校だったのですが、私の時代には共学で男女半分くらいずつだったと思います。そのうち四分の一くらいが自営業の家庭だったかも知れません。

都立一商は昔の東京府の時代の旧い商業高校で、進学する者は一橋や早大、明治などの商学部に多く、また自営業者の息子娘たちは算盤簿記を学んで、家業を継ぐ人も多くいます。算盤と簿記は三級の資格をとらないと卒業できません。就職は引く手あまたです。歴代の卒業生が職場で実績を残していて、真面目・勤勉と企業から求人が多いのです。当時は、一時期の証券・銀行ブームが引いて、製造業が一番人気でした。生産会社が高度成長の中で、増産増収で企業規模を拡大していく時期でした。高卒と大卒を、それぞれに企業現場では必要としていたようです。

三年生の二学期くらいから、求人票がボードに貼り出されます。会社名・規模・業種・求人数・給料・条件（算盤や簿記何級など資格技術や、容姿端麗とか背の高さ等まで）、試験の内容（筆記・知能テスト・面接等）などが書かれています。そのボードの中から、クラスの担任に希望を申し出て、成績と照らし合わせて、他のクラスの希望者と調整しながら、まず第一希望を確定していきます。そして、高校の推薦状とともに就職志願書を提出するのです。

私は、求人票の中で一番給料の良かったキッコーマン（当時の社名は野田醤油）か東洋レーヨンを、まず考えました。当時は銀行や証券会社が、その年の平均の給料を示すのですが、一万三五〇〇円くらいだったと思います。キッコーマンと東レは一万七五〇〇円で交通費なども支給・ボーナス三・五か月、など書かれていたと記憶しています。

当時はどこの会社でも学校からの推薦資格がとれる、と担任からも言われていたので、深く考えず、一年目の給料額がよいという理由で、キッコーマンへ願書を出すことにしました。条件には、今ならセクハラで告発されますが、「身長一五五㎝以上、容姿端麗」とありましたが、担当の先生が構うことないと無視していました。本社は千葉の野田にあり、日本橋小網町に東京出張所があって、仕事場はその日本橋ということでした。

就職試験は、もう忘れてしまいましたが、やはり商業簿記や算盤関連や基礎的な学科もあったと思います。その後、書類と学科審査で合格した者たちが、第二次の面接試験に再び行きます。私の高校では三人受けて一人が不合格となって、私ともう一人が面接試験に行きました。一人の不合格の人は、勉強もよく出来る人でしたが、多分、両親が健在でなく片親だった為に落とされたのだろうと、担任の先生が言っていました。当時は、両親がそろっているかどうかなど家庭環境のことも、うるさかったのです。

私たち高校生は、規則でストレートヘアでなければならないところ、前髪の先をふわっと高くする〝さか毛〟が流行っていて、昼休みや学校の帰りにはトイレの鏡の前で逆毛をたてて、お洒落したものです。就職試験の為の写真には、そんなことはしません。皆、髪をわざと、野暮ったく撫でつけた真面目な写真を貼って、提出します。それでも試験会場に行くと、就職の為にわざと野暮ったくしていても、あか抜けたお洒落を隠している人は、すぐにわかります。

大体そういう人同士は、目敏く、友人になるものです。でも、キッコーマンの合格者は、総じて真面目な人が多かったように思います。面接は数人ずつ、趣味とか我が社を選んだ理由を聞かれたと思います。

私の家はもと食料品店をやっていて、キッコーマン醤油も売っていたので親しみがあり、給料が一番高かったからと、答えました。そんなことで、スムーズにキッコーマンに合格して入社しました。同期入社は約二〇人くらいの高卒に、十人ほどの大卒の男たちでした。そして六四年、高校の卒業式を終えると、キッコーマンの会社はまず、数日の研修を千葉の野田で行いました。

研修では野田醤油の社史、工場の見学、新入社員の心構え、業界の現状などが教えられます。「修養団」から講師が来て、女性は男をたてて生きるとか、はじらいをもって振る舞い、笑顔もしとやかに、などという講義もありました。老男性講師の、婦女道みたいな話です。夜は研修所の和室に広々と、修学旅行のように布団を敷いて泊まったように思います。仲良くなった新入社員の他の高校から来た同年の仲間たちと、「婦女道にはまいったね」「あの話、古いわね」「今時、あんな話きく人いるのぉ?!」などと笑い合いました。また、私たちの背丈の二倍以上もあるもろみの大桶に落ちて死んだ人もいるとか、野田の地元の高校出身の人が語りだすと、ネズミの死骸があったとか、キャーワーと楽しく大騒ぎの話です。

最後の日に、この研修についての感想文を書かされました。数日して、確か入社式があったように思います。S人事課長から一人だけ呼ばれました。

「あの研修会なあ、『結構なお話でした』と、書かなかったのは君だけだよ」と言われてびっくり。え！みんな「古いわねえ、私たちにそんな話をしても意味がない」など言っていたのに……。と心の中で思いました。「君にとって本当のことでも、それを言って角を立てるのは、どうかな」とS人事課長は笑っていました。彼は訛りのつよい高卒のたたき上げで、停年間近の実直そうな人です。S課長はそのあと声をひそめるように、「テストによれば、君は創造的か社交的な仕事が合う。『受付』か『企画』を考えているが、受付や接客は好きかね?」と訊かれました。「いいえ、受付や接客よりも、何か業務をやってみたいです」とこたえました。呼び出されたのは私一人でした。

戻ると、「どうだった?」「何?」と、みんな興味津々で訊くのです。感想文の話をすると、「えー?!『古い』なんて書いたの」と、みんなどっと笑いました。そうか……思ったことを、そのまま言ってはいけないのか、遅ればせながら「世間」という現実に触れた思いでした。そして、すこし幻滅しました。

私だって、対立的に意見を批判として書いたわけではない。我が家でも和を大切にする方だし、そうして育ってきた。でも、自分の率直な考えをなぜ言ってはいけないのだろう。みんなも、なぜ言わないのだろう。この戸惑いが入社の第一歩になりました。

新入社員、大学をめざす

こうして、高卒の女性が、受付や庶務、電話交換手、売上業務管理、データ計算の業務課、キーパンチャーなどの、男性の補助的な役割の多い中で、出来たばかりの食品課に配属されました。ここも男性の補佐的な仕事でしたが、責任のある業務でした。

キッコーマンはアメリカに進出するための輸出課を持っていましたが、カリフォルニアを目指した輸出課を通して業務提携の出来たデルモンテ社と三井物産、それに博報堂が組んで、デルモンテ商品の日本上陸計画を始めました。このデルモンテの日本での販売の為につくられたのが、食品課でした。

デルモンテケチャップをどう売るか、デルモンテのトマトジュースをどう日本人に飲ませるか、それを企画宣伝・販売実績を上げて、フォローアップしていく為の新しい課として出来ていました。ようは、米企業の先兵です、今から考えると。そのため他の課と違って市場調査や宣伝企画、試食会のマーケット見学など博報堂などと協力して、やりがいのある仕事です。

課長はとっつきにくそうな、本当はやさしい慶応ボーイ。主任は企画力も能力もある早大卒、それに営業のエリートの大学卒の数人と高卒の人が営業、他に高卒の頭のよさそうな真面目な人が業務計算を仕切っていました。女性は、課全体を円滑にすすめる役処で、主任の秘書的な庶務役を、仕事の出来る女性が一人で取り仕切っていました。総勢十人の課です。私はそこに配属されて主任や女性の指示に従って、業務を行いはじめました。

デルモンテを売る為に、「ケチャップのラベルを送ってきてくれた人には、先着一万名様にシームレスストッキングを一足贈ります」などとキャンペーンを張り、売り上げを伸ばしていました。当時はまだうしろに縫い線が入ったものがほとんどで、シームレスストッキングは貴重品でした。販売環境を視察し、スーパーのディスプレイをチェックしたり、博報堂の持ってくるポスターやデザインに課の意見をまとめたりと、かなり楽しく仕事をしていました。

また、キッコーマンは「女性のたしなみ」を大切にする会社で、お茶とお花は五時の就業終了後、週一回、半ば義務的に講習を行っていました。もちろん無料です。「野田争議」として有名な労働争議が起きたことがあったとかで、以降はがっちりと会社の役に立つ組合がつくられ、そのもとに組合活動が行われていました。当時はそうした由来も知らず、労働者の権利、婦人の権利のための組合というので誘われて、顔を出していましたが、「茂木社長の配慮によってこんないい環境になった」というような話で、がっかりしました。それでも、野田本社にあった文芸サークルと交流して、『野田文学』に詩を書いたりしていました。

そんな時、食品課の高卒の男性が、中大の夜間大学に通っていることを知りました。業務課の女性が一人、法政大学の夜間に通っていることも知りました。この二人の話は、吃驚するほど嬉しいものでした。「夜間大学」！　世界への伝手のない我が家には、そんなことを教えてくれる人はいなかったし、知りませんでした。父は自分が大学に学んだ経験から、学問は社会で学ぶ方が良いと考える人だったので、大学入学の興味や知識もなかったのでしょう。絶対に大学に行こう！　二人の話を聞きながら、熱く決意しました。

そんな六四年の秋、突然、私は病気になってしまいました。通勤の途中で、お腹の激痛に襲われてしまって気を失いそうになり、小田急線の向ヶ丘遊園駅に途中下車して、駅の和室に連れ込まれました。町田の自宅からバスで小田急線の駅へ、そして町田から新宿へ。新宿から東京駅へ、東京駅の八重洲口からバスに乗って日本橋小網町へ、というのが私の通勤経路です。急いでも自宅から一時間四〇分ほどかかるのです。

その途中の向ケ丘遊園で降りざるを得なかったのでした。会社に電話を入れて、駅長室で休んでいるうちに痛みも治まったので、町田の自宅に戻って、自宅に近い町田中央病院に行きました。そのまま検査入院になりました。数日の検査の結果、どこも悪くないし、痛みもケロリととれてしまいました。

そこで退院の支度をして、お金の払い込みを母がやりながら「最後に何もないと思うが、産婦人科でちょっと診てもらいなさい」と医師に言われて、産婦人科で診察すると、ここで初めて、卵巣嚢腫《のうしゅ》だと診断されたのです。こぶしくらいの大きさの嚢腫があるので直ぐ手術しないと、いつ激痛に襲われるかわからないとのことでまた病室に戻って、今度は手術の体制となりました。この当時、日本中は東京オリンピックが始まる騒ぎの最中でした。

私はちょうど良いチャンスだと、問題集などを持ち込んで集中して受験勉強することにしました。手術して受験勉強に熱中していると、同部屋の患者のラジオからオリンピック中継が流れてきます。アベがマラソン一着になった中継やバレーボールの金メダルの応援など聞きながら、勉強を楽しんでいました。

私はオリンピックよりも、先生になれるという人生の、目標に向かって、自分のオリンピックを実現する！　と、気持ちは晴れ晴れしていました。九月生まれの私は十月十日からのオリンピックの時には、一九歳になっていました。自分の力で生きていくこと、一九歳の私は一歩踏み出す希望と喜びにあふれていました。

第二章　一九六五年 大学に入学した

一九六五年という時代の熱気

一九六四年十月のオリンピックを契機に様々に「戦後復興」から「繁栄の道」に進みはじめるスタートラインが一九六五年といえるでしょう。その社会的ひずみや矛盾が顕在化していきます。正義や真っ当な社会を求めて学生運動には闘う根拠がありました。

六四年に佐藤内閣が成立し、六五年六月に日韓基本条約が調印されます。この条約によって、これまでの国内の生活と生産に忙しかった企業は、海外に経済進出していく足がかりとします。アメリカを介した反共戦略のもとで、戦前のアジア侵略を清算し、アメリカの傘の下で協調することを示すものでした。米国の反共戦略の仲介と利害なしには、日韓条約は成立しなかったでしょう。

当時は衣食住において、一般国民は貧しい時代です。それでも、大学に行けるのがわずかな層だった時代から、このころには、無理してでも子供を大学に入学させて、将来の子の出世を夢見る庶民も多かったと思います。支配者の側では、新しい国づくりにふさわしい人材育成を「期待される人間像」で語り、文部行政にみあった産業に役立つ人材育成を考えています。国に奉仕する軍人から、会社に奉仕する人間づくりです。そして又、大学の経営を安定させるために、大学生の大量生産（マスプロ化）と授業料の値上げが頻発しはじめるのもこの年です。

そんな六五年の二月に、私はお茶の水の駿河台校舎で入学試験を受けました。一九歳の私は、一八歳まで町田から通っていた高校のあった、渋谷や新宿には馴染みがありました。東京駅から、日本橋の妙に静かな小網町や水天宮、人形町辺りのキッコーマンの職場の周りも馴染みがあります。でも、お茶の水は通勤電車で通ることがあっても、降りたことはありませんでした。

御茶ノ水駅の改札を出て、駿河台の大学へと願書を取りに足早に歩いたときにも、時間に追われている日々で、それ以外あまり印象はありませんでした。でも、歩道をはみ出すほどの学生たちが行き交い、昼間から、楽しそうに語り合って、そこここに一杯なのには、驚きました。学生街とは、こういうものかと。労働しなくても学べる人たちが多い街なのだなと、実感したものです。

他人のための正義に共感

当時の夜間大学は、ほとんどの受験生が入ることが出来たのではないかと思います。難しい問題が出題されたという記憶もないし、とても易しかったように思います。市販の入試問題集を解いては、当然受かるだろう思っていました。それでも合格発表の日、貼り出された受験番号を見た時は、ホッと嬉しかったものです。合格の番号を確認してから、父や母に、明治大学の夜間部に行くと告げました。

たしか受験票を見せて、入学金の払い込み用紙や学校案内など一式を受け取った日です。そのとき、机を出して明治大学のバッチを売っていました。私は小さな白いMを象った明大のバッチを買いました。大学生になれたこと、それは、これから先生になれることと同義語でもあり、誇らしかった思いが、それを買わせたのでしょう。

それから何日かして、入学金の払い込みに、再び大学に行きました。もう、入学式を間近にひかえていた頃だったと思います。少し寒さの残る御茶ノ水駅に降りて、人波の続く駿河台の方に向かって歩きました。すると、通りに面した大学院校舎の前にマットを敷いた上に、胡坐《あぐら》をかいたよれよれの服装に、髪のもじゃもじゃの男たちがいました。なにか異様でした。

そのうちの一人は、ハンドマイクで演説をしているのです。立て看板や旗がありました。「不当処分の上杉君の復学を勝ちとろう!」というようなことが立て看板に書かれていました。立ち止って読んでいると、不当処分について男たちは口々に説明し「一緒に座りませんか?」と私を誘いました。入学金と一緒に徴収される校舎などの「維持費」は任意であると情宣しただけで自治会の人が退学処分となり、その復学を求めているものでした。

自分のためではなく、次に入ってくる新入生たちの為に、維持費を払わなくてよいことを訴えて処分されるのはおかしい。他人のために尽くした人が処分されるなんて、不正義ではないか。彼らの言う通りだと思いました。そして誘われてそこに座りました。そんな風に知り合った人々が、文学部と政経学部自治会にいた反日共系の学生たちだったのです。

明治は当時、昼間部の自治会は、ずっと六〇年安保闘争の時代から反日共系の人々が担っており、夜間のⅡ部の全学自治会の学苑会は六〇年安保の後、それまでの反日共系から、日共系の人々に渡っていたようでした。学苑会の主流の日共系に属さない人々が、政経学部の自治会と文学部の自治会執行部の人々で、反日共系の人々の残された拠点だったのです。当時は、私は日共も反日共も知らないので、「人々の為に尽くした人が当局によって処分されるのは、おかしいではないか?」という素朴な考えから、この人々の話に共感を持ったに過ぎませんでした。(私が入学した後にこの復学闘争で処分は撤回されました。)

キッコーマンの仕事は、デルモンテの拡販が軌道に乗り出して忙しかったし、ちょうど、出来はじめたスーパーやデパートの食品売り場で、私もディスプレイしたりしていました。また、その調査にあちこち現場に出掛けたりと楽しかったのですが、一人だけ残業が出来ないのは心苦しいことでした。会社は将来を見越して、ワインを作って売るために私たちの食品課の隣に「キッコー食品」を新設しました。この「別の子会社」の形をとった「キッコー食品」は牧歌的でした。いつ出来るかなどわからないけどと、勝沼ワインの夢を語り合い、輸出課から天下ってきた「キッコー食品」のトップの外国滞在の長い石川部長から、大学行きを励まされたり、居心地は悪くありませんでした。会社もまた楽しく、生きがいの夢に向かって走り出していました。

マロニエ通り

二〇〇〇年のある日、降りたって歩いてみた御茶ノ水駅は、ちっとも昔と変わりありませんでした。駅のホームというのは、一番変らない記憶の地図の起点のようです。ホームに立ってみると、当時の方位や情景を、正確に思い出すことが出来ます。お茶の水の明大通りは昔の面影のまま、そこにありました。

六五年当時、職場の日本橋から東京駅八重洲口を通り抜けて、中央線で東京駅から高尾行きに乗ってお茶の水のホームに、いつも急ぎ足でした。御茶ノ水駅で降りて、階段を駆け上がり古い改札口を抜けると、すぐ活気のある大学の街。聖橋口は、中大の学生たちが溢れるのですが、明大の私たちは、反対の駿河台下に向かう出口です。この二つの出口の間は、ホームの長さに並行して、喫茶店・焼肉屋・楽器屋・画材店などが並び、その対面の駅前にはパチンコ屋や喫茶店が並んでいました。

駅から明大までの一〇〇メートル程の道は純喫茶とか、名曲喫茶と呼ばれた「丘」とか「ウィーン」と

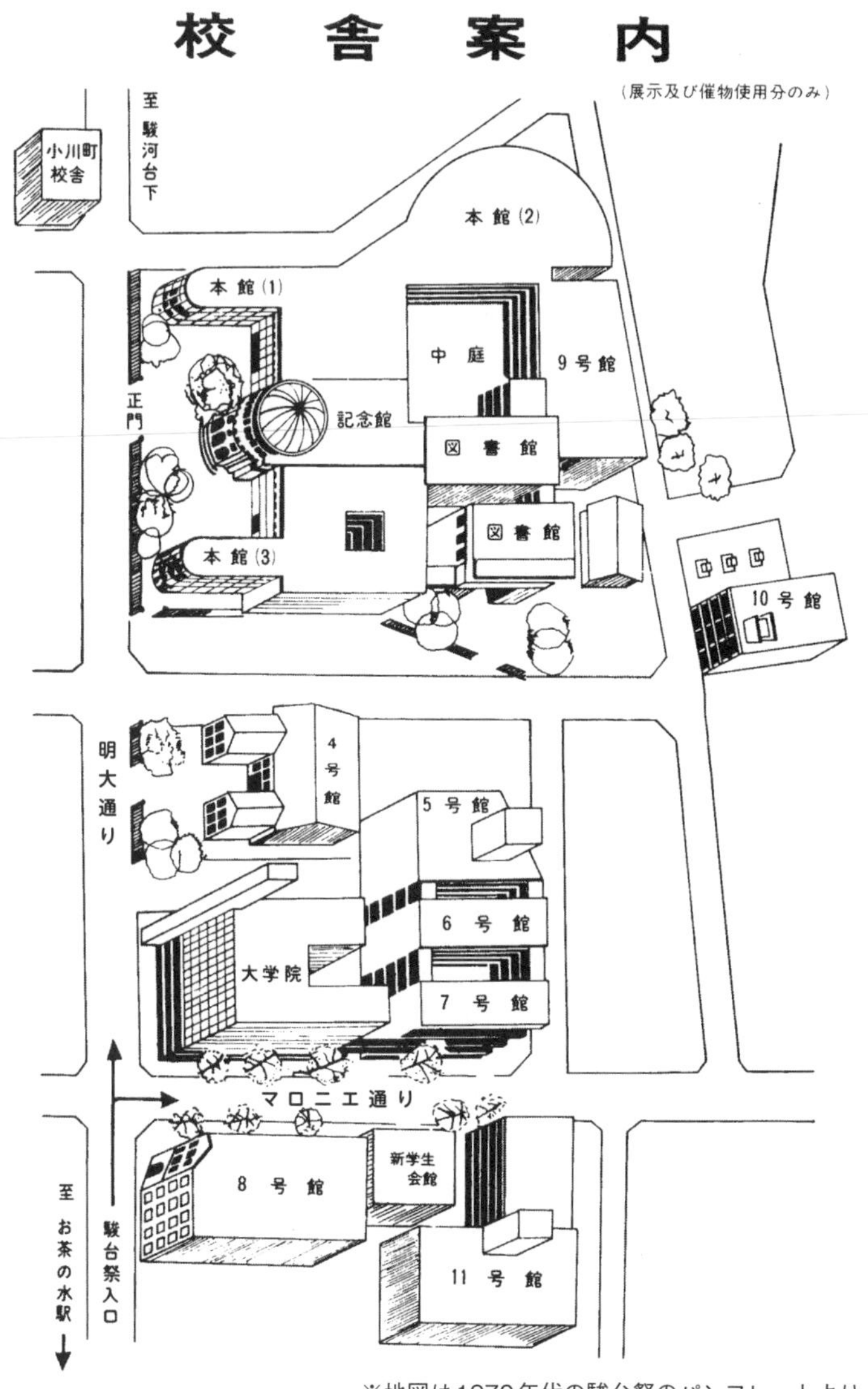

※地図は1970年代の駿台祭のパンフレットより

かが並び、マロニエ通りへと折れる角が、学生会館の旧館（八号館）です。旧館から駿河台下にむかう明大通りに面して、大学院や短大、本館と、ずっと明大の敷地が続いていました。マロニエ通りに折れると、大学院の裏は政経学部と文学部の校舎で、右手に新学生会館と商学部校舎がありました。左に折れると法学部の建物や山の上ホテルに続きます。法学部の校舎の坂道の下は錦華公園になっていて、神田古本祭りの賑やかな会場にもなります。

入学した当時は、五時に会社の勤務を終えると、すぐ大学へ急ぎます。文学部の掲示板で、今日の授業のプログラムを見ながら教室へと急いだものです。今日の仏語の授業は休講だとか、教室の変更とか、掲示板に貼り出されているからです。

新入生のオリエンテーションを受けた後、高校のようなクラス担任が居た記憶はないのですが、日本史専攻のクラスにはまとまりがありました。日本史専攻の先生が、当初はコンパにも来てくれました。入学式直後からクラスで自己紹介をし合い、世話役を決めて、コンパや飲み会もやったりして仲間意識が育ちました。夜間大学だったことは、今になってみれば、とても有意義な貴重な体験だったと思います。昼間は何をしていますか？　溶接工ですとか、郵便局員ですとか、自衛官や警察官もいました。公務員も多くいました。

地方から高卒で東京に就職してきた、向学心の強い村の優秀な青年たちの溜まり場でもありました。クラスで討論し、職場の苦労を語り、下宿や就職の世話をし合ったり、クラスやクラスを越えた友だちが、ひろがっていくようになりました。サークルも、同好の志の集まりで時間が限られている分、みな真剣です。

今の時代とちがって、政治的・社会的にも戦後の体制自体が安定しておらず、国民は衣食住において貧しかったし、今みたいに物が溢れてもいませんでした。まだ「正義」や「反体制」の主張が、六〇年安保闘争を経て、国の意見を二分するような勢いのある時代でした。

明治大学では、六〇年の日米安保条約改定に反対して、学長自身が、全学ストを呼びかけたそうです。正門をロックアウトし、紫紺の明大旗を掲げて校歌「おお明治〜」と、歌いながら数千の明大生が参加し、参加者の一部が国会に突入したのは有名な話です。国会へなだれ込む先頭に、夜学の紫紺の学苑会旗がなびいているのを毎日新聞映画ニュースで、六・一五記念の日に見たのは、入学してからでした。

六五年の一月に米軍による北爆が始まり、一挙にベトナム戦争反対と日韓条約反対の運動が盛り上がっていく国際的な時代の中にありました。加えて、学費値上げ反対闘争が既に慶応、早大で始まっており、反戦反米反基地闘争と重ねて、学生運動も又、ラディカルにならざるを得ない状況にありました。

こうした環境の中、日共系も反日共系もクラス討論に、授業前の教室に入れ替わり入ってきては、時事問題を語りビラを配っていました。クラスに入ってきてアジる反日共系の人は、大学院の前に座り込みをしていた人々でした。六〇年安保以来の生き残りの人々も居ます。このうち一部の人々は、田安門から入っていく皇居のなかにあった旧近衛兵の宿舎だった「東京学生会館」(東学館)を根城にしていました。今の武道館のあたりです。

皇居の堀の内側が、学生運動の拠点になっていたので、追い出そうと政府は画策していました。明大の学生たちも時々集まったり、学習会などをしていました。一度、一年生だった私たちは、この東学館の学習会に連れて行かれたことがありました。あまりの暗い雰囲気と希望のない顔つきのよれよれの人たちに、その雰囲気のまま一方的に話しまくられて、二度と行くまいと、クラスの友人と話したものです。

この人々が反日共系のML派とか中核派の人だったらしい。日共系の人々は、Ⅱ部の学生自治会の学苑会を牛耳っていて、ベトナム反戦や、日韓条約に反対する学苑会主催の行事に参加するようにと訴えていました。彼らは反日共系の人々と違って、身ぎれいにして、話し方もソフトだったのですが、私にはわざとらしく感じられました。

夜間の学生たちは午後五時三〇分に授業が始まり、九時五〇分くらいまで、三コマの授業を受けます。その後終電まで、思い思いに自治会やサークル活動で活気があります。教室の入れ替えの始まりに、反日共系の文学部自治会と日共系の全学自治会（学苑会）のビラや演説で、学生に語りかけオルグするのです。

ときどきは両者が教室に鉢合わせして、怒鳴りあいすることもあります。誰に頼まれたわけでもないのに、よくやるなあ……というのが、当初の私の感想でした。私は誘われたら、日共の友人にも反日共の友人にも顔を出すけれど、これといった熱意があったわけでもなかったのです。文学研究部に入って、詩や童話、小説を書いてみたいと思っていたので、なおさらです。四月の入学から夏の間は、キッコーマンの仕事のサイクルと大学のシステムを学び、何事にも興味津々に関わりました。ただ、先生になる！　先生に成れる！　と喜びで一杯だったのです。

私のはじめてのデモは、五月か六月、出来たばかりのベ平連の、米軍のベトナム侵略北爆に反対するデモでした。小田実さんのシュプレヒコールに合わせて、歩きながら芝公園に向かいました。この時、少し白髪の「おじさん」と、もう一人の人がデモで歩きながら、ちょうど私たちの隣にいました。私はクラスメートと二人で中ヒールにスーツのＯＬスタイルです。「どうして参加したの？」と話しかけてきました。私たちが、「デモは初めてです。今日デモがあるのを大学の掲示板で見ましたから」と言うと、私たちの横を歩きながら、ベトナム反戦の意義を語ってくれました。

私たちは初めてのデモが嬉しくて、ミーハーのノリでカメラも持っていました。芝公園まで行進した後で、そのおじさんと一緒の写真を撮りました。ずいぶん後になって、この「おじさん」が、いいだももさんと開高健さんだと、写真を持っていたので気付きました。初めてのデモはとても小さなものですが、達成感がありました。私たちはただ何キロか、みんなにくっついて歩いたに過ぎなかったのですが。

第三章　大学生活をたのしむ

創作活動の夢

大学に入って、私が当初もっとも興味を待ったのは、文学研究部と雄弁部でした。私自身高校時代には、文芸部で短篇小説や詩、作文などを書いていたし、キッコーマンに入社してからもその気持ちが残っていました。千葉の本社の文芸誌『野田文学』にも参加していたので、その延長上に文学研究部に興味をもっていました。

史学科なので小学校の先生か歴史の先生になり、歴史上の人物で悪者といわれている人々が実は、悪者ではなかったのではないか、とか、歴史の敗者を公正に浮かび上がらせるような小説を書いてみたい。そんな思いもあって、文学研究部略称「文研」に入りました。このサークルの人たちは、ほとんど進歩的ながらノンポリで、いわゆる日共・反日共の政治活動には興味を示さず、もっぱら、純文学中心の系譜のようでした。一九六〇年に倉橋由美子が『パルタイ』で、明治大学の学長賞を受賞し、その後、文芸誌に転載され、芥川賞候補になったことから、それに続こうとする気概があったし、かなりの書き手が何人もいるようでした。

明大には、本多秋五や舟橋聖一なども教授陣にいたし、近代文学の戦後の主体性論争とか「近代の超克」とか「文学における戦争責任」の講義や討論、小林秀雄論など、それぞれが分科会で、学習研究していました。各々が作品を書いては、その作品の合評を行い、また『駿台派』という文研の同人雑誌を発行していました。私は高校時代『橋のない川』を読んで、こんな世界が日本にあったのか……と差別問題に大きな驚きを受けて以来、高校では、差別とか人間の葛藤を子供の目線から、いくつか短編を書いてきていました。それで、そんな作品からまず書き始めてみたかったのですが、文研は、そういう児童文学の雰囲気はありませんでした。

そこで、当面は詩を書くことにしました。高校時代に、書いていた延長上のものですが、情念を言葉に置き換えてみたかったからです。後に六五年、明大新聞に一年生の時、短編で応募したこともありました。『くちなわの声』という小説です。本当にあった話ですが、日韓闘争のデモで、国会前に座り込んだ時のエピソードです。スクラムの隣にいたはずの友人が、機動隊のごぼう抜きの実力行使が直ぐそばに迫った時、いなくなってしまいました。のちに彼は被爆者で、白血病だと告白し、血が止らなかったらどうしようと、怖くなったと話をしてくれました。その時のことを書いたのです。

阿部知二教授（小説家で英文学者）から、なかなかいいから書き直して持ってくるようにと、幾つか指摘されましたが、そのままにしました。何かそこまで熱中して短編を書き上げる気持ちが失せてしまったようです。中途半端でした。

弁論をやってみる

もう一つは雄弁部でした。私は雄弁が好きだったわけではなかったのです。それでも小学校時代ラジオを聞きながら、好きだった秋山ちえ子さんみたいに、自分の考えを人に語れる人がいいなと思っていました。弁論で人が感動することにだんだん興味を持ちました。私が弁論をやるようになったのは、姉の影響です。高校になって一年生の時、弁論大会で「学生の特権について」の題で弁論大会のクラス代表の役を指名されてしまいました。姉に論旨を書いてもらい丸暗記して、優勝したことがありました。やりだしたらおもしろく、高校三年生の時、「青年の主張」にも参加しました。

その延長で、大学でも雄弁をやってみたいと思って部室を覗いてみました。ところがこの明大雄弁部は、「マッチョ」の溜り場のようなところでした。当時、何処の大学雄弁部も同じだったのですが、政治家を目指す人々の集まりのようでした。政治家になるための演説の弁論、しかもマイクを使わない地声の、明治時代の演説会を思わせるバンカラです。良く声が通るように発声練習などをしていて、女性の部員は一人も居なかったので、がっかりでした。しかし当時は、大学の弁論部は各大学、全国の弁論大会があるので、同期の交流もあります。各地の選挙運動に呼ばれるし、弁論部は引く手あまたのアルバイトの出来るところでもありました。

私は入学してすぐに、インド大使館主催のネール（ネルー）記念杯に応募しました。「論文審査を一番で通りました」といわれ、いい気になって弁論大会に臨みました。早大大隈講堂で決勝大会が六月頃行なわれました。会場一杯に、早大生を中心に人々は溢れかえっていました。しかしマイクのない旧来の雄弁方法の大会だったのです。私はマイクがないと遠くまで声が届きません。発声練習もしていないので、論旨はよくても、弁論では一番にはなれませんでした。私の弁論を野次った人が「野次賞」を獲りました。「ディスクジョッキーじゃないぞ!」という野次だったのを憶えています。

私がこのネール記念杯に参加したのは、優勝がインド招待だったので、インドに行ってみたいという思いからでした。ガンジーを読み〝非暴力の変革〟を貫いた姿勢に共感したために、その「非暴力による変革」を論旨としたものです。

当時は、大学弁論部には、東京でも女性がほとんどいなかったので、ネール杯以来あちこちから、何処で聞きつけたのか、明大雄弁部に、選挙のアルバイトが舞い込んできました。各地の選挙の為の〝ウグイス嬢〟とか〝女弁士〟のアルバイトです。私も神奈川・福島・町田など興味津々で、他の大学の雄弁部員と競い合って演説したものです。

高額(当時でも一日五千円から一万円位)で引き受けるのです。その候補者の取り柄や略歴を聞いて、それから演説用の短い論旨を三つか四つ練り上げて、候補者にくっついて車に乗ります。駅前とか団地で、車を停めて降りると、私たち弁士は数人のサクラの聴衆を始まりとして、より多くの聴衆を集める為に熱弁を振るうのです。準備した論旨を頭に叩き込んでいて、臨機応変に、幾つかのバージョンを切々と語り、そして、候補者を紹介します。

候補者をたてるのも、なかなか難しい。もうこれは望みないなどと判る場合でも、アルバイトの雄弁部の学生同士では、どっちの応援演説が聴衆を集めるかとか、どっちの話が団地の窓を多く開けさせるかとか、競い合うのです。夜、私たちの演説が始まると、明かりの点いた団地の窓が、がらりと開いて聞いてくれるのです。そのために、訓話とか、歴史話とか、聞き耳をたてたくなるように話を続け、最後に候補者を持ちあげて紹介します。私も早大や中大の雄弁部の弁士と、何度も団地の窓を開けさせる演説競争を楽しんだものでした。

そんなアルバイトは、私がキッコーマンを辞めてからでしたから、六六年くらいからだったと思います。六六年、二〇歳の時、町田で「私は二〇歳になりました。初めての選挙です。二〇歳の私の投票したい人を見てください」と友人の父親の応援演説をやっていました。

婚約

こうした活動を通して、六五年から六六年にかけて、私はある大学の友人と結婚しようと約束しました。外国に行っていた彼が帰国するのを、羽田で待っていたある日のことです。たまたま隣で雑談していた、地方から息子を迎えに出てきた田舎のおじさん風の紳士が偶然、彼の父親だったのです。彼が通関して来合わせて、父親と知ったのですが、父親は地方の自民党のボスでした。

その父親は私のことを、〝政治家の妻に相応しい。直ぐに手をつけろ。貧乏人でも素性はかまわん〟と言って、当時、定宿にしていたホテルに部屋をとったというのを、誠実な息子である彼から聞かされました。それを聞いて私は、無礼千万とカンカンに怒って帰ったのですが、それがまた、その自民党ボスの父に気に入られてしまったようでした。そんなことを経て、二人の間で婚約することにしました。

「世の中を良くしたい、日本を変えて、もっとよい社会にしたい」。それは、父と語り合った私の願いであり、また政治家を目指す彼とも、共通の願いでした。私にはまだ、変革の方法はあまり分からなかったし、左翼的に物事を考えていたわけではなかったのです。フィアンセと日本をより良くすることをお互いに語り合い、父親が来ると一緒に派閥のボスの屋敷に行ったこともありました。

学費闘争が六六年に始まると、だんだん「世の中を良くする」方法や実現の仕方において二人の間に、埋めがたい溝が出来たように感じました。私は自民党内の変革では貧しい人々は救われることはないと思いました。大学で先輩たちから習い始めた「階級」や「革命」をリアルに実感し始めていたのです。彼は寛大にも、私に自分の信ずる道をすすむことに賛成だと言いました。「でも日本は、暴力革命を受け付けないし、自民党の改革以外に、変化はあり得ない」と主張していました。彼は金持ちだったから、根源的な貧しさを分かっていないなあ、そんな思いで距離が出来ていくようになりました。婚約者と会う度に論争し、論争する度に、私はよりラディカルな革命こそ求められていると、思いを深くするようになりました。後に、こうして婚約を一方的に私の方は取り止めてしまいました。

彼は、「君が、今の左翼的やり方では、日本を良くすることは出来ないと考え直して、戻ってくるまで、待っているよ」と、笑っていました。

のちに彼は父親を継いで政治家になりました。二〇〇〇年に逮捕された時、何処で聞きつけたのか、検察官がある議員の名をあげて、婚約者だっただろう、と聞いてきました。とにかく雄弁部の世界は、政治家に繋がる世界で、それもまた当時の私にとっては楽しい世界でした。

デモに行く

文研と弁論、加えてクラス討論や夜学研のメンバー（夜学研というのは夜間大学の学生自治会の連合をめざし、働く学生たちの自治や改善、連帯の為の研究サークル）と社会や世界を語り大学の学問の自由や自治を語ることが、生きている実感のように楽しいものでした。

日韓条約反対のデモが激しくなり、文学部自治会に誘われて、国会に向けたデモにも参加しました。国会通用門のところに座り込み、国際学連の歌やインターナショナルやワルシャワ労働歌を歌いながら、お互いに地面に座ってスクラムを組んで、ごぼう抜きに抵抗していました。

「斎藤君！　都学連委員長の斎藤君、君たちの行為は違法です。直ちに解散しなさい。解散し、引き揚げない場合には、実力を行使します」

投光機が放射状にデモ隊を焦点に光を投げかけると、夕暮れの暗闇に浮かび上がった都学連委員長の斎藤克彦さん（明大・六六年初代再建全学連委員長）が、当時の公開録音のプロデューサーのように、右手を振り上げてまわし、抗議の仕草で合図をすると、何百人〜千人位の座り込みの学生部隊が呼応します。「ナンセーンス！　我々は闘うぞ！」と機動隊に向かって叫ぶのです。夜の真剣勝負は荘厳でした。その野外劇場のような情景に圧倒されます。

そのうちに、「これから君たちを排除します！」と、警察が宣言すると、座り込みの私達は、ぎゅっとスクラムを組んで互いに繋がっている隊列を、さらに強く握り合います。そこへ機動隊が、ゴボウ抜きのように引き剥がしながら排除していくのです。引き剥がすと二人の機動隊員が一人ひとりの両腕を捕って一〇〇メートルほど先の交差点の方に連行し、そこで放します。私たちはまた、知らない者たちとスクラムを組み反撃しようとしてデモの隊列を組む、というイタチごっこが続くのです。そんな風に、日韓条約批准の頃まで、盛んに闘ったものです。

当時は、捕まることは無かったし、指導者が捕まっても、数日で直ぐに出てきたものです。社会党・共産党・国鉄労働者・日教組など、大勢のデモが、国会での論戦とあわせて院外でも、盛んに繰り広げられていました。権力側も学生たちへの弾圧は、無茶は出来なかったのです。

初めての学生大会

入学後の六五年六月、明大全学自治会の学苑会の学生大会が開かれることになりました。日共系執行部の人たちがクラス委員を選んで、大会への参加を呼びかけるようになりました。そうすると、反日共系の方は、この日共系の学苑会は〝正統性を失っており、ボイコットすべきだ〟と主張し、ビラを撒いていました。文学部自治会としては、大会をボイコットするようにと、クラスに呼びかけています。

双方が授業の合間に教室に来てはオルグ合戦し、かち遇《あ》っては論争します。それをみていて、私たち入学して間もない史学科日本史専攻として、どうするか話し合いました。そして今回は、代議員を大会に出すことはやめて、出来るだけ多くの人が大会にオブザーバーとして参加することにしよう、と決めたのです。そんなわけで、四〇人ほどのクラスの八割くらいがオブザーバー席に参加して、大会の成り行きを見守ることになりました。

大会が始まり、資格審査委員が参加代議員を読み上げて大会の成立を告げました。ところが私たちのクラスのSさんが、日本史専攻の代議員として座っていました。彼女は高校時代から民青だと語っていて、学生大会への参加を強く主張していた女性です。この一件を通して、私は日共の友だちに対して批判的になり、反日共系に肩入れしていく出発点となったのです。

大会成立を告げる議長に、「異議あり!」と挙手をして、私は発言を求めました。オブザーバー席で、白い帽子を被り、紺に白の水玉のワンピースの見かけない女の子が手を挙げたので、思わず議長は私を指したのでしょう。当時、キッコーマン出社スタイルの流行りの出で立ちのままで、大学に通っていたのです。

オブザーバー席から、二〇メートル以上ある階段教室の六〇〇人収容の大会場の前までやっと辿りついてマイクの前に立ちました。そして、私のクラスでは大会には、代議員を出さずにオブザーバーとして参加すると決めた、そして今クラスのほぼ全員がオブザーバー席にいる。にもかかわらず、Sさんが一年日本史の代議員となって座っているのは不当であり違法だと訴えました。

私の発言の趣旨がわかりはじめたところで、「うるせーこのガキ!」と野次が飛び「トロツキスト!」と罵声が飛んだのにには吃驚しました。「あなたたちは人の話も聞けないのですか?!」とやり返しているうちに、今度は、オブザーバー席にいた反日共系の学生たちが待ってましたとばかり、一挙に壇上に駆け上がりました。そして議長や壇上の日共系の学苑会高橋委員長以下を殴りつけたのです。

そのうえ「シュプレヒコール! この大会は不当だ!」「デッチあげ大会粉砕!」などと叫びます。スクラムを組んで「ああインターナショナル」とインターを気分よく歌い上げると、スクラムを組んでデモ行進しながら退場してしまいました。私たち一年生は、あっけにとられていました。

倒れていた日共系の高橋委員長はマイクをとり「学友の皆さん、見ましたか! これが暴力集団トロツキストの正体です。さあ、民主的な我々のもとで大会を続けましょう」と、呼びかけると、「異議ナーシ」の合唱のもとに、学生大会は議事進行し、スムースに日共系の議案と人事を採択して、終ってしまいました。

何のことはない。大人と子供の勝負みたいなものだったのです。私は日共系の誤魔化しは、まったく許せない欺瞞だと思いました。同時に、反日共系の自己満足的なやり方では、学生を結集させられないと思いました。ちゃんと計画を立てて、日共系から秩序に則って、学苑会を取り戻すことを考えるべきだと思いました。

先輩たちにそう言ったのですが、そんなことは無理だと一喝されました。そうかな、でもやってみる価値はある。そんなに難しいことはないと思う。この一年生の時の、学生大会における日共の誤魔化しが、私を反日共に追いやりました。そして、学苑会を日共系から奪回するために、数年かけてもやってみようと思うようになったわけです。もちろんそれだけを目的にしたわけではなかったけれど、日共からの奪回をめざしはじめました。

頼まれてやり始めた文学部の自治会の執行部はやめて、文研から出向する形で研究部連合会執行部に加わろうと思いました。ここなら、各サークルをオルグして文学部以外とも協力して、日共との論争も全学的に行えるからです。

研連執行部として

研究部連合会、通称「研連」には、二〇ぐらいのサークルがあったと思います。各サークルには大学側や自治会費から助成金が出て、研連執行部が予算を管理配分し、研連の活動の自治を保証していました。反日共系の人たちは、研連は民青の牙城だと言ってオルグもしていません。私はそうは思いませんでした。自分の文研サークルも民青が牛耳っているわけではありません。実際、研連の執行部に加わってみると、日共系の人は執行部の半分くらいのものです。それも「ゴリ民」というより、日共シンパのような人たちだったのです。

研連執行部として、サークル活動の保証とサークル相互の支援を強化することなど、当たり前のテーマで活動していくと、日共も反日共もない、みな友好的な仲間でした。そんなに、日共系の人が多くないと判ったと同時に、政治研究部や近代経済研究部などには、社会党系とか学内の反日共系とは一線を画して、昼間は労働しながら、職場で組合運動をしている人たちも、多くいるのが分かりました。

そうしているうちに、六六年に、明大でも早大に続いて学費値上げの動きが始まりました。この学費闘争の始まりは、今から思えば、これまで六〇年安保闘争以降、日共系が牛耳っていた学苑会を、私たち研連を中心として、反日共系が奪回する機会となっていきます。

この頃にはもう、キッコーマンでの正社員としての仕事と大学の両方がこなせなくなって、二年近く勤めたキッコーマンを、二〇歳の冬に退職していました。そして、世田谷の中学の学区域にあった経堂の伯父の家から大学に通っていました。それでも夜十時の授業のあとの研連の活動や文研の会合で、終電にぎりぎりです。〇時二〇分の新宿発の最終で帰ってくる私を、門の外で待っていてくれる子供のいない伯母の優しさが申し訳なく、気づまりになって、そこを出て小さな下宿を借りることにしました。婚約者とは、日本を変えるために、自民党を変革するという彼とラディカルな革命を求める私で、会う度に論争になっていた頃です。この学費闘争を巡る秋に、私は二一歳になりました。

第二部
明治大学学費値上げ反対闘争

第四章　学費値上げと学生たち

当時の牧歌的な学生運動

一九六五年秋から六六年秋にかけての私は、大学生活やその社会の内容をまだよく知らないままに「希望にみちた学生」として二〇歳を謳歌していました。早大には友人がいたり、ネール記念杯の雄弁大会が大隈講堂だったこともあり、行くことが何度もありました。

「早稲田大学は学ぶものすべてに門戸を開放しているから、門がない大学なんだよ」と友人が案内してくれた校内をきょろきょろ見まわすと、明大の数倍の数の大きな立て看板があちこちにあります。アジテーションやデモありの、騒然とした大学だという印象を受けました。六五年当時の早大は、学費値上げ反対闘争の真っ最中だったのです。

「あれが大口議長だよ」と友人に言われてみると、体育会系のような若者が、ハンドマイクでアジっていました。まわりには立っている人も座って聞いている人も、そのまわりを横切る人もいて、バラバラでのびやかな雰囲気だったように記憶しています。

学費値上げ反対闘争は、その前に慶応大学でも始まっていたようでしたが、私が知るのは早大闘争からです。学費値上げ反対闘争は、社会的・客観的なさまざまな要素をもって慶応・早稲田から全国へ広がっていきました。

当時の経済成長路線は、アメリカ流の大量生産・大量消費へと向かう上昇過程にありました。生産手段の更新をもって本格的に産業構造の「革新」を始めていました。そして、それに見合った「期待される人間像」や産業にふさわしい教育再編・管理統制を求めた文部省の指示がありました。大学は、戦後の新しい教育を求めて出発しながら、私学は慢性的赤字だったようです。「社会的要請にみあった大学」という名目で国の助成金も、いわゆる「ひもつき」で大学の管理が強化され、「産学共同路線」に向かって進みました。「真理の探求」は二の次で、大量生産大学化と、学費値上げによって経営を立て直そうとする動きと重なります。

学生運動においては、「安保がつぶれるか、ブントが潰れるか」と渾身で六〇年安保闘争を闘ったブントは四分五裂してきた停滞期を脱して、新しい流れが形成されていました。大管法や、ベトナム戦争に反対する国際的な動き、また日韓条約反対、アジア再侵略を懸念しての日本の戦争責任を問う動きなどです。

こうした新しい流れに乗って、これまで活動してきた反日共系の学生が、都学連からさらに全学連結成へと、学生運動を再統一していく動きの中に、明治の学費闘争がありました。全学連再建と明治の学費闘争は不可分な関係にあったのだと、歴史的にとらえ返すことが出来ます。

このとき再建された全学連を中心として、今後進むべき道を明大学費闘争の中で問われたといっても過言ではありません。「革命を目指す」党派と「自治を基盤とした学生運動」が相対的別個の運動方向を持ちうるか否かが、明大闘争の中で問われていたのです。言い換えれば、党派政治に学生運動が収斂されてしまうか否かの分かれ目に、明大学費闘争があったということもできるでしょう。

当時の明治大学は、Ⅰ部（昼間部）二万五〇〇〇人、Ⅱ部（夜間部）一万人の計三万五〇〇〇人の学生が学んでいました。神田駿河台、生田、和泉と三地域に校舎があり、Ⅱ部は神田駿河台にありました。私はⅡ部サークル連合の「研究部連合会」（略称研連）の執行部にいました。

この研連は各学部自治会同様の自治会の位置にあり、その上に全学自治会として、学苑会中央執行委員会がありました。学苑会は一年に一～二回、六月と十一月ころ学生大会を開き、総括と今後の活動、予算、人事案を示し、その信任を問います。各学部と研連の大会は、それぞれが別個に開かれます。全学大会の代議員は各クラス代議員が一票の権利をもつように、サークルも一票の権利をもって参加します。

文学部と政経学部の自治会執行部が反日共系で、学苑会全体は日共系でした。そのため全学生大会では、いつも日共系が勝利しています。そこで政経学部と文学部自治会はボイコットしたりしていました。日共系はボイコットに対抗して「政経学部自治会民主化委員会」、「文学部自治会民主化委員会」をつくって、全学大会への参加を呼びかけていました。

私は一年生の学生大会の経験から、三年くらいかけてきちんと真面目な自治会活動をすれば、学苑会執行部も反日共系が掌握することは可能だろうと思いました。ただ、政経や文学部自治会では、そういうことを現実計画として考えたり行動したりする学生がいず、自分たちの自治会を民主化の名で介入する日共との争いで精一杯でした。私は日共系のあきれた学生大会を現認して以降、研連から変革を求めれば、必ずどの学部にも声を届けることが出来るので、やってみようと思ったわけです。

クラスの友人に話すと「君、オールスター戦の野球やゲーム感覚みたいに言うねぇ」と驚かれました。でも正義の実現の一つと真剣だったのです。そこで、自分の所属する文学研究部に、私を研連執行部に派遣するよう推薦してほしいと言いました。誰もやりたがらない研連の執行部をやるという奇特さは、数十人の部員から、不思議に見られたでしょう。政治意識は十分にあっても文学的表現を模索するサークルだったので、幹事長（研究部の長）はびっくりしていました。

数日後、幹事会の話し合いで、本人が主体的にやりたいなら、部として推薦しようということになったと、推薦を決めてくれました。研連大会を経て、六五年十一月（か六六年初め）くらいに、研連の執行部の副事務長に入ったわけです。その後事務長になりました。各サークルの意見や希望、トラブルを集約し、対処する役割です。

研連は、党派的な自治会より健全で、活動の領域が広くありました。教育研は教師になりたい学生の研究機関のようだし、政治研は社会党系の学生の集まりともいえ、マックス・ウェーバー、ルソーから基礎的な学習会をやっていました。近代経済研はケインズ政策を研究していました。社会科学研には日共系のマルクス主義者が多くいました。他に空手部やジャズ、軽音楽、演劇部、文学研、雄弁部、日本史研、地理研、歴史研、法学研など多岐にわたり、やる気のある自主的な人びとが集まっていました。

反日共系からは「日共の牙城」とか「民青のいいなりの研連」と聞いていたのですが、そんなこともありませんでした。社会科学研究部と民主主義科学研究部など、日共の牙城といわれるサークルから研連執行部に来ていた人は民青のしっかりした人でしたが、それ以外はそうではなかったのです。

掘り起こせば、いろんな人がいました。夜学研も夜間大学の向上を都レベル、全国レベルで、どう行なっていくかなど研究している、真面目な良識派の人びとが多くいました。執行部に加わった新米の私は、夜学研や政治研、雄弁会やジャズ、軽音楽研などの仲間と、夜間大学での研究活動の条件の拡充、予算や場の確保、昼間部との調整などを楽しみながら、尽力しました。

六六年に新築になった学生会館が開館しました。三階には学苑会（Ⅱ部）、学生会（Ⅰ部）、文化部連合会（Ⅰ部）、研連の各執行部室が割り当てられました。日共系の学苑会、ブント系の学生会も文連も、三階に一緒です。研連は文連と連携しやすいこともあり、大学祭（駿台祭）の準備が盛大に行なわれました。この年はまた、大学が創立八五周年（明治法律学校）の記念行事を大規模に企画していました。その一方で、学費値上げの話が出てきたのです。

六五年から学生部長の任にあった宮崎繁樹先生の著作『雲乱れ飛ぶ　明大学園紛争』など資料を参照にしながら、当時は知り得なかった事情なども含めて現在から捉え返してみたいと思います。この『雲乱れ飛ぶ』は二〇〇三年十月二一日に発行されました。余談ですが、この本に先立って明大の当時の学生会（I部）の米田隆介、大内義男、斎藤克彦氏らが明大学費闘争の記録を残そうと、宮崎先生を含めてその作業に入りました。二〇〇三年四月二六日には、当時の明大記念館のあとに建てられたリバティータワーの演習室で、明大学費闘争のシンポジウムも開催されて、活発な討議が行なわれたそうです。

しかし執筆の過程で、斎藤克彦氏らと宮崎先生との見解が相入れず、また原稿が集まらず、本とはならなかったようです。そこで、宮崎先生は当時の学生部長としての立場から、『雲乱れ飛ぶ』を執筆、自家出版され、米田隆介さんが『明治大学費闘争資料集』としてまとめました。米田さんの労作には、学生側の生の資料と学費闘争に参加した人びとの経験談が載っています。私も獄中から参加して一文を寄せています。

戦後民主主義を体現していた自治会の運動

明大の理事会は、財政状況の悪化にもかかわらず、長年なんらの対策をたてずにきました。財政悪化は慢性化していたようです。理事長は第三代日本弁護士連合会会長、日本国際法律学連絡協会会長の弁護士・長野国助氏。総長は武田孟氏、学長は小出廉治氏で、比較的民主的な考えを持つ方々でした。小出学長はみずから六〇年安保当時、学生に国会へのデモを呼びかけて、大学をロックアウトし、紫紺の校旗を掲げたデモの先頭に立った人として知られていました。

　宮崎先生の著書によると、六五年の教職員の新年会で、武田総長は学費値上げを考慮せざるをえない時機にきている、と言明されたそうです。「一九六五年の五月二四日に昭和四一年からの値上げ方針を理事会で決定したが、早大紛争におじけづいたのか、十一月二〇日になって『値上げ断念』を表明したのだった。その為、昭和四二年度は、どうしても、値上げせざるをえない状況に、大学側は追いつめられていたのであった」（『雲乱れ飛ぶ』）と記されています。

　六五年に学生部長に就任した宮崎先生は、小出学長に「授業料値上げ問題について」という文章を提出したと記しています。その文章で、早大の反対闘争を教訓として、対処を諮る必要がある点を述べています。真の大学をめざすために、よい研究者の不足による学問の危機、負債にあえぐ財政の危機、政治的に中立たりえない大学の自治の危機、この三つの危機を解決するために一丸となるべき、と宮崎新学生部長は訴えています。また、学費値上げのときを迎える学生部長として、六六年には「護民官として」と立場を表明しています。「ローマにおいて政府から任命されつつも、民衆のために尽力した『護民官』のように学生部長は職制上大学の機関ではあるが、学生を真に守る『護民官』として行動しようと心に誓ったのだった」（同）と当時の心境をのべています。

　学生の側は、六六年の四月以降、新年度からの学費値上げが噂されており、Ⅰ部学生会中執、Ⅱ部学苑会中執とも、理事会に対して学費値上げをどう考えているのか、の打診を行なうようになりました。「六月一七日に学苑会（夜間部学生自治会）から、一八日に学生会（昼間部学生自治会）から、それぞれ、学費値上げ経理内容公開を求め大学理事会に『団交』の申入れがあった。同月二四日に、大学側と学生側との第一回話合いが持たれた。それはその十日ほど前、学外の『駿台荘』で理事会が開かれたらしいとの噂を学生側がキャッチしたからだった」(同)と、書かれています。

当時の和泉校舎の学生会のビラには以下のように書かれています。

学費値上げ決定か。六・二二大衆団交を勝ちとろう。　理事会は学生と話合いを！全和泉の学友諸君！去る一五日、理事会は一方的に学生の前に授業料値上げの決定を提出してきた。この授業料問題は、諸君が、充分承知のように、現在の日本の大学の最大の矛盾としてあり、その典型的なものとして、早大闘争があることは、理事会のみならず、学校関係者は、充分知っているはずである。そして、現在の明治大学においては、その矛盾を解決しようとする姿勢すら学校側には、見えず、ただ単に、他大学より遅れて値上げするのだから云々―？　という形で、この授業料値上げの本質を隠蔽し、現在の段階においても、完全に学生を無視している。(中略) 我々は授業料値上げには、絶対反対であり、反対しなければならない。なぜなら、この学費値上げが、大学のあらゆる矛盾の集中的な表現であり、具体的には、マスプロ教育の、あるいは、産学協同路線の方向の追及の発端であることは、明確であり、我々学生を商品として、単なる物として、機械的人間として、位置づけようとするものなのである。学友諸君！真の大学とは何なのだろうか。それは、理事者達によって作られうるものであろうか。もはや、我々自身の手でしか大学の矛盾は解決できない時期にきているのだ！　学生会中執、法、商、政経、経営、文、各学部、学生会(『明治大学費闘争資料集』より)

こうしたビラが、和泉校舎でも、神田駿河台校舎でも撒かれ始めました。社会主義学生同盟明治大学支部が発行した『コミニズム』号外一九六六年六月二三日号には「学費値上げは阻止せよ！　阻止闘争の巨大な前進に向けて、歴史的な闘いの先頭に立とう！」と、訴えています。

この時代は、全共闘運動のような、少数派による占拠、自主管理、異議申し立ての時代ではありません。今から思うと、実に貴重なことなのですが、第一に「総学生」を対象として、徹底して民主主義のルールにのっとって学生自治会を運営していました。民主的な多数派工作がとても重要でした。抗議にも秩序がありました。

第二に、早大闘争の敗北をまのあたりにした時期です。右翼による暴力、民青によるストライキの解除、国家警察権力の当局と一体となった自治への介入などなど、「次は明治だ！」と、ひしひしとした思いがありました。第三に日共民青との闘いです。当時の学生運動は、共産党の分裂（国際派との五〇年分裂、五八年の共産主義者同盟との分裂のみならず、中国派とも日共は党内闘争がはじまっていた）を反映していました。そのために、路線的にも日共系と反日共系は鋭く対立していました。

日共の反米闘争に収斂していくあり方に対して、反日共系は日本資本主義との反独占闘争を中心にとらえるべきと、日共の要求闘争（国庫補助や諸要求）を批判しました。また国庫補助運動を教授会と共同して政府、文部省に行なうべき、という方針にも反対していました。もっと根本的な、日本資本主義の帝国主義的再編にともなう学校教育行政、そのものを問う中で、学費値上げ阻止闘争を位置づけて闘うべきだという違いがありました。

話し合いの「七・二協定」

学費闘争が具体的になりつつある六月ごろから、徐々にⅠ部とⅡ部の執行部の路線の対立も顕著になっていきます。六月二九日付の文学部学生委員総会の討論資料「レジュメ」には、次のように記されています。

学費値上げ何故反対するのか？　経営者の言う「私学の危機」とは何か？　私学の会計は、御存知のように経常部と臨時部に分かれている。経常部（給料・研究費・図書費……等々）臨時部（建築費・借入金返済……等々）、いわば経常部は、我々学生・教職員に還元される部分であり、臨時部は、建築費など学園建設計画のための設備投資に使われる。現在「赤字」といわれるのは、この臨時部の予算であり、この設備投資は、我々学生・教授等、いや、大学教育を考慮に入れた計画ではなく、単に学生定員をふやす（もうける）ためであり、この設備投資で建てられた建物は、彼ら経営者の財産になるのだ。これで、生じた赤字を学生におおいかぶせるのが、理事会だ。私学は、いかなる方向にあるのか。私たちが、この春以来闘った「大学設置基準」改悪、そして「教免法」改悪の闘いが、いかに学費値上げと関連しているのか。現時点において何をなすべきか。この間は、私たちは、理事会に団交を申し込んできたが、理事会の、「決定していない段階において、学生と話し合いの必要を認めない」という不誠実な態度によって、団交は拒否されつづけている。私達は、このような理事会の態度を弾劾すべく、六月三〇日の、常勤理事会、七月四日のオール理事会で、学費値上げ決定阻止の闘いを組むことが、今、必要だと考え方、クラスにおいて、「学費値上げ」反対のクラス討論をより徹底させよう（同資料）

こうした流れの中で、学生と学長の間で、夏休み前に確約書が交わされました。これは「七・二協定」と呼ばれ、明大学費闘争の出発点となりました。

確約書　本年六月二四日と、七月二日の二回にわたり大学当局と学生会は、昭和四二年度の学費問題について話合ったが、本年七月二日に至りこの問題について次の確約をみた。確約一、昭和四一年九月以降大学当局と、学生会の両者は、昭和四二年度の学費問題について話合う。尚、この話合いの前提として、昭和四二年度の学費値上げについては、値上げするという基本方針決定以前に話合い、事情によっては、昭和四二年度の学費は、値上げされない場合もある。昭和四一年七月二日（法人理事会を代表として明治大学学長小出康二、明治大学学生会中央執行委員会 委員長中澤満正）

ところが、七月七日付の『明治大学新聞』には、法人理事会は六月一三日に駿台荘で、「かねて法人企画室でまとめていた資料をもとに学費改訂の具体的対策に着手。翌一四日第一会議室で、教員出身常勤理事を中心に、学内、特に学生に大きな影響を持つ教員対策を協議、翌一五日、学部長会議に全役員が出席して、学費改訂を伏線として、法人の経営・財政実情の資料を配布した」という記事が掲載されました。

このことは、学生に対して確約した内容と違っており、大学当局が、二枚舌をつかっていることを暴露しました。学生側は不信をもち、抗議しました。

田口富久治教授の嘲笑

こうして、Ⅰ部も、Ⅱ部も、夏休み明けには、学費闘争を必然と考えた態勢づくりに入りました。私たち研連は、八月、明治大学信濃寮での研連合宿を行ないました。その中で、学費値上げ問題を問う分科会を特別にもって、討論を行なうこととしました。日共系・反日共系の論争の場を提供しながら、次の闘いに向けた準備にかかりました。

当時、政治研究部の顧問は田口富久治教授だったので、合宿への参加をお願いしました。Ⅱ部の学生たちが討論できる時間は限られており、合宿は貴重です。その中で、教育研を中心とした教育問題やベトナム反戦闘争、中国の評価、大学の自治などいろいろのシンポジウムを組みましたが、メインは学費闘争関連でした。

この合宿での論戦をふまえて、研連としての学費闘争に対する方針を固めることになっていたので、私は政経学部や文学部の中核派やML派の人にも参加を求めました。日共系は社研を中心に準備して来ていました。彼らは反米独立闘争に基づいて、国会で日共の多数派形成のための選挙支持を拡大する当時の路線に沿って、国庫補助要求をすることを主張しました。そして、ストライキは全学投票にかけるべきだ、と主張していました。

反日共系の側は、日帝は既に復活しており、独占資本が自己の利益のために日米安保を求めて、海外進出を進めており、こうした帝国主義的再編の教育行政の中に値上げ問題があると主張していました。そして、総学生との連携第一で、昼間部とも共通した闘いを組むことを主張し、論争になっていました。

両者が白熱してやりあっていたときに、田口教授が反日共系の学生に向って、「それじゃあ君らは、大学で革命をやろうといってるんだね?! ハッハッハ！」と、大笑いをしたので、みな一瞬沈黙しました。政研では、田口先生は日共の御用学者じゃないからと参加してもらったのに、この発言で社研の民青が勢いづいてしまったからです。今から考えると当然の、田口教授の指摘なのですが、反日共系の学生は「なんだ、田口は。日共と同じじゃないか……」などと憤慨していました。こんな討議を経て、夏休みを終えたのでした。

夏休み明けの九月から、全学で学費値上反対闘争の情宣活動を広げ、活発な討議が行なわれていました。一方では、全学連の再建準備が進んでいました。学生部長の宮崎教授の『雲乱れ飛ぶ』を参考にしながら、全学連再建準備大会の状況を要約すると、以下のようなものだったようです。

九月に入って学生会中執委員長から十月八日、九日の両日、明大記念館講堂において、全国自治会代表者会議（全学連再建準備大会）を開催したいとの願い出をうけて、宮崎学生部長は、記念館の使用を許可しました。ところが、九月二二日に清水谷公園においてベトナム反戦集会（全学連第一次全国統一行動）が開催された際に、全学連再建派とそれに反対する革マル派との間で大乱闘が起こり、多数の負傷者を出し、早大でも乱闘内ゲバが起こったので、当然、明大記念館での混乱も予想されました。そこで学生部長は、学生側から混乱を起こさない旨の確約書をとり、学生部総動員で警戒にあたります。

第一日目は、午前六時から二六大学、五六自治会が、この大会に参加。正門付近に社学同系学生、二号館前に社青同系学生、通用門付近に中核派学生と、三〇〇人くらいが座り込み、棍棒を旗に包んで数個所におき、ヘルメット着用もみられたとのこと。七時半ごろに早稲田大学から革マル派学生一五〇人ほどが出発したとの情報が入ると、棍棒を持ち出し、小石や瓦を集めて闘う態勢をとりました。

学生部長としては八時半に授業が始まるので、正門を開くことを通告。その間にも早大、中大から革マルの動きが伝えられる。十五時に学校側の警備の間をぬって、革マル派学生二〇〇人が構内に入りこんで、全学連再建大会中の記念館前で、ジグザグデモを行なった。学校側は、記念館内の学生に手を出さぬよう呼びかけ、革マル派学生には構内から退去を求めて、学生部長以下身体を張り、機動隊は大学に入れないよう監視していたようです。

革マル派系学生は、四〇分ほどのデモンストレーションをして、機動隊に囲まれながら早稲田に戻ったとのこと。二日目の十月九日も午前五時半から、主催者側の全学連再建派の学生が何百人も集まり、各々ジグザグデモを行なって、気勢をあげたが、二日目は襲撃もなかった。

私は明治の学生とともに、この光景を見学していました。壇上には事前の党派間の話合いで決まった議長団がおり、自派の演説がはじまると、ワっと、拍手して「異議なし！」と騒ぎ、他党派の演説を野次ったりしていました。自治会単位の全学連再建大会のはずが、党派集会の競合そのものでした。乱闘になると後方に陣取ったＭＬ派の畠山さんが群を抜いたすばやさで、群がる人の肩などを踏み越えて、小競り合いを制していました。

記念館には一〇〇〇人弱が集まっていました。自治会数はブント系が一番多かったのですが、動員数では中核派が最大勢力でした。こうして、自治会数を多く押さえて、全学連再建の主導権を握ったブントと、革マル派との党派闘争から全学連再建に積極的に役割を果たした中核派を中心に、競合した関係のまま全学連の再建が方針化されました。解放派をふくめて三派全学連と呼ばれますが、ＭＬ派、第四インターなども加わっていました。

前年の日韓闘争国会デモでもリーダーシップを発揮していた斎藤克彦さんは、この全学連の委員長として活躍しています。彼と明大社学同は、全国に範を示すような闘争として、明大学費値上反対闘争に立ち向かおうとしていたと思います。明大学費闘争は全学連を社会的に認知させるため、ひいてはブントのための闘いでもあったでしょう。九月に共産同統一委員会とマル戦派が合同して、第二次ブントを結成して初めての大きな活動が、この全学連再建準備会結成大会でした。こうした背景を背負って明大学費闘争が始まります。

第五章　自治会をめぐる攻防

スト権確立とバリケード――昼間部の闘い

夏休みが明けて態勢を立て直した学生側から、九月二七日に団交申し入れをしましたが、大学の理事会は拒否しました。理事会側は教授会や職員組合と学費問題についての懇談を始めながらも、学生側を無視したのです。

学生側の繰り返しの抗議要請、公開質問状への回答などを経て、ようやく九月三〇日になって、理事会、教職員、学生の三者による話合いを十月一二日に行なうと約束。そしてやっと十月二五日になって、初めての団交が実現しました。学生側は、この団交で値上げをするか否かの回答を求めましたが、理事会側は、緊急理事会を開いて結論を出すとして、結論を先送りしました。

そして、理事会側は学生大会前に回答するという一方で、全学生に「学生諸君へ――本学財政の現状について」という冊子を郵送し値上げの必要性を訴えました。「二八日には、学生会、学苑会に『本学財政（経常部）検討案』を交付。同日、連合教授会が開かれ、理事の入場を断って学費問題を討議。二五日の話合いのあと、学生会は理事会に対して、次の『闘争宣言』を出した」（『雲乱れ飛ぶ』より）。

「我々は決して混乱を好まない。その過程で発生する混乱の原因は、すべて理事会にあることを宣言する。

なお理事会が責任ある回答を用意できるのであれば、近日中に開かれるであろう学生大会の以前に、学生会中央執行委員会に表明すべきである。これが我々の理事会に対して、最終的に示しうる寛容と忍耐の限度である」と同日付で締めくくっています。闘争宣言は、学生会中執委員長大内義男名で、教育者としての資質を欠いた理事会の対応に抗議する内容でした。

学生大会をひかえて、学生会は、十一月一七日までに学費値上げをするか否か、回答するようにと理事会側に申し入れ、一九日に大衆団交を行なうよう求めました。学生大会が差し迫っていたためです。一七日には理事会側が回答しています。

「学費改訂問題については、教職員、学生の意見を聞き検討した上で決定したいと考え、引き続き検討中なので、一九日までには決定できない。大衆団交でなく、学生側中執と二四日に、Ⅱ部学苑会とは二一日に話合いたい」

十一月一八日に、学生会は臨時学生大会を開催し、賛成二七一、反対一三八、保留三六、棄権十で「スト権」を確立しました。こうして、十一月二二日、和泉校舎でバリケードを築いて学生側が占拠する事態となりました。

大学側は二四日に、和泉校舎における授業休講の措置をとりますが、バリケードストライキは、和泉から神田や生田校舎へと拡がる勢いです。学生会は、クラス討議を経て学生の最高意志決定機関である学生大会でスト権を確立していますから、民主的な決議の力をバックに、「理事会側は学費値上げをするのか否か。するなら白紙撤回を」と訴えました。理事会は二六日になって十一月三〇日に神田の記念館で大衆団交を行なう旨を回答してきました。宮崎学生部長は次のように記しています。

この頃のことだと思われる。（注：十一月のスト権確立後）学生部長室で執務していたところに「学長がお呼びです」と連絡があった。何だろうと、階段を上がって、学長室に行ってみると、すでに松尾・高岡両教務部長も来て学長と話しておられた。座ると、学長が「どうだろうねえ、こういう状況になっては、学費値上げは、もう、取りやめるよりしようがないんじゃないだろうか」と話始められた。後で思うと、両教務部長も同意見だったのだろう。しかし彼（宮崎先生自身のこと。この本では、自分を「彼」と表記）は、即時に答えた。「とんでもありません。学費は当然、どうしても改定すべきです。それが学生のためなのですから。学長は明治大学の現状を、これでいいとお考えですか。大学を良くするためには、是非、資金が必要なのです。本番はこれからです。いまからそんな腰砕けでは困ります」と。学長は困ったような顔をされたが、二の句が継げられず黙られた。両教務部長も、彼の剣幕に辟易されたのか、その会は打ち切りになった。もしその時、彼が同意していたら、間違いなく、昭和四二年度の学費値上げは、不発に終わっていたことだろう。

宮崎学生部長は、終戦時一九歳の近衛兵小隊長の陸軍少尉であった経歴を持つ、正義と使命の信念の人です。思い込んだら命がけのタイプで、教職員・学生からは、一旦引き受けたら、どんなに泥をかぶってもやってくれる頼りになる学生部長といわれ、小柄なせいか、「チビッコギャング」というニックネームで呼ばれていました。当時は当局の盾のように私たちに対峙してがんばっていました。

先生は弁護士でもあり、のちに明大総長などの職責を歴任し、正義の感をもって私の公判や陳述書も支持してくださっていました。

なるほど……当時、宮崎先生が理事会や学長よりも腹をくくって、学費値上げを断固やるぞ！　と、考えていたのか……と、『雲乱れ飛ぶ』で知ったわけです。もっと、徹底的に話合うべきでした。でも、きっと激しく対立したでしょうけれど。

十一月三〇日、神田の記念館で午後四時から大衆団交が行なわれました。これはI部学生会の要求で実現したものです。司会は、宮崎学生部長と学生一人の二名です。

「明治大学を早稲田、慶応に比肩しさらにより優れた大学らしい大学にしていくために是非この学費改訂が必要であり、そのように大学をよりよくすることこそ現在および将来の明治大学生のためになるのだということを理解してもらう好機として活用しようという熱意にも覇気にも欠いていた……。理事たちは高齢の為か（後にマイクの関係で、学生たちの発言がよく聞きとれなかったとの話だったが）学生たちの質問にトンチンカンの答えを連発し、弁解的な答弁が多く、いかにも理事たちが後めたい行動をしているような印象を聴衆に抱かせるような雰囲気だった」（前掲書）と学生部長が述べているように、悪い理事たちと正義の学生の印象は、週刊誌でも揶揄されるほどでした。

何も答えない理事会に、団交を終えると数千の学生たちは、ストライキ決行を宣言し、夜の正門を手始めに机、イスを積み上げてバリケードを組みはじめました。立て看に黒々と「ストライキ突入」と書きました。この時の宮崎学生部長の早業は、伝説的に伝えられたものです。ちょうど私も、正門のところに居合わせました。

学生部長は突然、バリケードによじのぼると詩吟朗詠、杜甫の「国破れて山河あり〜」と始めたではありませんか。バリケードを積み上げ中、立て看作成中の何百という学生がびっくりして、宮崎学生部長を見つめました。吟じ終えると「学生諸君、風邪をひかないように」と声をかけて、バリケードを飛びおりました。拍手と「ナンセーンス」の声が、あちこちから上がり、深夜の正門を沸かせました。私たちも、やるなあ〜と見上げていました。

この時の心境を宮崎先生は、「校舎の見回りを終え、引きあげようと正門の内側までくると、学生たちが黙々と机や椅子を積み上げてバリケードを作っていた。平素、最近の学生たちは元気が無いと思っていたのに、他人から命令を受けたのでもなく、一文の個人的利益にもならないのに、黙々と働いている学生が頼もしく思われた」

そこで、誰に聞かせるものでもなく、突然バリケードに駆けあがって詩を吟じたということでした。まことに宮崎先生らしい姿です。何カ月か前の全寮連大会で、民青が、反日共系を非難して、激しく衝突しそうになった時にも、すっ飛んで来て、「民主主義を守れ！ 乱闘はいかん。諸君、棒はやめなさい、素手でやりなさい！」とハンドマイクで、身を挺して介入していたのを思い出します。この日、十一月三〇日のスト・バリケード封鎖はまた、記念館からすぐ近くの九一番教室で、学生大会を開いていた私たちⅡ部学生にも、弾みをつけたのでした。

Ⅱ部（夜間部）秋の闘いへ

この時期の学生大会は、民主主義と、その手続きを学生運動のルールとしていました。大学側も学生の積み上げた討論をみとめ、交渉の中で汲んでいました。

やがて、一学園レベルを超えた連携の中で闘うようになってくると、「ポツダム自治会」などと批判が起こり、そのルールを否定し、直接民主主義、少数派による正規の手続きなしの占拠闘争が全共闘運動の波に乗って全国化していきます。その象徴が東大闘争であったと思います。それより前に始まった明治の学園闘争は、日共、体育会系も一緒に全学意思を問い合い、共同の場で討議し、ぎりぎりのところで妥結しながら自治会を運営していたのです。

学苑会高橋中執は、日本共産党の方針に沿った、全国的な学費闘争方針を打ち出していました。日本の文部行政の行き詰まりを、国民に転化しているという日本政府の教育政策批判、そして、学費闘争の解決を、国庫補助の増額によって国が解決すべきと訴え、そのためには、学生・教授会大学当局と一体になって自民党政府と闘うこと、国会内の進歩勢力を拡大し、民主的に政権交代を求めるというものです。

したがって彼らは、バリケード封鎖には反対です。ストを行うかどうかは、全学投票によって、全学生の意思を確認すべきだ、という主張です。夏の合宿を経て日共系の学苑会高橋中執は、ビラ撒き、教室に入り、連日のオルグ活動を始めています。今から思うと、日本共産党は社会ルールに則った民主主義路線を提起しています。もし、日共が学生を敵視したトロツキスト批判、ソ連派の除名（六五年日韓闘争の集会場の日比谷公園で志賀、神山らを非難ばかりしていた）、六六年に始まった中国派批判の「自分たちが正しい」とばかり言いつのらなかったら、もっと学生たちも、日共に共感をもったかも知れません。ところが、日共の方針を批判すると、「トロツキスト！」と画一的な批判を返すので、私たちは反発していました。「トロツキストって何？　トロツキーを読んだことあるのか！」と、よく小競り合いを繰り返していました。日共に寛容さがあったら、もっと違った展開となったでしょう。

私たち研連も、夏休み合宿を経て、これまで日共系の学苑会の方針の枠内で研連活動を行っていたものを、転換せざるをえないと考えるようになりました。それまで「暴力破壊集団でありトロツキスト」としか見ていなかった反日共系の学生と、合宿でまともに話し合ったからです。

これまでは、反日共系の少数派が学苑会の全学大会をボイコットし、大会が始まると十数人が徒党を組んで押しかけ、壇上の執行部を殴って、一発食らわせたうえで、「ああインターナショナル～」とスクラムを組んで歌い上げ、再びデモを組んで退場していくのを見てきたからです。そんな「破壊主義者」が、実は党派的対立の結果でもあると、研連の人々もわかってきたのです。

明大信濃学寮の合宿で草原を走ったり、一緒にワラビを摘んだり、夜遅くまで歌ったり、お互いに触れあったのが良かったのです。同時に、「あいつら民青だ」と、話し合おうともしなかった文学部や政経学部の執行部の連中も、研連はみんな日共ではないのか……と、対立一辺倒のやり方を変えはじめていました。その意味で研連の学費闘争を問う合宿は「秋の決戦」に向けた、交流と新しい変化をもたらしたことになります。

多数派工作に奔走する

研連執行部としては、大学当局のあり方は国庫補助で解決できるものではない、財政の公開、学費値上げの根拠もはっきり示されておらず、当局に徹底して問う必要があると考えました。それに、日本の教育行政の変革を、日共への一票の投票に解消するやり方にも反対です。

大学当局との闘いを回避しての闘いはありえず、学費値上げ反対を実現するためには、スト権を確立し大学当局と徹底して闘わざるをえないと考えました。Ｉ部は全学連の執行部の命運もかかっており、バリケードストライキに突入するだろう、そんな時にわれわれⅡ部が、「全学投票を！」などと言っている場合ではない、全学投票は物理的にも時間的にもできない。その全学投票の結果が出るまでⅡ部が授業を続ければ、Ｉ部のバリケードを私たちが解除する役割を負うことになるのではないか。日共の反米日本独立の民主主義革命路線も気に入らない、などと話し合い、学苑会の学生大会に対案を出そう、出さざるをえないと話し合いました。

もし研連が対案を出せば、ひっくり返るでしょう。なぜなら傘下のサークルには、どの学部の人もいるのです。各サークルの知人友人たちに「自分のクラスの代議員になって、研連の出す対案を支持してくれ」と訴えたら、相当の数の代議員支持が可能になるのです。いつもボイコット戦術に明け暮れているML系の文学部自治会と中核派の何人かがいる政経学部自治会にも伝えて、「今回は、研連が対案を出すので、ボイコットせずに反日共系でまとまって、スト権確立のための統一行動を起こそう」と話をまとめました。同時にI部の学生会中執と、研連のカウンターパートナーの文連執行部とも話し合いをしながら、研連執行部が中心になって対案準備をしていきました。

十一月に研連大会を開いて、対案を出す運びになりました。研連事務長の私はそうした集約を行っていました。でも、オルグや政局に頭を使うレベルで、理論的なことは私は苦手でした。政治研究部の岡崎さん、黒田さんや夜学研の伊藤さん、経済研の田口さんらに、世界情勢や教育行政についての議案作成に協力してもらいながら、対案を作っていきました。

学生会執行部も研連が対案を出すらしいというので、「がんばれよ!」とアドバイスをしてくれます。私たちも学生会のメンバーに、学生大会の仕組みやポイントを聞きました。そこでわかったのは、「スト権確立」の方針が通っても、人事案まで提出しなければ旧日共系執行部がどうにでも変更できること、財源を確保すべきこと。それに学生大会での勝利を確実にするための事前のオルグが欠かせないなどということです。

そこで役割分担をして、文章を書くのは各研究部の理論家にまかせて、私たち執行部は代議員オルグに集中することにしました。票読みをすると、どうやら五分五分です。私は雄弁会の縁から、各地の選挙の応援などに行っていたので、票読みの重要性や有権者へのオルグも見てきました。研連から予算やイベントでの便宜をはかってもらいたい各研究部も、対案には賛成して、協力を約束してくれました。

半信半疑だった反日共系の文学部と政経自治会もボイコット戦術はやめて、大会に参加すると決めました。この二つの学部の代議員は反日共系がてこ入れして、多数が研連の対案に賛成するはずです。法学部と商学部が民青の牙城なのですが、研連のサークル仲間たちが、クラス代議員選挙で立候補していた日共と競合してくれています。ことに商学部から何人も「代議員になったぞ！」という報告が入りました。法学部は少しですが、やはり代議員になることができました。

人事案は私がまとめることになりました。誰も執行部入りは辞退します。「いやー、それは会社があって難しい」と、Ⅱ部の学生なので、なかなかやれる人がいません。最も頼りにしていた政治研の岡崎さんに学苑会中執委員長をお願いしたのですが、固辞され、大会の議長なら引き受けるということにしてもらいました。この人は田口富久治教授のⅡ部での一番弟子で、頭もきれ政治力もありました。次には政経学部のML派の酒田征夫さんに頼みました。彼は夕張炭坑の出身で、演説は上手いし、セクト的ではない人でした。涙ながらに語るのはこの人しかいない、と次善の人選でした。

酒田さんに交渉に行ったところ、「やってもいいけど、実は学費が払えなくてもう除籍になったか、なるところなんだ」と言うのです。これには困りました。私は勤めていた会社をやめて、それまでの貯金で凌いでいたので、こちらも余裕があった訳ではないのですが、三万円だったか貯金が残っていました。それを貸すから、「まず学費を払ってください」と渡しました。当然のことながら学生でないと委員長にはなれないからです。「一年以内に返す」と言いつつ、結局、返せずにのちに夕張の石炭で作った置き物を「すまない」と、ひとつくれた記憶があります。

本当は新しい学苑会人事には党派的な人は除きたかったのですが、人事案が埋まらないので窮余の策でもあったのです。同時に、対案を出す研連からも、中執に入らないのはまずいということになりました。そこで、研連委員長でノンポリ、責任感の強い岡田さんが中執副委員長に、研連雄弁部の鈴木さんを事務局長に、溶接工の仕事をやめたばかりの水島さんも執行部に入り、私が財政部長を引き受けることにして、法学部で軽音楽研に所属する人にも入ってもらいました。それ以外は、文学部と政経の人々から党派的な人々も含めて寄せ集めながら、やっと人事案を対案にくっつけて、研連執行部案を作りあげたのでした。

学生大会の勝敗は、選挙と同じで当日よりも前日までの活動で決します。学生大会前は、民青側も必死でした。研連執行部が反日共系になってしまったのが失敗だったと、「トロツキスト重信のニコポン外交にだまされるな」など大書きの非難をしていました。

議事を進行する

Ⅱ部の学生大会はⅠ部の団交の日、十一月三〇日に始まりました。当日には一票か二票差で、私たちが日共系の執行部を不信任、対案が通るという見通しが立ちました。

Ⅰ部はすでに、記念館で団交を行っている最中です。この団交が決裂すれば、既に確立しているスト権を行使して、駿河台校舎正門にバリケードを積み上げることになっていました。学生会中執と連絡をとりあうと、記念館は満員の学生、教職員を含めた四千人以上が団交中です。そんな中、私たち学苑会の大会は、午後七時からすぐ近くの九一番教室（六〇〇人収容）で始まりました。

まず、高橋委員長以下、日共系の執行部が壇上から学生大会の開催宣言を行いました。彼ら現執行部は全員、壇上に座っています。大会前に、学苑会中執宛に研究部連合会執行部による対案の方針案を提出したので、高橋委員長らも緊張しています。

これまでは、反日共系が殴ってインターナショナルを歌い、デモの隊列を組んで出て行く、というのがお決まりの流れでしたから、少々の暴力に耐えればすむことだったのです。でも今回は、手続きを踏んで大会に参加しています。九一番教室には入りきれないほどの学生が集まり、通路まで入れると一〇〇〇人近くはいました。前方に代議員、通路を挟んだ後方にオブザーバーでぎっしり。民青の動員も多いのです。

大会開催宣言の後すぐに、大会が正式に成立しているかどうか、代議員を点検するための資格審査委員と議事運営委員の選出から始まりました。これまでは、あらかじめ学苑会中執側の決めた学生が立候補し、シャンシャンと決まります。でも、今回は違います。これが一番大きな勝負ともいえます。私をはじめ、打ち合わせていたメンバーが勢いよく手を挙げました。

まず議事運営と資格審査の二つの委員を選びます。議事運営委員が資格審査委員を兼任してもいいのですが、この議事運営をどちらの主導権で行うのかが、大きな分かれ目で、同時に票読みの色分けが初めにはっきりします。一括でなく、一人一人選んでいって、各五人ずつ選出したように記憶します。私の票が多数だったのは、文学部の反日共系の代議員、研連やノンポリの他の学部でも顔を知られていたためです。その結果、私が議事運営委員長と資格審査委員長になりました。

議事運営委員の中から、議長団を選出しました。これも打ち合わせどおり、政治研究部の岡崎さんが議長になりました。彼は「策士」で、こういう時にはうってつけの人物でした。そして、他にも副議長、書記を確認。順序はもう覚えていませんが、議長団を選出した後、代議員の資格審査が行われました。

日共系の高橋学苑会委員長ら執行部は、もともと反日共系の文学部自治会（駿台文学会）と、政経学部自治会（政経学会）を認めていません。まずその参加をめぐって激しいやりとりがありました。これは採決を行って、反日共系執行部を認めることを採決しました。

このように、反日共系に少しずつ有利に議事が始まりました。しかし議事はたびたび中断されました。学苑会中執の主張を反日共系がはげしく批判し、研連対案に対する日共側の批判には、研連の政治研究部中心に反論をくりかえしたからです。学苑会高橋中執の議案と、研連対案の基本的な対立軸は、教育政策・国庫補助をめぐる論争とスト権をめぐるものです。高橋委員長は「この大会で、スト権を確立し、一週間以内に全学支持投票を行う」と提案しています。研連案は「スト権をこの最高決議機関である学生大会で確立して後、すぐにストを決行すべきだ」というものです。論争がくり返されましたが、なかなか決着がつきません。

大会の議論の途中、団交決裂を告げるI部の学生たちがなだれ込んできて、六〇〇人収容の九一番教室は千数百人の学生であふれました。これなら本当に学園が変わるかもしれない、大変なことになるという雰囲気になりました。(資料によると団交の席上、午後九時一五分、値上げ問題を白紙撤回するための緊急理事会開催を求めた学生側の要求に対して、長野理事長がはっきりと拒否した。そのため学生会は、これ以上話合っても誠実な答えは得られないとして団交を中止した。直ちに抗議集会にうつった。このため、全学闘争委員会は、駿河台本校でも一日からストに突入することを決議したとあります)。

対案委員長候補の政経学部の酒田さんは、切々とした演説しました。「学友諸君、正義の闘いは今、ストライキとして始まろうとしている。昼間部の築くバリケードを、私たちの手で、解体するのか。否、否、否！　われわれは、学生として、彼らと共に学費値上げ反対を訴えるべきだ！」。日共も負けてはいません。大論争が続きます。

手順としては、まず高橋中執の議案を採決して否決し、そのあと研連対案を採決するのです。私たちは当初から、論争になれば強行採決はやめようと、議長の岡崎さんと話し合ってきました。なぜなら、混乱に乗じて民青が旧執行部の正当性を主張し、二つの学苑会にする戦術にハマらないのが肝要です。そのためには、夜間に学ぶⅡ部学生にとっては苦しいけれども、二日間の大会になってもやむを得ない、と予測していました。しかし出来るなら今日、夜中までかかるとしても決着をつけたい。

零時になれば、昼間部のバリケードが築かれるからです。また絶対に、暴力的に対処させないこと。反日共系がおろかにも暴力を振るえば、劣勢の民青は待ってましたとばかり神田地区民青を動員し、学生大会を潰しにかかるからです。そこで、ブント系の学生会にも、Ⅱ部の反日共系にも、絶対に暴力は振るわないこと、それを守ってほしいと約束していました。

両者の演説が終わると各代議員の質問が続き、長引いてしまいました。結局、午前三時三〇分すぎ、明け方にいったん審議を打ち切りました。予定の審議を一日目に終えないと、明日、さらに継続審議になる不安があったため、明け方まで討議しました。代議員たちが積極的な時間延長を望んでいたので、審議が続いたのです。

四時近くになって私は動議を出して、明日の継続審議を求めました。そして、一二月一日に再び、九一番教室で決定戦を迎えることにしました。外ではⅠ部の団交が決裂してデモ、抗議集会、バリケード作りが行われています。『明治大学新聞』は、この日のことを、次のように記事にしています。

「四〇〇〇人を集めた三〇日の大衆団交が決裂し、怒れる若者たちはスクラムを組み、記念館講堂から抗議デモに移った。このダイナミックな怒声と足音はさしもの本館をゆるがし、緊迫感を盛りあげた」

学生大会を継続審議とした私たちが会場を出ると、先にもふれたように宮崎先生がバリケードに駆け登って、「国破れて山河あり」と始めたのでした。うずまく学生の波の中で、私たちは、「勝つぞ！　明日は勝とう！」と代議員たちと約束しました。私は議事運営委員長として、岡崎さんと明日の手順と人事案をもう一度確認し、明日は勝てると確信していました。責任感と情熱が、胸に満ちるのを感じていました。

日共執行部案否決　対案採択

大会二日目は、民青の側が妨害行動に出てきました。私の議事運営が不当であると不信任動議をつきつけたのです。民青の代議員がトイレに行ったときを狙って議場封鎖宣言をして、一票も二票も締め出して採決し、無効にした、などと騒ぎ立てていました。そして動議を繰り返し、議長団不信任とか、議事運営委員長不信任案を提出しました。一方、研連からも文学部自治会、政経学部自治会側からも発言を求め、日共高橋中執批判、議案批判を繰り返しました。どちらにも流れる浮動票が十数票あります。

こうして、二日目の遅く午後十一時近くになって、学苑会中執案に対する採決を行うと宣言して、私が議場封鎖を指示しました。ちょうど、民青の人が議場の外に出ていたのに議場封鎖をしたと、社研の代議員が私の不信任動議を提出しました。岡崎議長団は却下して、採決に入りました。

「学苑会中執の総括運動方針案ならびに人事案に賛成の人は、代議員票を挙げてください」と、岡崎議長が求めました。挙手している数を数えたものを、私が集計し、議長団に提出する役割です。オブザーバー席から、カウントのミスがないか、民青も反日共系も、懸命に数えています。日共系執行部案は、賛成より反対が五票ほど上まわりました。

ワーッと大歓声です。まず、日共系の議案を否決したのです。でも、研連議案に対しても、棄権票が出れば同数くらいになることも考えられます。続いて研連執行部による、スト権確立を含む運動方針案の採決が行われました。やはり議長に促されて、挙手を求めました。先の挙手で色分けがついていました。棄権した人が手を挙げるがどうか。まず、賛成の代議員の挙手を求め、私たちがカウントしました。六八票です。

次に反対の代議員の挙手を求めました。すでに、賛成をカウントした段階で、一票差で勝ちそうだとわかりました。壇上の議長団に反対票六七と記して渡しました。岡崎議長が「賛成六八票、反対六七票です。研連から提出された対案が可決されました」と宣言すると、満員の会場は大騒ぎです。昼間部の人もたくさんオブザーバー席でみています。

すかさず研連の対案の人事案で、委員長になる酒田さんが「現学苑会中執は否決され、研連の対案が承認された。高橋学苑会中執に対する否決は、不信任であり、即、現執行部は辞任すべきだ」と動議を提起しました。それをうけて議長が動議の採決に入り、賛成七一票、反対六四票で不信任案を可決しました。続いて研連対案の人事案が採択に付されて、七二票対四四票で採択されました。

「この結果、研連執行部案が人事案とともどもⅡ部学苑会の次期方針として承認・採決されました」と、岡崎議長が言い終わらないうちから、ドドッと反日共系は拍手歓声とともにオブザーバー席から壇上へと、何十人も駆けあがってきました。感動して泣いているサークルの仲間もいます。

岡崎さんが、「静粛に願います。私たちは、全学生の公正な意志によって、最後まで学生大会を成功させる義務があります。無法は許しません！」と叫びました。こういう時の岡崎さんは役者なのです。民青の高橋委員長が議長に演説させろと要求しました。岡崎議長は許可しました。

「学友諸君、今大会は不当だ。われわれは、リコールまたは学苑会民主化委員会を組織するだろう」と宣言して壇上を降りました。他の執行部も続きました。議長団に促されて、対案側の人事の新執行部が読み上げられ、壇上に次々と上がりました。酒田委員長がスト権確立の勝利宣言と、今日の今から全Ⅱ部学生の意志としてⅠ部学生会とともに、バリケードを砦に、学費値上げの白紙撤回を求めて闘うと演説しました。

ああよかった、と私もほっとしました。次々と壇上に学生が駆け上がって『国際学連の歌』を歌い、残った代議員やオブザーバー一体となって『インターナショナル』を歌いあげ、拍手で大会を閉めました。もうすでに一二月二日の午前一時になっていました。

あの時の興奮は、大変なものでした。一〇〇〇人近い学生が、昨日バリケードを築いてそこに残ったⅠ部学生とともに、夜の正門から駿河台下、お茶の水へとジグザグデモで闘いの勝利を祝いました。一二月一日をすぎた二日の、寒い夜気の中、みな熱狂的にこの日を祝い、闘いへと一歩進みました。

私たちは次のプラン、引き続き破れた日共系高橋執行部がどう出るか、大学側（学生課）がこの大会をきちんと認めて、こちらに予算を回すか、これからの実務的なことの多くをどう実現するかで、頭がいっぱいでした。

でも日共系は、翌日に大会の正当性を認めて、会計事務などを引き継ぐことに同意しました。「学苑会民主化委員会」で、対抗する方針を採ったようです。その結果、大学当局もすんなりと私たちを認めて、当局が学費と一緒に会費徴収している自治会費を、新執行部に支払う手続きも順調に進みました。私は財政部長としてそれらを引き受けました。

第六章　大学当局との対決へ

バリケードの中の自治

大学当局は私たちがスト権を確立し、バリケードを築いた頃、どんな動きをしていたのか、宮崎学生部長の本から、追ってみました。

十一月二六日には生田校舎でも、神田の大学院でも大学評議会の開催が学生側に阻止されて流会となっていました。三〇日の団交を控えていた頃です。

そしてストライキになって評議会の開催が出来ないままの事態になった大学側は、「臨時連絡協議会」を設置したそうです。構成は常勤理事、Ⅰ・Ⅱ部教務部長と学生部長で「その性格は、法人と大学（教学）の間の連絡・調整機関とされ、学長が中心となって運営し、学長に事故があるときは、教務担当理事が代わることとされた」というものでした。その結果、学生のスト権確立とバリケード封鎖に対して、一二月一日付で、休講を告示しました。以下のとおりです。

「十一月三〇日、記念館において、理事会と学生会の間で行われ教職員も参加した『学費問題全般』に関する話し合いは、午後九時一五分ごろ学生側から、話し合いが打ちきられ引き続き一部学生は、大学を占拠する実力行使を行うに到った。午後、十時二五分、学生側は、大学院、小川町校舎を除き、一号館二号館、四号館五号館七号館九号館十号館十一号館および図書館を障害物でもって封鎖して、教職員の出入りを拒否する状態に立ち到った。一二月一日、学長は告示を発し大学の正規の授業を力によって妨害しないよう要望したが、学生側がこれを聞き入れないので、やむなく休講の措置をとった。昭和四一年一二月一日明治大学」

バリケードによって、大学構内に入れないので「昇龍館」という神田の大学近くの旅館を、学生部臨時本務所兼宿舎としていたようです。ここで、学生側の昼間部全学闘争委員会の大内義男（工学部）副委員長福島英昭（経営学部）小森紀男（政経学部）書記長は菅谷俊彦、全Ⅱ部共闘会議議長は酒田征夫（政経）岡田征昭書記長（研連委員長文学部）と、コンタクトをとっていたとのことです。昼間部が主導権を握っていると思われたと、宮崎先生は記しています。当初は、昼も夜も基本的に共通した学費値上げ白紙撤回を求めていたので、恒常的連絡は昼間部がとっていたのでしょう。

私たちⅡ部の新しい学苑会執行部は、まず民青の高橋中執との引き継ぎを開始しました。当時は新執行部を認めずに、印鑑や会計なども引き継ぎを拒み妨害活動に出てくることも、私たちは想定しましたが、整然と多数決で学生大会が行われたのは衆知の事実だったので、日共側もいさぎよく引き継ぎに応じることになりました。

六六年に学生が管理運営権を持っていた学生会館には、これまで三階に私たち研連執行部と高橋学苑会が隣り合わせにいました。その新しい学苑会室から、日共民青系の人びとが出ていき、それに替わって、私たちが執行する役割につきました。私たちは、民青執行部と誠実に引き継ぎを行いました。歴史的な各議案や決議、備品に学苑会の財産日録、それに会計。私は民青の財政部長から、学苑会の残高確認の上、帳簿も引き継ぎました。彼らはバリケード封鎖に対して「学苑会民主化委員会」をつくりましたが、のちに党内の中国派との内部抗争で、力を失っていきました。私の知るかぎり、民青の中心をなしていた社研は、中国との友好を訴える人びとが多かったのです。彼らは、後に活動から身を引いたのか、大学でも見かけなくなりました。

私たち新学苑会は執行部と別個に、学費闘争の機関をつくりました。大会決定に則って「全Ⅱ部共闘会議」として、学費闘争を闘うことにしていました。

当時、学校当局・学生部や学生課とはパイプもあり、私は財政担当として学生課の担当と予算決議に沿った預かり金（入学時、学費納入時、大学側が徴収している学生自治会費や助成金）の受け取りなど、頻繁にやりとりをしていました。私はⅡ部共闘会議執行部に加わらず、学苑会の仕事に集中していたので、学館に居ることが多かったのですが、学館前の広場に面した商学部などを中心にして多くの学生が、バリケードの中に泊まり込み態勢をとっていました。夜間学生は、そこから会社に出動する人も多くいました。

明大の六六年の私たちのストライキ闘争は、自らがバリケードの中での秩序を、自主管理としてつくり出さなければならないという考え方に立っていました。当時の明大の政治的環境は、第一に出来たばかりの学館の管理、第二に六〇年代から日共系職員と党派闘争を繰り返しながら、ブント系が維持していた生協活動もあります。第三に再建大会途上の全学連の主力をなす明大社学同の役割。そうした社会的条件に規定されていました。

バリケードの中の日常活動は、自主管理カリキュラムに基づいて講演会や学習会、討論会、サークルの発表会などが盛んに行われていました。私の初仕事は大学校舎内泊まり込みのために、貸し布団屋から二〇〇程の布団を借りたのを憶えています。その後も私の財政部長時代（六六年～六七年）には必要に応じて、よく借りていました。値段もすっかり忘れてしまいましたが、神田にあった貸し布団屋とは、私が一番なじみだったでしょう。学館前の十一号館に二〇〇の布団を運び込んでも、足りなかったのを思い出します。

夜間部は夜、バリケードの入口にドラム缶で焚き火をしながら、監視門衛のローテーションを組んでいました。見回り組、他は学館前広場で大きな立て看板を、いつも誰かが書いていました。鉄筆とガリ版でビラを作り、それを一枚一枚謄写版で刷り上げる作業も、あちこちで行われていました。

大学は休講でも、サークル活動やその為の活動の場は、狭い部室のみならずバリケード中の広い教室の空間で行われていました。軽音楽やジャズ研や空手まで、広々と練習出来たし、各研究部の発表会も、自主講座に組み込みました。明大Ⅱ部の演劇部には、GちゃんH君と、ヒッピーの始まりをつくったと称する人びとがいて、彼らも自主管理に参加し、不思議なパフォーマンスをやったり、新宿西口や風月堂へと、ヒッピームーブメントを広げていくころです。唐十郎や寺山修司が語られ、キューバのゲバラとカストロのどちらが革命的なのかを論争し、朝鮮文化研究の展示会など、ごった煮の良さがありました。民青も反対しつつ、共同しています。学館二階には、「談話室」と呼ばれるロビーのような空間があり、自動販売機も置かれてコーラとファンタを売っていました。生協の食堂も学生の要求で開いていました。冬の寒い中、ジグザグデモを一日二~三回はやって気勢をあげ、御茶ノ水駅で市民や店主への呼びかけやビラを撒いたりしていました。

バリケードの中には、いろいろな人が来ていました。講演に呼ばれてその後、気に入ったと、左翼評論家で泊まり込みに加わる人もいました。近所の文化学院の学生や高校生も、バリケードの中に人生相談に来て、居心地がよいのでずっと加わっていました。サイケ（サイケデリックから採った）とニックネームで呼ばれた家出してきた女子高生は、バリケードの中で抽象画を描いては、学生たちのアジテーションや討論をじっと聞いていました。みんな、お互いに興味を持ち、悩みを聞き合い、又、次々と当局との闘争方針を打ち立てては、交渉し又、闘争し会議する、という日々を一二月から年末年始一月中ずっと続けていました。

寒い冬、学館のマロニエの木の下には、いつも屋台が留まっていて、お金のある人はラーメンを食べることが出来ました。直ぐそばにスナックもストライキの後に開店していて、三時過ぎまでやっていました。これらは公安当局に関わりのある者たちだという噂でした。当人の一人が「公安に頼まれて情報収集している」と打ち明けたとのことです。それ以来、そうした店は行かないようにしていました。お茶の水の学生会館のそばの店には学生たちの主張を伝え、協力をお願いします、と訴えていました。おかげで、のちに学館にガサ入れがある時に荷物を預かってくれる店もありました。

私の生活費は、当時アルバイトで、二万円くらいだったのだろうと思います。当時は時代としてまだ、ズボンを履く習慣がなく、学校に泊まるようになって、スラックスを履くことがありましたが、通常はスカートでした。もちろん、ヘルメットも被りません。そんな時代です。

当時の私は、研連の岡崎さんに替わってMLの酒田さんを推して学苑会中執の委員長に人事案をつくったように、ML派とは親しくやっていました。ところが、バリケード闘争が始まると横浜国立大闘争のMさんが頻繁に明大に訪れて指図をするようになってきました。私はこのMさんの押し付けがましさに我慢ならず、反論すると「君の意見は社学同の意見だ」と批判されたりしました。はて、社学同？　そうか、私の意見って、そうなのか？　レッテルを貼られて、社学同の教育政策を読みましたが、どこが同じかは分かりませんでした。でも、尊大なこのMさんが嫌いで、ML派とは距離を置くようになりました。

大学当局との激論

こうしたバリケードの様子は、つねに当局との激しいやりとりと対峙のなかにありました。一二月二日には、宮崎学生部長を先頭に、神田駿河台正門の前で、バリケードを撤去せよと、呼びかけていましたが、その時には正門からすぐの九一番教室では、「学費値上げ阻止総決起集会」が開かれていて、Ⅱ部の学苑会もバリケード闘争に入ったことで、連帯の挨拶を共同して行なっていました。

宮崎学生部長によると、一二月二日には、臨時連絡協議会を開いたのですが、小出学長が「このような緊迫した情勢になりましたが、多数の方から意見を出して頂き、皆で円満に会議を進めていって下さい」と挨拶されたのだそうです。

それに対して、宮崎先生は「円満とか言っている場合ではありません、まさに異常事態なのです、このような場合意見が衝突して当然です。大勢を集めればいいということではありません。秘密にわたることもあり人数をもっとしぼるべきです」と、突き上げたようです。会場はシーンとしたと、宮崎先生の話。ここでは、学費改訂を理事会は早くしたいというのに対して、学生部長は、決定は出来るだけ遅くすべしという意見であったということです。

一二月三日には、全学闘争委員会の大内委員長、菅谷書記長と学生部長が大学院の木村研究室で会い、学生に必要な教務事務が行なえるように職員を立ち入らせることを確認し、立て看板を道にはみ出さないとか、机を燃やしたりしないなどを確認しています。もちろん学生自治会側は研究室を占拠したりしない点は、自主管理として徹底していました。

一二月五日には、「学生との話し合いについて、a　理事会は、当面学費改訂案発表まで学生との話し合いを続けていくが、これまでのような形式では、会わない。b　理事会の意志を伝える場を持つために、学生部を通じて、理事会の希望条件を付して話し合いの申し入れを行う。その期日は、一二月八日とする。c　話し合いの場については、第一案は学外の適当な場所、第二案は記念館講堂とする。d　全専任教員を招集するよう措置する。一般学生への通知方法は、掲示およびビラを用いる」などを秘密厳守で確認したとのことです。もちろん私たち学生は、そうした動きは知りませんでした。

この一二月五日には、中大でも学生大会でスト権が確立されました。私たちは、すぐ隣の中大に、みんなで見に行ってお互い喜びあったものでした。中大に駆けつけると、偶然中学時代のクラスメートの女性に遇いました。でも、喜んで抱き合ったのもつかの間、「あなた！　味岡自治会の方ね！」と睨みつけて行ってしまいましだ。「味岡自治会って何だろう?」その時には、わかりませんでしたが、反日共系のことを、なじっているのはわかりました。彼女は民青になっていたのでした。

一二月六日には、五時から評議会が開かれる予定と聞いて、学生二〇〇人が大手町の会場を占拠して流会させました。そして八日に、学生と理事会で記念館で話し合うことを決めました。ところがその後、理事会が話し合いの条件としてバリケードを正面は撤去せよ、というのを出してきたため、学生側はそれは出来ないと答えました。そのため、当局は朝日や読売新聞に、八日の話し合い中止の広告を出しました。学生側は、理事会の一方的なやり方に抗議して、十日に記念館団交を申し入れました。理事会と学生側は、こうして交渉や応酬を繰り返し、一三日にも大手町の会場で開かれる評議会で、学費値上げ決定が緊急動議される怖れありと、再び二〇〇名が会場になだれこんで、評議会を流会させました。

一二月一五日付の『明治大学新聞』は次のように書いています。

十一月二四日から相次いだ和泉・生田・神田の三地区施設（大学院・小川町校舎・和泉教職員研修館を除く）の学園封鎖にともなう学生の自主管理は、その後、平穏に続き、バリケード内では、クラス、ゼミナール、サークルなどの単位による討論会、講演会の講師として福田善之（劇作家）丸山邦男（評論家）石堂淑郎（シナリオライター）津田道夫（政治学者）氏らがよばれたが、自主的に行なわれている。また、全学闘争委員会（委員長大内義男　工三）や文連・研連なども連日集会やデモを行なっており、また執行部の交代でやや立ち遅れていたⅡ部学生自治機構学苑会（委員長酒田征夫　政四）も、ようやく活発な動きをみせ始めた。今までのところ、学園封鎖をめぐるトラブルはみられない（中略）この間、教職員側も各教授会をもつなど事態収拾に取り組み、二、三の学部では、声明文を発表するなど、問題解決への積極的姿勢をみせている。五日には午前十一時から本郷の神田中央ビルで、武田孟総長、小出学長による各紙記者会見が行われ、（一）学費値上げの基本方針は変わりない。白紙撤回は考えていない。（二）学生と主体性をもって話し合ってもよい。（三）専任教員の増員と質の向上、奨学制度の拡充、課外活動の助成増加など、学生への還元を考えていると語った。一方学生側も同日五時から、駿河台学生会館の四階和室で、斎藤克彦反日共系全学連再建委員長（商四）などが出席して、各社記者と会見し重ねて、現計画の白紙撤回を要求した。席上、学生側は、記者側の質問に答えて「現在は、各大学など外部からの支援は、すべて断り明大の学生だけで闘っている。しかし、法人側が官憲を含めて、学外協力を介入させたら、われわれも外部からの支援申し入れを断らないだろう」という注目すべき発言があった。

この頃、各教授会から、学園封鎖解除と理事会との話し合いを求める声明が続きます。「昭和四二年度の、学費改訂は、理事会と学生会との間でとりかわされた七月二日の『確約書』を尊重して、値上げ決定以前に学生と十分に話し合うこと」を、各教授会は求めていました。

そして、外部介入（警察導入）を行わないように訴えています。また、田口富久治・木下信男・永田正ら進歩的な教授は、私学危機は抜本的な再検討を行うこと、一大学内においては解決しえないので、国庫助成運動を行うようにと、呼びかけていました。それに対して、Ⅰ・Ⅱ部執行部の学生側は反対し、日共系学生サークル、学部自治会のみ賛成しました。

学費値上げ正式決定

理事会は学生側の話し合いに応じないまま、一二月一五日、東京プリンスホテルで、理事会を行って学費改訂を決定しました。そしてその夜、記者会見でそれを発表。宮崎学生部長にも、そのことは事前に伝えず、決定後、「昭和四二年度以降の入学生に『学費等の決定について』という文書を学生側に渡すように」と、昇龍館旅館に届けてきただけだったのです。理事会は誠意がなく、ただただ学生を恐れていました。

結局、宮崎学生部長が学生会館に出向いてその決定書を、昼間部と夜間部の大内、酒田両委員長に学館前の路上で渡し、値上げ決定通知を行いました。二人はその場でその文書に目を通した後、受領を拒否して、直ぐ文書を返却したと、宮崎学生部長は記しています。その長野国助理事長名の一二月一五日付の理事会の文書が「昭和四二年度以降の入学生に対する学費等の決定について」という文書です。

それは、これまでの経過を自己弁護的に述べて、「やむを得ざる事情を諒とされんことを望んでやみません」として別紙に、学費改訂額表を添付しています。

主旨は、入学金授業料の改訂で、Ⅱ部の学費は改訂しないとしています。入学金三万円を四万円に、授業料は文科系五万円を八万円に、工学部の七万円を十一万五〇〇〇円とするなどが記されています。このようにして、一二月一五日、理事会側は、正式に値上げを通告しました。

いっぽう、学生側にも動きがありました。一二月一八日に記念館で、「全日本学生自治会総連合会再建大会」が行われています。『明治大学新聞』（一二月二九日付）では、「三派系・全学連が誕生」という書き出しで、当時の再建大会の様子が書かれています。

「今回の全日本学生自治会総連合会再建大会は、東大、早大、中大、同志社、三重大、和歌山大、広島大など三五大学、一七一自治会が参加、『支配体制への攻撃』をテーマに徹底的な討論が展開された」としています、

第一日目は一七日正午から大田区区民会館、一八〇〇名。一八日、二日目はバリケードの中の明大記念館。一九日、最終日は再び大田区区民会館で、賛成一七八、反対なし、保留二（代議員一八二名）で可決しました。そして、二一人の中執委員と、その互選によって、明大からは斎藤克彦委員長と中澤満正組織部長が選出されています。

全学連再建により、全国の模範として、明大学費闘争の勝利がかかっていました。冬休みを迎えつつ、バリケードは死守され、ローテーションを組んで神田地区だけで数百人の学生が泊まり込んでいました。こうして、六六年は越冬闘争として闘われ、新年を迎えます。

収拾のための裏面工作

明大学費闘争は、一二月からストライキ自主管理闘争に入ったことで、ちょうど再建された全学連党派

の思惑も作用して、非妥協性へ非妥協性へと、運動が流されていく傾向にありました。

のちに知ることですが、ブントは党派的利害からも、持久的に闘うことを主張し、中核派は一切の妥協を排した闘いを主張してブントの方針を批判していました。また、ML派は横国大のMら学外の人達が、明治のII部のML派を拠点として、党派的活動をしはじめました。

ML派といえば、いつの事だったか忘れましたが、私が学苑会中執の隣の会議室を開けた時のことです。横国大のML派のMらが中心となって、赤い毛沢東語録をそれぞれが持ち、お経のように唱和しているのに遭遇し、仰天してしまいました。

理事会は学生との話し合いは、正門のバリケード撤去がなければ応じないとしつつ、一二月一五日、一方的に値上げを正式に表明しました。そしてそれ以降、呼応して体育会の「学園正常化運動」、日共民青系の「学園民主化」、教授会の「理事会当局と学生双方の話し合い封鎖解除」も激しくなり、煮詰まっていました。

こうした中で、革命を求めて徹底的に抗戦せよ、というような乱暴で無責任な論理を押し付けられるように聞こえて、非党派の私たちは悩みました。ノンセクトラディカルや研連、文連など昼間部執行部で話し合いました。全学生への責任を負う立場から言えば、卒業する学生たちの単位はどうするのか。白紙撤回以外の収拾はないのか？　よその大学の党派介入は、当局や体育会のみならず、警察の介入をまねくのではないか？　と。研連、文連など、いわば「良識派」の人々は危惧しながら意見提起をしていました。今からとらえると、情勢は民主的に学生大会で収拾を諮る時が来ているのに、逆に全学連再建大会を経て、断固非妥協に闘うという党派の競合と介入が、闘争方針をつくっていたのです。

このまま行けば自治も失う、というわたしたちのそんな考えは、党派の者たちからみると「学園主義」

です。こうした学園主義的な妥協は、日帝の帝国主義的再編に組み込まれるものだ、と批判されます。しかし、党派の要求通りにすすめば、権力の介入の力で学費値上げと入試は強行されてしまいます。逮捕者・退学者などを大量に出し、自治も奪われてしまうでしょう。

これまで当局と対峙し、責任を負ってきた明大学生会中執は活路を求めていました。学生たちに責任を負わなければならない。また一方で、明大社学同のトップのものたちは、再建全学連委員長として全国的な闘いの先頭に立ちつつあり、明大の面子ある闘いの砦として、ブントの拠点として維持したかったでしょう。

ブント以外の党派の者たち、ＭＬ派や徹底抗戦の中核派は断固バリケード死守、入試粉砕まで闘うことを主張していきます。今になって、当時の学生部長の考えや、資料から分かるのですが、学園闘争を収拾したい、党派や外部の介入で右派や警察権力に粉砕される前に自治の場を取り戻し、妥協すべき点をみつけるべきだという勢力が、こうした一二月の局面で動き出していたのです。

私も全学意志をもって徹底抗戦することが可能なのか、悩んでいた頃です。「断固闘う」方向を問い「民主的に」学生を動員するために臨時学生大会でもやるべきか……、と考えていましたが、それ以上深い方向も考えていませんでした。

学費闘争の組織「全Ⅱ部共闘会議」は、中執の主要メンバーが中心になって構成し、私はそれに加わらずに学苑会の組織固めの役割分担していたためでもあります。Ⅱ部共闘会議議長はＭＬ派の酒田さん、副議長は研連の岡田さんもいましたが、政経学部の中核派の花田さんは、徹底抗戦派です。全学連大会後は外部のＭＬ、中核派も来て徹底抗戦の主張が強くなっていました。

こうした時期、「裏面工作」が始まったのを、私は二〇〇〇年以降になって逮捕後に、当時の宮崎学生部長との話や本で知りました。右翼体育会や学生の正常化圧力の中、他の党派の介入に対して自分たちブントの党派利害からか、または純粋に責任感のためか個別明大の自治を守ろうとする人びとの動きです。

宮崎先生の本から「裏面工作」が、浮かびあがってきます。宮崎学生部長によると、どのように紛争を解決していくのか先がみえなかったので、従来の学生部長経験者の先生方を昇龍館に招いて、お知恵拝借を願ったそうです。新羅一郎、永田正、和田英雄先生らです。その中でも名案は見つからなかったのですが、新羅教授の言葉が後の宮崎先生を動かすことになったようです。

「『宮崎君。戦争でもそうだけれどね。正面から向き合って対抗していたって埒はあかないんですよ。紛争のときには常に正面作戦と一緒に裏面工作を進めなくちゃ駄目なんだ。裏面工作やっているの』と、言うのだった。『裏面工作』？　どうやって進めたらいいのだろうか？」と考えたそうです。

宮崎先生の頭には、なかった方針でしょう。その後、新羅先生が道筋をつけてくれたようで、新聞部OBのKから「先生、全学闘の大内君と会う気持ちがおありでしたら手配しますが」と連絡があり、御茶ノ水駅から本郷三丁目の方の喫茶店で、初めて大内委員長と会ったとのことです。

「二回目からは、千鳥ケ淵のフェアモントホテルの喫茶店。最初は情報交換で、双方ともその主張は公式見解に近いものだった。（中略）しかし、何回も話しているうちに、次第にお互いの苦労や気持ちもわかってきて、何とか打開の途はないものかと思った時、立ちはだかっている固い岩の中にわずかだが解決への可能性の細い割れ目の薄日のようなものが見えてきた。『大学をよくするために学費値上げが必要なのだよ』と言ったのに対し、大内君は『学費を上げても、大学の体質は変わらず大学は良くなりませんよ』とこたえたのだ。（中略）『それでは、学費を上げなければ大学は本当に良くなるのかね』『学費を大学の体質を変え、大学を良くするために使用することを理事会側に確約させ、それを学生側もできるシステムにすることはできないか』」

こんな風に話し合っていたようです。大学もまた、迫ってくる卒業で、学校教育法による四年生の必要授業時間不足など、現実的問題が問われていました。バリケード封鎖のために、卒業できない一般の学生たちに責任を持てない自治会でよいのか、大内さんも悩んでいたのでしょう。

こうして、双方の話し合いを重ねた上で「神田小川町校舎の学生相談室で、予備折衝を行った。全学闘争委員会側からは大内君をはじめ、何人かの代表、学生部からも宮崎学生部長の他、副学生部長が話し合った。白紙撤回に学生は固執しつつ、妥結の方向に向かっていった。話し合いを公式の場に乗せるために一月二〇日に理事会と学生側が話し合うことになった」（以上、引用は『雲乱れ飛ぶ』より）と書いています。

対立から妥結への模索

学生が入学試験阻止闘争を検討しているとして、一月に入ると、体育会系の「学園封鎖抗議集会」が九一番教室で開かれました。以後、理事会の動きと連動するように、学生自治会に対抗して体育会が動き始めたのです。

体育会は一月一四日「学園封鎖抗議集会」で宣言文を採択し、自治会と一触即発の緊張が続いていました。理事会が値上げを公表してから、黒龍会の幹部と噂される島岡野球部監督が動き出しました。体育会を動員して、団交でも前方座席を体育会に暴力的に振り分けるなど、采配をふるい始めたのです。一二月から一月にかけて、この動きが激しくなります。

一月一八日に、全学闘争委員会と、学生部長による覚書きがかわされて、一月二〇日に記念館で、話し合いをもつことが決定されました。学生は教授たちに共闘を呼びかけました。

「私たちは、教授会内の学費値上げに反対する良心的先進的教授諸氏に訴えます。腐敗・堕落した教授諸氏を弾劾し、私たちの共通の目的である『白紙撤回』獲得の為に、私たちとの固い連帯のスクラムの中で、最後まで闘って行こう」と。

三月五日の『朝日ジャーナル』によると、「定刻の三時間前に、記念館講堂は満員、まわりの五〇〇人から一〇〇〇人入れる四つの教室にはスピーカーで流したが、そこも一杯。御茶ノ水駅から長蛇の列、消防庁から抗議まできた。団交では、学生が教育のビジョンを要求すれば、理事会は経営の困難さを訴え議論は、かみあわない。この日もむなしく空転」と、記事になっていました。

この日は、恐怖の団交でした。島岡監督の指令を受けた体育会、柔道部や相撲部、野球部、レスリング部などが、前方座席に座る学生を暴力的に排除して、数百人分の席を占拠しました。そして、壇上で、学生側の発言が始まると「ウルセー！　バカヤロー」「だまれ」などと妨害します。敗けずに学生の多数は拍手して、壇上のみならず座席もゲバルト合戦となっています。そして、学生側も棒で徒党を組んで対抗措置をとりました。その後、体育会側は、大学に要請文をつきつけました。

「二〇日の記念館での混乱でおわかりになったように我々は、会場警備にあたっておりましたが、学生一般及び体育会員の異常な熱気は、現状については、もはや体育会本部にしては制しきれない様になりました。この事に関し、大学側の今後とられるであろう処置についてどうお考えか、明らかにするよう要請します。一月二四日　体育会本部」と、暗に警察の介入を求めています。

二五日に再び団交が行われましたが、六〇〇人収容の九一番教室に体育会ゲバルト部隊が集まっていました。学生服の腕を白い紐で縛って、これからのゲバルトに際して仲間同士の印をつけています。樫棒が運び込まれ、島岡監督が激を飛ばして一触即発の対峙状態でした。この時は学生会の全学闘争委員会も学苑会の全Ⅱ部共闘会議も、流血を避けて挑発に乗りませんでした。

再び一月二一日と二六日、大内委員長と学生部長は話し合いを持ち、打開を求めて、学生部長が個人的に「案」を提起。大内委員長も個人として、この筋でまとめていこう、と話し合ったようです。この「案」をもとに話し合おうとしたことが、後の「二・二協定」妥結につながるのです。

その内容は、異常事態を解決するために双方努力すること。理事会は、学生の要求と話し合って、学内改善方針を六七年三月までに決定すること。学費値上げ分は、別途保留して、三月方針の決定を待ってから予算計上する。それが同意されれば、一月三〇日から、授業再開が可能となるようにする、という内容です。

そして、「一月三〇日に学園が正常になった際は、報道機関を通して、大学と学生会との連名でもって、本学の新しい出発を声明するものとする」と、原案は述べています。この妥結案を、宮崎先生は、こう書いています。


理事会側も学生側も、大筋において異論が無いようだった。ようやく、妥結への灯がほのかに見えてきたように思われた。しかし、この妥結案の内容を公開の場で確認する必要があった。学生側は、一月二八日に和泉校舎で理事会側と学生側との公開の話し合いを行い、その場でこの妥結案を公表して妥結の方向にもっていきたいという意向だった。話し合いを行うことには、理事会側も同意した。朝日ジャーナル記事の中に「このころ、すでに斎藤克彦三派系全学連委員長と武田総長との間に裏交渉が進んでいた」（六七年三月五日号）とある。学生部長・大内委員長の線とは、別に武田総長・斎藤委員長にも交渉があったようである。しかし、全学闘争委員会の委員長は、大内義男君であり、学生部長と大内委員長の話し合いが非公式交渉の主流であったと言ってよいだろう。

斎藤全学連委員長にばかり目を奪われていましたが、大内さんは学園正常化に集中していて、斉藤さんに同調していたというよりもむしろ、反発すら持っていたようです。歴史的にみると、こうして、妥結案をめぐって話し合いが行われました。大内さんの出身、工学部生田校合では、妥結を受け入れました。しかし二八日和泉校舎では妥結反対の大衆団交と化していき、決着が着きませんでした。決着は再び、二九日、神田校舎に持ち越されました。

この宮崎・大内作成の妥結案によって、各党派、ブントを含めて明大社学同批判が席捲することになります。値上げを前提としているからです。そうした中で、一月二九日に生田校舎ではバリケードが撤去され、和泉では妥結反対。神田の二九日の団交は流会となりました。

「学生部報・号外（一月三一日付）」は、「一月二九日午後四時記念館講堂で行われる予定であった学費値上げ問題についての会合（全闘委側回答をめぐる）が開かれる前に全闘委の学生たちと、体育会を中心とする学生たちとの間に乱闘が生じ、後者に一三名の重傷者を含む負傷者四六名を出す異常状態が現出されたので、記念館での会合は中止となった」と述べています。

Ⅱ部共闘会議の学生たちが、二百数十人、棍棒ヘルメットで武装して、乱闘が行われた、と。明大外の部隊を中心とするそれら勢力が、体育会を中心とした団交の前列に占める学生らを襲撃したと、号外は述べています。この乱闘事件は、その前段で体育会が暴力で座席を占拠して、学生会支持の学生たちを殴りながら追放した結果起こったことでしたが、号外ではそれらは触れられていません。

こうした暴力流血に対し、打開にむけて理事会と学生側で場所を移して話し合うことを、学生部長の仲介で合意しました。そして午後になって、大学院第一会議室で話し合いが持たれました。これから、機動隊導入「二・二協定」という流れに一気に突き進むのです。

最後の交渉と機動隊導入

二九日の流血のあと、緊急に場を大学院に移した話し合いは、司会に宮崎学生部長と学生側長尾健。理事側は長野理事長、武田総長、小出学長他七名、全学闘争委員会は大内義男委員長、菅谷書記長他八名、全Ⅱ部共闘会議の酒田征夫議長、花部利勝副議長他七名の参加です。

ここで、二八日理事会提案に対して、全学生側の回答を得る場として当局は設定しました。しかし、学生側は白紙撤回を求めて、座り込み部隊三〇〇余名が会議終結を許しません。十数時間後の三〇日朝、学校当局側（学部長会議）は、警察の出動を要請して、理事たちを「救出」しました。

その直前までは、全学闘としても学園の正常化をしたい。次のことが認められれば、理事会提案を受け入れ授業再開のため、即時バリケードを解くというところまで合意が進みました。（一）理事会が教育・研究財政問題を根本的に解決する姿勢で努力すること、（二）値上げに関しては、実質的に白紙の状態に付しておく様希望する、というところで妥結に近づいていました。

結局、「白紙撤回」という字句を認められないとするやりとりや、学生部長からの妥協案などのやりとりが続いていました。九五番教室一〇〇〇人、一五〇番八〇〇人、一四〇番一〇〇〇人、各教室には体育会を含む数千人の学生が膨れ上がって、成り行きをスピーカーで報じられつつ待っていました。

二九日の夜十時前、妥結点と未解決点を確認して、会議を終えた学生・理事会双方が、一四〇番教室で説明会を行なうことになりました。宮崎教授によると、Ⅱ部の全学共闘会議と他校からの部隊が移動を阻止して、缶詰状態になってしまいました。そして、「大衆団交をひらけ」「理事会は学費値上げを白紙撤回せよ」と、出室を拒否して、バリケードを築き、「つるしあげ」が延々と続きました。

「機動隊がきた！」のデマで浮き足立ったり、混乱が深まって夜が明けました。この頃、学部長会議が警察隊に三〇日朝七時、理事救出の要請を行なったのです。このことは会議場にも通告されました。昼間部の菅谷書記長は「退場してバリケードを再構築しよう」と、呼びかけました。それに対してⅡ部の側が、継続を要求して対立し、昼間部は会議室から退場しました。しかし、機動隊が来ることがわかると、昼間部の大内・菅谷全学闘執行部も会場に戻って、Ⅱ部の学生たちとスクラムを組んで、インターナショナルを歌いながら機動隊をむかえました。

大学当局の要請は、理事救出のみだったので、七時一五～二〇分、警察機動隊は窓を破って理事を救出し、撤収しました。こうして結局は、警察の介入に結果したわけです。三〇日、その日すぐ透かさず、理事会の意を受け島岡野球部監督らが中心となって体育会を動員し、バリケード撤去に動きました。そして、その日のうちに神田校舎のバリケードはすべて解除されてしまいました。

その上で、『学園は理性の場であり、大学内に棍棒などの凶器を持ち込むことは、大学に対する重大な侵害行為である。ただちにこれらのものを、大学外に持ち出し、所持者および明治大学教職員学生以外の者は、ただちに学外に退去するよう命令する。一月三〇日　明治大学学長』『本日、明治大学のストは、学生の手によって解除されました　一月三〇日　明治大学学長』『全学闘争委員会、全Ⅱ部共闘会議の解散を命じる　明治大学長』と、正門に通告告知がなされました。

こうして、学生大会によって決定された学生の闘争機関の解散を当局が命令するという事態に至ったのです。和泉とⅡ部の学生指導部、およびブントを含む党派の外部勢力は、大学当局の暴挙をはげしく批判しました。私のようなレベルの人々も、この機動隊導入で、逆に闘争の継続を強く主張するようになりました。

後に知ったことですが、神田署から学長と学生部長に「被害届」を出すように求められたようです。理事救出の警察出動した件で、被害者からの届出が必要ということらしい。しかし宮崎先生は「学生部長は学生を守る立場にある。その者が処罰を求めるような届けを出すことはありえない」と拒否しています。後に学長が被害届を出したと聞いて二月八日、宮崎先生は辞表を提出し、三月いっぱいで学生部長を辞めています。

第七章　不本意な幕切れを乗り越えて

覚書——二・二協定の真相

昼間部の全学闘大内指導部は、機動隊の出動を大学が要請したことで、これまで話し合った妥結に沿った収拾しかないと判断したようでした。一方で、宮崎学生部長も打開を目指していました。機動隊導入後、全学闘もⅡ部共闘会議も学生が消えた、と宮崎学生部長は書いています。

「逮捕を恐れたのか、体育会の暴力か分からないが、バリケードが撤去され、昼・夜の闘争機関に解散命令を発しても、中執は学生会・学苑会としてある。学生たちが理事会案をのまなかったから値上げするのは公正とはいえない」

このままではまずいと判断し、学生部は理事会の同意を得て三一日、正門に学生部長名で以下の告示をしたとのことです。

「学費問題については、今後も理事会が誠実かつ謙虚な態度で学生諸君の代表と正常な方式に従って話し合い（具体的には一月二八日の提案に基づき）最終的妥結をはかり、学園を正常に復することを望む。学生部長は、学生諸君の希望があれば、それを推進する用意がある。一月三〇日 明治大学学生部長」と、示しました。

当時、活動家と見ると、右翼体育会系の集団からリンチや拉致されるために、駿河台の校舎に多くの人が近づけなかったのです。その実態を宮崎先生は、当局側として体育会と協力しあっているので理解していません。

その後、大内委員長から連絡があり、宮崎学生部長と大内さんは話し合いをしていました。大内委員長の話によると、学内の闘争委員の大旨は同意に至りつつも、最後まで反対という学生もあり、上部組織や応援部隊の強い反対で、公開の話し合いの場で妥結するという了解に至り得なかった、と説明したようです。それを受けて、学生部長は理事会に対して、一月二八日の妥結の方向を今後も維持してほしいこと、また、学生の要請に理事会を代表し、交渉を担当する人を選出してほしいと申し入れています。そして、同日、武田総長が理事会代表に指名されました。

こうして一月三一日、午後七時頃、大内学生会中央執行委員長より、学生部長を通して、申し入れ文書が理事長宛に提起されたのです。

「大学院の徹夜の交渉で、理事会側が示された内容は、不十分としつつも、われわれの主張をおおむね諒解されていると判断します。よって、これまでの両者の努力を水泡に帰さない為にも、一刻も早く紛争を集約し、問題の具体的な解決のために学生会中央執行委員会と理事会の間で提示された最終案で妥結をはかりたいと考えます。理事会におかれましても充分われわれの意を汲まれて善処されんことを期待します。

調印の場所・日時については、学生部長を通じてお知らせ願いたい。昭和四二年一月三一日 明治大学学生会中央執行委員会 委員長大内義男」

今度は理事会側が強気になります。上記の最終案というのが「学費改訂による値上げについては九月末までの延納をみとめるものとする」という大学院での徹夜のやりとりの最終案でなく、理事会側原案での妥結を主張したようです。それでも、とにかく二月一日、生田校舎で調印すると学生会が知らせてきたので、当局側は待機しました。しかし、学生側から連絡が切れてしまうのです。

宮崎学生部長と武田総長は、「今度もダメか」と諦めていたところに、二月二日午前一時三五分学生側から「これから覚え書きに調印したいと思いますので、銀座の東急ホテルに来てください」と、昇龍館に電話が入ったとのことです。ここで最後の交渉と合意に至りました。

法人側からは理事会代表者として武田総長、介添役として小出学長、学生側は大内義男委員長、川口忠士書記局員、介添役として斎藤克彦全学連委員長、仲介した学生部としては、学生部長の宮崎先生と中村雄二郎（法学部）・吉田忠雄（政経）教授が同席しました。

二月二日付覚書に午前四時に署名を終えて、その同じ場所で記者会見を行なって公表しました。二月九日付『明治大学新聞』で、大内委員長は次のように述べています。

覚え書きは休戦協定だ。学費闘争は、二月二日の学生会中執と理事会との覚え書きの交換をもって終息したのではない。覚え書き交換は、その内容が示す如く、たんに一時的休戦協定を意味するにすぎない。したがって、二部共闘会議や無責任な「外人部隊」が言う如き、敗北宣言協定ではないことは、あきらかである。ましてや、休戦協定は、私個人と、理事会とのボス交渉によって結ばれた訳でもなく、更に両者との間で、金銭的取引があった如き事実は、一片たりともない。調印は、言うまでもなく、大衆組織の民主的ルールを踏まえ、各地区闘、全学闘書記局、学生会中執の各構成員の了解のもとになされたものである。ただ、本来全学生の了承の下になされるべきであったという点において、不本意な形で、不十分なままになされたということは、素直に全学闘の責任と言わねばならない。そのために止むなく学生大会での最終承認という形式をとらざるをえなかった。休戦協定を結ばざるをえなかった理由は、大学当局との力関係に専らある。二八日団交以後、当局は国家権力を背景として、二九日には和泉・生田のバリケード撤去を強行し更には三〇日には、体育会一部右翼分子による白昼テロ、バリケード撤去という前代未聞の行為によって、更に全学闘の解散命令によって自ら自治破壊の道を選ぶことを通じてわれわれに対する弾圧を仕掛けてきた。このなかで全学闘は、学生諸君の前に登場することすら困難な状況に陥り、そのまま事態が続くかぎり、明大の全体的反動の嵐が今後長期に吹きすさび、われわれの社会的発言と行動に大きな規制が加わるばかりか、全国の学園弾圧の典型を残し、全国学生運動の後退も余儀なくされると判断したのである。したがって、休戦協定を結び再度学園を、われわれの手に回復し、長期的闘いの基盤を形成する組織活動の保障を確保し、四月以降、覚書にのっとり闘いを、白紙撤回から値上げ阻止（全額返還要求）、在るべき教育の確立という点において進めるよう結論をくだした。

この「二・二協定」の真相は、長らく謎とされてきました。「明大社学同の影の黒幕が動いた」とか、「金銭と引きかえのボス交だった」とかいろいろな話が伝わっていたようです。また、大内さんは、先輩の生協の篠田邦雄さんのところに一週間泊っていて「一人で泥をかぶるつもりで決め、あとは消えろ。残った人間が、あとはすべてやる」と言われて自分で決めたという噂もあったようです。そんな風に、覚え書き（二・二協定）は不明瞭に結ばれました。今からみると、この協定が大内さんの言うように当時の条件、力関係からすると、とられるべき次善の収拾措置のひとつであったと言えます。もちろん、「休戦協定」が「全額返還要求」に転換するなどと、甘く考えることはできません。

ところが、大内さんらは機動隊導入後、党派、応援部隊や全Ⅱ部共闘会議に対しては、見切りをつけて独断専行したのです。公然と事態を示すべきでした。また、もしこの覚書の署名が公然と大学内で行なわれていたら、学生や党派の反応も違っていたはずです。これまで公然と交渉してきたことの延長に「合意」はあったからです。右翼体育会の暴力は、激しいもので危険もあったでしょう。また、中核やＭＬはもちろん、ブントでさえ、妥結を認め難かったでしょう。しかし、初めに自ら掲げたように「総学生の意思」を学生大会に返して、妥結の内容を確認すれば、たとえ中核やＭＬ派が反対しても、正当な闘い足りえたのです。

当時、明大闘争は、全学連再建のヘゲモニー争いと重なりました。党派の「革命の拠点」という位置づけによると、より非妥協的に闘うことが競われていました。

しかし学園闘争は、あくまでも改良の闘いです。闘争と交渉の中で、「Ⅱ部の学費改定見送り」という改良の果実もありました。そこでは大学当局との妥協によって、総学生のよりよい自治をつくること、その中で革命へ参加する人材や層も築かれるでしょう。「徹底抗戦」だけでは先細りであり、個別の敗北をつくります。個別の敗北はまた学生の損失であり、全学連の損失なのです。この明大の「妥結」の仕方は、改良と革命の混乱として、それ以降の学生運動で「妥協」を許さない、悪しき党派政治が凌駕するさきがけになってしまったと思います。

のちに明大では、全共闘運動を経た七二年の学費闘争で、学生が大量逮捕される明大中野高校事件（教職員への説明会に介入した学生を不当逮捕）が起きています。これには、騙し討ち的に逮捕したという見方もあります。学生と大学側の信頼関係が崩壊したのちには、大学側が学生をおもんばかり、学生も大学と自治組織のより良い在り方を模索する努力が、されなくなっていったのではないでしょうか。

覚え書き（二・二協定）をめぐる学生たちの動き

「二・二協定」をめぐる動きは、私が社学同に参加していくきっかけをつくったものだったと、今からとらえることが出来ます。当時、どの当事者もバリケードの始まりには、当局の「白紙撤回」を正義の実現として考えていました。

何千という学生たちが集まり、Ⅱ部でも働きながら活動する夜間大学の厳しい条件に加えて、当局の休講措置の中でも、多くの学生が通学していました。働いたあとの生きがいに、大学で学んだりサークル活動したり、自主管理プログラムに参加することが喜びだったからです。

新年になると団交のたびに右翼体育会が、活動家を見つけると拉致して、小川町校舎に連れ込んで、リンチする事件が頻発しました。執行部メンバーは、一月の団交を経て学館を拠点としつつ、集団行動をとって自衛するようになりました。また、機動隊導入に備えて、社学同は中大の学館を拠点に、ML派系やⅡ部の人たちは法政大を拠点に、準備しながら態勢をとっていました。まだⅡ部は学館と十一号館を、バリケード闘争の砦として闘っていました。

その中で一月二〇日・二五日の団交の暴力事件があり、私は学園祭の駿台実行委員会で共同してきた応援団の団長らと、体育会暴力に歯止めをかける交渉に走りまわっていました。島岡野球部監督の指揮下で、あちこちで暴力が一触即発で、機動隊が正門に待機する事態が続きました。学校がゴーサインを出さない為に校内に入れないまま、警備と称して機動隊は待機していました。白色テロは機動隊の目の前で行われ、体育会系の学生に中執メンバーが拉致されて、小川町校舎の柔道部の道場に連れ込まれるなど、一月下旬はひどいものでした。

私自身も捕まりましたが、ちょうど小学校の友人が体育会にいて、助けてくれたことがあります。こうした中で学生会大内・宮崎学生部長の裏交渉が続いていたことは、まったく知りませんでした。ことにⅡ部は「白紙撤回」路線の強硬派で、相談しても埒があかないと判断し、排除して裏交渉していたのでしょう。こうして、一月二九日に記念館での暴力事件があって、大学院での缶詰団交、つるしあげになっていったのです。応援団の友人が、機動隊が入るので大学に近づくなと、私に連絡をしてくれた頃です。

私は学館で活動したり、記念館の方の数百の貸布団の返却を応援団の協力を得て処理して布団屋のトラックに返却するなど、様々な後始末に追われていました。すでに一月三〇日の機動隊導入後は大学のロックアウトで、学館以外だとⅡ部は法政、昼間部は中大や明大和泉校舎に移って活動していました。

思い出されるのは、二月一日のことです。学館の学苑会室から対面にある学生会室に行って、話をしていた時だったと思います。斎藤さんからだったか「今日とても大切なことを決めたいので、Ⅱ部の代表も居ないから、ぜひ参加してくれないか。社学同の人たちの集まる会議だけど」と誘われました。私は社学同でもないし、党派的な活動はしないと、答えました。「どうしても明治の学生運動の今後にとって、大切なことであり、今日だけ秘密を守ってくれればいいから。Ⅱ部の考えも反映したい」と説得されたのでした。

頼られると弱い私です。切羽詰まった言い方が気になって、「Ⅱ部を代表することは出来ない。ただ個人として参加し自分の意見を言うだけ」という条件で、中大の学生会館で開かれた明大の社学同の会議に参加しました。その時なぜ呼ばれ、そして私がなぜ参加してしまったのだろうと、何度か考えることがありました。会場には、やっぱりこの人は社学同メンバーだったのか、という顔見知りばかりがいました。毎日協力したり、助けあったり言い争ってきた人たちです。そこで斎藤克彦さんらが、みんなを説得するように語っていました。現在の力関係から、まず一月二八日の理事会修正案で合意して、そこから自治を守り、次の闘いへと推し進めたいということでした。

「中核派などが無責任に革命の拠点化を煽っている」と、斎藤さんらは「改良と革命」について熱心に語っていました。階級闘争は勝つまで負ける、次に如何に勝つように負けるかということ、その闘いとして今の条件と力関係の中でひとつの妥協をつくりあげよう。その中身が、今の自治よりも前進した内容であるならば、よしとしよう。それは改良なしには実現出来ないし、改良はまた革命組織の戦略なしには、ただの改良になってしまう。今、明治の攻防で一定の改良を実現し、明日の政治闘争への条件をつくるというような主張だったと思います。

意見を求められて、和泉校舎の闘争委員長だった小森さんや斎藤克彦さんの弟たちが、即座に反対意見を提起しました。自分たちの学生大会で確立したスト権の解除は、学生大会で行なうべきで、党派的に決定する手続きでは決定的に不十分だ、というようなことを言いました。「学生が納得しない」と。「改良と革命」の話は分かるけれど、学生大会で決定したことは、困難でももう一度、学生大会を開いて決め直すべきだという意見に私も賛成でした。そうしなければ党派の身勝手にすぎないのではないか、そんな風に考えていました。

つまり社学同会議で社学同メンバーは、学対の指導部に対して、民主主義を提起したのです。斎藤さんらブントの上の人びとが考えたよりも、学生社学同の人びとの反対は圧倒的に強いものでした。討議はまとまらず、ついに斎藤さんは「決着がつかないな。継続討議にしよう」と決めました。すでに夜の零時をまわっており、翌日の継続討議が確認されました。会議打ち切りの後、私は夜遅い中、ひとり学館を出て、仲間のいる法政に向かおうと、学館の外でタクシーを拾おうとしていました。そこに、斎藤さんと数人が出て来て、やはりタクシーを停めるのに遭遇し、あいさつを交わしました。法政に戻って、何か活動をしていて明け方に休んだので、ウトウトしていたのか、もう起きて作業をしていたのか。

「おい見ろよ！　お前知っていたんだろ！　見てみろよ！」と中核派とＭＬ派の人に新聞を投げつけられて、びっくりしました。一面に「明大紛争急転解決。暁の妥結。理事会と学生調印」の記事が目に飛び込んできたのです。

ああ、そうか。継続討議を無視して、あれからタクシーに乗って斎藤さんらは調印に行ったのだ。そうか、彼らは順序が逆だったんだ。理事会と大内さんたちの合意があり、それから社学同の下部への説得をする、そういう順序が決まっていたのか……。

無数の学友が逮捕やリンチに立ち向かいながら闘ってきたことの意味を、どう考えるのか！という怒りが一瞬よぎりました。でも「一日だけの秘密でいいから」と言われていたのに「知らない！」と開き直って新聞をじっとみつめました。ただ、悔しくて吃驚しました。

継続討議はどうしたのか?! 和泉校舎の社学同の人びとの提起した、民主主義の方法としての学生大会による解決は、無視されたことが分かりました。明大の学費闘争を、どのように全国的な自治会運動の今後に結び付けていくのか？という点において、スマートな集約を保持していたい。そして、全学連のヘゲモニーを社学同が引き続いて主導したい、明大のブントの指導部にそんな想いがあったのでしょう。ヘゲモニーや中核派との競合に、眼を奪われていたのかもしれません。

この調印は二月二日の明け方に合意されたことから、「二・二協定」と呼ばれました。これが反ブント、社学同つぶしの論理となって、全学連内の矛盾を一気に爆発させたようでした。もともと三派全学連自身が、左翼反対派的な思考方法に立ったものでした。他者を批判することによって、自己を肯定し正当化する論理方法だったからです。

全学連内の党派闘争もあり、中核派は直ちに責任追及と自己批判要求で、明大学館に押し寄せてきました。ブントと判ると殴られ、自己批判を書かせ学生会自治会室には「剽窃屋斎藤粉砕！」などスプレーで落書きしていきます。調印署名に立合ったという当時の斎藤・大内さんらは消えてしまいました。身の危険を感じたと思います。右翼、権力に加えて、中核派の暴力とリンチが社学同に襲いかかりました。

ブントも他党派には自己批判しつつ「斎藤らを許さん！」と早大社学同などは、斎藤さんを探しまわっていました。二月一日に中大学館で行われた明大社学同の会議で、妥結に反対していた斎藤さんの弟や米山さんらが、二月二日のあとも、学生会中執の部屋に留まっていました。殴られてもスプレーの落書きをベンジンで消しながら、毎日繰り返して居続けました。

ＭＬ派の畠山さんが、「何かあったらオレを呼べ！」と助けてくれたことがありました。学苑会の対面の学生会に中核派がリンチに現れると、畠山さんを呼んで仲裁してもらったこともありました。殴られても、殴られても「学生に責任をとらなければならない」と居つづける数少ない明大社学同の人に同情し、私も連帯して対面の学生会の方に行って作業をしていました。こんな風に思いがけない展開になってしまったのです。それでも、Ⅱ部としては白紙撤回を求め、入学試験阻止闘争方針を決めて抗議を続けました。

私は早大や明大の社学同の友人たちから、明大社学同を立て直したい。社学同として加わって欲しいと誘われて、社学同への加盟を決めました。二一歳の春のことです。これから、新入生を新しく迎える準備の頃です。明大学費闘争は、私の二〇歳から二一歳の、変革のエネルギーを注ぎ、献身し尽力した生き方でした。過ちをふくめて、私を私たらしめた誇りある日々として、私の生に刻まれています。

〈追記〉

宮崎繁樹先生は、二〇一六年四月一二日、九〇歳で逝去されました。その間、長く続く私の公判を支援して下さり、度々面会にも見え、獄中にある私に文通で励まして下さいました。一五年のお便りに、こんなエピソードがありました。

学費闘争時、明大中執委員長だった大内義男さんが、一九六七年の「二・二協定」以来突然、電話で連絡して来たとのことです。大内さんは癌の末期の病状にあり、「二・二協定」にむけて話合った宮崎先生と当時のことを話したかったようでした。電話で「あれで良かったと思います。それを確かめておきたい」と語られたそうです。あの学費闘争は何人もの人に、人生の大きな節目となっていたのを実感します。私もまた、その一人でした。

第三部
実力闘争の時代

第八章　社学同参加と現代思想研究会――一九六七年

私が触れた学生運動の時代

六〇年代の学生運動を語るとすれば、戦後の学生運動の流れから、日本最大の大衆運動となった六〇年の日米安保条約反対闘争のことを記す必要があるかもしれません。六〇年安保を闘った、ブントの歴史から始めましょう。

日本共産党から分裂して、独自に主体的に六〇年日米安保反対闘争を闘った共産主義者同盟（ブント）は「安保全学連」の主流派でした。そのブントは、安保闘争後、闘いを終えてその使命を終えたかのように行き詰まり、闘争の総括をめぐって混迷したまま分解していきました。同じ頃、日本共産党の学生組織も再建されました。また、別個に成長した反スターリン主義・永続革命を唱えるトロツキー主義潮流を含め、ハンガリー動乱や「中ソ論争」をめぐってソ連の批判や論争が続き、学生運動も革命運動も再編されていく時代でした。

六〇年代前半期のそうした味方内部の論争を経て、大学では「大学管理法」をめぐる闘い、政治的には日韓条約をめぐる闘いが始まります。学生運動は米国のアジア侵略に反対し、日本政府の米アジア戦略加担と、日韓条約反対闘争の中で、活発に歩み始めました。国会では社会党、日本共産党（日共）などの野党勢力が自民党の政策に反対し、その行動は国会外の大衆運動と連動して、日韓条約反対闘争も活発化していました。

ブントは日共の「議会主義」「一国主義」「官僚主義」を批判する新しい左翼の流れです。この新しい左翼運動は、日共の「議会主義」「反米民族民主主義革命」には、「暴力革命」「日帝打倒社会主義革命」を掲げ、「インターナショナリズム」を旗印としていました。そして、これまでのソ連に統合されている国際共産主義運動を「一国革命の総和」と批判し、世界革命をめざします。こうした潮流は、のちにニューレフト（新左翼）と呼ばれました。これは日本だけの現象ではなく、資本主義国中心に、既存の共産党のあり方を批判する新しい左翼勢力として成長していきます。そしてそれは、ソ連に従属した東欧圏における民主化運動と軌を一にしていました。全世界で新しい革命の波が起きたのです。

六〇年安保を闘った第一次ブントの崩壊後、新たにブント再建がはかられました。第二次ブントです。六四年六月に、東京都学生連合（都学連）再建準備大会を実現することで、六〇年安保闘争の流れを継承する学生運動として、統一の兆しが示されたのです。関西では、六〇年安保闘争を闘った勢力は、一部トロツキー主義へと流れつつも、関西ブントとして以降も闘いを継続していました。ブントの流れを組む「東京社学同」が再建されるなど、これらの勢力の動きが下地となって、都学連再建準備大会を進めていました。この都学連勢力は、六四年九月には「米・原潜寄港阻止横須賀集会」に二千人が参加し、組織再建と共に、街頭闘争に乗り出していきます。十月・十一月と米原潜寄港阻止・日韓会議反対闘争を闘い、一二月には「原潜阻止・日韓会議反対全国学生共闘会議」を結成します。

六五年に入ると、学生運動はラディカルな活動スタイルで新しい生命力をみなぎらせ、混迷の時代に終止符を打ち、統一の流れに向かいます。これらの新左翼潮流は、かつての六〇年安保ブントがそうであったように、その特徴は大衆行動、現地闘争をひるまず、誠実に闘い抜くところにありました。つまり、権力の弾圧に抗して闘う以上、先鋭化が避けられない道を歩み続けるのです。

六五年二月、椎名外相は日韓条約協議のため韓国訪問が決まり、この椎名外相訪韓阻止羽田現地闘争から、秋の日韓条約を巡る国会での論戦が大詰めを迎えて、激動の日韓条約反対闘争が続きます。

このころのブントの再建過程をみると、六〇年安保闘争を闘った関西ブントは、京都府学連を中心にして活動し、六四年九月に関西ブントとしてブント中央委員会を開いています。地域の組織拡大を掲げ、六五年四月には新しい学生運動論を提起しました。「政治闘争・社会政治闘争――第三期学生運動論」というもので、京都府学連書記長の一向健（塩見孝也）さんが執筆者でした。

六五年六月には、東京や関西地方含めて共産主義者同盟（統一委員会）結成大会を開きました。関西・東京のブント社学同を中心にして、ブントを全国組織化し、「第二次ブント」を結成したわけです。

この統一されたブントの議長に松本礼二（高橋良彦）さんが就きました。その後、六六年九月には、再建ブント第六回大会において「共産主義者同盟の全国的確立・大ブント構想の一環」としてマルクス主義戦線派（マル戦）との統一を決定しています。そして六五年七月三一日には、社学同再建大会を開きました。

社学同は、全国委員会の委員長に高橋茂夫さん、副委員長に塩見孝也さんと高原浩之さん、書記長に斎藤克彦さんを選び、第二次ブントとして闘いつつ、全学連再建にむけて活動を重視していきます。

ベ平連（「ベトナムに平和を！　市民連合」）も結成され、ベトナム戦争反対闘争と、日韓条約反対闘争が勢いよく盛り上がっていた時です。六五年七月、ブント社学同の再建のころ、労働組合の最大組織の「総評」青年部、社会党の青年部の社青同、ベ平連の小田実さんらの呼びかけで「ベトナム戦争反対・日韓条約批准阻止のための反戦青年委員会」（略称「反戦青年委員会」）が結成されます。それは、労働組合などの四二団体、ブントら一〇の左翼団体を含む、非日共系の統一戦線的な団体として、社会党と総評の枠内から生まれたものです。こうした時代の転換期の六五年四月に、私は明治大学に入学したわけです。

その間、六三年にはトロツキスト潮流の「革命的共産主義者同盟」（革共同）の中から、六〇年安保ブントを継承した本多延嘉、北小路敏さんらが「革共同全国委員会（中核派）」として分裂し、新しい革命党として出発しています。

またこの頃には、日共の指導下にあった平和と民主主義のための学生連合「平民学連」は、「全学連」として再建され、新左翼系の活動を「トロツキスト」とか「暴力主義者」と否定し、別個に新左翼に敵対的な潮流として学生運動を形成しています。

全学連再建と明大「二・二協定」

六五年の日韓条約反対闘争を経て高揚した学生運動は、六六年に入っても拡がり続けました。同じころ、学費値上げ問題が全国的に深刻化していきました。これは、全国私学共通の問題としてあったためです。慶應大学同様、早稲田大学でも学費値上げ反対闘争が一五〇日間にわたるバリケードストライキで闘いぬかれました。

六六年には横浜国立大学では、教員養成制度の改悪阻止全学ストライキ、慶應大学では専門科目削減反対闘争、立教大では学館の管理運営や生協の闘い、東大では五月祭警官パトロール抗議闘争、青山学院大では処分反対闘争、京大では自衛官入学反対・フォード財団委託研究反対闘争など、拡大していったのが六六年です。明大でも六六年から学費値上げ反対闘争が本格化しました。

日韓条約反対闘争を都学連として大衆運動の一翼で闘いぬいた成果をふまえて、六六年三月、都学連指導部を中心にして、一二月には全学連再建の方針を決定しました。すでに述べたように全国三五大学、七一自治会、一八〇〇人の参加によって、全学連が再建されています。民青系全学連、革マル系全学連に続いて「三派全学連」がここに結成されたわけです。

この六六年一二月の三派全学連の再建は、当初から激しい怒号や論争という、後の分裂を思わせる出発をしています。それはまず大会前から、これまでの全学連の継承のあり方をめぐってもめています。中核派は「第二〇回大会」を主張し、社学同は「第一七回大会」とすべきだといい、社青同解放派は「第一回大会」を主張して折り合えないのです。その結果は、結局「全学連再建大会」とのみ呼称することになりました。論争しては妥協点をみつけながら、全学連再建大会は、基本スローガンと三大基本路線を決議しました。

基本スローガンは、「侵略と抑圧に抗し、学生の生活と権利を守れ」そして、三大基本路線は

一．我々の闘いは政府・支配者階級の攻撃に対決し、学生人民の生活と権利を守る闘いである。

二．この闘いは、弾圧と非難と孤立に耐えぬく実力闘争以外に貫徹しえない。

三．その為の闘争組織を作り、闘いの砦・自治会に結集して闘う。

というものです。そして中央執行委員会のメンバーを選出しました。（中執メンバーの構成は、三派各九名、書記局構成は「社学同」「中核派」各五名、「解放派」三名、「ML派」と「第四インター」は執行部人事に加わらなかった）全学連委員長は「明大社学同」の斎藤克彦都学連委員長、副委員長は蒲池裕治（同志社）と高橋孝吉（早稲田・解放派）、書記長に秋山勝行（横国大・中核派）が選ばれています。

大会は明大記念館で行われました。大会二日目は、ちょうど一二月一日に、Ⅱ部学生大会で民青系執行

部から、対案によって六〇年安保以来、学苑会執行部を奪回して活動をはじめたばかりの私たちも、この明大バリケードストライキの中で行われた大会を見に行ったものです。

革マル系全学連による妨害の動きと、機動隊による包囲の校門外の態勢、構内は明大当局の監視もありました。激しい野次と熱気、しまいには、壇上にかけあがっての小競り合いと、何を決めているのかよく理解できない大会でした。中断して議長団が何か話し合ったり、わけのわからないうちに大会は終了しましたが、明大記念館を轟かすようなインターナショナルの歌は素晴らしかったと心に残りました。

全学連が結成されたことは、当時は、全面的に学生の利益となる闘いの強化だと思っていました。でも、それにはプラス効果とマイナス効果があったと、後知恵的ですが、とらえ返すことができます。

プラス面は、全国の大学が「学問の自由」「大学の自治」を土台に共通の問題を個別大学の枠を越えて考える基盤が生まれたことです。日本政府に対する政治闘争においても、野党社会党や共産党、労働組合、総評、産別や「反戦青年委員会」などと共闘し、統一行動もとれるようになります。また、各大学も全学連と結びつくことで、共通の政治課題にすみやかに行動しうる有利な条件が生まれました。また、明大もそうだったように、日共系による大学を越えた地区党らを含む組織的な競合、対立に対して、私たちも組織的拠り所を持ったことは有効だと思っていました。

しかし、否定面もありました。それは第一に、これ以降深まる党派間の争いです。すでに「都学連」として、日韓条約反対闘争を闘ってきた街頭行動にも現れていました。全学連の主導権をめぐって、中核派、ブント、社青同解放派、ＭＬ派などの争いが絶えずくり返されたのです。世界各地の解放・革命組織と共同したり、交流してきた私自身の経験に照らしてとらえ返すと、当時党派闘争によって殺人に至る持続的な「内ゲバ」暴力は、日本の左翼運動に特徴的な傾向であったと思います。

これは第三インターナショナルの「加盟条件」に示され、スターリン時代に厳格に適用された「一国一党」の原則の無自覚な教条化なのかもしれません。自己の党の「無謬性」によって、「唯一性」を主張し、他を認めないあり方です。他党派を批判することで自党の「無謬性」を理論的に証明し、それを立脚点として自己正当化していきます。スターリンやスターリン主義を批判しつつ、「唯一性」と「無謬性」の拘泥は、同じ陥穽にあると思わざるをえません。結局、理論、政策、路線の競合のみならず、物理的に相手を解体しようとする「内ゲバ」に至り、自分たちの側からしか物事が見えず、対象化しえない分、共に闘うべき人々を離反させる結果に至っていきました。

第二の否定面は、やはり第一の党派のあり方の影響でもありますが、大学の自治会が党派の「下部組織」のような位置に陥ったことです。全学連は「大衆闘争機関」であり、学生運動を革命党派の「下部組織」のように位置づけるあり方は、ますます全学連執行部や自治会人事を権力闘争の場にしていったのだと思います。逆にいえば、党派が大衆運動機関の質にとどまっていたともいえます。

六六年一二月、全学連（三派）は再建され、明大社学同の斎藤克彦さんが委員長となりました。このことは明大学費値上げ反対闘争に作用します。再建大会から二ケ月もしないうちに「二・二協定」が調印されたのは、第二部で触れたとおりです。

今からふり返ると、明大学費闘争は二つの点で「学生運動の岐路」に立っていたように思います。一つは大学自治会の活動における改良闘争を否定する方向に、一歩も二歩も踏みだしたことです。六六年の明大の学費闘争での可能性や、六八年二月、中央大学の学費値上げ反対闘争は白紙撤回を実現しています。勝利かゼロかという闘い方の他に、改良闘争も条件闘争として位置づけて闘う余地が、まだ当時はあったと思います。それらを否定する方向に導いたのは、党派の介入です。「ボス交」の「二・二協定」にみられた「決定の独占」にも、また、以降の「白紙撤回」一辺倒の闘いのあり方にも、党派的な利害に自治会の活動が制約されていったといえます。

もう一つの点は、「ポツダム自治会」の否定という名の「非民主」の常態化についてです。明大学生運動は、ずっと、クラス代議員による決定に基づいて学生大会を学生の最高意思決定機関として、自治会は運営されてきました。私たちが夜間部学苑会を民青系から奪取したのもまた、学生大会の多数派形成をもって行われてきました。多数派形成は、学生の要求と向き合わなければならず、「ポツダム自治会は形がい化した民主主義だ」と批判されながらも、クラス討論を行うための「総学生の意志」を無視しない規律がありました。

明大においても、早大や慶大同様に、自治会組織とは別個に闘争機関を結成して闘ったのですが、学生大会ルールを大切にしていたと思います。

全学連再建時の基本路線にも示されたように、自治会を基盤に、自治会と別個に「闘争機関」を作って闘うことを奨励していました。この思惑は、二重性を持つことで、自治会をつぶそうとする権力の攻撃に対して「闘争機関」が責任を負う構造をつくる防衛的意味と、自治会の制約をとっぱらって、または自治会権力を掌握できなくとも、闘争機関のイニシアティブでより先鋭化して闘う意味が含まれていたと思います。早大闘争の時にも明大闘争でも、「ポツダム自治会批判」とともに「闘争機関」を結成して闘う方式が広がっていきました。それは後の「全共闘運動」へと時代を拓き、学生運動の広がりと全国化をつくり出していく方法となりました。

そこには、闘う意思のある者が直接民主主義形態で闘う良さがあります。同時に否定面としては、全学を代表する自治会の学生大会決議などが軽視されるようになっていったのではないかととらえ返します。

そして逆に党派の意志が深く、運動を支配する構造になったのではないかと思います。

量的な学生の同意がなければ、政治的突出が許されないと、当時の日共のようなことをいっているわけではなく、党派と学生指導部の側に、その「制約」の自覚と方法が欠けていたことを、組織論としてとらえるべきでしょう。明大についていえば、私の知るこの六七年から六九年の闘いにおいては、大学の自治会・学生大会を第一義とする闘い方をゆるがせにはしなかったと思います。しかし、明大闘争後「二・二協定」後は、「非妥協」が闘いの「モラル」となり、以降も引くべき時に引けない新左翼学生運動の、良くも悪くもラディカルな闘い方を拡大していくことになったと思うのです。私自身がそうであったように、闘いの渦中にあっては「妥協」が不純で「裏切り」に見えてしまうのです。

六七年明大学費闘争のあと、国際基督教大、法政大、佐賀大、東洋大など、全学連再建とともに、闘いは多くの大学へと波及していきました。そして、バリケードストライキに対して機動隊導入、全面衝突が続き、渾身を賭した学生たちの砦は、次から次へと破壊されていきました。明大闘争で闘い切れなかった個別闘争の「改良と革命」や、党派のあり方は問われないまま、街頭政治闘争、運動戦の拡大は、「非妥協」を最良の闘いとして突き進んでいきます。

「二・二協定」を経て中核派は「右翼体育会・ガードマンから、はては国家権力を使って暴力的に身構えた学校当局の最後的拠り所をつき崩す闘いは、唯一、学生の大衆的な実力闘争の展開であり（中略）闘いそのものをより目的化し、自覚化され、目的意識と自覚によって武装された闘いが明大闘争にもちこまれること」を求め、ブントは「大衆自らの闘争へゲモニーによる実力抵抗部隊こそ、来るべき階級決戦をプロレタリア革命に転化する主要部隊に発展するであろう」と述べています。実力による「徹底抗戦路線」が明大学費闘争の「教訓」として、六七年以降の流れは中核派のイニシアチブ中心に形成されようとしていました。

明大学費闘争から再生へ

明大では、大学当局と一体化した体育会の暴力パトロールが強化され、ロックアウトされたまま、学館にも一時近づきにくい状態に陥りました。ＭＬ派らは法政に、また、社学同系は中大学館を拠点に対策を練っていました。ちょうど、「二・二協定」後の二月十一日は初めての「建国記念日」となる日で、雪が降り続いていました。

「神話を建国の日とするのは、再び戦前への復活だ」と当時、建国記念日制定に反対していたのですが、「二・二協定」で私たちはそれどころではなくなっていました。降りしきる雪の中、黒い学生服の一団が日の丸を掲げた行進をしてきたので、私たちの友人もデモを組み、雪つぶてを日の丸の一団に向かって投げたりしていました。

「二・二協定」に反対を表明していた和泉校舎の執行部と、全Ⅱ部共闘会議は、「入試阻止闘争」を宣言しました。ロックアウトで体育会系の「防衛団」のうろつく神田駿河台校舎周辺で、ゲリラ的にビラまきを繰り返しました。全学連もそれを支援しています。そして、二月二〇日、明大入学試験当日、全学連の入試阻止闘争の呼びかけで、御茶ノ水駅一帯は騒然となりました。三〇〇人以上が御茶ノ水駅に結集し、明大通り側の西口改札口前ホールでスクラムを組み、横五列くらいの隊列を組んで渦巻デモを繰り返して座り込んだのです。

駅のホームでは乗客があふれ、ホームから落ちたり大混乱となって、国電は運行を停止しました。改札口前ホールでは、「二・二協定」を批判した社学同の全学連副委員長成島忠夫さんや、全Ⅱ部共闘会議のリーダーたちがアジテーションを繰り返して、入試阻止を訴え続けます。国鉄側は機動隊出動による実力排除を要請し、成島さんらリーダーが何人も逮捕され、駅の構外へと押し出されてしまいました。

そのため、東京医科歯科大学構内に再結集し、工事用の丸太を持った学生を先頭にして、明大通りのデモ行進を続けました。御茶ノ水駅前などで機動隊とはげしく衝突しましたが、この日（二月二〇日）、結局入学試験は強行されました。そして、この日の入試阻止闘争のデモをピークに、学費値上げ反対闘争は封じ込められていきます。

一方、「二・二協定」の当事者であった明大理事会と学生会中執は、三月二八日と三一日に駿河台本校の第二会議室で、「二・二協定」に基づく話合いが行われました。明大新聞によると、「二八日午前一〇時から法人側からは長野理事長、武田総長、小出学長ら常勤理事が出席、学生会側も大内委員長ら一〇名が出席した」。この日、学生会中執から三月二五日付で法人理事会へ提出された意見書の趣旨説明が行われたという。三一日には、中執に対する理事会の見解が述べられて、四月一三日に理事会と中執の共同声明を発表することを相互に確認したということです。大内委員長は、「意見書は団交の継続として行ったものである。この中で問題点を惹起し、その基本が認められれば、細部については今後団交によって話を進めたい」と明大新聞に述べています。

Ⅱ部の学苑会は、臨時学苑会学生大会を三月二四日に駿河台本校の九一番教室で開催し、「学費値上げ反対・白紙撤回」を求める大会決議をめざしました。法学部と商学部の学部自治会を握っている民青系の執行部は、昨年、学苑会中執を追われたこともあって、この臨時大会をボイコットによって流会させようと企てました。そのため、代議員の出席過半数入場が遅れ、六時開始はようやく七時半を過ぎて大会を成立させて、「二・二協定破棄」を正式に決定しました。その結果、昼間部の学生会中執は「二・二協定」

に基づいた改善要求闘争に入り、夜間部学苑会中執は、「学費値上げ白紙撤回」という、これまで通りの路線を進むことになったのです。

法人理事会と学生会は、四月一四日、確認文章「基本方針決定」がとりかわされました。四月二八日に、大内委員長は記者会見でそれを明らかにしました。明大理事会は、一段落したとして「人心一新」名で理事会を総辞職し、学生を十数人処分することを表明したのです。

その流れに呼応するように、五月初めになると大内委員長は「経済的理由」をもって「休学届」を提出してしまいました。何とか形をつけるまでと踏ん張っていたのでしょう。本人の気持ちはどうあれ、無責任なあり方を露呈し、大学側に利用されて終わりという状態でした。

学苑会は「二・二協定破棄・不当処分反対闘争」を決定し、四月二三日に理事会に対して団体交渉を要求することを決定しました。そして、酒田委員長は記者会見を開き、六月末に無期限授業放棄、九月末には再度ストライキ態勢をとると発表し、長野理事長の「人心一新」理由の辞任や、学生処分も許さないと表明しました。

さらに「二・二協定」に反対するI部II部合同討論会を開き、五月二三日には理事会との団交を要求することを確認。大学側に対して、学生組織の解散命令を出したことに抗議文を出すと同時に、大内委員長に自己批判を求める要求書を送ることを決めています。「この闘争は長引くと思うが、一年続こうが二年続こうが、あくまでも白紙撤回運動を推進していく」と表明しつつ、学生側には厳しい前途が予想されていました。長野理事長は「学生処分後に辞任したい」と述べたことがわかり、また教授会も動き出しました。

このように「二・二協定」以降、明大学生運動は不統一な方針のままでした。大内委員長は、大学当局側にだけ「責任を果たすつもり」で、学生を放り出したまま、突如「休学届」に及んだのです。大内中執執行委員長に対する批判は当然であり、学生会は立て直しが急務となっていました。

中核派やＭＬ派から批判されてきた「二・二協定」以降の明大社学同は、自己批判しつつ、沈滞・消耗の中からも、とにかく学生に対する責任として、再び学費値上げ反対を闘う態勢に立とうとしている状態でした。これらの人々は、中核派のリンチを受けながらも、黙々と立看を書き、鉄筆によるガリ版のビラを作りながら、新入生歓迎集会を準備していました。こうした社学同再建をめざす人々に同情して、私も社学同に参加していくことになるのは、この二月から三月頃であったと思います。

そして、これまで明大Ⅱ部にはなかった、社学同の拠点を作り出していくことになります。その場として、現代思想研究会（現思研）という同好会サークルを始めることにしました。

全学連は六七年五月一六日、中大学生会館に三五〇人以上が集まり「砂川基地拡張実力阻止闘争全学連総決起集会」を開いています。中核派の秋山全学連委員長、社学同の成島副委員長らのアピールに応えて、明大からも多くが参加しました。

いっぽう、長野理事長辞任による「人心一新発言」によって、学費闘争を闘ったリーダーたちの処分が迫っており、学生会中執は早急の体制づくりが情勢的にも問われていました。明大短大学生会も五月二五日、「二・二協定破棄」「不当処分反対」を採択します。また、五月三一日、学苑会も定例学生大会に約三〇〇人を集めて、「二・二協定破棄」ストライキをめぐる全学投票を決定しました。

六月三日、やっと昼間部の学生会中執会議が開かれました。小森副委員長が中執開催を再度呼びかけ、大内委員長が小森さんを委員長代行とする旨の委任状を提出して、やっと学生会としての決定機能を回復したのです。『二・二協定』の是非は、今後討論で決定する」と棚上げし、「自治会として学館運営問題、砂川基地拡張反対闘争、不当処分反対を闘い、再度明大を全国学生運動の再拠点としていく」と確認しました。

しかし、それからすぐの六月二三日、小出学長名で、退学十一名を含む二一名の大量処分が発表されてしまいました。明大新聞によると次の通りです。

「この処分は、さる昭和四一年（一九六六年）十一月、和泉学園封鎖で端を発し、約七〇日間紛糾した昭和四二年度学費値上げをめぐる反対闘争の責任を問われたもので、今回の措置は、昭和三七年維持費闘争以来、初の学生処分である。これに対し、学生側は、発表と同時に行われる大学側の記者会見場になだれ込み、小出学長との会見を申し入れた。このため、記者会見は中止された。今後学生側は『処分撤回闘争を組み、ハンストや授業ボイコットに入る態勢を組む』と発表。一方、理事会は、かねての公約通り、七月初旬までには総辞職するものとみられている」。

厳しい退学処分は、小森委員長代行ら、昼間部の闘いの再建をめざしている学生たちに向けられました。また、Ⅱ部からの退学処分者は、全Ⅱ部共闘会議議長でもある、酒田学苑会委員長も含まれていました。

「一連の暴挙が、全学闘争委員会ならびに全Ⅱ部共闘会議の指導によるとの判断から、すでにこの二組織に対して解散を命じたが、今回各学部教授会の会議に基づき、上述の違法行為に組織上の責任を有すると認められた学生に、学則第五七条により懲戒処分に付する」と六月二三日付、明大小出学長名で処分が発表されたのです。

六月一七日からは、処分と同じ頃、二月二〇日の入試阻止抗議行動「御茶ノ水駅事件」で起訴された成島全学連副委員長らの初公判が東京地裁で始まっています。

明大学生会も学苑会も、「処分撤回、学長団交要求」を掲げて、激しく抗議行動を始めました。Ⅱ部では「学費闘争処分撤回」「学長団交」の要求を掲げて、大学院前に午前九時から夜一〇時まで、無期限座り込みを六月三〇日から始めました。

和泉校舎でも「処分撤回・対学長団交」を要求して、退学処分を受けた学生らが、七月三日からハンガーストライキに入りました。そして七月七日、和泉校舎では「処分撤回団交要求」を訴えて、百余名がバスで駿河台へと集まり、学長団交を要求しデモをかけました。その夕方にはまた、小出学長宅を包囲すべく、シュプレヒコールで学長宅に向かい、機動隊ともみあい、四人が逮捕されてしまいました。機動隊が待機していて、学生らを蹴散らしたのです。夜間部も七月に入って、学苑会中執が抗議に授業ボイコットを呼びかけ、全学投票を行うと決定しました。このように、学費値上げに反対した学生指導部に対する大量処分は、学生たちが再び闘う意志を固める状況を作り出していきます。

夏休みによって、闘争が終息することを狙った大学側の処分だったのですが、共に闘った者たちは、自分は処分されず、共に闘ったリーダーたちが処分されたことで怒りが収まらず、夏休み中も次々と結集し、九月新学期に向けて闘う方針を固めていきました。退学処分を受けた者たちも、引き続き仲間と共に明大自治会活動の中で、その一員として、闘いを続けていきました。昼間部では、退学処分を受けた小森学生会委員長代行に代わり、一〇・八闘争後、中央執行委員会によって米田隆介新委員長を選出しました。学生会はようやく「二・二協定」から転換し、明大社学同、明大学生運動の傷をいやしながら、闘いの体制をつくりあげる方向に向かいました。米田委員長は「とにかく官僚主義といわれる中執は、平和と民主主義の運動のバネにはならない。だからクラス討論の徹底によって、大衆からの反発と乖離を避けていきたい」と、自治会執行部再建の決意を述べています。

学苑会においても、学費闘争ストライキをめぐる「全学投票」を行っていました。この過程で、学苑会中執メンバーが投票箱を事前にのぞいていたことが、研究部連合会執行部によって、偶然、夜間に目撃され、その有効性を損なったことを学苑会中執が自己批判を表明するという事件も発生しました。こうした闘いの挫折を経て、「ポツダム自治会」の民主的多数派形成の闘いと同時に、少数派であっても、直接民主主義によってヘゲモニーをとろうとする全共闘的な闘いの萌芽や、個別大学の闘いから普遍的な政治闘争を党派へと求める方向へ進む者もいました。

そうした時代、三派全学連のけん引するベトナム反戦闘争を中心とする街頭戦へ！ という闘いの方向へとエネルギーを注ぎながら、活発な学生運動へと、六七年から六八年高揚していくことになります。

第九章　社学同への加盟

社学同加盟と現代思想研究会

第二部の学費闘争の中で述べたように、私は「二・二協定」直前の社学同の昼間部の会議に頼まれたとはいえ、参加してしまっていました。

私自身は政治意識が高かったわけでも、どの党派の機関紙に共鳴していたわけでもありません。二月二〇日御茶ノ水駅ホームを占拠して「白紙撤回」を求めて、1部Ⅱ部学生たちも「入試粉砕闘争」を闘い、私自身も参加しつつ、一方で共感しえませんでした。個別の明大の闘いは、もっと話合いをうまくやるべきではないのか、こちらの方の力が弱いのに、話し合いもせず入試阻止を主張してどうなるのか？　阻止できる力関係にはありません。ただ自分たちを袋小路に追い込むだけではないか？　「学園主義」と批判されても、私たちの競合対象は日共民青との学費闘争をめぐる全学生説得工作であり、中核派のようなやり方ではないというのが、学費闘争の始まりからありました。

明大社学同が学内の反対派ではなく、主流派を形成していたせいか、総学生を意識しており、大学祭含めて明大改革を考えているのではないか？　ことに「二・二協定」の失敗があったので、真摯に社学同再建を求めており、再建に誘われた以上、これから何か新しいものをつくっていけるかもしれない。「社会をより良くしたい、そのために自分も尽くしたい」という素朴なところから、私は高校の「生徒会」の延長上のように自治会活動にも関わってきました。それは父の影響だと思いますが、世の中の不平等、不正に敏感に育ってきたこともあります。

二月の終わりから三月のことだったと思います。中央大学の学生会館で、これまで何度か社学同オルグの声をかけてきた一人である早稲田の村田さんと、医科歯科大の山下さんの二人を推薦人として、私は社会主義学生同盟（社学同）に加盟しました。二一歳の時です。当時、学苑会事務長だった雄弁部の鈴木さんを誘って、一緒に加盟しました。彼は職場で、ブントの仏《さらぎ》さんたちの友人がおり、民青系との学苑会執行部に対案と人事案を提出する際、事務長を引き受けてくれた人です。それから、研連の教育研究部サークルで誠実に活動を続け、学費闘争も一緒に闘った蔵本さんも誘いました。

初期の社学同メンバーに遠山美枝子さん、文学部のＩさんや、学費闘争の中で気が合って共同した研連時代の仲間も加わって、十人ほどになりました。上原さんは既に社学同の昼間部で活動しており、一緒に現思研作りに加わりました。遠山さんは、研連執行部の私が、学苑会の対案人事のために学苑会中執財政担当になったために、私に代わって研連執行部に法学研究部から派遣された人です。当初はどんな人かわからず、民青系かという声もありましたが、初対面から正義感の強い誠実な人とわかり、以来もっとも分かちあえる友として、行動を共にしてきました。

私たちは、研連では未認可の「同好会サークル」扱いの「現代思想研究会（現思研）」というサークルをたちあげることにしました。社学同Ⅱ部の仲間を中心にして、精神的思想的仲間として、共に学び、相互に助け合う場、砦として考えたものです。「同好会」は誰の断りもいらないし、サークル連合である研究部連合会に加盟を認められた組織ではないので、予算配分で援助を受けることもありません。実績を積めば、研究部連合会執行部の推薦によって、加盟サークルの一員に加わる方法もあります。私たちの仲間自身が研連の執行部なので、そうしようと思えばできたのですが、私たちは考え方や、気の合った仲間たちで、「同好会」としてずっとやっていくことにしました。

なぜなら、社学同仲間も、それぞれサークルに所属している人も多かったし、現思研は規則もなく、家族的、心情的な兄弟的な場で十分と思えたからです。私は文学研究部に入っていたし、他の現思研メンバーも法学研究部、雄弁部、教育研究部など、各々がサークルでも活躍していました。私自身が楽しい活動の砦としたかったように、皆もそう考えていたと思います。

「二・二協定」のあとで、それらの当事者、責任者らは神田駿河台校舎からいなくなっていたし、学生会中執委員長の大内さんらは、神奈川の生田校舎におり、また社学同の人で、斎藤克彦さんらを批判した人々は、和泉校舎を中心に活動していました。それでも、駿河台昼間部の活動家には、ブント、社学同系の人以外は目立って存在していなかったと思います。ブントか、社学同シンパの人々で自治会、学館、生協を占めていました。六〇年安保ブントで活動した篠田邦雄さんや、学館運営委員会も若山宏さんらで、生協や教職員の日共系の人々と対峙しつつ、自治的な運営を行っていました。私たちⅡ部の社学同が「現思研」を作ったので、学館運営に協力することで、学館の未使用の一室を貸してくれることになりました。サークル部屋や学部の自治会室、生協の事務室などは、明大通りに面した八号館という旧学館にあります。八号館からマロニエ通りに曲がった並びが学生会館新館です。新館は六五年に開館し、一階は管理運営委員会室、地下に生協食堂、二階に談話室があります。ホテルのロビーのようにソファーや椅子が配置され、コーラやファンタジュースの自販機が設置されていました。

この二階と、旧学館（八号館）は、渡り廊下でつながっていて、部室や自治会室に行くことができます。新館三階は学生会中執と学苑会中執が向かい合って、同じ作りの部屋の隣に、同じスペースの会議室があります。その横には、研連執行部事務局と、昼間部の文化サークル連合である文連の執行部事務室がやはり同じ大きさで並んでいます。四階は和室、会議室、それに新聞会室と資料室、五階はホールで、数百人の講演会や集会に使用できます。

この新館の四階、新聞会室の予定だった部屋を、Ⅱ部社学同、現思研のために貸してくれました。夜、学館に泊り込んだりする人は学苑会にもいるので、学館運営委員会としては、社学同系の信用できる仲間が、きちんと管理してくれる方がありがたかったのでしょう。

授業のあと立て看板を描いたり、昼間部や夜間部のブント系・ML派系ら、いろいろな人が泊まっていました。泊り込み作業のあと、和室に布団を敷いて寝ているのはブント系の人でしたが、朝九時過ぎには茶道部が和室を使おうとしても、汗臭い人間が寝ていたり、布団をひきっぱなしだったりすることもありました。現思研では朝八時には、和室で寝ている連中を「起床！」と追い出し、窓を開けて布団を片付けて掃除し、いつ昼間部の茶道部や華道部などの和室使用があっても、苦情がないようにと整頓協力していました。そんなこともあって、四階の新聞会室は現思研が使用してよいということになり、いつの間にか、ずっと現思研の部屋となりました。

この新聞会室は、学館が六五年に設立されて以降、未使用の四畳半ほどのスペースに、ピンクの公衆電話がそなえつけです。そこが私たち現思研の拠点となり、のちに赤軍派でバラバラに大学を去っていく六九年の秋まで、ずっと、愛着のある場、砦として機能していきました。

現思研は当初、「様々な思想、考え方を学習し、変革し、より良い社会を実践的に創っていく」という考え方に基づいていました。どのような考え、思想であってもかまわない。共に学び、共働し、一緒に汗を流して考えれば、身内のような関係性の中で、一つになっていけるはずだ、という私自身の考えがありました。

だから「社学同でないとダメ」という考えには立たない立場です。第一、私自身が社学同を理論的にもよく知りませんでした。空疎な「理論」よりも、生きた人と人との関係を大切にしようと思いました。昼間働き、貧しいけれども向学心のある田舎から出てきた仲間たち、社会には慣れていないし、相談する相手も見つけるのも難しいでしょう。だから生活し、働く悩みを語り合い助け合いながら学び、共同する場としよう。「現思研に来れば、家族のように安心して話ができる」と仲間たちが言うのは、本当にうれしかったものです。

昼間部の人の中にも、現思研に「入れてよ」と頻繁に共同したりする人もいました。また、昼間部の米山さんの発案で、現思研の内に「剣道同好会」の看板を掲げてはどうか、これからは右翼とも機動隊ともやり合う時代になる。ゲバルト訓練も加えてはどうかという話もありました。米山さんは剣道の達人ということで、彼に学ぼうと楽しそうに一時話題になり、彼もまんざらでもなかったけれど、私たちはやっぱり思想を学び実践すること、「現思研一本でいこう」ということになりました。すでに、六五年の日韓闘争のデモの頃のような、警察と学生側相互の暗黙のルールのような牧歌的時代は終わろうとしていました。

私たちが現思研を立ち上げたのは、六七年春ごろ、入学式の前のまだ春といっても寒い季節でした。六七年はベトナム侵略戦争が激しくなり、米国の戦争予算は史上最高額を更新しています。米軍派兵も、朝鮮戦争の四七万二千人を上回りながら続いていました。米国は、国際的批判にさらされ、出口戦略もなく泥沼化状態にありました。

米国内でも、欧州でも、若者たちのベトナム反戦闘争は盛んに闘われていました。六五年に結成されたべ平連は、各大学、地域、高校にまで自発的な組織がつくられ、市民運動の広がりが、日本社会に影響を与えていました。

また、日本共産党と、文化大革命の中国共産党の間の矛盾が激化していました。それを反映して、日本共産党内の中国を評価するグループと、宮本書記長の自主路線を支持するグループの内部矛盾は拡大していきました。そして、後楽園近くにあった中国人留学生宿舎の「善隣会館」の管理運営をめぐって、日本共産党員と中国人留学生の衝突に至り、流血沙汰になりました。

ＭＬ派は善隣会館に駆けつけて、中国人留学生らを支援していました。明大闘争で「応援部隊」として参加していた横国大のＭＬ派などや、ＭＬ派の猛者として名の知れた畠山さんも林彪を高く評価して、「林麟次郎」のペンネームを名乗り、「日中青学共闘会議」の議長でした。この頃から、ＭＬ派自身が、ますます毛沢東路線へと変化していったのだろうと思います。

現思研としての活動を始める

現思研の活動はまずもって、新入生をオルグしようと動き始めました。新入生は、三月に入試の合格発表が行われます。そして、各種の書類や案内書を受け取り、入学金、授業料の払い込みが行われ、更に新入生説明会のようなものがあって、その後四月に、入学式が行われたように思います。

入学式のあとには、新入生歓迎会が行われます。夜間部学苑会中執、各学部自治会執行部と研連執行部によるオリエンテーションが行われ、駿河台校舎正門から入ってすぐの中庭には、各サークルが所狭しと出店して、机を出して、サークルへの勧誘を行います。大学のバッチや、大学新聞なども売っています。

私たち現思研もその一角を借りて「現代思想研究会（同好会）」の貼紙を出して、遠山さん、私ら女性中心に、新入生歓迎を訴えつつ、オルグします。「何をやるところですか?」と何人かが立ち寄ります。「学習したい人、哲学、政治、歴史などの思想的な学習を、デモや実践的な活動と結び付けて、社会変革に役立てるのです」「実践活動って何ですか?」「自治会活動とか、デモとかの運動です」と、ニコニコ話します。アカデミックな研究の場ではないことを、はっきり表明しました。

遠山さんも「ほら、名前忘れたけど『私はあなたの意見には反対だが、あなたの発言が弾圧されたら、その時には命がけで守る』と言った人がフランスにいたのよ。正義を実現するところよ」などと話しているので、相手は何か難しそうと言いつつ、「ボクは創価学会の家庭で育ったので、思想には興味があります」と言い、青森から出てきたS君も現思研に入ることにしました。

社会運動と学園改革、Ⅱ部の学生の現実に則して関わる場として、その精神的中心に現思研を育てたいと、初めての勧誘に熱を入れました。若い一八歳くらいの学生は、どんな考えを持ってもいいし、共通の問題意識を育てながら、自治会、デモに参加しようというのが本音で、その本音を新入生に率直に語ったものです。

「デモは路上観察でもいいよ」と私たち。自分たちがそうであったように、不正に反対し、反戦を訴えるデモは、見ていれば自然に参加したくなるものと考えていたからです。そして、そんな雰囲気が、学費闘争の「二・二協定」後も、明大には強くありました。

新入生歓迎会は、各学部執行部の熱烈歓迎のアジテーションです。一方的アジテーションで、「何を言っているのかさっぱりわからない」と言われる人もいれば、学苑会酒田委員長の演説は、情熱的でわかりやすく、学費値上げ反対や、入試阻止を闘ったことを語りました。現思研のメンバーたちも同様に、新入生たちに語りかけました。

こうして賛同した新入生が数人集まってきました。この人々が、のちに現思研の中核となる六七年入学組です。新しいメンバーの中には、自民党支持の田舎の優等生で、夜間大学に働きながら学ぶために来た人もいます。すでにベトナム戦争反対は市民社会に広がっており、デモへの参加を初めから楽しみにしている人もいます。

私たちは、自分たちが大学生になって、右も左もわからずに過ごしていた初期の経験を思い出しながら懇談会を開いて、様々なオリエンテーションを行いました。まだ就職、アルバイト先が見つからない人たちには、大学の学生課の掲示板に連れていき、求人広告から「これがいい」「あれがいい」とアドバイスしました。すでに先輩格になったクラケンさんは、九州から出てきた当初は、中央線などの快速電車や急行は、別料金を徴収されると思って、各駅停車の鈍行しか乗らなかったとのことです。また、水洗トイレの使い方がわからず、反対向きに座ることを知るまでは便器に上がって用を足したりしたという人もいました。東京は地方から出てくると刺激的な街で、何でもありですが、どうしていいかわからないことが多いようです。そんな彼らに、現思研との出会いは頼もしいものだったようです。のちに大分から上京してきたI君は、すでに「社学同で闘うつもり」とⅡ部に入ってきました。そんな人は稀で、みな高校の生徒会やクラブ活動の延長のような感覚の人が多いのです。

入学式前に、ちょうどデモがありました。新潟から来た、真っすぐな青年のO君は、入学前に現思研の誘ったデモで逮捕されてしまいました。このとき、現思研は社学同の隊列に加わることになっていました。ベトナム反戦か、沖縄闘争のデモか、はっきり思い出せません。「デモを見学しよう」と誘ったのは、私たち先輩です。初の入学式前早々のデモに新入生が隊列を組んで進もうとすると、学館四階の現思研のベランダから私と遠山さんが、花吹雪を盛大に撒いて「がんばってねー!」と叫んでいたと後に現思研の友人たちに言われています。初めてのデモなので「新入生はどんな様子か、見学なので歩道を歩いてください」と確認はしていました。

ところが、歩道から見学していたO君ら新入生たちの前で、ちょうど機動隊が学生に襲いかかりました。機動隊が学生を小突き回し暴力をふるうのを目の前にして、純情なO君は思わず「止めろ!」と仲裁に飛び込んでしまいました。田舎から来て間もない青年の善意は「逮捕!」という声で、殴られ拘束されてしまったのです。仲間たちは、O君を引き戻そうとしましたが叶わず、警察側に連行されてしまいました。

これを目撃した仲間たち、自民党支持のS君も、宮崎から出てきたT君も、古いメンバーのNさんらも、顔面を紅潮させ、怒りと戸惑いで一杯です。新学期初の授業が始まる前から、O君の拘束されている警察署への救援手配を行うことになったのでした。この出来事がきっかけとなって、彼らは現思研のコアメンバーとなり、社学同のデモや集会にも、自治会活動にも積極的に参加していくことになります。私が大学生活は楽しく新鮮で得がたいと心から感激したように、彼ら新入生もみな眼が輝き、わたしや遠山さんらを質問攻めにしていました。

学館四階の現思研の部屋は、「新聞会」のプレートしかないのですが、この部屋が精神的砦となっていました。御茶ノ水駅を下ると、みんな真っすぐにこの学館の四階の部屋にまず立ち寄ります。そして、「今日の予定は何かないか?」と聞き、頼みたいこと、ビラ配り、立て看作り、イベント、集会のスケジュール、自分の協力できる時間帯を確認し、授業に向かいます。

授業がない時にはこの部屋に戻って、時には入りきれないほどの現思研の仲間が集まって雑談に花を咲かせます。自分の家族、職場での話、就職やアルバイトを紹介し合う仲間同士の助け合いも、自然成長的に仲間意識を育てていきます。そうはいっても、夜間部の学生は毎日が時間との闘いです。朝から五時頃まで職場で働いて過ごし、五時半の授業前に、五分でも学館四階に立ち寄ったり、すぐに駆け足で教室の授業へと出ていきます。授業の空き時間にラーメンを食べたり(当時五〇円でした)、学館内の生協食堂で三〇円のうどんをかきこむ人が多いのです。

夜九時五〇分から一〇時に授業が終わると、本格的に活動開始で、最終電車の頃まで、クラス討論のビラをカッティングしたり、謄写版印刷したりします。鉄筆で一字ずつロウ原紙に書き込んでいくもので、当時はワープロもパソコン、携帯電話もないですから、ビラや立て看が情宣の武器です。一枚一枚、手刷りで五〇〇枚ほど刷ったビラを、各クラスや、校舎入り口で学生に配布します。それから立て看は、角材とベニヤ板で畳一畳分から二畳くらいの看板を作り、模造紙を洗濯糊で貼り合わせて、その白いスペースにスローガンや政治表明、イベント予告や当局への要求などをアトラクティブに描きます。これらの協同作業は、また楽しいもので、慣れると看板屋をしのぐ、立派な「立て看」を描く人もいました。現思研で一番上手だったクラケンは、のちにその腕を活かして、プロの看板屋になったほどです。

そのうち、六八年には大分出身のＩ君が、下宿から現思研の部屋に持ってきた小さな電気釜で米を炊き、道路を隔てたところにある中華料理の小さな店「味一番」から、みんなで乏しい有り金を出し合って、ニラ炒めやギョウザ、ラーメンを出前してもらって、ご飯のおかずとして分け合って、食べたりしていました。お金がなくても、ここに来れば誰かが助けてくれて、食べることができたのです。また、和室を借りて、立て看作業で遅くなる人は泊まることもできました。

「楽しい。仲間がいる。そして、仲間とベトナム戦争に反対する正義の仕事を共同している」これは、生きがいとなり、仲間が増えていきました。私もそれまで、自宅や、親類の家から通っていたスタイルから、夜の遅い最終電車でも間に合うところに下宿したいと思いました。そして、六七年の夏には、初めてアパートというか長屋に部屋を借りることにしました。

初めての一人住まいは、とてもワクワクしたものです。大学の掲示板で小岩駅から歩いて一五分くらいのところに、材木屋の店子のような長屋を見つけて借りました。家具を揃えるのもうれしかったものです。でも、とても粗末な長屋で、三畳くらい。確か、一ケ月三五〇〇円だったか。初の一人住まいを見に来た母は「こんな家に住まなくても……」と絶句したくらいです。実家にあった古いＴＶを持ち込んで、本人は気に入ってましたが、駅から遠いこと、学館や実家に泊まることも多く、あまり使いませんでしたが、借りた期間は長かったです。中大の久保井拓三さんが傍に住んでいて、よく往来し、私がそこから引き上げる時に、ＴＶをもらっていただきました。久保井さんは誠実な人で、「安保反対・日帝打倒」の闘いの話や、どんな本を読んだらいいかなど、現思研仲間がぎゅうぎゅう詰めに私の部屋に遊びにくる時には、一緒に多く話たりしたものです。

当時の六七年の現思研について、田崎哲史《てつし》さんは次のように述べています。

「僕たちが入学試験を受けた六七年は、明治は学費闘争の最中で、機動隊が校舎の周辺に配置され、それに交じって学ランを着た応援団、体育会の学生らに守られる形での受験でした。ちょうどそのころ、取り交わされたはずの『二・二協定』のことは、後に先輩たちから存分に教えられることになる。入学後は、授業の合間をぬって、自治会役員による歓談があった。宮崎の片田舎で育った自分には、東京や大学で目にするものはすべて珍しく、興味を惹かれることばかりだった。上原さん（当時の駿台政経学会委員長）に連れていかれたのが学館四階の現思研で、文字通り現代の思想研究サークルと思っていた。ブント社学同活動家養成所であることを知ったのは、ずっと後のことである。

現思研には、全国から面白い人が集まっていた。Oは入学早々、沖縄デー集会に逮捕されたというし、東京出身のKは『党宣言読んだ?』と聞く。『党宣言』がなにものか知らない自分は、上原さんにたずねて知った。Kたちは、すでに高校のとき読んだというのでびっくりした。その後、運命の一〇・八を迎える」

この田崎さんとは一〇・八を共にし、六八年には成田闘争で彼は未成年のまま、逮捕されることになりました。

六七年春、福島県議選の応援

一方で私はこの頃、六七年三月か四月だったと思いますが、アルバイトで福島県の地方選挙に出かけることになりました。

雄弁部のアルバイトで、これまでもいくつかの地方選挙の候補者の応援演説や、候補者の名前を連呼する「うぐいす嬢」と呼ばれるアナウンスの役などをやってきました。二〇歳の時、町田市議選に出る高校時代の友人の父親に頼まれて、アルバイトとして、応援演説に加わっていました。これを、市内に住む父の知り合いが聴いて、気に入ったとのことです。「兄貴が福島で、社会党から県会議員選挙に出馬するので、アルバイトで来てほしい。標準語で演説できるのが大きなインパクトになるから」と、父を通して頼まれたので、アルバイトとして引き受けました。ちょうど現思研が活動を開始し始めたころで、活動資金の必要性もありました。

アルバイトではありましたが、私が応援したのは、二〇一一年三月十一日の東日本大震災による「フクシマ原発問題」で脚光を浴びた元双葉町長の岩本忠夫さんです。

六七年当時の岩本さんは、双葉原発誘致反対のイニシアチブをとる社会党双葉支部長であり、「葉たばこ共闘会議議長」「出稼ぎ対策委員長」などの肩書を持つ闘う活動家でした。当時、三八、三九歳くらいだったと思います。私は世田谷に住んでいた子供時代から、地域に住んでいた鈴木茂三郎（第二代日本社会党委員長）が好きだったので、社会党には好意を持っていました。でも、社会党についても、福島についても、何も知りません。東京生まれの私には「田舎」といっても、九州の両親の里に行ったこともなく、この福島行きが、初めての「田舎」でした。その土地の、のびやかな美しさ、浜通りには海が迫り、夏には毎日泳げるというし、中通りの麦畑や小高い森一つ一つが、興味津々でした。

私にとっては、浜通りや山間部で応援演説をしたり、車を流しながら「岩本忠夫が参りました。日本社会党公認候補岩本忠夫でございます」とアナウンスしながら回るのは、とても楽しい仕事でした。社会党の東北ブロックの参議院議員や、労働組合議長の和田英夫さんも同乗して、代わる代わる声を張り上げました。岩本さん宅の、よろず屋のような酒屋を事務所にして、たくさんの住民が出入りし、ことに労働組合員が多かったように思います。選挙区は、双葉郡で、双葉町や浪江町などです。私はこんな論旨で語りかけたのを覚えています。

「浪江の町にも双葉の町にも春がやってまいりました。しかしながら、父親のいない、兄のいない、子のいない、これが本当の春と言えるのでしょうか？　岩本忠夫は『出稼ぎ』の様々な困難や事故に、もっとも尽力してまいりました。岩本忠夫は皆様の代表であります。これまでも、またこれからも、出稼ぎに行かなくても暮らせる福島、出稼ぎの不要な地場産業の育成に尽力していくのは、この岩本忠夫であり、葉たばこの国との交渉に尽力してきたのも、この岩本忠夫であります。どうか岩本忠夫に皆さまの清き一票をお願いいたします。それでは、岩本忠夫候補から御挨拶申し上げます」などと、前座を務めるのですが、アルバイトというよりも、私は岩本さんを心から応援した日々でした。

岩本さんの人柄、献身的で自己犠牲的な姿、信念、自分を顧みないで打ち込む姿、また、青年団の私と同年の人々との熱い信頼関係や、岩本さんへの尊敬心を横から見ていて、私のアルバイト気分は消えてしまいました。身内のように声援を続けました。この頃ちょうど、原発の誘致を自民党らが始めており、原発反対も訴えました。でも東京の経験と違って、人間関係が濃いせいか、選挙運動の過熱ぶりには驚かされました。

ある日、山間部を候補者たちと回った時のことです。山深いふもとに二、三軒の農家があっただけのところです。その家の前で応援演説を始めたら、家人が出てきてこういったのです。「岩本さん、悪いけどもう○○から○本もらったから（と指を立てて）あっち入れっから。今回は勘弁してくれ」と。「金権選挙」はあたりまえなのです。金のある自民党が勝ってしまうのは当然なのだと実感したものです。岩本さんは、結果は次点で落選でした。でも、これまでに考えられないほど保守王国の基盤に肉薄し、初の社会党県議の可能性が生まれたのです。「次は勝って、この地から社会党県議を誕生させよう！」と、落選後の御苦労会も意気さかんでした。多額のアルバイト料を岩本さんの弟から受け取り、「また四年後もお願いします」と言われたものです。

しかし私のほうは、高揚する学園闘争や、ブントの反政府デモなどで時間をとられるようになったし、六九年には逮捕されるなど、すでに、そうした活動はできる条件はなかったし、次の地方選前に海外へと出国してしまいましたが、七一年の地方選で、岩本さんは当選しました。

ところが、アラブにいたある日、九〇年代に届いた資料の中で、「原発推進」の双葉町長として、岩本忠夫さんが載っているのを見て、私はびっくりしました。岩本さんは、反戦、反核、反原発の戦闘的な活動家であり、リーダーではなかったか？　事情は記事にも書かれておらず、わかりません。そのまま縁もなく、アラブにあっては知る術もなく、記憶の底に沈んでいきました。

それが、二〇一一年の三・一一の「フクシマ人災」を経て、いくつかの資料から岩本さんのその後を知ることができました。「亡国原発を闘った男・石丸小四郎の証言」（二〇一一年『週刊朝日』一〇月一五日号）で以下のように記されていました。

石丸さんは、六六年に反原発運動を始めた。双葉町の酒屋の店主で、社会党双葉総支部長だった岩本忠夫さんの「核と人間は共存できない」という言葉に共鳴したのがきっかけだった。翌七二年、石丸さんは岩本らが結成した双葉地方原発反対同盟に加わった。岩本さんは、社会党の町議から県議になった。県議に三回落ちた後、岩本さんは原発推進に転じ、第一原発五・六号機がある双葉町長に立候補して当選した。〇五年一月、内閣府の原子力委員会の新計画策定会議に岩本町長（当時）は招かれた。議題はプルサーマル。福島県の佐藤栄佐久知事（当時）は、東電がひび割れ記録を改ざんした事件が〇二年に発覚してから反対に転じ、東電や経産省は頭を痛めていた。その会合で、岩本町長は「どうぞ、ここは確信を持って推進していただきたい」とエールを送ったという。石丸は、かつての同志岩本さんを「東電と国に徹底的に利用されたんだ」と気の毒そうに言った。その手口が原発の「甘い蜜」だ。石丸さんの試算よると、電源三法、交付金や大規模資産税、東電からの寄付金などで、約四〇年間に四五八億円にのぼる収入があった。双葉町の人口七，〇〇〇人で割れば、一人当たり六五〇万円だ。過疎の町には、原発修理などの下請け企業、労働者相手の下宿屋、居酒屋など次々と出来、「原発長者」が次々と生まれた。（中略）私は岩本前町長にぜひ会ってききたかった。だが、七月一五日に慢性腎不全で死去した。

また、『週刊金曜日』二〇一一年九月九日号の「原発と差別の中で」の鎌田慧さんと樋口健二さんの対談で、次のようにあります。

鎌田――ひどい話です。樋口さんもよく御存知の岩本忠夫前双葉町長は、七月一五日八二歳で亡くなりました。（中略）町長になる前には、社会党（当時）県議や『双葉地方原発反対同盟』委員長として、反原発の先頭に立っていました。

樋口――ところが東電側の総攻撃で三回連続で落選させられる。

鎌田――政界引退を決めたが、一九八五年に町長選に引っ張り出されて、〇五年まで五期二〇年を務めました。町内には福島第一原発五・六号機があるが、財政難を背景に、七・八号機の増設を求める推進派の筆頭格なってしまいました。事故後、テーブルを叩いて怒っていたと聞いていますが、東電に怒っていたのか、自分に怒っていたのか、残念ながらわかりません。岩本さんの長女と次女は東電社員と結婚しています。被害者と加害者がぐちゃぐちゃになっている。原発はそういう社会を作ってきた。差別構造の中に、さらに複雑な構造がある。ほとんど地獄だと思います。

私が六七年に福島に行った時、きっと石丸さんに会い、一緒に岩本選挙で語り合ったのでしょう。岩本さんの長女も次女もまだ小さかったのです。こういう人たちと一緒にいたのだな……と、三・一一以降、感慨深く思い返しました。

岩本さんは清廉な人で、私の子供時代の世田谷の稼業のよろず食品店と店構えも似ていました。岩本さんの母親はしっかり者で、妻も従いながら店をきりもりし、選挙で何十人も出入りする人々に、おいしいコメの塩むすびと、忘れられないほどおいしい白菜の漬物をふんだんに振舞っていました。子どもたちはまだ小さかったけれど、忙しく出入りする父親や大人たち、それに東京から来た私に、遠慮がちに興味津々で遠巻きにしていました。

私は夜も岩本さんの家に泊まってすごしたので、子どもたちとは仲良くなって話をしました。若者や同年輩の社会党員たちが威勢よく、選挙運動を楽しげに担っていました。選挙運動の一日が終わると、一杯飲んでは「あの家は大丈夫だ」とか「あそこはもっと応援をかけた方が良い」とか、団結や勝利を陽気に誓う、雰囲気のよい選挙でした。私は、当時の岩本さんを思い出します。

「出稼ぎのとうちゃんが戻らない」とか「息子がどこで働いているのか連絡がとれなくなってしまった」など、村や農家の人々の相談に真剣に聞き入り、メモをとっていました。「この双葉、働くところがあれば家族がバラバラにならないですむ。この双葉を働いて暮らしていける町にしたい」と私にも言っていました。高度成長の中で、取り残されていく故郷を変えたいという願い、反原発運動に対する巧妙な妨害とカネのバラマキ。「安全神話」と原発に潤う町。独占と企業の論理が、国家意志として過疎の町を襲う時、こうした社会党の中核部隊ががんばれなくなっていったのでしょう。

社会党自身も政策変更し、「平和利用論」に変質したように、原発の国策「平和利用」「安全神話」にからめとられていきました。良質の社会党の基盤が、国労、労働組合、原発政策と堡塁を奪われ続けた時代の一端を、岩本さんの人生は示しています。「地獄への道は善意で敷きつめられている」というのは、岩本さんのような歩みをいうのでしょうか。彼の「無私」の「善人」さ、当時、そうした多くの「岩本さん」を生み出し、現在の日本の保守化、右傾化に変質していったのでしょうか。これはまた、ソ連、東欧崩壊、社会主義の展望の暗転の時代と重なるのでしょう。

今も憲法を問う砂川闘争

米軍による北爆から「ベトナム侵略戦争反対」を訴える国際的な反戦運動が、米欧日で激化し続けていました。朝鮮戦争を上回る兵力を投入しながら、ベトナム人民の北部、南部の強じんな抵抗の前で、米政府は痛打をくらわされていました。

米国内の反戦運動は社会に広がり、政府を脅かし、欧州、ソ連、東欧から非同盟運動の主体である第三世界に至るまで米国のベトナム侵略に反対し、ベトナム人民連帯行動を強化しました。日米安保条約を盾に、米国のアジア侵略基地として、日本の米軍基地は侵略の前線として機能していました。兵力の補給、武器の更新、負傷兵の撤退、海軍兵力の寄港と日米政府の様々な密約の中で進められていきます。

一二月に再建された三派全学連の初の行動として、六七年一月のベトナム反戦第一波闘争が羽田現地で、四〇〇〇余名が全学連部隊として登場しました。全学連の第二波行動として、二月二六日、砂川基地拡張阻止闘争が行われました。この時の参加か、その後の参加か、私自身の参加記憶ははっきりしません。たぶん「二・二協定」後で、多忙で参加しなかったのでしょう。

この二・二六闘争で三派全学連と反戦青年委員会は、初めて独自の集会を持ち、「反戦勢力」の流れを作り出したと、全学連自身が評価しています。このため、砂川基地拡張反対同盟青木行動隊長は、一五〇〇人の青年、学生、労働者に次のような挨拶をしたと、記録されています。

「あの十一年前の砂川闘争以来、こんなに前進した集会はなかった。これまで抗議集会といっても、基地に近寄ることができず、立川市役所前の広場などに集まって、犬の遠吠えをするだけでした。それが今日はどうでしょう。このようにして今日は滑走路の前で堂々と集会をやり抜いたのです」(七七年『流動』八月号より)。

六七年前半の私たちの主要な闘いは、「二・二協定撤回」「学生処分白紙撤回」と、現思研の組織化であり、学外では、ベトナム反戦・砂川闘争が中心としてありました。五〇年代の第一次砂川闘争を闘ったのは、全学連の明大の先輩たちであり、この時の逮捕起訴の裁判で、有名な「伊達裁判長判決」が出たことを学びました。伊達裁判長は、米軍は日本国憲法に違反する軍隊であり、基地に侵入したと起訴された全学連の学生は無罪であると言い渡したのです。

ところが検察は、高裁を飛び越えて上訴しました。そして最高裁判決で差し戻しされ有罪になったという話です。当時も、司法権力のいかさまだと、私たちは話をしていましたが、のちに、このころの記憶は、二〇一三年に土屋源太郎さんの話で、一九五五年の闘いが再び明らかにされているので、ここに触れておきたいと思います。

土屋源太郎さんは、伊達判決で無罪を受けた被告の一人です。一九五七年当時明大生で、全学連の都学連委員長として活動していました。土屋さんは、「伊達判決を生かす会」を立ち上げ、「砂川伊達裁判判決破棄した最高裁判決は無効」を求めて活動を開始しました。なぜなら、伊達判決を覆すために駐日米大使と日本の外相・最高裁判所長官の三者が判決を巡って会っていたことが示される資料が、米国の機密文章解除の中から発見されたためです。土屋さんの発言は次のような内容です。（『情況』誌二〇一四年一一・一二月合併号）

一九五〇年朝鮮戦争が始まると、立川基地からも米軍機は飛びたち、ベトナム侵略戦争でも拠点になっていった。米軍立川基地もその一環であり、原水爆を搭載できる大型機、高速戦闘機発着の必要から、滑走路拡張が必要となった。一九五五年五月、砂川町長に政府は基地拡張の通告を行い、一二六戸の農家と一七万平方キロメートルの接収を告げた。これは町の生活破壊であり、砂川町議会を始め、反対を表明して「砂川基地拡張反対同盟」が結成された。これが砂川闘争の始まりだった。この基地のための測量に抗して、機動隊の暴力にスクラムで抵抗し、五〇〇〇余が流血の中で闘い抜いた。「土地に杭は打たれても心に杭は打たれない」と青木行動隊長の発した言葉は、その後の闘いの合言葉となった。権力の分断工作、逮捕などに抗して、一九五六年、反対同盟は全国の人から応援され、全国へも支援を呼びかけた。この時から全学連として砂川闘争に関わるようになった。

と土屋さんは述べています。そして、延べ二万五千人以上の学生が砂川に泊り込み、地域ぐるみの支援活動を行ったとのことです。

「一九五六年一〇月一二日、一三日、数千の機動隊に守られて早朝から測量隊が現れた。六〇〇〇を超える労働者、学生、市民が座り込み、測量阻止のスクラムを組んで反対同盟と一体となって闘った。この闘いの中で『赤とんぼ』が唄われ、大合唱となり、さすがの機動隊も静かになった。この日、一〇〇〇人以上の怪我人、一三人の逮捕者が出た。世論の反対の高まりの中で、一五日以降の測量は中止になった」

その後のことです。五七年の七月八日、早朝から基地の柵をゆさぶり、抗議行動を行った柵がこわれて立ち入れるようになり、基地内に二〇〇〜三〇〇人が数メートル侵入したのです。当時、都学連委員長だった土屋源太郎さんは、指揮をとっており、この基地への侵入は当然のことと考えていたそうです。

「基地に入ると、一・五メートルくらいの高さに鉄条網が数百メートルにわたって置かれ、その後ろから機関銃を乗せた米軍ジープが二台現れた。司令官から基地内に入った者があれば射殺してよいと命令を受けていたという。対峙は昼近くまで続き、国会議員や調達局（測量当事者）、警察と話し合いがなされた。『本日の測量は中止する。双方は同時に引き上げる。逮捕者は出さない』ということで闘いは終わった」のです。

ところが二ケ月以上も経った九月二二日に、米軍立川基地に侵入したとして、労働者、学生、二三人が逮捕されました。事後逮捕です。労働者四名、学生三名が『安保条約に基づく行政協定に伴う刑事特別法違反』として起訴されました。土屋都学連委員長もその一人でした。

この砂川事件で起訴された七人の被告には、総評弁護団中心に、大勢の弁護団が結成されました。被告側の主張は「安保条約に基づく米軍基地の駐留は、日本国憲法第九条違反であり、基地侵入は無罪」という立場で、「この裁判は憲法裁判だ」として臨んだのです。五九年三月三〇日、東京地裁一審判決は伊達裁判長によって宣告されました。

主文・被告人全員無罪。米軍の日本駐留は軍備なき真空状態からわが国の安全と生存を維持するため、自衛上やむを得ないとする政策論によって左右されてはならない。米軍の駐留が国連の機関による勧告または命令に基づいたものであれば、憲法第九条第一項項前段によって禁止されている戦力の保持に該当しないかもしれない。しかし米軍は、米戦略上必要と判断した場合、わが国と直接関係ない武力紛争に巻き込まれる危険があり、駐留を許可したわが国政府は、政府の行為により、再び戦争の惨禍が起きないようにすることを決意した日本国憲法の精神に悖る。

わが国が、外部からの武力攻撃に対する自衛に使用する目的で米軍の駐留を許容していることは、指揮権や軍出動義務の有無にかかわらず、憲法第九条第二項前段によって禁止されている戦力の保持に該当するものであり、結局わが国に駐留する米軍は、憲法上その存在を許すべからざるものと言わざるを得ない。米軍が憲法第九条に違反している以上、一般国民の同種法益以上の厚い保護を受ける合理的理由は存在しない。軽犯罪法より重い刑事特別法第二条規定は、なん人も適正な手続きによらなければ刑罰を科せられないとする憲法第三十一条に違反し無効である。

以上が伊達判決の主旨です。

この「伊達判決」に危機感を持った米日権力者は、司法に介入してこの一審を否定すべく、秘密裏に話し合っていたのです。そのことは、当時の秘密だったので、被告らも知りませんでしたが、この会議の結果、上訴に至ったのです。この最高裁判決によって編み出された「統治行為論」という詭弁が、以降も日本国憲法を骨抜きにしていくようになりました。

最高裁判決いわく、日米安保条約のような、高度の政治性を有するものに対する違憲か否かの判断は、司法裁判所の審査には原則としてなじまず、一見きわめて明白に違憲、無効と認めない限り、裁判所の司法審査権の範囲外であるとして司法判断をしないと決めたのが、「統治行為論」です。「統治行為論」というこの論理によって、以降の「福島裁判長判決（自衛隊違憲論）」を退け、また、「イラク派遣訴訟」や、米軍基地に関する判断回避など、立憲主義の否定、骨抜きは基本となってしまいました。

司法において、最高裁判所が憲法判断できなければ、国の統治者の恣意的な憲法判断を許し、憲法第九条も骨抜きにされていかざるをえないのです。土屋源太郎さんらは当時、最高裁の差し戻し判決によって、再度、地方裁判所の審理が行われ、有罪となり、被告七人は罰金二、〇〇〇円の有罪刑を科されました。

ところが、最高裁判決から四〇年を経た二〇〇八年、米国立公文書館で砂川事件「伊達判決」に関する解禁文章一四点が発見されました（国際問題研究者の新原昭さんの発見）。その重要な点は、マッカーサー米大使と藤山外相、田中最高裁判所長官との間に砂川裁判「伊達判決」を破棄するための謀議密約があったことを、大使が米本国国務省に報告した公電の記録があったのです。以上のように、五〇年代砂川闘争は闘われ、かつ権力の謀略によって、無罪から有罪に変化したばかりか、「統治行為論」という、日本の立憲主義の否定が公に「合法」化されてしまっていたのです。

こうした歴史の上に、再び砂川基地に対する拡張計画が出され、それを阻止する闘争が日程にのぼったのが、六七年だったのです。

六七年二月以降、ベトナム反戦、さらには四月二八日沖縄返還要求闘争が続き、そして五月一六日、「三派全学連」は中大学生会館において三五〇人以上の学生参加の上で「砂川基地拡張実力阻止闘争全学連総決起集会」を開きました。同じ五月一六日、学苑会は五月末の定例学生大会開催を決定しています。

すでに四月以降、新入生を迎えた自治会の呼びかけで、反戦・反基地闘争は広がっていきます。全学連の呼びかけで、五月二六日、砂川基地拡張阻止の日比谷野音集会や、デモが繰り広げられていました。この集会で、革マル系の全学連と場所取りめぐって乱闘になったとのことですが、私は記憶にないです。

この集会をふまえて、五月二八日、砂川現地において総決起集会が行われました。立川市砂川町の基地拡張予定地において、日共系の集会と、三派全学連の基地拡張反対決起集会が別々に行われることになりました。当初は、社共統一行動を予定していたのですが、結局、全学連の参加をめぐって折り合いが付けられなかったのだと思います。

明大新聞六七年六月八日号によると、日共系の集会が、安保廃棄・諸要求貫徹実行委員会主催の「ベトナム侵略反対・立川基地拡張阻止・米軍基地撤去諸要求貫徹、五・二八砂川集会」として開かれています。三派全学連の集会は約三〇〇〇人で、明大からは約二五〇人が参加しました。そこから二〇〇メートルほど離れた場所で、約五〇〇人の革マル系全学連も集会を開いていたと、明大新聞に載っています。

私も現思研の仲間も、ブント社学同の隊列に加わり、「明治大学」として隊列を組んで滑走路北側の集会に参加しました。和泉校舎から現地にマイクロバスで乗り付けた部隊が二〇〇人と明大新聞に出ているので、農・工学部の生田校舎や、神田駿河台校舎も含めれば、はるかに三〇〇人を超えていたでしょう。このころ、現思研のメンバーは、研連や各学部自治会、学苑会執行部で活動しつつ、学外のデモ、集会には一五人から二〇人の仲間がデモに加わっていました。ときには現思研のみならず、学部学生も誘って、より多くの仲間が加わります。

この日は、新入生の経験学習もあったので、私たち上級生らもほとんど参加しました。一三時からの集会を経て、四時過ぎからデモ行進に移りました。「江ノ島ゲート」と呼ばれる付近から大量の機動隊が隊列を狭めるように規制し、それに抗議する学生たちは楯と警棒の暴力に阻まれてしまいました。私たちは歩道側へと追いやられ、片側サンドイッチ規制のまま、立川駅方面へと向かいました。

私は青医連の人たちと、傘に大きく「救護班」と書いた紙を貼ってさし、腕にも同種の腕章をまいて、社学同の医学部の友人たちのグループと一緒に、緊急医療救護体制をとる一員として、歩道をデモに並行して歩きました。衝突のたびに、頭を割られる怪我人が出ていました。それでも学生側も機動隊の隙をついて、投石や駆け足行進で抗議します。基地正面ゲート付近になると投石が激しくなり、投石を止めると、ゲート付近で急に一斉座り込みに入るなど、全学連の指揮のシュプレヒコール・笛に従ってスクラムを固めてシットインを行います。機動隊のごぼう抜きに対し、退去させられたあとから再びスクラムを組んで態勢を立て直し、投石する学生たち。

たまらず機動隊は、逮捕した学生を盾にして投石に対抗するという卑劣な行動にでました。野次馬も含めて「ナンセーンス!」「何だ!」と騒然です。救護班と書かれた傘を目印に、怪我人が次々と運び込まれてきます。白衣をまとった医学連の友人たちが、即応体制をとっています。この友人たちは、かつて雑談の中で「手術にはまだ立ち会っていない」とか、「縫ったことは一度だけある」という医者の卵たちで、普段は活動の方に熱心な人もいます。でも、こういう場では未経験でもそれどころではないと、果敢です。

頭を割られて血がドクドクと出ています。その本人が何か話すと、それに合わせるように血が更に流れ出ています。青医連の者たちは止血し、また縫い合わせています。「大丈夫?」と私の方が不安になって尋ねると、真剣な顔で「消毒をしっかりしていれば大丈夫。血が出ている方がまし。打撲の脳内出血で、血が外に流れない方が怖いんだ」などと言っています。これは頭から血を流し、縫ってもらっている人への励ましの説明かもしれません。私は何もできず、もっぱら消毒か必要物品を手渡すか、服をハサミで開いて医者の卵たちが治療しやすいような補助しかできません。私と行動を共にしていたのは遠山さんともう一人、女性がいました。三派全学連は機動隊と激しく衝突し、双方合わせて約一〇〇人の負傷者を出し、学生四八人が逮捕されています。

夜八時半ごろ、デモ隊はジグザグデモや渦巻デモをくり返して、立川駅前で党派別というより大学別に集まって、総括的に逮捕者や怪我人などの安全確認をし、九時ごろにみんなで立川駅から御茶ノ水駅へと向かいました。学館に戻り、現思研の仲間は、すでに新学期前に新入生逮捕の経験から、よく注意していたので、みんな無事でした。この日の明大からの逮捕者は一名でした。当時は逮捕されてもだいたい二泊三日で釈放されていた時代です。長期勾留は指揮者のみだったと思います。

その後も六月も数次にわたって、砂川基地拡張阻止の全学連の闘いは続きます。六月末に佐藤首相の第一次東南アジア訪問に対する新たな経済侵略に対する、訪問阻止闘争が広がっていきます。

七月九日には、砂川基地拡張阻止大集会が、社共統一行動として行われました。雨の中、全学連、反戦青年委員会も加わり、一万二〇〇〇人の人々が集まっています。この日も激しい市街戦となり、機動隊はデモのたびごとに、新しい防護服や乱闘靴、盾や指揮棒に替わっていくというのが、当時の私の印象です。学生は反撃して投石しますが、社共統一行動なので反発もうまれます。このころの闘いから、反戦青年委員会は既成左翼や組合の無力さや、しがらみを超えること、「自立・創意・工夫」のもと、独自に全学連との行動を重視するようになっていきます。そしてまた、砂川闘争の先陣争い的な競合が闘いの中から育ち、党派間の内部矛盾も顕著になっていったと思います。

ちょうどそのころ、明大ではすでに述べた学費値上げ反対闘争に関わった指導的な位置にあった学生たちに、不当な大量処分が学長名で発表されました。退学処分十一名を含む二一名に、懲戒処分が科されました。退学処分は、学費闘争の始まりの学生会中執委員長の中澤満正さん、全学闘争委員長の大内義男さん、全学連初代委員長だった斉藤克彦さんも。また「二・二協定」の混乱を収拾していた委員長代行の任を負っている小森紀男さんも含まれていました。Ⅱ部では、酒田全Ⅱ部共闘会議議長や研連委員長だった岡田さんに退学処分が下されました。

ただちに、昼間部、夜間部の各執行部、各学部自治会は、不当処分に対し「処分撤回闘争」を組み、ハンストや、授業ボイコット体制を取る宣告しました。当時のブントの学生対策（学対）指導部は、中核派と競合しつつ、明大の「二・二協定」自己批判の苦い教訓から、学園内闘争に対しても、無理な急進的方針に執着していたのではないかと思います。街頭でも大学でも「改良と革命」の話はかつてのようには出ず、「革命的敗北主義」が主張されるようになりました。

私たちは、そういう意味では「社学同」といっても自分たち流のやり方で加わっていたので、仲間意識を大事にし、相互扶助・共同のスタイルで、働きながら学ぶ範囲で、街頭政治闘争に参加していました。党内をだれが指導していて、どんな派閥があるかも興味はなく、明大学生会館を中心に出会う仲間たちと交流し、助け合っていたので、お茶の水周辺大学とは、ブント同士仲良しでした。明大・中大・医科歯科大、専修などの友人たちです。

また、関西から東京に任務替えで常駐するブントの人たちも、明大学館を根城にしていたので親しく、頼まれれば、現思研の仲間が助けました。後の反帝全学連の委員長の藤本敏夫さんや高原さん、佐野さんらです。「二・二協定」以降、明大闘争の過ちを他党派に対しては謝罪しつつ、ブント内では「斉藤糾弾」を求めて彼を探しまわったりはしていたけれど、ブント指導部自身の自己切開の痛みを伴うものではなかったのだろうと思います。

その分、東京に乗り込んで活動を始めると、「関西方式」をそのまま持ち込んで、「関西派」的な人脈形成をしていたように思います。私の知る関西派の人たちは「政治主義」というか、政治の議論ばかりで、文化、芸術、文学を語り合うことはありませんでした。

ブントは、全国の自治会数では中核派を凌いでいるのだということでした。中核派の断固非妥協路線と競うように「革命的敗北主義」路線が主張されていたように思います。解放派やML派ももちろんライバルではあったけれど、「反中核派」でブントと共闘していたように思います。現代帝国主義の規定、情勢分析、ベトナム連帯の位置づけなど——米帝国主義の侵略戦争か、スターリニズムと帝国主義の代理戦争かといったあらゆる局面で論争し、他派批判を自らの立脚点とするといったやり方です。

当時の全学連中執のメンバーは、中核派十一、社学同九、解放派五、第四インター二となっており、議決においては、中核派の方針に反対して拮抗したまま進んでいきます。その結果、「非妥協性」を競うような運動戦へと、全学連の活動が益々傾斜していったといえます。夏休みを経て、九月佐藤訪韓阻止闘争から街頭行動をさらに重視し、九・二〇佐藤東南アジア訪問実力阻止闘争を経て、一〇・八羽田闘争へと飛躍していくことになります。

あれこれの学内党派対立

六七年街頭行動の中で、一番鮮明に忘れることができないのが、一〇・八羽田闘争です。あの経験は私に、学生運動ばかりかその後社会に出ても教師として働きながら社会変革を重視しようと考える生き方に導いたといえます。

六七年は、私はまだ学苑会の財政を担当していたと記憶しています。六六年の対案によって、日共系から学苑会執行部を、いわゆる三派系の学苑会に転換して以降、たしか五月の定例学生大会だったと思いますが、私は財政担当として、会計報告の中で、民青の時期の不正を糾弾しました。

この時の大会は、六六年一二月一日の一票差で勝利した大会と違って、大きな差で三派系が勝利しています。私は、民青から引き継いだ会計帳簿を一つ一つチェックし、日共系の暁印刷所の領収証が実際より多いと感じたので、私は印刷所に行って、原簿をチェックしてもらい、実際に支払われた額を書き出したうえで、領収証の総計額の書類を再発行してもらいました。その結果、二回の印刷代数万円が水増しされていたのがわかりました。

それを示しながら、民青時代の帳簿の不正を学生大会で報告しました。印刷所の方も、私たちが三派系とか理解していなかったのか、妨害することもなかったので、正確な数字が得られたのです。民青は「清廉潔白」をこれまでも主張していたので、これは彼らにダメージでした。日共内の中国派のパージと重なり、急速に学苑会奪還や「民主化」の中央奪還の活動は退潮していき、商学部、法学部自治会死守体制をとり、文学部民主化委員会など、学部活動にシフトしていきました。

そのころ、ブントの現思研活動に対して脅威を感じていたのか、今度はＭＬ派に属していた会計監査委員が、私の会計処理の領収証に不正がある、デパートの食品や衣料の領収証があったとして告発をはじめました。私に直接問い合わせや審査を行わず、ＭＬ派の指導部に報告し、ＭＬ派からブントの指導部に話を持ち込んだことがありました。それによって私に自己批判を迫り、私を辞めさせようとしたのか、他の交換条件があったのかわかりません。私はこうしたやり方で自治会の解決すべきことを党派問題にしたことで、ＭＬ派に大いに憤慨しました。

私はまず「私の会計処理は正当だ」とブントの人に言いました。「ＭＬ派こそ自己批判する必要がある」

と伝えました。ブントの人は驚いていました。じつはこれは、学苑会委員長であり、全Ⅱ部共闘会議議長のML派の酒田さんの授業料の一時穴埋めだったからです。六六年一二月の学生大会対案人事で酒田さんに委員長になるよう説得した時に、授業料が払えず除籍になりそうというので、私が会社を辞めて貯めていた虎の子貯金を貸しました。酒田さんがそれを返せず、三月に再び授業料支払いが求められる季節となり、「二・二協定」後の処分撤回を求めた大学側との闘いにおいて、委員長を除籍させるわけにはいかないと、中執内部で会議をして決めたことなのです。

酒田さんが返却するまで、一時的に中執財政で立て替えること、その会計処理は私にお願いされた訳です。ML派も、立て替える考えもないし、私を含めて、他人の授業料をもう払えなかったからです。

私は「ML派の会計監査委員が、問題を党派的に歪曲したのは許せない。学生大会で、すべて経過報告する」といきまいて怒りました。しかしML派が謝ったので、そうはしませんでした。そのかわり、私は大会の新人事で私の財務部長の他、副財務部長にML派の人間を置くよう要求しました。ML派に監視と責任を分担し、公明正大を証明してみせようと考えたのです。

ところが、この財務副部長のK君は、数か月の夏休み明けから大学に来なくなり、一時金として常時支払いのため彼が管理していた金を使い込んだと謝りに来て、そのまま辞めたいと言い出す始末でした。「使い込んだ金は働いて返す、ML派には言わないで」と言い、その後連絡不通になりました。もちろん中執会議で報告しました。ML派とはそれ以来、冷ややかな関係となりました。また私には卒論もあり、六七年秋の大会で、財政部長は現思研の宮下さんに後継してもらい、学苑会活動はいっさい引き受けないようにしました。現思研が拠り所であり、卒論やアルバトも多忙だったためです。

六六年から六七年は、日共系の学生たちとの主導権争いがとても激しかった時代です。六六年に日共・

民青系の人たちの激しい暴力を目撃したことがありました。これが初めての暴力事件で、私には衝撃的でした。民青のソフト路線では考えられない光景だったのです。明大本館で全国寮大会が開かれたときのことです。

この全寮連大会は、執行部の奪い合いで激しい対立となったのです。当時の全寮連の執行部を牛耳っていたのは日共・民青系で、お茶の水女子大など、いわゆる反日共系の寮の代表に対して、資格がないから大会への入場を認めないと対立が続いていました。結局、どちらが次期執行部を形成するのかの争いであり、また路線的には米帝に従属した日本政府の文部行政を批判し、「諸要求貫徹」を主張する日共系に対する反日共系の闘いでもありました。日共系は、鍬の柄のような棒を持った防衛隊を組織し、会場に押しかける反日共系を入場させないと、暴力的に渡り合っていました。二階から突き落とされ、頭から血を流し、よく死なずに済んだというような流血が続き、双方多数の怪我人が出ました。

学生会館にいた私たちは、緊急救援を頼まれて、怪我して本館中庭に倒れている学生を、青医連の友人たちに治療してもらうために走り回りました。本館の現場に駆けつけてみると、代々木病院からの救急車が正門脇にすでに停まっていました。代々木病院の救急車隊は、倒れている人に「大学は？　え？　こいつはトロツキストの方だ」などと言いながら、負傷した学生を選別して放り出したりしているのを目撃しました。

「ひどいじゃないか！」と、私たちは泣きそうなほどの衝撃を受けながら、倒れている者たち、選別排除の目にあった者たちを立て看を担架代わりにして、次々と学館に運び入れました。「民青が……」と話す程に、どくどくと流血します。糸は木綿糸まで消毒して縫っていたけれど、大丈夫なのか……と怖くなりました。一方、民青は、会場封鎖をして寮大会を続け、「トロツキストの妨害にもめげず、新方針、新執行部を選出した」と後の日共機関紙『赤旗』にも載っていました。

民青の偽善的振る舞いにはうんざりしたのですが、本音では、どうして反日共系は先に手を出してしまうのかと不満でした。いつも民青系は、やられてからやり返すと思っていたのですが、この寮大会の時は、まったく違っていました。民青の人たちが譲れない時には、暴力を「正当防衛」として先に手を出すものだと知ったのはこの時です。

明大Ⅱ部の民青が、本格的に暴力を仕掛けてきたこともありました。きっかけは何だったのか……。とにかく明大Ⅱ部の民青の勢力が、ずいぶん削がれてしまった危機感だったと思います。また、三派系が民青のビラ撒きなどにも暴力をふるったりしたことが原因だったかもしれません。日共系に対して、つねに三派系は横暴でした。

学苑会執行部ばかりか、生協Ⅱ部の学生理事選挙でも日共系は敗れて、議席を失っていました。残っている商学部と法学部自治会を拠点に、「政経学部民主化委員会」や「文学部民主化員会」などを立ち上げて、巻き返しを謀っていました。クラスに討論やビラ撒きに入ると、日共系と反日共系が教室でぶつかっていました。時には、三派系の活動家たちは、民青系の学生を無理やり三派系の自治会室に連れ込んできて、「自己批判要求」なども暴力的に行っていて、民青、日共の地区委員会で、我慢の限度にきていたのだろうと思います。

その日、夜九時を回っていて、最後の授業が始まり、みな現思研の仲間も教室に向かい、私は一人四階の現思研にいました。

「うぉー」というようなとどろき、「あぶないー!」「民青の襲撃だ!」遠くで怒鳴り声がしました。「日共の暁部隊はすごい」「中大では民青の方が暴力的だ」など、ブントの人たちから話は聞いていたので、民青が攻撃を仕掛けてくることを、私たちも話題にしていました。来た！

私は現思研の部屋（マロニエ通りに面した四階）からすぐ走って、反対側にあるエレベーターが三階にあったので、それを四階に上げて非常ボタンを押して停止させました。エレベーターを支配させないためです。そして、そのすぐ脇の階段用の鉄扉を閉めようと急いで手をかけ、民青が来るのを遮断するべきだと思いました。襲撃隊はすでに三階の学苑会に到着したのか、ガラスの割れる音や怒鳴り合い、ドアを突く豪快な音がしています。

下を覗こうとしたら、三階から四階へと黄色や白のヘルメットをかぶった集団が駆け上ってきました。「いたぞ！　重信がいるぞ！」と先頭で二段跳びに駆け上がってきたのは商学部の民青のリーダーの和田さん。ぎょろ目で、いつもキャンパスで反日共系に立ち向かい論争している闘志満々の人です。私はあわてて鉄扉を引き、閉めてカチャリとロックしました。間一髪で遮断しました。カンカンカンと鉄扉を叩き、しばらく怒鳴りながら鉄扉を壊そうとしていましたが、しばらくするとあきらめたらしく静かになりました。三階や隣の学生会館旧館の方に走っていったようでした。

旧館には、各学部自治会室があります。こちらの新館の四階には現思研のいる新聞会室以外、和室、会議室がありますが、調べてみると、四階にいたのは、夜九時から一〇時近いため、私以外誰もいませんでした。それも知らず民青は隣の旧館の窓からガラス張りの新館四階に板を渡して渡るつもりか、うかがっていました。私は会議室すべての電気を付けました。民青の行動が、ちょうど授業を終える学生たちによく見えるようにするためです。そして、現思研の新聞会室に戻り、ドアをロックして、ベランダからマロニエ通りの学生たちに呼びかけました。

「学友のみなさん！　民青が地区民青や日共の人を引き連れて、ただ今、学館を襲撃中です。この暴力を監視してください！」と叫びました。ロープや板を渡って新館に乗り込んでも、民青が私の部屋に入るには、もう一つドアを壊さなくてはなりません。私もハンドマイクはないので、大声で訴えました。ちょうど最後の授業を終えて、夜間部の学生たちがぞろぞろと出てくる時でした。私の方からは、何人の民青襲撃隊が加わっているのかは見えず、分かりません。ただ、「日共の暁部隊には半殺しにされる」と中大の友人からも聞いていたので、現思研でも時々話題になっていたのですが、それが現実になりかけたのです。

続々と学館の下に集まった友人や野次馬が「日共は暴力を止めろ！」「ナンセーンス」と大合唱しています。そのうち、雄弁会の友人で地理学専攻のMさんが、「警察が来たぞ！」と大声をあげました。すると、あっという間に日共・民青は撤収をはじめて、さっと消えてしまいました。撤退時は隊列を組みつつ全力疾走です。警察は来ませんでしたが、Mさんの機転だったのです。民青は「暴力はふるわない」ことを原則としており、こんな暴力を白日にさらしたくなかったので、逃げ足は速かったのでしょう。

しかし、大学祭などは、応援団の学生や民青の人々とも対立するばかりではありませんでした。私自身の当時の関心や活動についても、ここで触れておきたいと思います。

駿河台の文化活動

研連での合宿や行事、ことに秋の駿台祭の文化祭にはみんな協力し合います。駿台祭には昼間部も夜間部も、駿河台校舎を使う者たちが、共同して駿台祭実行委員会を結成します。六六年にはそこで共同した応援団長のSさんらの協力のもとで、その後の学費闘争の時にはいろいろ助けられました。

体育会の危険な自治会破壊攻撃に、応援団は「中立宣言」して、体育会の動きに歯止めをかけてくれたし、本館で使用していた貸布団が体育会の占拠で妨害されて運び出せないのを、応援団員を動員して片づけを手伝ってくれました。貸布団屋に代金を支払う私にとって、布団を失うことは深刻な問題でした。

駿台祭プログラムは、民青など含め、研連と昼間部の文連（文化部連合会）、応援団と協力し、学園祭はサークル中心の展示・発表・講演の催しをやります。実行委員会で大きな講演や、広場での打ち上げパーティーも企画しました。

六七年の駿台祭では、私も企画を担当しました。そのころ、『少年サンデー』『少年マガジン』『ガロ』などマンガ雑誌が大学生の読み物となっていると、社会的に話題になっていました。そこで、なぜマンガが流行するのかといった「マンガ世代の氾濫」を問う企画をつくったのです。

また、当時、吉本隆明が学生に読まれており、そのことにも注目しました。そこで、『ガロ』に執筆していた上野昂志、マンガ評論の石子順三、最後の講演を吉本隆明として企画し、駿台祭に招請しました。その前年の六六年には、私たちは羽仁五郎を『都市の論理』の著者として招聘しています。「交通費しか払えないが、講演をお願いしたい」と私は交渉しました。でも「講演料はきちんと払ってもらいたい」と言われましたが、講演後、始めからそのつもりだったのでしょう、交通費分も含めて、すべてカンパしてくれました。

六五年には小田実にも、記念館でべ平連運動について話をしてもらっていました。ML派の人らがべ平連批判で質問をすると、「ベトナム反戦に関して、君たちは君たちのやりたいようにやったらいいでしょう。同じように、他の人がやりたいようにやるものまた、自由に認めるのが民主主義だ。べ平連は各々自分のやりたい方法で、やれる方法でやる。私もそうだ。文句をいわれる筋合いはない」と返答していたのを覚えています。

六七年の学園祭の吉本隆明の講演は、ちょうど一〇・八闘争後の遅くない日となったので、一〇・八闘争について吉本の考えを知りたいと、学生会館五階ホールには入りきらないほどの学生が集まりました。ちょうど、一〇・八闘争に関して知識人、文化人と呼ばれる人々が「暴徒キャンペーン」を張る政府マスコミに対抗して、警察の過剰警備による弾圧を批判し、学生たちの闘いを孤立させまいと奮闘している最中だったのです。

吉本は、一〇・八闘争に関してそれまで発言していなかったので、学生たちへの「支持」をみな期待し聞きたかったのです。ところが、おもむろに口を開いた吉本は、評価する、しないと表明すること自体がナンセンスなのだと述べて、みんなをしらけさせました。知識人の主体性とは何かを語り、自分のやり方で表現していると述べたのです。学生たちが吉本に期待したほど、吉本の眼中には学生たちの闘いが評価されていないことが、よくわかったのです。私自身は、六七年一〇・八闘争までは詩作をしていたので、吉本の「詩」や『抒情の論理』などの本を読んだことはありましたが、思想的影響も受けていなかったのですが、友人の中にはがっかりする者もいました。

駿台祭のこうした講演のほか、研連でも日共系の社研（社会主義科学研究部）や民科（民主主義科学研究部）のサークル展示には支援し、当時のベトナム反戦など研連でも共同したりしました。

私の所属していた文学研究部は、部室を開放して、『駿台派』という同人誌を販売している程度だったと思います。六七年は、その『駿台派』の編集長として、私も短編から詩、エッセイを編集していました。この六七年には、自分の情念の広がりや突出を詩の中で格闘していた感じです。世界・社会を変えることができるという思いと、自分の意思を政治的な言語でなく、何とか表出したいと考えて、現代詩に熱中していたように思います。政治的言葉、ことに学生活動家たちの自己陶酔的なアジテーションのパターンの政治用語から排されている心情を、表現したいという思いにかられていたのです。

『駿台派』では、小説や評論で、詩の発表の場が不十分と感じて、文研の詩人仲間に呼びかけて、六七年には詩集『一揆　緑の号』を発行しました。九月に編集を終え、印刷中にちょうど吉田茂の死があり、はさみこみのしおりで「臣茂」が死んでも「臣人々」は生き続ける憂国的心情を記しました。

「やりたいことをやり、なりたい自分になる」「自分の欲望・意志に忠実に生きる、生きることができる！」そんな思いにあふれていました。社会を変えられると信じていました。高校を卒業して就職し、新卒新入社員として社会に出た六四年から六五年に大学に通える道を見つけ、夢中で「学生」をやっていたといえるかもしれません。

大学生活、学習も詩作もアルバイトも、学生運動も、すべてが楽しくて充実感を味わっていました。自分一人の人間の能力は限られているけれど、思いっきり自分の可能性を開いて生きようとしていました。寝る間を惜しんで、常に好奇心を持って前向きなエネルギーにあふれていた自分を今、振り返りつつ、その情熱を認めることができます。

しかし、当時の私に欠けていたことも、今ははっきりわかります。自分のことに精一杯だったのです。友人たちの悩みや困難に一緒に悩み、耳を傾け、解決に尽力していたつもりでしたが、今から捉え返すと、自分の関心角度からしか結び合っていなかったのだろうと思います。それを若さというものかとも今は思います。そうしたあり方は友人にも、家族、特に父や母に対しての配慮を欠いていました。大学を受験し、自分の意思通りに生きる私を、家族はみんな応援してくれました。そして学生運動にも理解を示してくれました。私も何でもすべて家族に、特に父親に語りました。

でも、私が両親や兄弟たちに支えられていたほどには、私は家族をかえりみる余裕がなかったのだと、今ではとらえ返すことができます。若さは身勝手で思い切りよく、時には傷つけていることを自覚できないものなのでしょう。

このころ、替歌もたくさんバリケードの中で歌われました。学費闘争のころには校歌や明大の戯れ歌（ここはお江戸か神田の町か　神田の町なら大学は明治……）なども歌っていました。

私が一年生の夏、反日共系の文学部自治会の山中湖の学習合宿に参加して度肝を抜かれた事がありました。焚火を囲み歌いながら飛び跳ねて踊るのですがその踊りも歌もすごかったのです。まだ何も知らない私はこの当時よく歌われているのを知りました。うろ覚えですがこんな歌です。

わっ、わっ、わっ、ズッパパー（と、言いながら、足を踏み鳴らし、両手を好き勝手に振り上げながら踊る）

織田信長が宣《のたま》いき
人間わずか五十年
夢幻の如くあるかどうだか
知っちゃあいないけど
やりてえことをやりてえな
てんでカッコよく死にてえな
人間わずか五十年
てんでカッコよく生きてえな
わっ、わっ、わっ、ズッパパー

という歌です

ブントの歌もありました。六七年にはブントの先輩たちが歌う「ブント物語」の歌（「東京流れ者」の曲で歌う）を知りました。この歌をコンパなどでインターナショナルやワルシャワ労働歌で締める前に、みな楽しんで歌っていました。「ブント系の軽さ」といえますが、なかなか当を得た戯れ歌です。

ブント物語

一．ガリ切ってビラまいて一年生
アジってオルグって二年生
肩書並べて三年生
デモでパクられ四年生
ああわびしき活動家
ブント物語

二．勉強する気で入ったが
行ったところが自治会で
マルクス　レーニン　アジられて
デモに行ったが運のつき
ああ悲しき一年生
ブント物語

三．いやいやながらの執行部
デモの先頭に立たされて
ポリ公になぐられけとばされ
いまじゃ立派な活動家
ああ悲しき二年生
ブント物語

四．デモで会う娘に片想い
今日も来るかと出かけたら
今日のあの娘は二人連れ
やけでなったよ委員長
ああ悲しき三年生
ブント物語

五．卒業真近で日和ろうと
心の底では思えども
最後のデモでパクられて
卒論書けずにもう一年
ああ悲しき四年生
ブント物語

六．先生、先生とおだてられ

今じゃ全学連の大幹部
奥さんもらって落ちついて
今更就職何になる
ああ侘しき活動家
ブント物語

第十章　激動の戦線

角材を先頭に突撃

六七年一〇月八日、この日の闘いによって、学生運動が大きく転換したと言っても過言ではないでしょう。

砂川基地拡張反対闘争を闘いながら、三派全学連は矛盾や対立は続いていました。中核派のヘゲモニーに対して、他の党派もそうだったのでしょうが、私のまわりでは特にブントが対抗意識を露わにしていました。中核派の「反帝反スターリン主義戦略」と「反帝戦略」のブントは、闘いの位置づけ、分析において常に対立し、全学連の基調報告や政策にどう反映させるか、七月の全学連大会でも争っていました。

私たち現思研は、それらを学対の村田さんや、山下さんから聞くとか、機関紙で知る程度で、主体的な立場でどうとらえるというほどの考えもありませんでした。学内の党派的な拮抗や、民青との対立には反応しますが、党派的な大学外のやりとりは、あまり注目もしていません。

六七年には、ベトナム反戦闘争が国際的な高揚を背景に、学生運動、べ平連をはじめとする市民運動も広がっていました。四月に美濃部革新都政が始まり、社共や総評・産別などの労働運動も共同し、世論は平和と反戦を求める要求は強まっていました。再びアジア侵略によって経済成長を遂げようとする独占企業、財・政界の露骨な動きに対し、多数の都民が美濃部都政に平和と民主主義を託したといえます。

学生運動は、そうした時代を背景に学費闘争、砂川米軍基地拡張反対闘争を闘い、ラディカルさを競うように各党派の街頭活動は先鋭化していきました。六月には佐藤首相が訪韓し、九月二〇日には、第一次東南アジア訪問の日程が決まり、日韓条約を免罪符のように、日本政府は戦争の責任をあいまいにしたまま、再びアジア経済侵略を開始しています。

こうした佐藤政権下の六七年、八月には新宿で米軍タンク車衝突炎上事件が起き、九月には米政権が、日本への原子力空母エンタープライズ寄港を申し入れてきます。そして、一〇月八日、佐藤首相は南ベトナム傀儡政権の招きによって、ベトナム訪問が行われようとしていました。佐藤首相のベトナム訪問には、べ平連も社共の既成政党も、連日、街頭抗議活動を行っています。

一〇月八日、全学連と反戦青年委員会五〇〇〇余名はこの日、激しい弾圧に抗して闘います。実際には、前日に法政大学で行われた、中核派による解放派リーダーへのリンチ事件で、全学連としての統一行動は不可能となってしまいました。一〇・八闘争の総指揮を執るはずだった高橋孝吉さんらに対する中核派のリンチ、テロのやり口に、反中核派で社学同含めて爆発寸前の矛盾が激化しました。ブントや解放派らは中大から法政大学へと抗議行動を起こし、衝突しそうな状況であったようです。私たち現思研も、中大での決起集会に参加し、翌日に備えて明大学館に戻って、みな泊り込みました。

法政大学での党派対立に備えて、各派は角材を準備したのでしょうが、この角材は内部対立ではなく、権力に向けて行使されるべきだということで収拾したと聞きました。それが一〇・八闘争の新しい実力闘争、街頭戦に転じていったのです。

このころ、関西から東京駐留で学館に寝泊まりしている佐野茂樹さんや藤本敏夫さん、北海道から学館に来ていた山内昌之（のちに小泉首相のブレーン）さんや吉田さんらに頼まれれば、現思研として雑務を引き受けたりしていました。社学同の人々のことを身内のように親しんではいましたが、だからといって「同盟員」としての活動を特に義務付けられるわけでもなく、招請があればデモに参加し、機関紙を購読するくらいの活動です。もちろん学内での私たちの自治会や生協の活動自身が、社学同にとってはメリットでもあるのです。

早稲田社学同の荒岱介さんも、よく私たち現思研の部屋に顔を出していました。彼いわく「現思研は心の軍隊だな。お互い家族のように思いやるのはうらやましいが、それだけでは心情主義だ。学習会をやったり、機関紙討論などの理論的活動をやっていない」と批判していました。のちに下級生から思い出話として知らされたのですが、私は「あらそうかしら。観念的で大言壮語の『戦旗（機関紙）』を読んでもピンと来ないのよ」と平気で言い返していたようです。

私が、じゃあ学習会をやろうかと言って始めるのはカフカの朗読だったり、ブント社学同の学習会をやると、私が準備しているので参加するのかと思ったら、医科歯科大の山下さんや早稲田の村田さんにレクチャーを頼んで、アルバイトに行ってしまったそうです。中国文化大革命にも共感せず「あんな画一的なおかっぱ頭が社会主義なら、私はあんな革命はいりませんよ」と言っていたと、荒さんはのちに語っています。

この頃から荒さんが、私をニックネームで「魔女」「魔女」と呼ぶので私は腹を立てていました。「魔女って『奥様は魔女』のサマンサみたいなもんだよ。魔女らしくないのに魔女みたいなことするからさ」と荒さんが言い出したので、以降、ブントや赤軍派の多くは「魔女」というニックネームで私を呼んでいました。私が怒るので、私の前では当初は使わなかったですが、のちには、六八年ころにはまあいいかと気にしなくなり、当時の通称となってしまいました。こうした雰囲気の中で、羽田一〇・八闘争を迎えることになりました。

一〇月八日早朝。いつもは早々に知らされる集合場所が（すでに萩中公園に決まっていたかもしれません）が明らかにされませんでした。

ブントの指導部は「今日はこれまでと違う。歴史的闘いとなる。ことごとく指揮には従ってほしい。まず、何人かに分散して東京駅へ行ってほしい。そこで次の指示が出る」と言うのです。上原さんや、六七年に入学した田崎さんら含めて、私たちは分散して三々五々、御茶ノ水駅から東京駅へと向かいました。

東京駅のホームに着いてから「品川駅京浜急行ホームにただちに結集せよ」というのです。私たちは赤旗を巻いたまま、品川駅へと向かいました。社学同の仲間たちもどこに行くのかわからないし、乗り替えの改札があるので、みんな一番安い区間の切符買うように言われて、一〇円区間だったか二〇円区間だったか覚えていませんが、京浜急行品川駅に入りました。スクラムを組んで改札を無賃で突破するグループはいませんでした。ホームいっぱいに社学同の仲間らしいのがうろうろしています。成島副委員長や佐野さんもいます。

しばらくすると「ピーッ」と笛が鳴って「乗れーッ！」との号令です。みんな、あわてて乗り込みました。私は三〇人くらいの明治の仲間たちといっしょです。現思研の仲間は仕事があるので、そんなに多くなかったと思います。田崎さんはこの日、生まれて初めての街頭デモで、行く先も告げられず、みんなと行動を共にしたとのことです。昼間部にも元気の良い池原さんらがいました。

私は東京生まれですが、品川から京浜急行で行く地域は、まったくなじみのない方角なのです。いつも通う小田急線よりも狭い、家の真近に迫ったようなところを電車が走っていきました。駅名を読みながら、指示がないかと耳を澄ませながら待機していました。

すると「ピーッ」と笛が鳴り、「降りろーッ!」との指示がとびました。あわててみなホームに降りました。小さな駅のホームです。私たちが降りると列車はガラ空きで、残った少ない乗客が何事かとホームをしきりに眺めていたものです。

ホームの駅名を見ると「大森海岸」と書かれていました。ホームに立っていると、「飛び降りろー!」の号令がどこからか。無賃下車です。ホームの背は簡単なコンクリートの柱が並び、そこに太い鉄棒が通してあります。これをまたいで、駅脇の道に跳び降りろという要求です。かなりの高さで、みな元気よく次々跳び降りるので、私たちも跳び降りました。そこに一〇〇〇人を超える人々が集結して、緊急の集会です。

「我々は決死の覚悟をもって羽田空港へ突入し、佐藤訪ベトを阻止する。我々こそがその使命をやりとげるのだ!」成島全学連副委員長が声を限りに演説しています。他の人の工事用ヘルメットではなく、成島さんだけオートバイ用のヘルメットでした。

どこから調達したのか、前方に角材が届きました。社学同だけではなく、社青同解放派ら全学連の反中核派連合が結集しているようです。どどっと、角材が地面に置かれると、先頭部隊が決まっていたのでしょう。早大の荒さんらが一人ずつ角材を握り、短いアジテーションが終わると、シュプレヒコールで景気付けながら、旗棹を持った部隊に続いて角材部隊がジグザグデモで出発です。

私たちは救護看護班なので、友人たちは、貴重品を持ってくれと私たちに託してきます。救急箱もあり、それらを分担して荷物管理しつつ、私たちは後方を歩くことにしました。デモ隊は一〇〇〇人〜一二〇〇人だったといわれています。ぎゅーぎゅー詰めの連結車両のほとんどがデモ隊だったのです。デモ隊は、角材か樫棒の前衛部隊一〇〇余人に続いて駅の広場から道路を渡り、デモでジグザグに進みます。そこまでは予想外の展開ながらいつもの調子で、私たちはデモの最後尾についていていました。

すぐそこには、鈴ヶ森ランプの高速道路に乗るインターチェンジの入口があります。その坂道の下までくると笛が鳴り「羽田へ突入するぞーッ!」「走れーッ! 羽田はすぐそこだぞーッ!」と激がとんだのです。角材をもった連中は全速力で高速道路の坂を上りはじめました。デモ隊が続きます。置いていかれてはならじと、救護班は後に続きました。

私たちの役割は、取り残されては果たせません。新入生たちも私たちと一緒に走りました。身軽に棒一本持った連中や、何も持たずに走るデモ隊に対して、カバンや救急箱を抱えた一〇人ほどの私たちも走りました。たちまち引き離されながら息を切らせて高速道路に上がると、すでに佐藤訪ベトに向けて一般車両の通行を禁止していたらしく車は見当たりません。

何十メートルおきくらいに、見張りとして立っていたらしい機動隊員は、学生たちの急襲攻撃で殴られて倒れたりしています。それらの機動隊員たちを踏まないように避けながら、デモ隊の後を追って疾走しました。しばらく行っても「羽田はすぐそこだぞー!」という掛け声ばかりで、一向にそれらしい風景が見えません。たちまち引き離されながら、必死に追いかけます。走りに差が出て、部隊はいくつかに分かれて羽田へと向かっていたらしいのです。

やがて、先頭集団を走っていた早稲田の荒さんらが、渋谷方面へと道を間違えたようだと言うのが聞こえました。出口を逆走すれば羽田に向かうのですが、入口をそのまま走ると、東京方面に向かってしまうようになっていたのをよく知らなかったのです。そのうち機動隊が羽田方面からと、大森方面から追いかけて、私たち百余名の集団を挟み撃ちにしようとします。装甲車から降りてきて、殴られて孤立してぼう然としたり倒れたり休んでいる機動隊仲間を収容する部隊と、学生デモ隊を攻撃する部隊に分かれていまず。彼らは学生たちを包囲し、警棒で乱打し、蹴ったり激しい暴力をふるっているのが見え、だんだんこちらに近づいてきます。

高速のインターチェンジの少し低いところで、「あっ!」という間に二、三人の学生が追い詰められて、飛び降りました。「あっ! 今落とされたんだ! ひどい!」。見ていた仲間が悲鳴をあげました。下を見ると倒れたままです。生きているのだろうかと心配です。機動隊は仲間の復讐に燃えて、容赦ない暴力をふるい、血まみれの学生たちが、頭や顔から血を流してうずくまり、血の臭いが充満しています。

機動隊は次々と殴りながら、何故か逮捕せず蹴散らす方針らしいのです。私たちの番です。ひとかたまりに私たちは身を守り、包囲を縮めてくるので、身動きが取れません。小隊長らしい男の指揮で殴りかかってきました。私たちは「救護班」の腕章を巻いているし、荷物を抱えているので一目瞭然のはずなのですが、警棒で殴りかかってきました。

「見ればわかるでしょ! 救護班に何をする!」「女に何するんだ!」と私たちは口々にわめきました。私も頭は殴られなかったですが、肩や背、腕をしたたか警棒で殴られました。あとで見たら腕には青アザが出来ていました。みな口々に抗議しつつ、頭から流血している仲間を護るように立って対峙しました。

そこに首都高速道路公団のマイクロバスが通りました。ちょうど羽田方面から大森方面に向かって走っていくようだったので「運転手さん！ 助けて下さい。怪我人がいます！」私は道路に飛び出して、車の前の方に走り寄りました。

運転手はきっと、ずっと先から学生たちが殴られ蹴られ、小突き回され血を流してうずくまるのを憤りの思いで見ながら走ってきたに違いありません。うなずくと、運転手はすぐ車を止めて降り、ドアを開けて、数人の近くにいた血だらけの学生を車に運び入れるのを手伝ってくれました。私と同年配の運転手は、機動隊に聞こえるように「ひでえことをするなあ」と大きな声で言いながら、どこに行けばいいのか？と私に聞きました。

機動隊員たちは指揮者の号令で、羽田方面へと去って行こうとしています。私は運転手に「この近くに個人病院はありませんか？ 大きい病院だと警察に通報されたりすると困るんです。お金は私がお茶の水の大学までもどって持ってくるので、即金で払いますから」と言いました。「よし、わかった」と言って車をスタートさせました。私は一緒にいた他の現思研の仲間には気がまわらず、怪我人で頭がいっぱいで、みんなと別れて私は車に乗り込みました。私たちの乗った公団の車は、鈴ヶ森ランプから普通道に出て、道からちょっと奥まったところにあった個人病院に連れていってくれました。

私は病院に飛び込んで「おねがいします」と呼びました。年輩のやせた院長が出てきました。私は「デモで怪我した人がいるので治療してほしいのです。今、手元にあるお金をまず払います。これから、私がお茶の水にある大学にとんぼ返りして治療費を持ってきますから、こちらの怪我人を助けて下さい。警察には知られたくないんです。私自身もこの怪我をした人たちの名前も知りませんし、聞くつもりもありませんから。とにかく私が責任を持ちますから助けて下さい」と院長に訴えました。

道路公団の運転手は、怪我人を運ぶのを手伝ってくれた上に、自分のポケットをさぐって、有り金を差し出し「これ治療費に使って下さい。学生さんたち、がんばれよ！」と言って行こうとしました。「あっ、すみません。名前教えて下さい。あとでお金返したいので」と言うと、笑いながら「いや、いいから。一市民ということでそれでいいでしょ」と言うと、院長にお願いしますと言って出て行ってしまいました。

院長は怪我人の傷をざっと見ながら「まあ若いんだから大丈夫だろう」と言いながら引き受けてくれたので、私はすぐにタクシーに飛び乗ってお茶の水へと向かいました。そして、お金を調達すると、また、タクシーに飛び乗って医院へと、とって返しました。この時、大森に戻るタクシーの中で、運転手から「今、ラジオで聞いたんだけど、学生がデモで殺されたらしい」と教えられました。えっ?! と息を呑み、ラジオのニュースを聴きました。

私にとって、羽田近辺はなじみのない場所で、橋の名前をいわれてもわかりません。でも、鈴ヶ森ランプから羽田方面に向かい、押し返されたデモ隊が、橋の上で攻防を繰り返しているらしいことがわかりました。私には羽田空港に通じる三つの橋の位置関係や橋の名前も、また、殺された学生というのがどのグループに属するかもわかりませんでした。そこに社学同の仲間がいるのかもわかりません。

とにかく大森の個人病院に戻って精算しました。治療した四、五人の学生たちは、どこの大学の人か聞きませんでしたが、必要な人には電車賃を渡して別れました。その後、現思研や社学同の仲間と合流すべく、そこから歩いて行こうとしても、機動隊の通行止で方向もはっきりしません。現思研の仲間たちもどこかで闘っているはずです。この日は、機動隊に追いかけられる学生たちを、羽田周辺の住民たちがあちこちで助け、蹴散らされながらも学生たちはみな萩中公園の方に集まって行ったようです。私は何人かの仲間に会い、お茶の水の学生会館に戻りました。

夜、萩中公園で追悼集会が開かれ、それに参加してきた仲間も戻りました。仲間の話や報道から、殺されたのは京大一年生の山﨑博昭さんで、中核派が羽田へと突破を試みた弁天橋で殺されたことがわかりました。現思研の仲間たちは、突撃隊やデモ隊に加わった者もおり、防衛戦を突破して、鈴ヶ森から穴守橋をはさんで攻防を繰り広げたとのことです。穴守橋を渡ると羽田空港です。社学同や解放派が萩中公園集会前に突撃隊を率いて、鈴ヶ森ランプから羽田突入を図ったと、ブントの成島副委員長の誇らしげな発言を聞いたので、中核派も集会を早々に引き上げ、突撃態勢に入ったと、政経学部の中核派の友人が語っていました。

この日の前日の中核派によるリンチ事件から、全学連統一行動が分裂した結果でもありますが、穴守橋では社学同や解放派、反戦青年委員会、中核派は弁天橋、革マル派は稲森橋をはさんで、羽田空港突入攻防を繰り返したのです。弁天橋では、橋の真中の障害物として置かれた装甲車に、車のキーが付いたままに置かれており、学生が運転して警備車を押し戻しました。そしてそこに出来たわずかなすき間から抜けて前に進もうとする学生たちを、機動隊は警棒でメッタ打ちにし、学生も投石と角材で対抗しつつ、警備車を倒して道を広げようと、ワイヤーや丸太などで激しくわたりあったそうです。

すき間から一番早く、向こう側に到達した一団に山﨑博昭さんがいて、無差別の警棒の乱打に虐殺されたのです。それらは、五〇年後に「一〇・八山﨑博昭プロジェクト」によって当時の公判、証言、資料の科学的真相再究明の結果を本の中で明らかにしています。当時から主張していた内容を再検証したもので、警察が「学生が運転して轢き殺した」というデマを広めたが、矛盾をきたして、結局通用しなかったという事実なども明らかにしています。

また、ちょうど昼ごろには、山﨑さんの死が穴守橋にも伝わり、佐藤首相の飛行機がベトナムへと飛び立ったこともあって、弁天橋に向かう者も多かったようです。川に落とされ、ズブ濡れの人や、怪我人が多数いましたが、弁天橋のたもとでは、山﨑さんに連帯して「同志は斃れぬ」を歌い、一分間の黙祷をしたとのことです。革共同の北小路敏さんが車の上に乗って「機動隊もヘルメットをとって黙祷しろ！」と糾したが、機動隊は暴力を止めなかったと話していました。攻防を経て、萩中公園で夜遅くまで虐殺抗議集会が続きました。

この日のことを、ブントの機関紙『戦旗』は次のように記しています。

「装甲車を先頭に学生はジリジリと橋の上を前進した。装甲車の前に近づき進み、橋を渡ろうとした。その時、これを見た機動隊は、学生の群れに襲いかかった。逃げ場を失った学生が次々と川に飛び込んだ。残っている学生に向かって警棒を振りかざした機動隊が狂犬のように襲いかかり、メッタ打ちにする。このメッタ打ちされた学生の中に山﨑博昭君がいたのだ。学生の装甲車はやむをえず後退し、橋から引き上げた。山﨑君はこの機動隊の突進、警棒の乱打の中で虐殺された。」（『羽田闘争一〇・八↓一一・一二と共産主義者同盟』より）

一〇・八闘争の衝撃

この日、共に闘った一人の学生が殺されたことは、大きな衝撃となりました。「命を賭けなければ、もはや闘えない時代なんだなあ……」社学同の昼間部の友人が、現思研の部屋に来てため息をついてそう言いました。理屈抜きに、もう後には引けない新しい段階へと闘いが転じたのを、誰も実感していました。「学校の先生になる者たちこそ、こういう闘いの中で日本社会の変革の担い手になるべきだ」私たちの友人たち、教育研究部の人々も、下級生も元気がいい。私もまた、みんなの憤怒を聴きながら、もう詩を書いてはいられないな、もう書くのはやめよう……と思いました。これまでは自分の中で、政治では言葉にできない情念や憤怒を詩に結晶させようとしつつ、カタルシスのように書いていたような気がするのです。一〇・八闘争による闘いの気分は、そんな私のあり方を問うていたのだととらえたのです。詩にではなく、本当に社会を変えるために情熱を捧げよう、そんな風に思いました。そして、新しい社会参加への関わりを模索しました。その第一は何よりも、来年には卒論を仕上げ、教育実習も終え、先生の職業に就いて、社会変革の多くの担い手の一人として生きること、そこに私自身の生きがいがあると確かな思いを持ちました。

家に戻って、一〇・八闘争のことを父に話しました。学生が殺されたこと、それほど激しい弾圧で数えきれない負傷者が出たこと、住民が学生たちをかくまったこと、首都高速道路公団の運転手が怪我人を個人医院に運ぶのを手伝ってくれて、持っていた現金を差し出してくれて、名前も名のらずに去ったこと……。テレビでは「学生の暴徒化」と、もっぱら公安側の情報報道を流しているけれど、現実は過剰警備が殺人に至ったことなど話しながら「私、先生になっても社会活動はずっと続ける」そんな話をしました。

このとき父は、自分も若いころ、民族運動に参加したことを話してくれました。父の親類らの話から小耳にはさんで、昔父が何か「大それたこと」に関わったらしいことを、子供時代に聞き耳をたてて知ったこともありましたが、父からくわしく聴くのは初めてでした。

子供時代から私たちは父と、どう生きるべきかとか、人間の価値や正義など、どちらかといえば、天下国家を語り合う家族でした。博識の父を子供たちは、いつも質問攻めにしたものです。財政的に商売は武士の商法でうまくいかず、貧しかったけれど、父の知識を社会への窓口として、私たち兄弟は豊かな子供時代を過ごしました。父は子供たちを大学に行かせる財力がなかったせいもありますが、働くことを奨励し、社会から学ぶことを大切にしていました。自分が「知識人」的な生活を体験した結果かもしれません。
私が働きながら大学に行く手立てを見つけて、入学を決めたあとに父に話すと、父は大変喜んでくれたものです。でも父は、いつもの静かな口調で「房子、『物知り』にだけはなるな。物知りだと思った時から人間が駄目になる」と言ったものです。子供時代から金の多寡《たか》で人間の価値をみる軽薄な人間になるな、と教えた父。

その父がこの日語ったのは、若い時の自分の民族運動の時代の情熱と友情、そこで志を共にした人々が捕まり、刑を科されたこと、中学時代の親友池袋正釟郎や四元義隆、血盟団の井上日召の話などです。美しい日本が、資本主義の金の支配によって、人々の暮らしはたちゆかなくなり、餓死や飢えが広がり、娘を売らざるをえない農民たちがいる。その一方で、財界、資本家、政治家や官僚たちは国民を犠牲に、利権と権力を謳歌しているとは何事ぞ！　と若者たちは憤り、起ちあがったといいます。父も井上日召らの呼びかけに、池袋正釟郎と共に加わったということです。そんな話を私は、一〇・八闘争の夜に聴きました。

そうか、そういう風に父も生きてきたのか。子供時代に朝鮮戦争がはじまり、朝鮮人排斥の中で、父だけそうしなかったこと、近所の馬事公苑へと「天皇の車がお通りになる」というおふれに、近所の人々が道路に並び、頭を下げているのに、父は決してそういうことをしなかったこと……など。他の日本人の人々と反応の違う父の姿を思い出しながら、そんな父を誇りに思っていた小さい頃の自分をも思い出していました。それ以来、これまでよりも、もっと話し合う親子になったと思います。活動のために、会う機会は減っていきましたが、どこにいても、のちにアラブに行った後も、父はずっと私の理解者でした。

逮捕後の公判中に知ったことですが、父の遺品の中にあったノートに私への手紙の下書きや短歌などが記されていました。そこにこんな一首を見つけました。

居所は知れずともよし旅の子よまず健やかに正しく生きよ

一〇・八闘争はまた、チェ・ゲバラのボリビアでの戦死と重なりました。世界では、民族解放、革命のために命をかけて闘っている、チェ・ゲバラの「二つ三つ、更に多くのベトナムを！　それが合言葉だ！」の呼びかけ、さらには、連帯はローマの剣士と観客の関係であってはならないというチェの言葉は、私たちにベトナム反戦から国際主義精神に基づく革命を実現する道をさし示していました。

「たとえ、どんな場所で死がわれわれを襲おうとも、われわれの闘いの叫びが誰かの耳に届き、誰かの手が倒れたわれわれの武器を取り、誰かが前進して機関銃の連続する発射音の中で、葬送の歌を口ずさみ、新たな闘いと勝利の雄たけびをあげるなら、それでよい」とチェ自身が語ったような死に方だったのです。また、チェはこうも言いました。「我々のことを夢想家というなら、何回でもイエスと答えよう」と。

チェの闘いと死。世界の若者たちを共感させ、心をつなげた人が死んだことは、私には大きな衝撃でした。自分のことは後回しだ。求められた時は、私はいつでも応えられる私でありたい！　チェ・ゲバラの戦死に、また山﨑さんの死に、私は一歩踏み出したのです。それは心情的レベルにすぎなかったかもしれませんが。

全学連もまた、一〇・八羽田闘争を教訓として、死を覚悟した闘いの時代だととらえました。そして、それを乗り越えて闘う決死隊、先鋭部隊を先頭とする街頭戦のスタイルが、一〇・八以降、新しい闘いのスタイルとなりました。決死隊はヘルメットをかぶり角材などで武装し、警察の警備の過剰な攻撃に対処する先鋭化へと向かっていきます。権力側は、公安情報によってマスメディアを誘導し、山﨑さん虐殺を「学生の運転した車が学生をひいた」というキャンペーンを張り、闘いの中で警察の警棒の乱打によって虐殺されたことを認めようとしませんでした。

一〇月一七日の、山﨑君追悼日比谷野音集会には、党派を越えた六〇〇〇余人の労働者学生が、山﨑さんを追悼しました。全学連委員長の秋山勝行さんは、この集会で「全学連は必ずや、この死に報い、この虐殺の本当の張本人を摘発し、粉砕するまで闘い抜く。時が経つにつれて、羽田の正義者は誰であり、犯罪者がどちらの側であったかが、ますます明瞭になった。全学連の死闘こそ、佐藤首相の南ベトナム訪問を最も真剣に受け止め、くい止めようとした力であり、日本人民が当然やらなければならないことを、もっとも忠実に実行した」と語っています。

全学連は、一〇・八闘争から十一月一二日の佐藤訪米阻止闘争へと引き続く闘いを準備しました。一〇・八闘争で死者が出たことで、この日は決死隊として死を覚悟する者たちも多かったのです。社学同のデモ指揮にたった早大の村田さんは、オートバイのヘルメットをかぶり、死をいとわぬ闘いの指揮をとり、いつものしゃがれ声を嗄らすアジテーションで絶叫していました。第二次羽田闘争という位置づけで、全学連は、先頭に角材による「武装部隊」をすえて、三〇〇〇人の全学連、・反戦青年委員会が闘いました。武装力を強化していたのはしかし、学生より機動隊の方でした。この日かそののちから新しく等身大の大きさのジュラルミンの盾で防衛する態勢をとりながら、催涙弾を一〇〇発近くデモ隊に撃ち込んで、前進をはばみました。この日は大鳥居駅付近が、まるで戦場のようになりました。

一〇・八闘争の時もそうでしたが、マスコミは学生を暴徒と悪宣伝していましたが、羽田付近の住民たちは違いました。機動隊に追い立てられて路地に逃げ込む学生たちをかくまい、負傷した学生たちを手当してくれます。「あんたたちは、一銭の得にもならないのによく闘っている」と感謝されたという仲間もいました。

一〇・八闘争を経て、闘いの質はよりラディカルとなり、また、より多くの大学、高校でベトナム反戦の闘いばかりか、授業料の値上げや大学自治、学館管理運営などで、当局との闘いがますます広がっていったのです。六七年の新しい闘い方は、六八年を更にラディカルに高揚させていきました。

三里塚闘争への参加

「三里塚闘争」の発端は、一九六六年七月四日の佐藤内閣の閣議決定によって、「新東京国際空港の建設用地を成田にする」として、空港公団が設立された事に始まります。その間に政府は、成田の当該地の農民、住民たちの意見を聴く事もありませんでした。

もともとは、空港の候補地は富里町だったのですが、猛烈な反対運動が起こり、千葉県の自民党の意向も受けて、広大な用地買収は無理として白紙に戻しました。次に狙われたのが三里塚でした。三里塚には明治初期から御料牧場があり、天皇・皇室用の農産物を確保するために、国が管理している直轄地でした。牧草地は日本のバルビゾンと呼ばれた、風光明媚な地でもありました。そこに戦後入植した農民たちが農業を営んでいたのですが、土地収用をやり易いと見たのです。

閣議決定の前の六月二八日、農民たちは「三里塚・芝山連合空港反対同盟」を結成しました。この地域の農民は、戦争では大陸へと狩り出され、戦後開拓民として入植し、やっと農民としての生活を営んで来た人々が多かったのです。農具商で画家、クリスチャンの戸村一作さんが、みなに推されて反対同盟の委員長になりました。

農民の戦いは千葉県の社会党、共産党、労働組合も支持し、六七年には機動隊に守られながら空港公団は測量を始めました。一〇・八羽田闘争直後の十月十日の杭打ちを阻止する農民たちのスクラムに、機動隊が襲いかかり弾圧しました。（外郭測量阻止闘争）。

機動隊に殴られ蹴られ、農民たちに負傷者が続出する有様でした。こうした苦しい戦いの最中にいち早く駆けつけた日本共産党系の民青全学連の学生たちは「挑発に乗るな！　皆さん、警察の挑発に乗らないで下さい」と叫んだとのことです。実力で父祖の地を奪われまいと戦う三里塚の農民たちにとって、日本共産党のカンパニアと選挙への投票の誘導は、強い不信を招くようになっていきます。

こうした中で、六七年に三派系全学連や千葉県の反戦青年委員会の共催による「十一・三　三里塚空港粉砕・ベトナム反戦青年総決起集会」が開かれました。この集会で、初めて反対同盟と三派系の全学連が共闘を確認しています。

第二次羽田闘争前の、一〇・八羽田闘争以降の盛り上がりの中で、集会は行われました。特に中核派は千葉県の国鉄労働者や学生たちを動員して、三里塚闘争にいち早く常駐体制を取り始めました。現地闘争団です。ブントは千葉県に住む人はいたが、有力な大学や労働組合を持っていなかったせいで、出遅れていました。

ブントは中大出身で、反対同盟青年行動隊の島寛征さんから常駐要請もあったのに、支援の準備が遅れてしまいました。ブントが千葉県委員会を結成して、常駐体制を取るのは六七年の十一・三集会の後の年末か六八年に入ってからではないかと思います。しかし、なぜか首都圏出身の人材を派遣せず、常駐体制のキャップは、のちに連合赤軍事件を主導する、大阪から来た森恒夫さんが担当します。彼は大衆運動に於いては誠実で、丁寧な率先垂範のカードル（指導的活動家）であっただろうと思います。

六八年、エンタープライズ佐世保寄港反対の激しい戦いが一段落し、王子野戦病院開設阻止闘争と三里塚闘争が、当面の反戦闘争の目標となりました。ちょうど三月四月は、新入生を迎えようとする各大学は、闘争への呼びかけ、立て看板作成など休みなく忙しい季節です。三月一〇日、三里塚闘争の大集会を行う事になりました。社会党や労働組合も加わって、大きな集会になると思われました。すでに反対同盟の農民たちが、日本共産党の方針を批判していたので、三里塚闘争の大衆的な運動は、社会党系が中心になり、大衆的な闘争の基盤を持って主催する形となっていきました。

この前頃から三里塚に行って、実際に農民を助け農民の話を聴き学習するという意味で、社学同の学生たちが日程を調整して「援農・泊まり込み」に出かける事になりました。私たち現思研も、スケジュールを調整してそれに参加しました。私たちは、上原さん、クラケン、遠山さんら数人と一緒に一週間より短い週末の援農第一陣として出かけました。場所は、東峰という所の堀越昭平さんのお宅でした。

受け入れ準備をして待っていたのは森恒夫さんで、私たちに同行したのは、早稲田大学の村田さんです。堀越さんのお宅は、ちょうど母屋を新しく建てたところでした。新しい母屋で挨拶を交わした後、その裏に残されていた旧母屋が私たちの宿舎として、きちんと準備されていたのを知りました。

「学生さんたちがわざわざこんな所まで、応援に来て下さってありがたい事です」と堀越さんが、丁寧なお礼を言うので、私たちは大変恥かしい思いがしました。なぜなら、宿泊体制から三度の食事まで堀越さんの御家族が賄ってくれるというのです。夫人はニコニコと立ち働き、子供たちがもの珍しそうに私たちを遠まきに取り囲んでいます。「私たちに何かお手伝いさせて下さい」と言っても、「そうさな……。まあゆっくりして下さい」と言われただけでした。

家の旧母屋に入ると村田さんが「お！　ここは合宿にいいな。学習会なんかにも使えそうだな」と梁にぶら下がって言いました。もう夕方になって、食事を夫人と子供たちが運んでくれました。米飯はおいしいし、鶏をつぶして食卓に提供してくれたり、かえって物入りの多い、迷惑な「援農団」です。食事が終わった後、まず堀越さんがこれまでの三里塚と戦いの始まった歴史について、話をしてくれました。この一帯は戦前は御料地だった事、戦後苦労して入植して来た人が多いこと、今になって農民の声を聞く事も無く、六六年に空港用地として閣議決定された事。反対同盟の戦いに、日本共産党系の人々から、実力闘争を止めるよう説得された事も話していました。

翌日には、地域見学をする事になりました。朝、私たちは早く起きたつもりでしたが、すでに堀越家の人々は、ひと仕事を終え、朝食準備をして待っていてくれました。母親と一緒に小学生の娘が食事を運んでくれました。堀越家で収穫したおいしい米や卵、野菜など朝食もまた恐縮なことばかりです。手伝うと言っても、何だか足手まといになりそうで。それでも遠山さんと二人「あの〜、何かお手伝いさせて下さい。掃除でも何でもします」と言うと、「じゃあ、鶏小屋の卵でも取って来てもらおうか」と言われて、遠山さんと私は喜んで、小学生の娘と一緒に鶏舎に入って、カゴに卵を一つずつ入れて行きました。「いつもは、あたしが一人でやってるんだ」と小学生は、自分の仕事が取られてしまって、誇らしいのか、嬉しそうにやり方を教えてくれました。堀越家でも、まだ援農に来る学生たちに慣れていないためか、お客様扱いで気が引けます。実のところ、足手まといなのは明白なのです。

それに、みんな仲間たちは「大飯食らい」です。村田さんは、リーダーどころか楽しんでいて、食後の一服の時に覗いている子供たちを、私と遠山さんで部屋に誘って話していると、「タバコを吸ってみるか?」などと勧めたりしています。午後は、長靴を履いて畑に行き、キャベツやネギの収穫に加わりました。「働くと飯が旨いなあ」などと、村田さん、上原さんらはもりもり食べます。夜は、社学同学習会の予定だったのですが、みな疲れてぐっすりと眠ってしまいました。

そんな風に、援農は楽しい合宿となりました。村田さんは早々と出発し、森さんはずっといましたが、前に雪が降ったので残雪が積もっていて、みんなで子供たちも含めて雪合戦をしました。誰かが森さんに「おっさん、恋人いないでしょ、遠山さんどう?!」なんて言ったので、森さんも遠山さんも真赤になって、雪礫をお互いに投げ合っていました。連合赤軍事件があった後、私はこの時の雪合戦の光景を、ふと思い出したものです。

こんな風に「足手まとい」に過ぎない私たちですが、農民たちと少しでも直接触れあった事で、私たちは三里塚闘争が身近なものとなりました。

六八年三月一〇日の事だったと思います。その日は快晴でした。三里塚反対同盟支援の大集会が現地で開催される事になっていました。成田市役所前で三里塚・芝山連合空港反対同盟と千葉県反戦青年員会の合同集会で、四五〇〇人が参加し、更に五〇〇〇人の市民がとり囲むように加わった日と記録されているようです。

前日、ブント・社学同の先輩から「空港公団公舎に突入する戦いになる。ついては、この大きなカッターで公舎までのバリケードを突破していくつもりだが、何とか現地まで持って行けないだろうか」と現思研に相談依頼が来ました。現地調達も試みるが、学生は厳しく身体捜検を受けるので、公団公舎に大きなカッターを持ってたどり着けるか分からない。たぶん公団の周りには鉄条網の阻止線を張っているので、カッターで解除しながら、社学同が公団一番乗りを目指すつもりだと言うのです。全学連の各派、中核派も解放派も、同じ様に空港公団突入を準備するはずとの事です。渡されたのは、植木挟みのようなカッターと大きなペンチのような鉄線を切るニッパーです。それで「OK! やってみよう!」と言って遠山さんと私が一つずつ運ぶ事にしました。

私たちはデモ隊の仲間と離れて、普通の学生かＯＬのように装い、手荷物検査でチェックされると困るので、マキシコートの下に身体に着ける事にしました。ところが時間帯のせいか、デモの一団と判る人々を除くと、案外総武線列車は空いていて、みんな座っています。私たち二人は、カッターが脇の下に隠してあるために、座ることが出来ません。ドアロの所に立って、とりとめも無い話をしながら成田に向かいました。どの駅だったか思い出せませんが乗り換え、言われた通りのコースを通って更に歩き、空港公団建物の付近に出ました。記憶では、何だか小高い所に空港公団の建物があって、そこに続く道路は、装甲車で封鎖し、機動隊も配備されているのが見えました。

そこに行く道に、学生たちや労働者、農民のデモ隊が向かっています。デモ隊は、とり囲まれてはサンドイッチにされ、身体検査をされたりしていましたが、私たちは一般の市民のように検査も無く通行しました。会場は成田市役所前の広場で、集会は一万人近い人々が集まり、その内の三五〇〇人以上が全学連の人々です。

空港公団公舎の建物から離れた所で集会が終わると、各党派が赤、白、青などの党派を示すヘルメット部隊を先頭に角材を持って、建物の方へと接近しました。私たちは千葉県の反戦の人にカッターとニッパーをすばやく渡しました。

当時はまだ、警備側も、現在のような封じ込め規制では無く、公団に対する集会実行委員会の抗議文を受け渡すまで阻止する事は出来ません。警備よりデモ隊の人数が多いからです。集会参加者のほとんどの人群れが空港公団に向かってデモ行進を続けます。

全学連部隊は、自然に先頭になって、各党派や自治会の旗をなびかせながら、高台に向かう道一杯に進み、公団の門に向かいました。赤ヘルメットの社学同のとなりに白ヘルメットの中核派、解放派の青ヘルメットと、横に数列ずつ並んで一斉に公団への道を駆け登りました。うしろから見ると、色取りどりのヘルメットのおかげで、帯のように蛇のように列が動いていて荘厳な眺めです。

正門にたどり着くとブントの先頭部隊がカッターを使い、鉄条網をカットしてどんどん鉄門へと接近しました。その時には、公団外側のそこに機動隊は配備されておらず、正門を巡って各党派が争うように門を壊そうとしていました。機動隊は、門の内側にも公団側にも陣取っていて、デモ隊が突破したら、不法侵入で逮捕する構えで控えているのでしょう。ブントはカッターの威力で一番早く門前に到着したのに、なかなか門は突破出来ません。

私はデモの後の方から、坂道なので良く見えたのですが、赤ヘルメットも白ヘルメットも、鉄柵を皆で押しまくったり揺するのですが、ビクともしません。「あの門は、外に開くのかも知れない。引っ張る方が開くじゃない」と誰かが言い出したのが聞こえました。居合わせた遠山さん、白井さんと私は、何か門の扉を引っ張るロープのような物は無いだろうかと近所に捜しに行く事にしました。

少し行くと銀行がありました。銀行の駐車場は、通りからの無断入車を阻止するように、金属のチェーンの可動式の柵が置かれていました。「あっ、これいいね!」と、私たちは、このチェーンが可動式なのでそこからチェーンだけを取り外して失敬し、それを急いで持ち返りました。私たちは、ちっとも「悪事」と考えずに周りも見ることも無く、急いでこのチェーンを社学同部隊の列に渡しました。

まるで各党派の障害物競争のようだ、と笑っている人もいました。「よし! これがあれば一番乗りまちがいない!」と言いながら、ブントの赤ヘルメット部隊が鉄柵にチェーンを巻きつけて、ゆっさゆっさと引っ張りました。手応えありです。「よし! もう少しだぞ!」、皆で力を合わせて引っ張るうちに、少しだけ両扉の片方が開きました。「やった！」社学同の赤ヘルメットが大喜びした隙に、あっと言う間に中核派の白ヘルメットの男が、旗と共にその隙間に滑り込みました。

そして内側に入ると、すぐ中核派の旗を高々と振り回したにのは、口惜しいけれど感心してしまいました。「やっぱりブントのいいかげんさとは違うね！」などと、私たちは笑ってしまいました。もちろん二番手になりましたが、共産主義者同盟・社学同旗も跳び込んで高々と掲げられていました。

こんな風に、傍から見物している人々にとっては、笑えるような大攻防戦が繰り返されたのです。機動隊の催涙弾攻撃に抗し、投石・ゲリラ戦も続きます。そして畑のくねった道を今度は、救護班の青医連の友人たちとデモ行進しつつ、私たちは集会場へと戻って行きました。あれは成田の駅近くだったでしょう。一緒に参加した現思研の仲間の何人かがいません。去年入学したまだ未成年のTさんもいませんでした。逮捕されたのを見たか？　みんなであちこち確認しあいました。解散集会の頃には、疲れと逮捕された友人たちの救援について話し合っていました。帰路は国鉄では無く京成電鉄でした。

このときの事だったと思います。この日のために、関西でもブントは数日前に「七〇年安保粉砕・王子野戦・三里塚空港阻止」の関西政治集会をやっていて、東京へと闘争参加していたのだと思います。帰路京成成田から日暮里駅に着くと、そこで山手線の国電（今、民営化されＪＲ）に乗り換えになり、私鉄と国鉄の違いで、乗り継ぎ改札が在ります。そこで切符を見せて山手線のホームに降りる事になります。一〇・八羽田闘争以降、スクラムを組んで強硬突破して無賃乗車する学生も多かったのですが、現思研では「戦いでパクられるのは仕方が無いけれど、破廉恥罪を起こしては、人々の信頼を失うから気をつけよう」と、常々決めていたので、現地闘争には、ちゃんと切符を買って行動していたのです。

この日、三里塚での大奮闘を終えて、学生たちが無賃乗車で来るのではないかと、京成線も国鉄も共同して、手ぐすねを引いて待っていたようです。乗り換え改札の向こう側には、鉄道公安官がずらりと並んでいます。学生の一部が強行突破しようとして、抱え込まれたり、揉めている所に、私たちはちょうどぶつかりました。関西の社学同の学生たちのようです。小柄な学生が大柄な男たちに「切符を見せろ」と抱え込まれ暴れていています。「何だ、何だ」と彼を助けようと皆で囲み込むようにしていました。

私は、改札を通った自分の切符を、小柄な学生の振り回した手の中に握らせました。彼はハッと私の方を見てニヤリと笑って「離せよ！ 何だ！ 切符を見せればいいんだろう！ 持ってる！」と大声を上げながら振りほどき、「ほら！ 文句あるのか?!」と開き直っているのが見えました。私は、急いでホームへと降りて行きました。私の切符だと知られないようにと、遠山さんたちとホームで固まっていました。上手くいったらしく、ホームに彼も降りて来ました。ホームで電車に乗る時に隣に来て、「ありがとう」と、こっそり切符を返してくれました。

御茶ノ水駅に着くと、また何十人かが「わっせい、わっせい」と改札を無視して通過していました。その後、明治大学の学生会館五階ホールで、三里塚闘争の総括集会が開かれました。彼が改めてお礼に来たので、そのとき同志社大学の望月上史さんを知りました。この時、私が「破廉恥罪はやめて下さい。社学同の信用を落とします」と言うと、「いや。金が無いんだ。闘争優先という事で許してくれよ」などと言います。「私に謝られても困るわ」と言い返しましたが、そんな縁で、望月さんとは顔見知りになったのでした。彼はのちに、ブントの内部対立の犠牲者になります。

この日の三里塚の戦いでは、私たちの傍に居たＴＢＳの車が、学生の角材を運んだと疑われ大キャンペーンが張られました。政府警察情報が、スキャンダルを作り上げたのです。実際には三里塚の農民の婦人たちを、プラカードと一緒に乗せてあげたに過ぎなかったのです。当時もっとも公正な報道は、ＴＢＳ

の「ニュースコープ」と言う番組でしたが、スタッフの進歩的な人々が処分されました。それに抗議して、TBSの「ニュースコープ」キャスターだった田英夫さんが辞職しました。田さんのベトナム戦争批判の報道を政府は、常々クレームを付けていたものです。のちに田さんは、乞われて社会党の議員になっています。

また、私はのちに、戸村一作反対同盟委員長と会う機会がありました。アラブを中心に活動していた時です。七八年にパレスチナ連帯国際美術展が、ベイルートで開催され、世界三〇ヵ国から二五〇点の美術作品が展示されました。アジア・ラテンアメリカ・欧州などから美術、芸術家が招待されていました。

この国際美術展は、パレスチナ解放機構（PLO）のアートセクションの人々が中心になって世界の人々に呼びかけ実現したものでした。私たちも協力し支える団体の一つでした。日本からは、針生一郎さんとPLO東京事務所長のアブドゥル・ハミードさんが中心になってこの企画に連携し、アジア・アフリカ・ラテンアメリカ美術家協会（AALA）の人々の作品の展示に尽力しました。そして、その制作者たちが訪問団としてベイルートに訪れました。加えてPFLPや私たちの推薦で、画家であり農民を描いて来た戸村一作さんの作品が展示され、また彼も招待されたのです。成田空港の開港が、三月三〇日に迫っていた頃の事です。

戸村さんは、PLO治安部隊の護衛に案内されて、美術展での講演ばかりか、南部前線視察やキャンプなど、あちこちを精力的に見て語り交流していました。戸村さんはお会いした時は「こんな解放感はない！」と、とても感激しておられました。「三里塚と反対だ！」とレバノン内戦下のベイルートに大きな驚きだとして「検問しているのが、みんな味方なんだ。三里塚の検問が味方だったら、どんなにいいだろう」と語りながら、解放区というのが、どんなに素晴らしいものか、どんなに戦いが文芸・文化を創造するかを目の当たりにすると興奮気味に語っていました。

戸村さんは「美術展の会場である、アラブ大学の入口にはアブストラクトのオブジェが飾られていると思ったら、これは数日前に撃ち落としたイスラエルのファントム機の残骸の一部だと判ったのは、凄かった！」などと話していました。更にベイルートにパレスチナ連帯で招待されて来た占領下パレスチナやアラブ、アフリカ各地の人々が、三里塚の日本の戦いを知っているのにも驚いていました。

彼らがパレスチナ労働総同盟中心に「三里塚連帯集会」をベイルートでＰＬＯと共に開いてくれた時には、涙を浮かべていました。ちょうど三里塚が開港阻止闘争の大詰めを迎えているのを知っていたので、三里塚反対同盟委員長である「画家戸村一作」に対して、解放組織の人たちが次々と連帯の挨拶に訪れたのです。

戸村さんは「何とか、三里塚の団結小屋を、このレバノン南部に一つ作りたい。作れないだろうか？一緒に協力して欲しい。三里塚の青年たちが世界の現実を、侵略も、解放区も学べるこのパレスチナ戦場で共に戦いたい」戸村さんは、そう主張していました。三里塚は、私たち学生を教育し、成長を促す現場でした。アラブに来ていた何人もの私たちの仲間が、一度は三里塚闘争に参加していました。そんな人々ですから、三里塚の団結小屋をレバノン南部に作る事に反対する人はいません。

ちょうど開港間際の戦いで、自分が破防法で引っ張られるような事があったら、奪還闘争してもらって、こっちの団結小屋の主になって、三里塚の青年たちの希望を大きく育てたい！　そんな冗談とも言える構想を語りました。私たちは国内でパレスチナ連帯に関わる人たちが弾圧に晒されるのを知っていたので、「赤軍弾圧」を口実として、三里塚への更なる過酷な弾圧の口実に晒されるのを警戒していました。

戸村さんの無事帰国後、一九七八年三月二六日、三里塚では学生たちの逮捕覚悟の開港阻止実力闘争――

―管制塔占拠の戦いが成功しました。いったん開港は阻止され、政府は開港日を五月に変更させざるを得ませんでした。

このベイルート美術展でのPLOと反対同盟の出会いは、戸村さんが七九年十一月二日に亡くなるまで、またそれ以降もパレスチナの人々と三里塚の連帯を育てました。私たちもまた、戸村さんとの出会いによって、三里塚の戦いに対する連帯を、いつもアラブで心にとめていたものです。

六八年　五月革命にふるえる

六七年〜六八年、ベトナム反戦を求める戦いが米政府を追い詰め、米国内でも学生、市民の反戦運動が広がっていました。また、欧州でも反戦闘争と労働運動、学生運動が結び付き、革命を求める新左翼潮流の活動が汎欧州レベルに広がって行きました。この頃のこうした海外の動きは、日本の新聞国際面でも、大きなニュースとなって、私たちの興味を引いたのです。

世界の変革の流れは、毛沢東の言葉を借りれば「国家は独立を求め、民族は解放を求め、人民は革命を求める」六〇年代を体現し、ことに資本主義国に於いては、その戦いの質の同時性を表現していました。これまでのソ連型の共産主義・社会主義にとって代わる戦いが、各地で討論となり各国共産党批判となっていました。

資本主義にとって代わる社会主義計画経済は、資本主義を揚棄する道に進んでいるのか？　否。プロレタリアートの独裁とは、プロレタリアートが例外なく社会成員を解放する能力を持つ事、つまり人間解放が故ではなかったのか？　それが党独裁の官僚機構へと変質しているのではないか？　ソ連中心の国際共産主義運動は、「平和共存」の名で各国の階級関係の現状固定を望み、人民の戦いに連帯する国際主義を失っているのではないか？

当時の欧・米の新左翼運動や人種差別に反対する運動などは、ラディカルな変革を求めていました。ブントの私たちがチェコへのソ連の介入に、ソ連大使館へ抗議行動に出かけるのも、六八年夏です。五月にパリで学生運動と労働運動の結び付いた「五月革命」と呼ばれる戦いが始まろうしていました。

私たち現思研も、神田お茶の水の大学同士の助け合いの「戦いの季節」の中にいました。私自身は、大学の執行部などの役職は退いて、卒業論文に集中するつもりでしたが、闘争が続き中途半端でした。卒業論文も、本当は深く父の経験を捉え総括する意味で、「日本ファシズムの形成過程とその思想的背景」をテーマとして研究を始めていました。

みすず書房の分厚い資料を、父と読み討論したりし始めました。父は井上日召の「梅の実」や、中学時代から親友だったと言う池袋正釟郎さんや、友人の四元義隆さんの文を感慨深く読み直していました。四元さんの供述書に一部、父のことが述べられています。私は当時の人物に焦点を当てながら、父の友人らと時代を捉えるつもりでした。それが当初の目論見と違って、結局六八年の高揚の中で、卒業論文に十分関わらず一般論に終わるような内容となってしまうのですが……。

六八年、現思研は新しい仲間も増えて活況でした。現思研の田崎さんは、三月の三里塚闘争で初めて逮捕された六八年について、こんな風に語っています。

「僕は初めて逮捕され未成年ということで、最初、千葉少年鑑別所に入所させられましたが、途中で僕だけ練馬少年鑑別所に送られた。二三日の拘留を終えて娑婆に出てきた時は、六八年四月になっていた。釈放され喜び勇んで現思研に戻ると、知らない新しい顔がいっぱいいた。田中、J、K、H、S、I等々。田中とは年令も一緒、同じ九州熊本出身と知ってすぐ仲良くなった」と。

学習の場は毎日の街頭デモや学内闘争、立て看板やビラの作成などです。夜の泊まり込み作業も楽しいものでした。お金は無かったですが、常に仲間と共同し、お互いにアルバイトを融通し合い、助け合いました。悩みや問題があれば、家族のように率直に話し合いました。仲間がデモで逮捕されたら、他の仲間が支え、家族にも心配させないように措置を取りました。

現思研仲間は、コンミューンというか家族共同体のようにお互いの考え方と人格で団結した仲間です。のちに私が、アラブで活動を始めた当初、ブントや赤軍派の理論、いわば借り物の論理でアラブ・パレスチナの解放組織と交流しました。しかし、それが通用せず、ポケットから出すべき、そういう借り物が無くなった時、私は自前の戦い方として「現思研方式」で戦っている自分に気づきました。仲間を第一にして、敵に対峙し、実践の総括の中から政治を掴み、それを理論へと一般化させるやり方です。でも現思研流は「政治組織」として、きちんとしたものを持っていない、「何でも自発性」のサークル主義的な欠陥がありました。

考え方が近いとか気の合う者がお互いに魅かれて集まり、共に戦ったのですが、「ルーズ」でした。でも倫理的な規律は、自発的に皆持っていたし、ボランタリー・アソシエーションであり、形態もない家族のような組織でした。今から捉えると「組織」としての規則、例えば会則も無かったし、会費もありませんでした。それが私の欠陥でもあったと、アラブに行ってから批判され失敗もして自覚しました。組織し合う人間の人格、思想のみならず、「組織」として形態を作る重要性を学びました。その時「ああ、自分が現思研でそうした民主的な組織機構形態を作っていけていたら、後に赤軍派にバラバラに加わり分かれて行くことは決してなかったし、そうしなかっただろう……」と深く反省したものです。

現思研当時は、何か新しい事を始めるとか、社学同からの要請があれば、会議で決定する機関が無くても、個々が自分の判断で参加していました。私たち先輩の決断が、下級生たちにどんな影響を与えていたかも、当時は無自覚でした。当然のように皆行動は、共にする事になったのですが、それは後に、赤軍派へと向かった私自身の反省があります。

一人ひとりのメンバーの五年、一〇年先の人生を、どう生きて行くのか、どう社会的基盤を作るのか、事業を起こし兵站力を強化しようというような考えも欠けていました。戦う一致はあり、みんな自分の人生を考えつつ共に戦い、いわゆる「組織的保障」は無く、また誰もそんな無いものねだりもしませんでした。「心情的結束」「自発的団結」の強さという、精神的なエネルギーの仲間たちでした。のちにそれが赤軍派の発生など、様々な理由で崩れ、バラバラになってしまう時代へと転じていったのですが、その負債や責任を個々が背負いながら、苦労しつつ各々自立して生活の場を作っていったのだと思います。

私は海外を活動の場として、三〇年も経って日本にもどり、逮捕されました。

昔の現思研や明大社学同時代の仲間は、穏やかな市井の人として生きていたのですが「窮鳥ふところに入る」の思いで助けないわけにはいかないと、私の公判、獄中の生活に対して財政的、精神的に支援してくれました。旧友はありがたいと、しみじみ思いました。

社学同・現思研の六七年・六八年の活動はいわば全盛時代で、学生運動の盛んな時代と重なっています。私が、まだ卒業論文作業に意欲的な頃に、パリの五月革命の戦いがニュースになりました。

「すごい！　労働者と学生が一体になって蜂起している！」と新聞、テレビのニュースから学生会館の仲間たちは湧きたっています。「パリのカルチェラタンの機動隊との攻防は凄いな。あれは学生街だぞ！お茶の水・神田街でも戦えるんじゃないか?!」と大いに話題になりました。

日本にも米国の歌手、ジョーン・バエズが来日公演し、米政府を批判し、ベトナム人民連帯を訴えていました。べ平連は、フォークソングを歌いながらデモ行進したり、新宿西口広場でも、フォーク集会を開き、ヒッピー風の若者たちは、新宿駅東口の芝生に寝っころがったり、徹夜で人生を語り、ジャズ、芸術、演劇を論じ合っています。状況劇場は花園神社で公演し、更に明治大学や京都大学など、各大学でも公演したりして、自由を生きる文化が広がって行きました。

学生運動が、そういう文化に影響を与え、逆にそうした文化が、学生運動や大学にラディカルな自由の戦いの創造性を育てていました。私も一度、明治大学の演劇部のヒッピー仲間に誘われて好奇心で経験してみたいと、新宿駅前の芝生に一日夜寝ころんで、哲学やサルトル、ボーヴォワールを語り合う輪の中に入ってみた事があります。でもそうした解放感より、戦いの解放感の方がずっと素晴らしいと一回で止めました。

日本にも、パリの五月革命と呼応する、若者たちの文化や土壌が当時はありました。しかし、警察は「風紀悪化」などを口実に、若者たちの芝生立ち入りを禁止し、また土曜日、西口地下広場で定例化していたフォーク集会も禁止しました。

また、この頃はイデオロギー論争が盛んで、特に原理研＝統一教会とは全国各地の大学で論争対決がありました。明治大学内では原理研は基盤も拠点もないので、御茶ノ水駅前に黒板を携え、ML（マルクス・レーニン）主義批判や「統一理論」の演説を行っていました。見かけると、現思研や社学同、ML派などが駅前に駆けつけて論破し、相手は糾弾に何時間でも沈黙したりしていましたが、そのうち諦めたのか来なくなりました。安倍元首相銃撃事件で、その統一教会が如何に自民党に入り込んで生き延び、日本の政策にまで口を挟む位置を得ていたかが明らかになりましたが、当時は学園にすら居場所がなかったのを思い出します。

米国では、マルチン・ルーサー・キング牧師が六八年四月四日に暗殺され、以降米全土で暗殺に抗議したブラック・パンサーの叛乱は広がって行きました。当時の米国は、一週間の間に各地の反乱で死者三八人、負傷者三五五〇人、逮捕者一五二五〇人を出した時代です。黒人に対する差別、ベトナム反戦運動で米国は、更にマヒ状況となっていました。

米国の運動から、日本にも四・二六国際反戦統一行動が呼びかけられました。それに呼応するばかりか、二七日、二八日と反戦沖縄闘争へと連続する戦いが、全学連の中で提起されています。米国からもこの四・二六統一行動に向けて、日本の学生、市民宛てにメッセージも届きました。全米黒人反戦反徴兵連盟（NBWADU）、全米非暴力調整委員会（SNCC）などが「キング牧師の死を乗り越えて進もう」「四・二六国際統一行動には、全米百万のデモ、一六の都市でストライキを行う」と宣言しました。

初めての神田カルチェラタン闘争——一九六八年六月

パリの五月、カルチェラタン闘争から一か月くらい後のことです。私たちの仲間ばかりか、いろんな友人たちが「お茶の水から神田一帯のカルチェラタン闘争をやろう」と言い出しました。

六月のある日、社学同の委員長だった村田さんが現思研にやってきて、「おい、カルチェラタンやらんか？　パリみたいに。やれるのは明治だろ。中大で全学連集会をやって呼応させるから」と。さらに「四・二六の国際統一行動は、機動隊に御茶ノ水駅で封じ込められたから、今度はゲリラ的に闘って、解放区をつくろうぜ」と村田さんは気軽に言います。

「でも、とっかかりがないと……。どうやってカルチェラタンのような解放区が出来るかな」みんなで語り合いました。村田さんは「やったら何とかなるって」と、いつもの楽観的なブントの官僚的な説得ですが、じつは現思研のみんなもやりたいのです。とにかくみんなで、ワイワイ話し合って「やってみよう」ということになりました。社会的な影響や責任は問われるな……と思いつつ、「四・二六闘争のお返しとして、駅前交番に赤旗を立てよう」などと、ゲリラ戦術になると、みんな次々にアイデアが浮かびます。

Ⅱ部の授業が始まる前の五時ごろには、明大通りは授業を終えた昼間部の学生も多くて、歩道をはみ出すほどの人でいっぱいになります。その時間を狙おうということにしました。中大中庭で行われる全学連社学同の決起集会も、夕方には呼応できると考えたのです。マロニエ通りと明大通りに面した、八号館の入り口で五時に集合となりました。入口の中に、長椅子と長机をできるだけ多く集めて積んでおくことにして、昼間部の学生たちも手伝ってくれることになりました。五時になったら、いっせいに車道に運び出して、バリケードを築くのです。明大通りはクルマの往来がひっきりなしですから、たくさんの椅子と机が必要になるなと、みんなで話し合ったものです。

そしていよいよ六月二一日、この日が初のカルチェラタン闘争の日となりました。五時になって、現思研の人たちははりきっていたけれど、職場からまだ登校して来れない人もかなりいました。

どうしようか。入学して間もない法学部のB君が「決めたとおりにやりましょう」と主張したので、そうだね、そうしよう。そこにいた十人くらいの者たちで、ふたり一組になって、まず長机を運べば道路に五つの机を横に並べられるというので、じゃあ、始めようと決断しました。

B君らがまず、少し場違いな感じで恥ずかしそうに長机を道路に運び出して、明大通りの真ん中に置きます。途端に激しいクラクションが鳴り渡りました。一人が赤旗を横にして、工事現場のストップのような合図をして笛を吹き、クルマを止めようとします。運転手はクルマを徐行させ、クラクションを鳴らしながら次の机が運ばれる頃、最初の机に前進して接触し、机を倒しました。本当にアッという間でした。

ピーッという笛とともに、あちこちから学生たちが道路に飛び出してきて運転手のクルマを囲み、もたもたしている私たちから机を奪うと、さっさとバリケードを造り始めたのです。赤旗に誘導されたクルマは、中華料理「味一番」のある狭い通りへ迂回するよう、学生たちが采配していました。

いっぽう中大の中庭では、社学同がアスパック粉砕・東大闘争支援の全学連集会を行なっていました。その一〇〇〇人近い全学連部隊が、タイミングを合わせて行動を開始していました。中大では午後から全学連副委員長の久保井さん、同志社大学の藤本さん、明大学生会委員長の米田さんらが登壇して発言し、その後四隊にわかれてジグザグデモで神田の街にくり出したのです。そして私たちの解放区闘争に合流したのでした。

あたりを見わたすと、「待ってました!」とばかりに、学生たちや勤め帰りらしい人々もバリケードを補強して、どんどんその机や椅子を御茶ノ水駅のほうに移動させて、解放区の陣地を押し広げています。ふり返ると、駿河台下では、正門よりもずっと向こう側、靖国通りとの交差点まで机を運んでいる人もいます。工事用の看板なども集めてきて、たちまち御茶ノ水駅から駿河台下まで、解放区が出来上がってしまいました。クルマの通らない「歩行者天国」にジグザグデモが、あちこちに繰り出していました。

さっそく立て看板に「解放区」「反安保反戦の砦　神田カルチエラタン戦闘中」などと書いて、御茶ノ水駅に近い明大通りの真ん中に立てました。あたりは万をこえる人たちがデモをしたり、踊ったり楽しんでいました。当時の『戦旗』は、こんな風に当日のことを興奮気味に記しています。

6・21全学連　駿河台で2万余のバリケード集会。七〇年の新局面を切り拓くＡＳＰＡＣ粉砕第二波機動隊を圧倒。全学連集会は中大中庭で一〇〇〇人のヘルメット、三〇〇〇人の大集会として行われた。

二時四五分、久保井司会で開始、藤本基調報告、東大時計台占拠で全学ストを喚起した東大全学闘争委員長、一六〇日スト中の医科歯科大、熊本大の原島委員長、明大中執から決意表明。四時半に四隊に分かれて中大を出発。神田駿河台一帯をジグザグデモし、一梯団が医科歯科への支援デモを敢行する最中、その三梯団はバリケードを駿河台通の街頭に進出させる。パリ・ラテン区に比すべき学生の街神田一帯は、まさに反戦闘争の砦として出現する。五時半、機動隊は御茶ノ水駅、駿河台下の両方向から全学連の部隊を挟み撃ちしようと攻めてくる。激しい投石の雨を降らすが、機動隊はバリケードをトビで破壊して迫ってくる。一進一退、数千の学生・市民・労働者もバラバラと投石。機動隊後退。再びバリケードが出現し、御茶ノ水駅まで押し返す。機動隊はいったん、お茶の水橋を渡り、順天堂大横まで総退却。この時、医科歯科大五階の学生・研修医が占拠している医学部長室辺からスピーカーでバリケード戦に結集し、連帯の呼びかけ。機動隊は態勢を立て直し聖橋口から御茶ノ水駅に配備し、横と正面からバリケードの破壊。「突如」出現した街頭バリケードがＡＳＰＡＣ、七〇年安保粉砕の新たな戦術であることを理解して、万余にふくれた大衆は「機動隊帰れ！」のシュプレヒコール。

実際に、当日はみんな新しい闘い方に大興奮でした。いったんバリケードで解放区ができると、あちこちでうっぷん晴らしの野次馬をふくめて、万余の学生たちがバリケードと投石で陣地を広げたのです。お茶の水交番の警官たちも避難し、無人になったのでした。すかさず明大の仲間たちが、そこに赤旗を掲げたものです。広々した明大通りに、手をいっぱいに広げてつなぐフランスデモで、ワルシャワ労働歌や国際学連の歌を歌いながら、行進しては機動隊へ投石。今ではあの一帯はアスファルトで固められてしまいましたが、当時はレンガや正方形の敷石で、歩道もおしゃれだったのです。その敷石をみんなで掘り起こしては、車道で力いっぱい落として割り、礫《つぶて》にして、機動隊の弾圧に投石で抵抗したのです。パリの学生たちが「石畳の下は砂浜だ」と叫んだのと同じ、抵抗のシンボルでした。

あの日、八時半すぎには社学同部隊も撤収したのですが、野次馬の人たちは普段のうっぷん晴らしもあってか、夜までずっと闘っていました。夜学授業が終了する一〇時になっても、学生会館内では「やった!」と喜ぶ人々でいっぱいでした。

これ以降、カルチェラタン闘争のスタイルは、何度も御茶ノ水駅から駿河台下まで解放区として繰り返されたのです。今では考えられない「騒乱」ですが、当時の私たちは街頭行動の新しい闘い方を提起する一翼を担ったことで、達成感で意気揚々としていました。無謀のそしりを免れない行為といわれるでしょうが、当時は人々の連帯感が学生運動の拡大をつくり出したのでした。

六八年国際反戦集会の感動

六八年「8・3国際反戦集会」は、中央大学の講堂で行われました。この国際会議は、「国際反戦会議日本実行委員会」として六団体（共産主義者同盟、社会主義労働者同盟、ML派、社青同解放派、フロント、第四インター日本支部）が参加。日本実行委員会は機能し、東京の「8・3集会」ばかりか、他のいくつかの都市でも行っています。

八月四日には、国際反戦関西集会も共産同関西地方委員会、日本共産党解放戦線（上田等さんら）、第四インター、解放派、ML派、毛沢東思想学院など、広い共同行動の中で大阪厚生年金会館に約一〇〇〇名を集めて開催されています。また、海外からの参加者らは、ヒロシマ八・六の原水禁集会や、ベ平連の京都ティーチイン集会にも参加しています。

来日したのは、まずＳＷＰ（米国の社会主義労働者党）委員長のブレッド・ハルテットさん。彼は七月二八日に羽田空港に到着した折、日本の通関当局より「原水禁、ベ平連への参加はかまわないが、八月国際反戦集会への参加は認められない。参加の場合には、強制退去を命ずる」と、入国時にその条件付の書類に署名させられました。この事実は、８・３国際反戦集会の中大講堂の席上、ハルデットさん自身が暴露し、抗議しました。それほど三派系のラディカルな闘いと、米国のラディカルな運動の接触に、公安関係者は神経質になって妨害を企てたのです。他の参加団体は、米国からはＳＮＣＣ（米国・学生非暴力調整委員会）、前委員長のカーマイケルは、当時日本でもよく知られていました。ブラック・パンサー党は当時黒人の間に絶大な人気があり、黒人の権利を闘いによって勝ちとっていた団体です。ＯＬＡＳ（ラテン米人民連帯機構）、この組織は、六七年七月にキューバを中心に創設され、チェ・ゲバラが当初名誉総裁で、ハバナに本部があります。ＳＮＣＣが黒人中心の組織なのに対し、ＳＤＳ（米国・民主社会学生同盟）は白人組織で、反戦反徴兵、ベトナム反戦闘争を中心に学生パワーを発揮していました。カリフォルニア大バークレー校が拠点で、本部はシカゴのイリノイ大学といわれていました。以上はアメリカからの参加団体です。フランスからはＪＣＲ（革命的共産主義青年同盟）で、一九六六年四月に創設されていま す。ＪＣＲは五〇年代のアルジェリア解放闘争支援、キューバ革命支援を行い、六五年大統領選時に、仏共産党の共産主義学生同盟を除名されたメンバーの他、トロツキストのメンバーを含む組織で、五月パリ革命の先頭で闘った組織です。その結果、ドゴール政権によって非合法化されたため、ブリュッセルに本部を置き、地下活動を続けていると、この会場で代表の女性が発言していました。

ドイツから参加したＳＤＳ（西独・社会主義学生同盟）は、西ドイツの社会民主党の学生組織ですが、ドイツ社民の大連立に反対し、中央に従わず、ベルリンで一万五千人のベトナム反戦集会を開いたといいます。北大西洋条約機構（NATO）の粉砕を訴えていました。理論的にはマルクーゼ、ローザ・ルクセンブルグ、ルカーチの影響が強いといわれていて、委員長のドチュケは銃撃被害に遭っています。

以上のような海外からの参加団体を加え、実行委団体や学生、市民参加のもと、八月三日に東京集会が開催されました。中央大学講堂で二時一〇分に開会宣言され、日本実行委員会委員長松本礼二さんが、開会の挨拶と経過報告を行いました。その後、海外からの参加団体の紹介があり、この時、SWPの代表のハルテットさんから、すでに述べた国外追放の制約を受けながら参加したことが語られると、拍手は講堂を揺るがすほどでした。

その後、仏代表の女性が、パリ五月革命がいかに闘われてきたか、今も非合法化でいかに闘っているか、五月に労働者の一千万人ゼネストがいかに行われたか語ったのが、私には強い印象として目に焼き付いています。同世代のふっくらとした体型の女性が、舌鋒鋭く、ゼスチャーも交えて語るとき、通訳がもどかしいくらい共感しつつ、他の誰よりも印象深かったのです。集会には日本の闘う団体も招かれていて、戸村一作三里塚反対同盟委員長が、連帯をこめて演説したのを覚えています。また、ML派の畠山さん、解放派の大口さん、ブント議長の佐伯（佐野茂樹）さんら、六団体トップの人々が、それぞれ自分たちの政策を表明していました。

その後、SNCC、SDS、SWP、JCRなどが参加して「NATO・日米安保粉砕共同闘争」を呼びかけ、全国各地で反戦集会を行っています。そして、国際連帯の絆を、新しいインターナショナルの形成として呼びかけました。

この時のブントの呼びかけた「8・3集会論文」は、プロレタリア国際主義を掲げるブントの新しい旗印となりました。「8・3論文」と呼ばれるもので、「世界プロレタリア統一戦線・世界赤軍・世界党建設の第一歩を――8・3国際反帝反戦集会への我々の主張」というタイトルの論文です。第一章は「現代過渡期世界と世界革命の展望」というもので、これを塩見孝也さん、のちの赤軍派議長が執筆しました。第二章は「七〇年安保・NATO粉砕の戦略的意義」で、のちにブント議長となる仏徳二《さらぎ》さんが執筆し、第三章は「八月国際反戦集会と世界党建設への道」で、旭凡太郎（のちの共産同神奈川左派）によって執筆されました。これは、八月五日の機関紙『戦旗』に発表され、二つのスローガンにまとめました。「帝国主義の侵略・反革命と対決し、国際階級危機を世界革命へ！」「プロレタリア国際主義のもと、全世界人民の実力武装闘争で七〇年安保・NATOを粉砕せよ」と。

8・3国際反戦集会に結集した組織と共に、新しいインターナショナルの潮流形成をブントは目指していました。そして、第一に六九年には、NATO・七〇年安保粉砕を共に闘う。第二に、日米安保・沖縄・ベトナム闘争を、環太平洋諸国の武装闘争・ストライキ・デモで闘う。第三に佐藤訪米を、羽田・ワシントンで共同して阻止する。第四に、来る一〇・八、また一〇・二一を国際共同行動で闘う。第五に、国際共産主義インターナショナルへ向けて、協議機関設立の準備、国際学連の再建を目指す、とする方針を主張しました。

国際社会に触れ、国際的に各地で闘う主体と直接に出会い、この出会いに国際主義のロマンを抱いたのは、私ばかりではなかったでしょう。ブントの指導部から一般メンバーまで、ブントのプロレタリア国際主義が、世界の闘争主体とスクラムを組んで闘っていくという、誇りの実感を強くしたのです。

最後に各国語で一つの歌、インターナショナルを歌いながら、感激した私は胸にこみあげるものがありました。この8・3集会のために、現思研の仲間たちもいろいろな実務を手伝ってきました。英文タイピストのSさんは、集会まで徹夜の作業を続けたりしました。現思研の仲間たちが、私も含めて、ブント・

社学同に対して、自覚や愛着を持ったのは、この集会の影響が強かったと思います。

国際反戦集会は、分裂して生まれたばかりの反帝全学連にとっても有利に作用していました。国際的な各国闘争主体との出会いは、日本を代表して、ブントらが実践的に国際主義を実体化する条件をつくりました。この国際反戦会議の決定として、新しいインターナショナル創設の協議機関設立や、来年六九年八月の再会を約し、闘いの連帯の継続の方法も語り合いました。

しかし、ブント自身は激動の六八年の中で、六九年に内部論争を先鋭化させ、この晴れやかな国際反戦集会を境にして、矛盾と分岐を拡大させてしまうのです。一年後の六九年に米国からのＳＮＣＣ・ブラックパンサーの訪日に彼らの受け入れの矛盾は哀しい現実となるのですが、それは「七・六事件」の後だったからです。

第四部

赤軍派の時代

第十一章　赤軍派への参加と「七・六事件」

激しかったあの時代

今から五〇年以上前の一九六九年八月に、共産主義者同盟赤軍派は結成されました。これは、当時の社会・政治情況抜きには語り得ないし、また、理解しえない時代の記録です。六〇年代、米国のベトナム侵略戦争は北ベトナムへの空爆まで拡大して以降、国際的にベトナム反戦運動が広がり、世界各地を席巻していました。日本も例外ではありませんでした。

六七年一〇月八日、佐藤栄作首相のベトナム訪問に反対して立ち上がった学生たちの抗議行動は、その象徴的出来事でした。この抗議に対し、国家権力は激しく弾圧し、警棒によるメッタ打ちによって一人の学生を殺しました。

この時を境にして攻防の質も変わり、以降、ベトナム反戦闘争は、学生、市民の間でラディカルに広がり続けました。権力側は、街頭デモの度毎に装備を強化し、大量逮捕と拘留の長期化によって弾圧を深めます。こうした闘いのピークは六八年から、日米安保条約の「自動延長」に至る七〇年、七二年の沖縄返還までの時期といえるでしょう。

記録によると、六八年から七〇年の三年間に、警察庁は警察官一万六千人を増員し、そのうち機動隊が実に八二〇〇人、公安課要員（私服）一〇〇〇人が一挙に増員されました。正式な機動隊員は二五〇〇人でしたが、五二〇〇人は「外勤警察官増加」の名目やヤミ増員で、この時点で約一八万人に達するという強権体制が始まりました。（『流動』七七年八月号「新左翼二十年激闘の軌跡」「フレームアップと治安弾圧」一〇七頁より）。また、被逮捕者に対する長期拘留と大量起訴による弾圧も深まります。

現思研の仲間とよく話した中大の久保井拓三さんや前田祐一さん、早大の荒岱介さん、明大の仲間も獄中にありました。闘いは人生を賭け、生死を問われる覚悟が日常になっていきました。佐野さんも四・二八闘争の件で、秋に逮捕されます。

このラディカルな攻防の中で、党派は運動の先鋭化に影響を与えつつ、また、影響を受けながら、党派間の競合も激化していきました。ラディカルな戦術によって国家権力の強固な壁に肉薄する闘いを更に競い合う中で、より攻撃的な闘いを求め、共産主義者同盟（ブント）内の関西から上京した人々を中心に、赤軍派が生まれていきます。

今から振り返って歴史を辿れば、赤軍派の登場は「七・六事件」と呼ばれる六九年七月六日の行動によって初めから道を誤ったために、以降の失敗を刻印されたといっても過言ではありません。

私自身は、決して当時は熱心な活動家であったわけでも、理論的にブントを十分に理解していたわけでもありませんでした。私は当時まで、ブント内に、あれこれの派閥があり、それが険悪なことも知りませんでした。六八年のブント議長であった佐野茂樹さんは知っていても、赤軍派議長となる塩見孝也さんは知りませんでした。何もわかっていない私が人脈で誘われ、変革の役に立ちたいと一歩一歩進んでいった時代でした。それらを私の行動と、私の当時の見方を中心に、私にとっての事実にすぎない記録かもしれませんが、書き始めたいと思います。

一九六九年の政治状況

赤軍派が登場する前の一九六八年、一九六九年の政治状況は、反戦運動、学生運動の質が六七年一〇・八闘争によって大きく転換し、最もラディカルに、そして広がりをもって闘われた時です。

六八年九月三〇日は、両国日大講堂で三万五千人の学生が日本大学経営陣の使途不明金の不正に立ち向かい、五月に結成されたばかりの日本大学全学共闘会議が団交に勝利した日として知られています。この日の学生たちの勝利はまた、自民党政権に強い危機意識をもたらしました。時の佐藤首相は、個別の一大学に対し、一〇月一日「日大の大衆団交は認められない。政治問題として対策を講ずる」と発言し、日大当局と共謀します。翌一〇月二日に、日大当局は「九・三〇確約（学生と団交で約束した不正経理の全容を明らかにする、学生の自治活動に対する弾圧をやめ学生の自治権を承認する等）」の破棄を宣言しました。一〇月五日に警視庁は、日大全共闘議長以下七名の逮捕状を発布します。学生たちは全国的に日大闘争を支援し、東大闘争と共に日大は全国の全共闘運動の象徴的位置にありました。

東京大学でも六八年六月、東大医学部全闘委と、医学部学生連合（医学連）の安田講堂占拠に対し、東大当局が機動隊導入を行ったことで、非和解的な対立が続いていました。十一月二二日には「東大・日大闘争勝利全国学生総決起集会」が開かれ、本郷の東大安田講堂前を埋め尽くす二万の学生たちが集まりました。

十一月に東大大河内総長が辞任すると、加藤一郎氏が代行に就任しました。加藤代行は、六九年に入ると「機動隊を導入しても入試を実行する」と宣言し、学生の処分撤回などを求める全共闘側の「七項目要求」を拒否していました。日本共産党（日共）系の民主青年同盟は、一部教授会と共同して、ストライキの解除をめざしていました。六九年一月に入ると、学生たちは全国から東大闘争支援を拡大し、一月九日には「東大闘争勝利・全国全都総決起集会」が開かれ、そこで日共系と新左翼系の間で衝突が起きています。

六七年一〇・八闘争以来のラディカルなヘルメットと棒による自衛武装のデモの実力闘争は、機動隊の暴力に対抗して生まれてきたものでしたが、それはまた、新左翼諸党派のイニシアチブによって生み出された活動スタイルです。東大闘争は、東大全共闘の主体的政治意志を尊重しつつ、他の大学、各地の大学が共闘していました。それは良くも悪くも、党派勢力が東大全共闘と共闘している姿であり、そのため、機動隊導入と入試強行を含む大学当局との攻防は、東大全共闘と党派の共闘という参加の形がとられていました。

一月一五日には「東大闘争勝利・全国学園闘争勝利・労学総決起集会」を経て、政府・大学当局の機動隊導入・入試強行に対して、籠城の抵抗戦を東大全共闘は決定し、学生・党派側は共同して籠城することを決定しました。こうして、一月一八日、一九日に渡って政府・大学当局・機動隊による東大本郷校舎制圧が開始されました。

この二日間で、大学校内、安田講堂に立てこもった六八二名の学生が逮捕されます。また、毎日のように近隣の神田やお茶の水の校舎から支援を続けた明大、中大、日大などの全共闘学生たちは、東大攻防戦に連帯連動して、神田お茶の水地区のバリケード市街戦、解放区闘争を展開しました。

解放区は、御茶ノ水駅前から駿河台下へと広がり、聖橋方面から突入した機動隊は、一八日午後、明大学生会館に乱入してサークル室のドアを蹴破り、物品を荒しています。ところが学生の反撃に逃げ遅れて、捕虜となった機動隊員がいたのです。機動隊は、夕方更に大挙して学館に乱入して、「帰れ! 帰れ!」

の学生の大合唱の中、隊員救出のため、激しい攻防が続きました。学生たちは一九日には防衛線を変え、東大本郷キャンパス奪還闘争を進め、三五〇〇人の機動隊に対して、本郷二丁目交差点で攻防をくり返しました。

東大闘争は大量逮捕という被害を被りながらも、その原則に沿って闘ったことで、全共闘運動は更に全国へと波及していきます。しかし、それは先鋭化を伴い、権力の弾圧による運動のリーダーたちへの「犯罪者」化策動と機動隊の学内導入が頻発する中で、全国的に運動が行き詰まらざるを得ない方向に進むことをも意味していました。東大当局は翌二〇日、六九年の東京大学の入学試験実施断念を発表しました。そして、入試中止の決定と時を同じくして、全共闘代表の山本義隆さんの逮捕状が発布されたのです。

この六九年一月二〇日、東大安田講堂落城と東大入試中止、山本義隆代表の逮捕状の出された日、米国ではニクソンが大統領に就任し、世界の反戦闘争は広がり続けていました。北ベトナム政府・南ベトナム解放戦線代表らがパリに海外本部を置いて、米政府の侵略を糾弾して政治的に対峙していました。米本土でも欧州でも、米国のベトナム侵略反対行動が、ベトナム本土の解放の闘いと連帯して広がり続けていました。

のちに海兵隊出身で米国防総省の分析官ダニエル・エルズバークが「嘘で戦争は勝てない」と、国の過ちを正そうと、米国防総省の最高機密文章(通称ペンタゴンペーパーズ)七千頁をメディアを通して暴露し、ニクソン政権を政策転換に追い込むのは、七一年三月のことです。六九年はまさに米の公式発表の嘘の陰で、虐殺、拷問、侵略戦争が幅をきかせていたのです。こうした国際反戦闘争の流れの中で、東大闘争後は、六九年の沖縄連帯の四・二八闘争が激しく闘われました。

ちょうどこの年に、私は教育実習で中野区立中学校の三年生を担当し、社会科、社会を教えています。

明治大学では尊敬すべき三木教授の教えのもと、「でも・しか先生になるな」（先生にでもなるか……。先生しかなれない無気力な就職先として先生になる「でも・しか」になるなとの意）「文部省の方を見て教えるな。組合の方を見て教えるな。生徒の方を見て教えよ」と口酸っぱく言われていました。先生になりたかったために、大学に入学した私にとっては、教育実習は何物にも代えがたい楽しく、刺激的な学びの日々でした。

「三権分立」を担当して教えつつ、毎回、当日の新聞の社説や「天声人語」を生徒に要旨説明と意見発表してもらい、他の生徒が感想を述べて討議しました。生徒との対話は、私をますます教師への道に駆り立てていました。

この前後に、前ブント議長だった佐野茂樹さんから、「東大闘争を質的に超える闘いの準備のため、四・二八闘争に向けて、ブントの軍事委員会の書記局を手伝ってくれないか」と要請を受けました。いつも学館四階にある現思研に気軽に、あれこれ雑務を頼みにくる人々のうちの一人が佐野さんで、いつものように気軽にこの要請を引き受けることにしました。

四・二八沖縄闘争

四・二八書記局（四・二八軍事委員会とも呼ばれていた）は、新橋に事務所をかまえ、そこが活動の場となり、私も銀座のバーのアルバイトや、学内活動の合間に通いました。のちに、この時の活動が「凶器準備集合幇助罪」であるとして、私も逮捕されます。

私はブントの情勢論や分析にも「大げさね」と、あまり理論的にも熱中するわけでもなく、必要とされたら意気に感じて、工夫してやりとげるといった活動をしていました。佐野さんの誘いで、ブントの党的な書記局の活動に関わったのは、初めての経験でした。さまざまなアイディアをいかして、どう四・二八街頭戦を勝ち抜くのか、あれこれ準備し、動員の全国オルグの準備などがありました。ブントは四・二八闘争では、新入生を迎え明治大学、中央大学で一〇〇〇人近くの動員を持って、首都圏での戦いを主導しました。

事務所では、四・二八沖縄闘争で火炎瓶以上の武器、つまり爆弾を使用するか否かで、前議長の佐野さん、元議長の松本礼二さん、現議長の仏《さらぎ》さんが論争を続けていました。すでに出来あがっていたいくつかの「試作品」を前に論争し、結局それらは廃棄することになりました。松本さんが、爆弾使用を断固として反対したのです。こうして四・二八闘争は、これまでの大衆的実力闘争の布陣、棒と投石の準備に限定されました。

警視庁はまず、革共同中核派を狙い撃ちし、四月二七日夜には破防法（破壊活動防止法）を適用し、革共同書記長の本多延嘉さんを逮捕しました。四月二八日、午前五時には法政大学に「凶器準備集合・破防法予備」の名で捜索を開始し、角材などを押収し、他の中核派リーダーを破防法容疑で逮捕を始めています。

この四・二八沖縄闘争は、社会党、総評系と、共産党系の団体が初めて統一行動をとることを決定し、代々木公園で統一中央大会が開かれています。東京ばかりではなく、全国四五都道府県三一八ケ所で、警視庁発表でも一四万九千人が参加して、米施政下にある沖縄返還を訴えました。沖縄でも戦後最大の二〇万にのぼる県民が、即時無条件全面本土復帰、米軍基地撤去、沖縄県民の国政参加を訴え、大会決議で日米安保条約廃棄、米軍基地撤去を訴えています。当時、沖縄の本土復帰を求める本土側、沖縄側の人々の声は、この四・二八沖縄デーに集中されていました。明大では四月二五日に学生大会でスト権を確立し、二六日から二八日まで全学的政治ストライキを決行しています。
四・二八闘争の出撃拠点は、中大・日大がロックアウトを受けていたので、東京医科歯科大学に決定しました。二七日には全国から結集した八〇〇名を超える社学同のヘルメット部隊が、大学附属病院の正門玄関も封鎖し、社学同総決起集会を開いています。解放派、ML派も共同し、医科歯科大学に泊り込みで四・二八総決起集会を行いました。

警視庁は、東京では一万二千人を動員して警戒にあたり、東京医科歯科大を社学同等が四・二八闘争に向けて出撃すると、数千人の機動隊で封囲しました。医科歯科大から学生たちが動き出すと、機動隊は催涙弾で攻撃を開始し、当時六〇〇人の入院患者やスタッフがいましたが、三階の病室を催涙弾で直撃しました。

大学側は「ここは病院です。病人がいます。注意して下さい」と拡声器で機動隊に訴えていました。学生たちは数百人ずつ機動隊を突破し、東京駅に向かいました。全学連が「霞が関占拠」を主張していたので、警備の主力をそちらに振り向けていましたが、ブント側はこの日は裏をかいてゲリラ戦で銀座、新橋を解放区にすることを狙っていたのです。

しかし、警察側は、明治大学、中央大学のデモ対策として、御茶ノ水駅を中心に機動隊第二機、第四機の精鋭を配置し、十数台のトラック、装甲車でデモ参加者の隊列を挟み、身体捜検を強制したり、進行を阻んだのです。それで皆は三々五々隊列を組まずに銀座方面へとゲリラ的に向かいました。私たち現思研も赤旗を持って、御茶ノ水駅と反対に地下鉄のある九段方向に歩き出したのですが、振り返ると後ろに知らない学生たちが、私たち二〇人たらずの後ろに数十人も続いていたのでびっくりしました。戦いたい、どこの旗の下でも良いからと、戦いたい人は参加します。

学生たちは東京駅から霞ヶ関には向かわず、逆に線路を伝って新橋から銀座へと向かい、新橋、銀座カルチェラタン闘争をめざしました。そのため、新橋にブントは軍事委員会を置いて準備していました。夕方から数百人ずつのヘルメット部隊が晴海通りでジグザグデモを繰り返しています。また、学生たちのゲリラ戦に呼応した市民や群衆が、銀座、有楽町一帯で、交番や機動隊に投石し、一帯は無政府状態となりました。学生、野次馬らは、夕方から機動隊といたちごっこをくり返し、新幹線や国鉄もストップしました。夜十一時過ぎに電車は復活しましたが、それまで銀座は神田・お茶の水のカルチェラタンンの様相でした。私も二週間ほど前から軍事委員会の指示に沿って、様々な準備や当日のレポなどに加わりました。翌四月二九日には、中核派やブントなど各党派事務所に、警察の捜索が入りました。逮捕者も多かったのです。

べ平連によって、市民参加の裾野が広がったおかげで、人々が多く参加した時代です。もちろん、日本社会全体から捉えた時には、権力支配機構はびくともしておらず、また学生運動に於いて、多数の参加を得たとしても、当時の社会構成からいえば大学生層はプチブル上・中層的な少数でしかありません。それでも、社会的影響力が大きかったのは、政府野党と全学連が共闘し（党派が全学連の枠内で調整し）、また国際的に反戦闘争があなどれない潮流であったからです。全学連は、しかし全体から見ると街頭戦の高揚、各大学での全共闘運動の登場の中で、よりラディカルな戦術を持って指導しようする戦術左派の位置以上ではなかったと言えます。当時は、全体の「部分」であった自分たちの位置を直視しきれていませんでした。

この四・二八闘争で新左翼の闘いは「騒乱状態」を創り出しましたが、こうした闘いからどのような展望が切り拓かれるのか。闘いをめぐって「四・二八闘争勝利」として、新しいゲリラ的な実力闘争の継続を求める党派やグループもありましたが、このまま大衆運動の激化で良いのか？　四・二八闘争の総括をめぐって、ブント内では関西出身の者たちを中心に、党内党的な動きが始まります。

ブントはもともと六〇年安保闘争を闘った共産主義者同盟を継承して、様々なグループが集まって再建してきたものです。もともと実体的に連合的で、統一戦線的党だったのです。

赤軍フラクション参加への道

一九六九年の四・二八闘争の総括をめぐって、党の武装の問題が問われました。私自身は詳しい事情はわかりませんでしたが、四・二八闘争を「敗北」と総括し、党の質的転換を求める関西を中心とするグループが、後の赤軍派といわれるフラクションを結成しはじめました。

そして、かれらは党中央の仏《さらぎ》指導部批判をはじめたのです。赤軍派の『世界革命戦争への飛翔』（三一書房刊）によれば、「わが党について」とフラクション用初文章を作り、「党内党を作り党内党の決定がブントの決定より優先し、党内党はブントと統一戦線を組むもの」と位置づけていたようです。

私は、四・二八書記局の内側にいたので、これが勝利とは決していえるものではない、と考えていました。明大学館に出入りする人々の人脈的つながりの中で、後の赤軍フラクに加わるようになっていくのです。ただし、私や現思研の人々も、ブントの延長上に共同していただけで、とりたてて、何かその中の党内闘争に与する考えはありませんでしたし、そういうことには、みんな無知でした。

ブント内の噂話をいつも持ち込んできて話す現思研の上原敦男さんは、東大安田講堂で、「最後までブントの旗、守るからな」と闘争に参加して、そのとおりに最後に逮捕され、拘留されていました。そのため、党内の噂話も入らない中で、中大と明治はブントでも違うようだとか、その程度の認識で、「ブントナショナリズム」が現思研の気風であったといえます。こうした中で、四・二八闘争後、高原さんや藤本さんから雑務を頼まれたり、話を聞きながら、なんとなくブントの延長上に、この系統の人々と協力協同するようになったのです。

六九年六月八日の静岡県伊東の川奈ホテルでの会議に対する「アジア太平洋関係閣僚会議（アスパック）粉砕闘争」のころは、私たち現思研はまだブントとして現地闘争に参加しています。街頭戦で蹴散らされて伊東駅に閉じこめられ、ホームを走っていたら、明大現思研初期にオルグと学習に熱中してくれた早稲田の村田さんが、腕をつかんで「走らないでこっちで乗客のふりしろよ!」と助言してくれたのを覚えています。この日、二〇〇名を超える逮捕者を出しています。

反アスパック闘争後の帰路、海沿いの道でも検閲や弾圧が続き、私は漁師に直談判して漁船をチャーターし、熱海まで送ってもらうことにしました。かなりの人数が乗れたので、その運賃は他党派の人たちに割り振って、ブントの仲間はただで熱海に戻り、意気揚々でした。

海上でブントの人が旗をなびかせたため、海上警備の巡視艇に目を付けられ、船頭に「やめろ!」と私たちは怒鳴られたものです。そんな風に私たちの活動は悲壮とは程遠く、ちょっと不謹慎なほど楽天的な闘いの中にありました。反アスパック闘争は、お茶の水での街頭闘争、パリのカルチェラタンのような解放区づくりとしても果敢に闘われ、明治、中央、専修、医科歯科など共同していました。

ところが、六月一三日に東京新宿郵便局への自動区分機の導入を阻止する全逓労働者支援の「合理化反対労学総決起政治集会」が明大記念館でありましたが、そこでブント内で小競り合いがあったと現思研の仲間が伝えてきました。壇上で、中大を中心とする味岡さんらと関西系が対立したという話でした。

ちょうどその日、私が明大学館の現思研の部屋にいた時、顔見知りの大阪市立大の森恒夫さん（のちの連合赤軍のリーダー）が訪ねて来て、「今日は荒れるかもしれないので、これを預かっておいて」と、手帳など小さい荷物を預けて出ていったのですが、その日は荷物をとりに戻りませんでした。

「荒れる」というのを、私たちは当然デモのことと理解しました。藤本敏夫さんら関西の友人たちは、デモや集会の日は、「預かってくれ」と手持ちの貴重品を現思研に預けていくことが普通だったのです。翌日荷物をとりにきた森さんが、昨日は私服に尾けられたので、遠くに逃げたので戻れなかったと言い訳をしていました。のちに、ブントの人たちが「あいつゲバルトになったから逃げたんだぞ」と言っていたので、森さんは気弱で優しいから、仲間同士の対立を嫌がったのだろうと私たちは話したものです。

私たち現思研では六月くらいに、高原さんから「ブントの今の中央指導部の現状では革命を担えない。フラクションで党の革命を目指しているので、協力してくれ」と明かされました。関西の人は東京の事情にも疎いし、また、いつも「ラーメンとライス」の粗食。時には一銭もなく「食べさせてくれ」と現思研に来ることもあり、「職業革命家」として一生懸命がんばっているなと、私たちはいつも歓迎して協力していました。

私たちにはよくわからないけど、何か「高尚」な論争をしながら、自らを顧みず尽力し闘っていると、好意的に見ていました。中大、医科歯科大や専修大の友人たちは、お茶の水の社学同で仲が良かったので、全逓の集会での身内の対立というのは驚き、私たちにはピンときませんでした。ブント内の政治的違いが、対立党派のように集会で顕われるのは意外に感じたのです。

高原さんからフラクションに関する実務を、あれこれ頼まれるようになりました。一つは秘密に会合を持ちたい。関西から仲間が来るが、学館ではまずいので何とかならないかというので、神保町の喫茶店に話をつけて二階を貸し切りにして、会議の準備としたことがあります。

またある時は、ちょうど六八年一〇・二一防衛庁突入闘争で拘留されていた花園紀男さんが出てくるので、他グループも彼をオルグしようと狙っているので、何とか連れてきてくれ、という要請を受けました。東拘で友人たちの出迎えを受けた花園さんが挨拶をすませると、高原さんと会うようセットしました。そこで党内フラクの結成の意義を、高原さんは花園さんに説得していました。半眼の眠ったような表情で聴いていた花園さんが「それでどっちが本気で闘いをやるんだ?」と聞くので可笑しかったのですが、「もちろん我々や」と高原さんが言うと、「よし、わかった」と花園さん。その後、塩見さんとも会ったのでしょう。そこからすぐに東京での人材オルグの会議に入っていました。

現思研の面々は、医科歯科大の山下さんを最も尊敬し、純粋に自己犠牲的に突き進む花園さんも、みんな好きでした。花園さんがこのフラクに入ることは、心強いことに思えました。なぜなら、本当は正直なのにあまり人気のない高原さんや、ちょっと頼りない藤本さん以外、あまりフラクション内の人を知らなかったからです。

六月中頃か、フラクの初会議があるので出てくれと現思研に招請がありました。このころ、現思研は学園闘争からブントの地区党への再編で、青年同盟(キム)に軸を移し、田中義三さんらを中心に中部地区活動に加わっています。この最初のフラクの集会の場所は千葉県だったと思います。藤本敏夫さんと私と、明大の仲間、遠山さんもいたか思い出せませんが、フラクの会議で使う論文の印刷に追われて、夜やっと印刷物を抱えて会場に入りました。ここには、およそ三〇人ぐらいいたでしょうか。

ここで「現代革命論」という印刷物が配られたのです。リーダーの塩見さんが熱情的に「党の革命」を訴えていました。このフラクの会合に、藤本さんと私たちが間に合うように印刷した「現代革命論」(のちの赤軍派結成大会で手直しの上、赤軍パンフＮｏ・４に再編集)は、「過渡期世界とプロレタリア党」

というタイトルのもと、第一章・現代革命論への方法的視点、第二章・世界史的階級闘争の段階としての過渡期世界、その二つの歴史的普遍性、第三章・現代帝国主義――現代帝国主義国家、第四章・過渡期世界とプロレタリア党その歴史的展開、から成り立っていたと思います。この中に示された「三つのテーゼ」が赤軍派の理論的党派性として、綱領的文章となりました。

三つのテーゼとは、第一に現代世界の階級闘争の世界史的段階規定に基づいて、プロレタリアートの「世界武装プロレタリアート」への到達と、その主導性に基づく「攻撃型階級闘争論」、第二に、世界史段階におけるプロレタリアートとブルジョアジーの関係において、プロレタリアートの国境を越えた世界性に、ブルジョアジーは本質的には逆制約される位置に転位したこと、第三に、世界党・世界赤軍・世界革命戦争に関するテーゼとして、まとめあげられた内容でした。

今からとらえ返せば、日本語的にも不十分で、概念規定のないままイメージで語彙化したような、普遍性に欠け主観的で難解な文章でした。のちに私は、この『パンフNo・4』を英語に訳してパレスチナ解放組織との討論を行おうとして、内容を理解するのに大変苦労したものです。みんなも同様だったと思います。それでも、この「現代革命論」は、新しいイメージをかきたてる力を持っていました。

私がこのフラクに加わったのは、すでに述べたように、一つには、ブントのこれまでの延長上で明大学館で協力してきた友人たちと一緒に、その人脈に誘われたことです。そしてもう一つは、このフラクの示した大きな構想に魅力を感じたことでした。ロシア革命以降、世界は資本主義時代から社会主義・共産主義に向かう真の人類史の世界、「過渡期世界」に入ったという認識です。そして、ブルジョアジーは依然として支配階級であり、プロレタリアートは被支配階級であるけれども、ロシア革命を媒介として、ブルジョアジーは受動的、防衛的となり、プロレタリアートは国境を越えた世界性を獲得して、ブルジョアジーを逆制約する位相に立ったととらえたことです。

こうしたプロレタリアートの制約から逆制約の関係への転換を生み出した時代にあって、三ブロック（帝国主義＝資本主義諸国、社会主義諸国、第三世界諸国）の階級闘争を反帝社会主義革命として同時的に、同質化に向けて発展させることが問われている、世界の階級闘争の時代にふさわしく、党の質的転換を計るためにフラクは活動するというものです。

この時代は、党的主体の主導的闘い方によって、私のようなものでも、世界史的な革命の国際的な階級闘争の一端に貢献しうると、魅力を感じたのです。「二つ三つ、更に多くのベトナムを！ これが合言葉だ」と言ったチェ・ゲバラの闘いの呼びかけと重なりました。そして、足元の四・二八闘争の総括を踏まえて、軍事を担いうる「党の革命」を目指す主体として、「赤軍フラクション」（共産主義者同盟赤軍派結成後は「赤軍派」と記します）の活動に参加していくことになりました。

この文章の中には「前段階蜂起論」も出されていました。かつての「革命的敗北主義論」を、より大きく中央権力闘争へ、首相官邸占拠へと主張する「玉砕的方針」にみえました。このころの赤軍フラク内部通達には、こんな風に書かれていました。「六八年一〇・二一闘争の敗北は悲しむべきことであるのに、四・二八闘争は、引き続きこれを大衆的に確認することのみに終わった。二度の敗北を三度同じように繰り返すことは喜劇である。我々は早急に赤軍を組織し、今秋の闘争には世界同時革命――日本革命戦争の前段階革命の展望を切りひらくべきだ」と。父に赤軍派の路線を話すと「それは赤色クーデターじゃないか」と批判していたのを思い出します。

藤本さんが拉致された、不思議な事件

当時の私は、友人の伯母のやっている銀座のバーでアルバイトをしながら生活活動費を賄っていました。明大学生会館に泊り込んだり、歩いて帰れるお茶の水近辺に、遠山さんと二人で部屋を借りていました。明大からお茶の水橋を越えた正面には東京医科歯科大学があり、その五一五教室は赤軍フラクのセンターとなっていました。

元々ここは大学の自治会室であり、青医連や医学連も使っていた部屋だったと思います。この五一五教室は、普通の中学や高校の教室の作りで、廊下に面して長方形の教室の両端に扉があり、また、廊下に面して床から一メートル程の高さに窓が一間程の横幅でありました。この教室の向かって左側のドアを出入口とし、右側のドアは閉めてありました。夜はときどき、閉めたドア側に近い壁の黒板を使い、学習会をやったりしていました。この教室の出入口近くの廊下の壁寄りのところをロッカーとカーテン（といってもシーツですが）で囲って、その中で指導部の会議をしたり、書記局の打ち合わせをしたものです。

塩見さんから「藤本と書記局をやってくれ。キャップは堂山がやる」と要請され、引き受けました。そのとき、堂山さんを初めて紹介され、当面は堂山さんの指導のもとで藤本敏夫さんと私が書記局員となりましたが、とくに大変な仕事があった記憶はありません。そのころすでに、初めてのフラク会議でリーダーを決めたのでしょうが、リーダー七人（塩見孝也、田宮高麿、高原浩之、花園紀男、堂山道生、上野勝輝、八木健彦）のうち、京都にいる八木さんを除く六人がその五一五教室を拠点に活動していました。

上野さんは、東京や千葉の高校生たちを中心にRG（共産主義突撃隊）の最初の部隊をこの部屋で訓練・学習させていました。ひっきりなしに人が出入りし、内線電話もかかり、囲いカーテンの中から怒鳴

り合いが聞こえ、いびきも聞こえるにぎやかな五一五教室です。私たち現思研メンバーは、五一五教室に顔を出すけれど、基本は明大学館四階を拠点にしていました。私は書記局活動をして五一五教室にいることも多かったですが、私がいる時には内線電話はいつも私が取って対応していました。

ある日、いつものように騒がしい教室で、それぞれが仕事に集中していた時のことです。六月下旬だったと思います。内線電話が鳴り、私が受話器を取ると、「五一五教室だな」と確認したうえで、「全学連委員長の藤本は我々が預かったからな」と年配と思われるドスの効いた声でゆっくりそれだけ言うと電話は切れました。驚いて堂山さんに伝え、何だ何だ⁉と居合わせた人の間で大騒ぎになりました。

誘拐されたらしいことはわかりましたが、誰も見当がつかないのです。確かに私は「藤本は我々が預かったからな」と電話の相手から聴いたのです。この日の藤本さんの予定は、いつも書記局でスケジュール調整していたのでわかっていました。とにかく当時はオルグ合戦の毎日で、ブント内の人々への赤軍フラクションへのオルグがさかんでした。加えて、藤本さんは反帝全学連の委員長として、反戦・反安保・三里塚・沖縄闘争のための集会に招かれて、各地の大学に行ったりしていました。公安当局との緊張感も厳しかったころです。公安が学園内にスパイ活動で潜入し、学生たちが見つけて摘発、吊るし上げるケースもあったし、「カルチエラタン」のお茶の水攻防戦解放区作戦では、私服から警察手帳を取り上げ、機動隊から盾を奪ったとして、その盾が一時明大の学生会館に展示されていたこともあります。また、公安が人脈、コネを使ったり、金銭をちらつかせて学生たちにスパイを強要する手口も執拗に行われていました。そういう時代の中の闘いでした。

いっぽう、赤軍フラクはのちの「情況派」や「叛旗派」となる中大や三多摩反戦と鋭く対立しはじめていました。フラク指導部と書記局で藤本さんの対策会議をカーテン囲いの中で行いました。「情況派の奴らに拉致されたのか?」という意見と、「いや、情況派なら藤本なんて捕まえないだろう。彼は大衆バッターではあるが、フラクのリーダーの中心ではないことくらい、よっちゃん(松本礼二)や味岡らならわかるはずだ」「権力側の仕業か?」などと話し合いましたが、とにかく見当がつかないのです。

本気で殺される時代に入ったと一〇・八闘争で自覚しましたが、こうした攻撃的な仕掛けは、権力と組んだ右翼や、ヤクザにしかできないかもしれないともみんな考えました。中大の自治会の選挙や権力闘争では右翼が登場し、前田さんが刀で頭を切られたこともありました。中大支援で明治も協力し、右翼の年寄り含めて、学館そばの小さな神社の鳥居のそばで作戦会議をやっているのを私もレポして、報告したこともありました。本気で学生をつぶしに彼らは奔走し、とくに六七年の建国記念日施行をめぐり、右翼民族派の全国組織を立ち上げて、左派自治会と対決していた時代でした。

藤本さんは、そういう右翼に拉致されたのかもしれません。藤本さんと当日行動を共にしていたはずの明治のRさんを探して話をききました。Rさんの話では、Rさんと行動を共にし、その日の活動を終え、渋谷駅で藤本さんとは別れたというのです。藤本さんは、これから毎日新聞の記者の取材があるので、ハチ公前で待ち合わせていると言っていたというのです。毎日新聞社に問い合わせましたが、そういう予定がないとわかりました。それから情況派に実情を知らせず探り出すことはできないかなど、あれこれ議論されましたが、名案は浮かばず数日が過ぎました。

何日か経った日の午後だったと思います。五一五教室の内線電話に再び例の男の声で「藤本を返す。上野駅に行け」と言って、一方的に電話が切れました。この時も私が電話を取りました。同じ人間の声です。居合わせた人は少なく、それでも何らかの情報が再び入るのを待ちました。それから二〇分もしないうちに再び内線電話が鳴り、私が受話器を取ると藤本さんでした。弱々しい声で「今、上野駅にいる。迎えに来てくれ。何もない。履物を何か持ってきてほしい」とつぶやくように訴えました。「上野のどこ？　駅の何口？　上野駅は広いのよ」と言うと、「どこかわからん」と答えます。「わかった。じゃあこっちが探すから動かないで。履物を持ってすぐタクシーを飛ばせば、二〇分もかからないと思う。大丈夫？」ときくと、「ああ待ってる」と答えました。私は、もう一人居合わせた人と、その辺にあったサンダルをつかんで、すぐ上野駅にタクシーで向かいました。

上野駅のアメ横近くの出入口、お茶の水からタクシーで行くと一番近い位置にある駅前の人混みの隅に、藤本さんは両足を前に投げ出して、裸足で放心したように地面に座っていました。いつもの彼の白いYシャツと黒いズボン姿ですが、乱れていました。すぐに彼をタクシーに乗せて医科歯科大の五一五教室に戻りました。タクシーの中では何も聴かないようにしました。戻って、堂山さんらが「大丈夫か」と心配そうにねぎらいました。

藤本さんの話では、ハチ公前で、毎日新聞記者とカメラマンという男に誘導されて、黒塗りのキャデラックか何かに乗り込んだとのことです。後部座席に二人に挟まれるような形で乗り込み、他に運転手が一人。取材でどこかのレストランで話そうということだったが、少し走り出してから、エーテルか何かをかがされ、まったく意識を失ったそうです。その後、目覚めた時には台に寝かされていて、目の前をチカチカする光がくり返された以外、何も思い出せないと話しました。

「ＣＩＡかなあ、そんな映画を見たこともある」と誰かが言い。藤本さんも上半身裸になってみんなで詳しく背中、腕など探しましたが、異常は見当たりませんでした。堂山さんから「活動をやめろとか、情報提供しろとか言われなかったか？」と聞かれると、藤本さんは首を横に振り、「何も覚えていない」と言うばかりでした。「とにかく情況派の奴らじゃないみたいだな」と塩見さんも言い、何か釈然としないまま、藤本さんが無事に戻ったので、それ以上わからず解明のしようもありませんでした。

そのすぐ後に、藤本さんは関西にオルグ旅行に行き、「七・六事件」の当日に東京に戻り、事件を知って衝撃を受け、フラク活動を停止して「旅」に出てしまったのです。のちに、藤本さんと連絡がとれて再会し、活動はもうしないが、個人として協力すると、私のアラブ行きに協力してくれました。この再会のころ、「ぜひ見せたい映画がある」と誘われました。その時、私は彼の大学の下級生を連れていったので、彼は少し驚いていました。もう赤軍派の人に会いたくなかったのかもしれません。

その映画は、たしか加山雄三の出てくる、何かスパイを強要される人や、工作員が秘密をしゃべるよう強要される場面の出てくる映画（『弾痕』森谷司郎監督作品）でした。私は映画を観ながら、一年前の事件を思い出しました。あの時の藤本さんの「何も覚えていない」というのは、あまりに頑なな気がしたのですが、きっと屈辱的で辛い衝撃を受けたのだろうと、それ以上聴きませんでした。

またこの時、「おっさん、赤軍派なぜやめたんや」と彼の下級生から悪気なく話しかけられました。でも藤本さんは、この映画になぜ誘ったのかも、一年前の事件のことも話しませんでした。彼とはアラブへ出発するまで交流していましたが、この時、聴きかけた彼の話は、結局聴くことが出来ませんでした。この藤本拉致事件があってから、塩見さんも拉致されたりしないよう気をつける措置をとることにしましたが、何か対策がとられた記憶はありません。

私は全体のオルグ活動や、赤軍派結成などの赤軍フラクの活動をあまり知ろうとも思わなかったし、頼まれたことをやろうというスタンスは変わりありませんでしたので、知らないことも多いのです。夕方からは銀座のバーに出かけ、最終のメトロでお茶の水に戻り、右に行けば医科歯科大の赤軍フラクの拠点、左に行けば明大学館の仲間たちのところと、その日の集まりや要請に従って活動し、夜更けか明け方に、歩いて行ける下宿に戻って遠山さんとおしゃべりしながら休むといった具合です。午前中に起き、遠山さんはアルバイトや学館に、私もどちらかの活動拠点で昼は作業していました。こうした中で「七・六事件」が起こります。

七月五日までのこと

「赤軍」とか「党の軍隊」を主張してきた関西を中心としたグループは、「赤軍フラク」「赤軍派」などとブント指導部や、他の潮流の人から呼ばれるようになっていました。

このころ出獄した元ブント議長塩見孝也さんは、赤軍フラクの動きを批判し阻止をめざしています。急進的分派行動に対し、七月二日付のブント政治局通達「プロレタリア通信」は、仏議《さらぎ》長名で、赤軍フラクの分派行動に断固たる闘いを訴えた声明を発表しました。この中央の姿勢に、塩見さんら赤軍フラク指導部は強く反発し危機感を持ったのです。

さらに、赤軍フラクを主導している塩見さんらに対する、査問や除名などの処分が検討されているという話が入ってきました。赤軍フラクの思惑としては、ブント指導部を追放して、自分たちがその指導部に納まると考えていたのだと思います。自分たちからブントを出ていく考えも、組織的に分裂する考えもなく、ただ現代革命の本質的内容を理解できない指導部をつきあげ、退場を迫るといった考え以上ではなかったと思います。

東京では、赤軍フラクに協力的なのは、明大Ⅱ部社学同（現思研）、明大Ⅱ部メンバーを中心とした東京中部地区委員会、それに京大の上野さん、竹内陽一さん、大阪市大の上田育子さんらが組織した東部、大阪市大の森恒夫さんの千葉や、東京の九段高校をはじめとする高校生安保闘争委員会で活動してきた曲渕さん、川上さんら高校生たちがいましたが、まだ大学拠点に十分浸透していたわけではなかったと思います。

明大I部も、とりたてて赤軍フラクに結集していません。早大ブントも下級生の花園さんをリーダーの一人に据えたこともあってか、村田さんらは腰が引けたようです。関西のブント潮流では、赤軍フラクのやり方に批判はありつつも、武装闘争へと闘いを飛躍させることに賛成しているとの話でした。つまり、始動しはじめた赤軍フラクは、東京でも十分な基盤があったわけではありませんでした。

今から考えると、塩見指導部には、仏議長や渥美文夫、松本礼二ら先輩リーダーたちに対する不信感がありました。自分たちの「党の革命」の動きを、内容を問わず「組織問題」に矮小化し、除名策動で破壊するのではないかという疑心暗鬼がつのっていたのだと思います。「プロレタリア通信」がそれを更に決定的にしていました。ブント中央委員会でそのことが審議されると、関西から情報が入ったようでした。私も久しぶりに実家に帰った時、Uさんから電話があったとのことでした。Uさんは査問委員会の人です。自分たちの「正しさ」に固執し、相手に疑念、不審を持てば、精神的には不健全な考えが増殖していきます。赤軍フラク指導部は、やられる前に中央委員会方針を覆したいと多数派工作をしたのかもしれません。

そのために関西に影響力のある人々は、夜行列車や新幹線でオルグに行き、電話でオルグ活動をやっていました。私は明大II部の仲間たちと、頼まれた実務には積極的に協力していましたが、それ以上ではなく、どこの大学、高校が赤軍フラクなのかあまり知らないし、知らないことには関わりませんでした。夜の銀座のアルバイトを含めて、生活確保も多忙だったからです。

こうした活動の中、もう七月に入っていたと思います。学館にいた時、現思研の部屋に　高原さんが入ってきて、「おい、協力してほしいんや。どうも、近々、中央委員会が開かれるらしい。そこで塩見やわしらを査問、除名するらしい。何とかそれを阻止したいので、どこで中央委員会をやるか突きとめてほしい」との話です。明治大学近くの神保町にある戦旗社（ブントの事務所）ではやらないし、たぶん破防法で逮捕状の出ている仏議長も参加するから、東京なら大学のバリケードストライキ中のどこかの大学かな、と話していました。

そういわれても私たちには、誰が中央委員かもわからないし、難しい話です。現思研の何人かで話合って、やれるだけやってみようということになりました。それでまず、中大に探りにいくことになりました。中大の社学同仲間は、お互いのバリケードストを支え合って協力し、六月の神田カルチェラタン闘争でも協力しています。六七年学費闘争後、大学側にロックアウトされた時期には、明大社学同は中大学館にも泊まり込んでいました。

現思研の一人が「味さん（味岡修）いる?」と、中大のバリケードの中に入り、中大の友人たちと話をしてきた結果、中央委員会は開かれないし、友人たちも知らないという話がわかりました。その後、七月五日に友人をたずねて、現思研の仲間が和泉校舎を探ってくることを決めました。和泉校舎はちょうどバリケードストライキ中でしたが、仲間同士の社学同なので、バリケードの中も、もちろん自由に出入りできます。和泉校舎のリーダーの一人をたずねるのですから、苦もなく探ることができます。

このとき現思研の仲間は、仏議長とそのグループの岩崎さんらと出くわしたのです。彼らはいつも闘争になると、専修から駆け付ける友人たちです。佐藤秋雄さんによると「一九六九年七月五日午後九時、第一回学習会を明治大学和泉校舎でやることを呼び掛けた。翌六日には『共産主義者同盟全都協議会』であったが、『政治集会』開催が政治局通達『プロレタリア通信』で告知されていたからである。また、五

郵便はがき

お手数ですが
切手を
お貼りください

160-8571

東京都新宿区愛住町 22
第3山田ビル 4F

(株)太田出版
読者はがき係 行

お買い上げになった本のタイトル：

お名前		性別	男・女	年齢	歳

ご住所 〒

お電話

e-mail

ご職業
1. 会社員　2. マスコミ関係者
3. 学生　4. 自営業
5. アルバイト　6. 公務員
7. 無職　8. その他（　　　）

記入していただいた個人情報は、アンケート収集ほか、太田出版からお客様宛ての情報発信に使わせていただきます。

太田出版からの情報を希望されない方は以下にチェックを入れてください。

□ 太田出版からの情報を希望しない。

本書をお買い求めの書店

本書をお買い求めになったきっかけ

本書をお読みになってのご意見・ご感想をご記入ください。

＊ご投稿いただいた感想は、宣伝・広告の目的で使用させていただくことがございます。あらかじめご了承ください。
＊太田出版公式HP（http://www.ohtabooks.com/）でもご意見を募集しております。

日夜半としたのは、中部地区、西部地区、東西南部中部地区の労働者の参加のためである」と述べています（『はるかなる「かくめい」』岩崎司郎、彩流社。収録追悼文）。

現思研の仲間は、仏さんにも直接話を聞きいています。「仏議長とその仲間は見かけたが、彼らのグループの学習会か何かの集まりで、中央委員会の会議はないことが判明した」と伝えてきました。現思研の調査が役に立ったことを私たちは喜んでいました。それが七月五日です。

この報告を受けた塩見さんは、早速、中央委員会開催阻止の緊急行動を起こすべきだと主張しました。私たちは、和泉校舎で中央委員会会議はないことがわかったので、当然ほかを探すか、情報をもっと精査すると思っていました。

のちに赤軍派によると、「プロレタリア通信」で「赤軍派を物理的に解体すること、それを意志一致するための地区代表者会議と、社学同全国全都支部代表者の合同会議が、七月六日明大和泉校舎の学生会館で開く」と記されていたので、七月六日朝押しかけたというのですが、私の記憶ではちがっています。

そういう計画はあったかもしれませんが、現思研の仲間が仏さんのグループがたまたま和泉校舎で、フラク会議か学習会をやると聞いたことがきっかけだったと思います。私の主観的観察によれば、赤軍フラクの実践方針は、いつも塩見さんが強硬に主張し、それに反論、論争していたのは高原さんです。堂山さんは現実的な点についてのみ政策化し、花園さんは会議中眠っていて、結論が出たところで反対することもあり、上野さんは突撃隊育成にしか興味ないようでした。塩見さんに同調して「よし、それでいこう」と同意するのが田宮さんといった印象が傍にいた私の印象です。

「中央委員会か地区代表者会議はどこかで必ずやるはずだ。なくても、仏を説得して我々に対する除名はやらせないよう、保証させるべきだ」というのが塩見さんで、「とにかく、夜、最大動員をかけてみな集めてくれ。フラクの総力を結集しよう」ということになったわけです。当時、上野さんの下には高校生たち二〇人くらいがいました。

　私たちもフラクのこれからを決する会議だというので、知り合いに電話をかけたり、動員しました。現思研の仲間ばかりか私の友人たち、劇団や文化関係の友人も三人駆け付けてきましたが、恰好からひと目で「プチブル市民」たちとわかります。フラクのリーダーたちから、「誰だ、そんな人らを呼んだのは」と言われ、そんな人材はムリさせるなということで、帰ってもらいました。当時の私が、どんな風な政治的関わり方であったかをよく示していたと思います。

　七月五日の夜遅く、赤軍フラクの総会が始まりました。一〇〇人くらいいたと思います。塩見さんが全体を見回しながら、口角泡を飛ばして演説を始めました。私もこの日は銀座へのアルバイトから、まっすぐに五一五教室に行きました。演説はよく覚えていませんが、かなり悲壮な感じで、党の革命が成るか否かの分かれ目にいると主張し、中央派の無能で日和見、物事をわかってない仏議長云々と、渥美さんや仏さんらを激しく批判し、和泉校舎で赤軍フラクを粉砕しようと陰謀を企んでいると、決めつけていたように思います。こうした陰謀に抗議、阻止するために我々は総力を今結集すべきだ、と興奮してアジテーションしていました。

　当時の集会は、演説者がアジテーションを始めると、「異議なし！」とか、合いの手を入れて結束を固めます。この日も、みな意気盛んでした。演説の最後に、「諸君、我々は直ちに和泉校舎に乗り込んで、仏らに中央委員会の偏向した決定をやめさせよう！」と訴えました。

　私は、えっ?!　と少しあきれました。もう深夜なのです。交通機関はすでに終電を過ぎており、タクシーで杉並区の和泉校舎に乗り付けるのは膨大な出費です。はりきっている塩見さんにそれを伝え、今は休んで、朝一番の電車で行く方が合理的で出費も少ないので、必要なら一台くらいだけタクシーにしたらどうかと言いました。塩見さんは、うーんと考えて、「そうか、じゃあ朝、一番電車で行くことにしよう」と言い、みな床に転がって休んだのでした。

六九年七月六日の事件

七月六日の朝、目覚時計で早朝に起きたのですが、みな寝不足でそろって準備できず、一番電車に出遅れました。そのため、関西から夜行で駆け付けた同志社大の望月上史さんからの電話を、部隊出発前に受けることになりました。今東京駅に着いたところで、これからそちらに向かうという電話です。堂山さんが電話に出て話していました。そして、出発間際の私を呼び止めて、「もうすぐ望月らがここに来るからここに君は残ってくれ。彼を連れて和泉校舎の方に来てくれ」とのことです。私を残して、みんな出発しました。

東京駅から御茶ノ水駅まで来て、医科歯科大に着くのに三〇分くらい見れば十分なはずですが、望月さんはいっこうに現れません。「遅いなあ……」と待っていました。私はまだ党内対立の深刻さも理解できていず、今から考えると、ブントの牧歌的な和気あいあいのお茶の水周辺の大学の仲間たちと共同してきた分、敵対する展開には、実際の想像が伴わなかったのです。一時間近くも待ったのですが、望月さんは到着しません。私が考えたのは、何らかの理由で尾行され、公安当局にひっぱられてしまったのではないか……ということでした。気をもみながら、そこを離れるわけにもいきませんでした。

望月さんとは顔見知りです。三里塚現地闘争の帰り、京成電鉄と国電（当時：ＪＲの前身）の乗り継ぎの改札口で、彼らがトラブルになったのを助けたことがあります。前述したキセルと切符のやり取りです。

「また切符かなあ……」とも思いました。でも、この緊急時の上京には、そんなことで引っ掛かるようなことはありえないだろう……と思ったりしつつ、気が気ではありません。

そうしているうちに、電話が鳴りました。望月さんだと思って出ると、堂山さんでした。「望月さんまだ着きません。おかしいと思うんですけど……」と私が言うと、堂山さんは「そうか……。いや、今こっちが大変なことになっている。とにかく有り金を持ってすぐ来てくれ。機動隊に包囲されている。大学に乱入しそうなんだ。モチ（望月さんのニックネーム）のことは後でいいから、すぐ来てくれ」と言うではありませんか。

え、機動隊が?! ストライキのバリケード中の和泉校舎に、大学側が機動隊の出動要請をしたのか? よくわからないまま、とにかくまず有り金を持って、みんなが安全に退避する必要があるんだなと理解して、タクシーを飛ばして明大和泉校舎に向かいました。のちに分かることですが、私が五一五教室を出た後に、望月さんは物江克男さんと医科歯科大に到着し、そして偵察に来た中大グループに拉致されてしまったのです。

いっぽう私は、タクシーを降りて和泉校舎の構内に入ると、明大の学生も赤軍フラクの人たちも、各々持ち場について、機動隊包囲に対処しはじめているところでした。すぐに堂山さんが私を見つけて駆けつけてきたので、彼に有り金を渡しました。その時、「まずいことになった。仏さんをリンチしたので、この敵の包囲網の中、仏さんを逃がすことが出来るか……気になっている」と堂山さんが言うのです。「かなり怪我をさせた……」と。

「えっ?! 何故?!」と問うと、「自分たちリーダーが悪いんだが、昨夜の決起集会で塩見が反対派の腕の一本や二本折っても、断固、仏議長の赤軍フラク排除を自己批判させる！ とアジって、景気づけをやった。それを真に受けた高校生が、わしらが論争と糾弾を始めた時、本気で仏さんにムチャクチャ手を出した。無責任だが、わしらも止めるわけにもいかず、手を出さないと格好つかん、と手を出した……。とにかく安全に仏さんらを逃がさなくちゃ。彼には破防法の逮捕状まで出ている」というような弁解をしていました。このリーダーの発言は、のちに大谷行雄さん（当時高校生の責任者）が事実関係はそうではない、指導部に強いられたと反論しています（『情況』二〇二二年冬号）。状況を考えると、大谷さんの証言のほうが事実だろうと思います。

こんな大事なフラクの出発に、そんなはずみで議長を殴るなんて……。しかも自力で立てないほどに……。機動隊が構内に入るといって緊張し、人々が駆け回っている中での短い対話です。「何それ、そんなの革命じゃない！」と思わず言いながら、呆然として話を聞きました。その間、ほんの一、二分です。堂山さんは、私に「危険を避け裏門から医科歯科大の方に戻って、モチにも話し、全体の連絡中継を確立してくれ」と言うのです。よく理解できないまま、裏門へ向かいました。

校舎の裏門を出ると、広がる草原に、やぶカンゾウのだいだい色の花が一面に咲いていました。息を呑むほど美しい百合状の花が咲き乱れて、どこまでも続いています。その原っぱの細い道を、とぼとぼと、車道の方へと歩きました。「カクメイ」について考えていました。

もし私が仏議長に暴力をふるう現場を見ていたら、また傷ついた仏議長を見ていたら、迷うことなく赤軍フラクをやめたでしょう。短い立ち話で実感が湧かず自問しました。現思研に調査を依頼しておいて……。そんなことのために協力したんじゃない。なぜきのうまで一緒にやっていた人を殴るのか？「弱い者ほど暴力を使う」と、デモで対峙する機動隊に悪態をついてきたくせに、どうしたんだろう。何かおかしい。こんなの革命と関係ない。なんて幼稚な喧嘩なんだろう……。もう一緒にやってられないなあ……などと考えながら、原っぱを抜けて車道に出ました。

そして、タクシーを止めようとみると、ちょうど空のタクシーが走ってきたので手をあげて止めました。乗り込もうとしたその時です。「すみません。先に乗せてください。怪我人がいるので」と、後から走りこんできた人たちから声をかけられました。振り向くと、専修大の岩崎さんと慈恵医大の人ら三人でした。「何だ重信、お前か!」と岩崎さんが言い、睨みつけられました。彼らは仏さんのグループの人たちで、顔にも怪我をして、裸足の人もいます。一瞬、仕返しに殴られるかな……と思いました。とても恥ずかしくて言葉にならず、またこんな時、タクシー譲ってもいいかなと一瞬浮かび、身を離してタクシーを譲りました。

タクシーに乗り込んだ岩崎さんが「こんなの革命じゃないよな」とふり絞るように言いました。彼の眼には涙がこぼれそうでした。怒りと哀しみなのだと思いました。私は何と言っていいかわからず、同じ気持ちでしたが、何も言えませんでした。

車が走り出すと、岩崎さんの「こんなの革命じゃないよな」という言葉が頭から離れず、自分の考えていたことと重なり、たまらない気分でした。学館や現思研に来て仲良く話をしたり、冗談を言ったり、明大に助っ人に来たりした岩崎さんです。こうしてブントの仲間が一人づつ分かれていくのか……と、とても不可解・不合理な気持ちでした。とにかく次のタクシーを拾って医科歯科大に戻りました。

五一五教室には、すでに何人かの仲間、現思研の何人かも戻っていました。時々電話が入ります。塩見さんからも「いま駒場にいる。そっちは戻っても大丈夫か?」と電話が入りました。

「戻っても大丈夫か? とはどういうこと? ほかに場所があるんですか?」ときき返すと「中央派の奴らがうろついていないか?」と聞くのです。「大丈夫と思いますけど、レポで調査します」と答えました。

自分たちのこの城を明け渡すことなどありえないのに、他に避難場所も決めずに、何だかデタラメなことを言うなぁと、現思研の仲間と話しつつ、彼にお茶の水周辺をチェックしてもらうことにしました。

乱闘——七月六日の逆襲

レポに出た仲間が戻ってきて、「何も変な徴候はなかったけど……」と伝えてきました。その後、塩見さん他何人かから電話が入り「何の徴候もありません」と伝えました。こうして、徐々に人々が五一五教室へと戻り始めました。戻ったばかりの田宮さんと塩見さんは「仏議長が無事かどうか、堂山から聞いたらわかるかもしれない」などと案じて話していました。私も和泉校舎で何があったのか話を聞きたいところでした。そこに、くりかえしレポに出ていた現思研の仲間が「中大の連中を中心に、こちらに向かっている」と伝えてきました。

私がその情報を、五、六分前に戻ったばかりの塩見、田宮さんに伝えると、横で床に座って聴いていた花園さんが「奴らはまだわからないらしいな。一丁やってやろうか」と言って立ち上がろうとした時です。「わぁー!」という激しい声と共に、出入口にしている教室の廊下から向かって左の扉のところから、棒を持った連中が殴り込みをかけてきました。

私は廊下側窓近くの電話の前に座っていて、みんなを見回しました。一瞬、花園さんも田宮さんも呆気にとられて、塩見さんがすぐ真っ先に立ち上がったので、居合わせた二〇人位があわてて戦闘態勢をとりました。攻撃する側も、教室の扉は広くないので、教室に踏み入ると袋だたきにあうので、警戒している一瞬、一番先に立ち上がって反撃を開始したのは塩見さん。続いて現思研の仲間や花園さんたちです。「ロッカーを使え!」と塩見さんの激で、両方の出入口をロッカーで補強し防戦。現思研の仲間Jは、最初に棒で中大の連中を押し返した拍子にいなくなってしまいました。あとでわかったのですが、激しく突破してしまい、ふり向くと、攻撃者たちは夢中で教室のドアとガラス窓を破壊し、消火器を振り回しており、飛び出してきた現思研のJには、眼中にない状態だったので、そのまま逃げたそうです。そして、徐々に戻ってきつつある赤軍フラクの仲間に「上でゲバルトになっているから行くな」と警告しつつ、新しい避難態勢づくりに加わっていたようです。

いっぽう、五一五教室は激しい攻防が続いています。いつもの出入口中心にロッカーでバリケードを築いて塩見さんらが応戦し、もう一つの閉じていた出入口にも他の仲間がロッカーでバリケードを築き防戦中です。力にならない私は、とにかくかかってくる電話に、今襲撃されていることを伝えつつ、電話を確保しながら、窓からのゲバ棒をよけつつ、窓からの消火器の噴射集中攻撃で身体中泡というか、白濁の水だらけ。教室のコンクリートの床も、消火器の泡で水びたしです。何がなんだかわからないうちに、私も渦中に入り込み、これまで和泉校舎の惨状や、岩崎さんに会った時の私の反省はどこかへすっとんでしまい、「何を！」と、感情的な闘争心で一杯になっていました。

さっきまで、赤軍フラクの仏議長への加害に悄然としていた私なのに、何としてでも防衛戦を闘い抜かなければ！　という感情に支配されていきました。ここは大学であるばかりか、一階下は診療施設になっていて、きっと大学中があきれているに違いないのです。大音響の合戦に、大学側も介入するのではないか？　それまで持ちこたえるべきだと思いました。

ゲバ棒ばかりでなく、口撃戦でもあります。「何が赤軍だ。バカやろう」など、どちらも「革命がわかっていない奴ら、バカやろう」などとやりあいます。向こうはかなりの人数、四〇人くらいか、こちらは約半数です。とうとう、いつも出入口にしている方の塩見さん中心に応戦していたドアが破られ、どどっと襲撃者がなだれこんできました。

棒をふり回してそこら中、殴りつつ、一人また一人と外へ外へと、連れ出そうとします。押されて消火器の泡と水の中にすべって、転倒したのは私ばかりではなく、みんなもう一つのドアの隅につぶされたように押しやられました。こうなると攻撃組は棒を持って殴りかかり、一人ひとり連行して、攻撃者たちは勝利の追撃を激しく繰り返します。

追いつめられた塊りを剥がしながら、行動隊長らしく指揮しているのは「全中闘」の議長だった高橋さん。いつも中大学館で冗談を言ったり、できたての中大学館の和室でプロレスごっこをしていた連中です。「何だ！ 重信もいるのか！ ナンセンスだな」と大声で怒鳴っています。一人ひとり教室から連行され、外に座らされています。

「高橋クン」と当時は呼んでいたのですが、高橋クンが突然「お前はここに残れ！」と私に命令します。他は全員、外の廊下に連れ出されています。「何でよ⁉」私もやられた怒りとふてくされて睨み返しました。高橋クンは私の両肩を押さえつけて「お前はわかっていない！ ここにいろ！ 出たら殴られて、何されるかわかんないんだゾ」と言うので、余計腹が立ちました。彼から見たら、素人の何もわかっていない女が、いい気なもんだ、と思ったのだと思います。

「何よ！ 私、赤軍フラクよ！ 仲間と行動を共にする。どいてよ！」と怒鳴り返して出ていこうとすると、高橋クンはしつっこく止めました。ブント仲間としての友情と、多少の女性差別観が高橋クンにそうさせたのかもしれませんが、私は自らの不明を恥じつつ、今になると、とてもありがたい寛容さを実感しています。

高橋クンを振り切って教室の外の廊下に出ると、赤軍フラクの人間は床にしゃがまされ、まわりを襲撃部隊が包囲していました。明大で尊敬されていた先輩で、三多摩で生協活動に関わっているはずの中澤満正さんが襲撃組にいるので、びっくりしました。普段そんな行動をとる人ではないので、彼もバツが悪そうでした。赤軍フラクは殴られて、塩見さん、田宮さん、花園さんら、憮然として悔しそうです。みな泡と水びたしです。その中に数人、高校生の女性含めて、頭を割られて血だらけの人もいました。

中大のHさんが「重信、こいつのために東京に赤軍フラクがのさばるようになったんだ!」と言って、なぜか彼だけ持っていたゴルフのクラブで、腰のあたりに殴りかかろうとしました。でも高橋クンが止めてくれました。襲撃者たちは何か話をしています。私は頭を割られ、出血した数人の人たちが気になりました。これから襲撃者たちは何をする気なのでしょう? 捕獲した者たちを中大まで連行しようとするらしいのです。高橋クンから再び私に残れと言われて、私は塩見さんに「残れと言われてるけど、私はみんなと行動を共にするつもりです。でも、ここに何人もの負傷者がいるので、この人たちを下の診療所で治療してもらう必要がある。そのため、私が残った方がいいのなら残ります。他の人たちに連絡もあるし」と指示をもとめました。

塩見さんはそれどころでない風で、虚空を睨んだままです。田宮さんが「残った方がいい。重信さんは残れ」と言いました。私は高橋クンに「頭を割られた人たちは、私が治療に責任を持つから連れていかないで。私もここに残る」と言うと、彼は同意しました。そして襲撃者たちは、「いくぞ」とシュプレヒコールで気勢をあげ、ゲバ棒で塩見さんら十数人をとり囲むようにして五階から退室していきました。

私は急いで、三、四人いた怪我人を下の階の治療室に連れていきました。みな歩ける状態でした。治療費のこと、治療したら行くところがあるのか確認し、医師たちに預けると、急いで五一五教室に一人戻りました。医科歯科大では、大学の自治をみんなが闘いとって守ってきた結果でしょうか、大学関係者らは機動隊導入などの措置はとりませんでした。

私たちは、本当に恥ずかしい甘えの中で教室を勝手に使い、教室をゲバルト戦闘でメチャメチャに壊し、泡と水びたしにし、器物も破損してしまいました。教室を見渡すとひどい惨状です。大学関係者たちが、激しい戦闘をききつけて教室に来ましたが、私には何もたずねませんでした。教室の外に立って、何人かがじっと見つめています。クリーム色の長袖ブラウスと、緑と青の格子柄のパンタロンは水に濡れたままで、あちこち消火液の白い痕の状態で、髪も濡れています。一目瞭然の「ろうぜき者」グループの一員なのですが、あきれて批判したり責めたりする言葉すら見つからなかったのだろうと思います。

いっぽうの私は、もうこうなった以上、とことん赤軍フラクでやっていくしかないなぁと自分に言いきかせました。間違いだらけの出発。でも、大きな夢を実現する意志をもった人たちの集まり。この集団がやられて、弱い時に手を引くのは私らしくないと、いつもの「判官びいき」の癖が頭をもたげたのでした。「よし、塩見さんらを取り戻そう」そう思いました。そのためには何が必要か？　ロッカーを開けて、持てるだけのものを持ち出そうとしました。もはや道義的意味でも、この五一五教室に居すわり続けることはできません。この惨状、掃除もせずに出ていくのは心苦しいですが、一人でできることは、まず残った仲間たちと再会すること。そして中大グループと直談判して、仲間を取り戻すことだと感情を高ぶらせつつ、即断しました。

このとき電話が入り、仲間が三々五々、医科歯科大裏や神田明神の方に集まっていると、現思研の仲間が伝えてくれました。「私も探して合流するから」と電話に答えて、次の戦闘に必要なハンドマイクや山刀など、「突撃隊ＲＧ」が訓練で使っていたもの、必要なフラクの文献など、できるだけ持って五一五教室を後にしました。教室を見渡し一礼し、外に遠巻きに見ている何人かの職員にも一礼すると、エレベーターに乗って、医科歯科大学を後にしました。

あんなに慣れ親しんだ、この東京医科歯科大学。バリケード封鎖中に屋上にあがって、革命について夜通し星をみながら語り合った友人たち。また、四・二八闘争の出撃拠点として、一階の公衆電話の電話番号をつきとめて、外からのレポをそこで受けたりと活躍していた友人たちの大学であり、東大闘争やお茶の水・神田カルチェラタンと共同したこの大学と友人たち。でもこの日以来、あまりの自らの非礼に、この大学には、二度と立ち戻ることはできませんでした。

過ちからの出発

私は東京医科歯科大から、明大学館には行かず、本郷から神田明神の方角に避難しているはずの赤軍フラクの人たちを探しました。重い荷物とともに、濡れて肌にへばりつく服の不快さも忘れて、仲間を奪還しなければ、と怒りで気持ちは昂り、必死な思いでした。医科歯科大の裏の方で、みんなを探していると、私がもう来るころだろうと、現思研の仲間が道路に出て、待ってくれていました。和泉校舎から戻ってきたり、避難したみんなは、喫茶店に集まっていると言って、ハンドマイクなどを私の手から取って担いでくれ、そこに連れていってくれました。

堂山さん、高原さん他、三〇人くらいがいました。当時の喫茶店はうす暗く、しかもこの辺りでは、各大学の闘争が盛んなので、学生たちが大声で論争し、コーヒー一杯で何時間もねばって過ごす文化がありました。そのため、和泉校舎で仏議長らに暴力をふるい、機動隊包囲をのがれて、五一五教室の戦闘で拠点を失った焦燥感と緊張感の全員の顔ぶれと集団は、多少異様でしたが、「入店お断り」などはありません。

ほとんど寝ていないままだったのか、喫茶店の濃厚なクラシック音楽に、ソファーに背を預けて眼をつぶっている人、喫茶店備え付けの週刊誌をめくっている人、小声で話している人と、それぞれです。堂山さん、高原さんらのまわりでは、これからどうするかと話しているところでした。私は堂山さんたちに何があったか、どんな襲撃だったか、誰が拉致されたか、詳しく話しました。みんな集まってきて話を聞いています。これからどうするか、神奈川県で活動してきた堂山さんは東京を知らず、関西から来て東京を知らない高原さんも、名案がないようでした。

それでも、神奈川に伝手のある堂山さんが、まず神奈川県に撤退して善後策を考えようとしていました。私はすぐに奪還闘争をやるべきで、明大学館を拠点にすべきだと主張しました。中大とは目と鼻の先であり、明大生協やＭＬ派にも協力してもらえると力説しました。神奈川にいったん引いたら、分裂はそのままになり、東京の拠点も失うに違いないからです。繰り返し、強硬に私は主張しました。

明大Ⅱ部社学同の仲間たち、現思研の仲間たちは神奈川について知らないし、明大学館を中心に千代田地区、中部で地区党を作り始めた仲間もいるので、無責任に退去できないと言いました。しかし私を筆頭に、参加したばかりの現思研のような何もわかっていない人間が主張する考えは、採用されませんでした。明大生協には情況派系もいるし、ＭＬ派に頼るなどとは、まったく受け入れられないようでした。

討論は続き、あまりの時間を過ごしたので、喫茶店を替えることにしました。先頭に堂山さん、続いて何人もの仲間が足取りも重く、一列に並んで次の適当な喫茶店を探してさまよう姿。それは何か映画の一場面みたいで、おかしな景色だなあと思いながら、私もその中の一員でした。

新しい喫茶店には、シルビー・バルタンの「悲しみの兵士」とメリー・ホプキンの「悲しき天使」のレコードが繰り返し流れていました。コーヒーかレモネードなど、それぞれが注文して、再び対策を討議します。私は繰り返し東京拠点化を主張しました。そしてその合間に、フラクのリーダーや仲間たちも、あちこちに電話しては仲間の安否を確認したり、「仏さんが無事に逃げられただろうか……」と気にしています。私も明大学館に電話し、生協の友人に（私は遠山さんと生協学生理事をやっていたので）ブントの内部対立のため、今後、ビラ、パンフを印刷することになるので協力してくれと要請し、Sさんから了解も得ました。

明大昼間部中執を中心とする神田、和泉校舎の社学同は、中心であった米田隆介さんが、東大安田講堂に社学同隊長として立て籠もって逮捕されていました。それもあって、特に関西派や情況派に参加することなく、中央の執行部の指揮に従っていたのです。みんな、そうした中で、党内の矛盾を真剣に考えようと討議しはじめたところに「七・六事件」が起こったのです。赤軍フラクの過ち、勇み足によって「仏議長をリンチした」ということは、赤軍フラクに対する批判と非難、離反になっていくのは目に見えていました。そのうえ神奈川に退去すれば、明大昼間部社学同と討議したり、オルグできる条件を失い、中大にいる塩見さんらの奪還闘争を行う機会を失うことになります。

何軒かの喫茶店を巡りながら、結局、ブントの神奈川県委員会の牧野一樹さんが、関東学院大学全共闘と話をつけたので、そこに退去するということに決まりました。東京へのオルグや反撃は、関東学院大学を拠点に再建するというのです。私たちのような「素人」にはわからないことも多くあるし、党内政治論争にも疎い私などをあてにすることは考えられないのもわかります。結局、三々五々、これから関東学院大へと向かうことになりました。

私たち現思研は、厳しい条件に立たされます。夜間大学に通っていて、昼間は働いているので、「職業革命家」のまねはできません。それでも、アルバイト稼業の私や、何人かはついていくこともできます。

私は銀座のバーに電話して、休みを伝えましたが、「辞めないでほしい。時間は調整したらいいから、いつでも来て」とママに言われて、活動費も必要だし、続けると約束しました。他のバイトより何倍も実入りが多かったためです。

こうして喫茶店で対策をたてているうちに、二つのことがわかりました。一つは、仏さんが官憲に逮捕されたかもしれないこと。リーダーたちの話では、朝は明大の隣りの寺院の墓地から侵入して学館に入ったこと。自分たちの責任だが、仏さんに自己批判を迫ったがはねつけられ、暴力を過剰にふるったため仏さんは一人で動けるような状態ではなくなっていたこと。官憲に議長を奪われてはならないと、堂山さんが同志社と関西の大学、現思研の数人の仲間たちに、仏さんを護衛し安全に逃れるよう頼んだとのことです。仏さんの側近の同志に、私から届いたお金を多めに渡して依頼し、墓地の方に誘導して脱出を試みたとのことです。

ところが仏さんが「このままでは、みんな捕まる。自分は自分のために同志が逮捕されるのは、決して望まない。自分を置いていくように」と、同志社らの仲間に断固として説得したというのです。なんと立派な人ではないか。それで、さらぎ派の人たちに、仏さんを護って逃げ切ってくれと託して、同志社らの仲間は別れたという報告です。結局、仏さんは自派の仲間たちをも逮捕させまいと、身内にも逃げるように指示し、毅然と独り逮捕に甘んじたに違いないとの話でした。

もし逮捕が事実なら、これまで赤軍フラクが「党の革命」を主張してきた正義性は、一挙に喪失するに違いありません。また、その誤った行動の結果、中大グループに塩見さんらを奪われたのです。残された堂山、高原さんらリーダーは、どんな思いだったでしょう。

もう一つわかったことは、五一五教室で襲撃を受け、拉致された田宮さんが、無事に逃げ切って、御茶ノ水駅から近くの、歩いて行ける私と遠山さんの借りていた下宿に潜伏したという知らせです。田宮さんは、マスコミ反戦の関連の会議の団交での暴力か何かの理由を捏造され、逮捕状が出されていたか「保釈逃亡」中であったので、公なところに顔を出せない状態だったのです。学館に泊まる私と遠山さんの下宿を空いている時には、寝床のない友人たちに、時々、使わせてくれと言われて、どうぞと気軽に貸していたせいで、田宮さんも下宿を知っていたのでしょう。

それから全員が神奈川に行くことになり、私が下宿に寄って、田宮さんを連れていくことになりました。田宮さんは濡れたままの状態だということでした。みんなと別れて私が下宿に戻ると、そこに田宮さんがいました。

田宮さんの話によると、五一五教室で私と別れてから、中大の連中は、両側の腕をとってスクラムを組むデモを偽装しながら、中大へと連行しようとしたそうです。お茶の水橋を渡り、人通りの多い国電御茶ノ水駅出入口に来るところで、田宮さんは意を決して暴れて両腕をふりほどき、集団を抜け、交番の横の道をまっすぐ駆け抜ければ私たちの下宿のそばに出るので、走りに走ったそうです。

「あぁ、俺は何というミスをしたんだ！　あの時、みんなに大声で『逃げろ！』と騒げばよかったんだ。塩見も花園もガックリきていて、もう一度抵抗することを忘れていたはずなんだ。ひと言『逃げろ！』と言ったら、みんな我に返って逃げることができたはずだ。ちょうど、駅前にも交番があったし、中大の奴らもビビッたはずなんだ……」と、自分だけ逃げ切ったことを悔しがっていました。着るものがないので、私のGパンをつんつるてんに着て、ちょっと遠いけど、逮捕されても困るので、タクシーを拾って、金沢八景の関東学院へと向かいました。

このように七月六日、私たち赤軍フラクは傲慢な正義を振りかざし、その「はずみ」で破防法攻撃下のブント議長をリンチしたばかりか、逮捕させました。その後襲撃されたことで、あたかも自分たちの過ちが相対化されたように、仕返しを容認していく心境になっていました。そして、世界的な革命の質を日本に生み出すべく、「党の革命」は何としてもやりとげる必要があるのだと、みんな、そんな風に自己納得させて覚悟を決めたのだと思います。闘うこと、武装闘争の実現によって、この負債に責任を負うのだ。本気で戦うブントは我々しかいないと、各々、敗北と過ちからの再出発を正当化していたのだと思います。

私も覚悟は決めていました。あの時、喫茶店で、現思研の下級生に「先生になる夢はどうする?」と聞かれて、「この革命の決着をつけてから、必ず学校の先生になる」と答えました。そして私は、そのつもりのままに、現在に至ってしまったわけです。私は「七・六事件」でブントが分岐分裂していく人脈的な違いや流れは、多少は理解しました。でもブントの路線で、共にやれないほどの違いだったのか? 本当のところ、マル戦派、情況派や叛旗派、さらぎ派、中央派、関西地区など、路線がどれほど違うのか、私は理解していたわけではありませんでした。

「破防法の逮捕状の出ていた仏ブント議長逮捕さる」の新聞記事は当日か翌日か、載った記憶があります。赤軍フラクが仏さんらリーダーに対して自己批判を迫り、糾弾の中で党内ルールをはずれて暴力的に行動し、捕まらせたことは弁明の余地はなく、赤軍フラクに責任がありました。

赤軍派は大きな構想を描きつつも、その始まりで、出発の方向を誤ったのです。今からとらえれば、ブント自身が「党」といいながらも、学生運動の大衆闘争機関の指導部でしかなかったと思います。そして中核派など、新左翼党派と競合しながら、それがブント内に反映し、路線も組織論も近視眼的な矛盾に規定され対立に至っていったと思います。やり方が違っても、共同する条件と方法はあったと思いますが、当時の未熟さでは、分裂は必然だったとも言えます。

だとしても、党内に自分たちの要求を通すために暴力をふるうというやり方は、中大グループもそうですが、赤軍派がブントに持ち込んだ誤りであったこと、後のブントの分解の原因となったこと、また「連合赤軍事件」にも影響を与えたことは事実です。七月六日の赤軍派の振る舞いを、使命感で正当化したことは、以降の赤軍派自身の闘い方のごう慢、未熟な英雄主義を伴う闘いの出発点となってしまったのです。暴力革命に対する神秘化と肯定が、武装闘争を闘いたいという欲望を論理化し正当化したのです。「七・六事件」というその事実を直視し、もはや半世紀近い前の事件ではありますが、まず、共に闘ったかつての友人たちに、当時の赤軍派の一員として謝罪しておきたいと思います。

〈注記〉
つい最近知ったことですが、当時ブントの反戦青年委員会世話人だった佐藤秋雄さんは、次のように記しています。「一九六九年七月二日のブント政治局通達なるものは、誰一人とも相談なく、渥美文夫個人の文章である」(佐藤秋雄著『ブント――その経験の断面』より)。仏議長・松本礼二・佐藤秋雄氏らとは一切連絡をとらず、出獄後、渥美さんが独断で書いたというのが、佐藤さんの示している事実です。

第十二章　共産主義者同盟赤軍派結成

女で上等！

六九年「七・六事件」を経て赤軍派フラクの者たちは、ひとまず神奈川県の関東学院大学に拠点を移すことになりました。

現思研の明大学館四階の電話を中継点としながら、分散していた者たちが関東学院大学へと集って来ました。関東学院大学では、ちょうど全共闘が結成され、バリケードストライキに入っており、ブント神奈川県委員会の堂山さん、牧野さんらが全共闘の友人たちを説得して、関東学院大学の講堂を使わせてもらうことになりました。

七月六日、私が田宮さんと関東学院大学の門前にタクシーで到着すると、六八年マル戦派としてブントから分かれた成島忠夫元全学連副委員長が校内から出てくるところに鉢合わせました。ブントから追放されたはずの成島元副委員長は、人の良い情熱家として知られていましたが「君たちも大変だな。うちの仲間にもよく言っとくよ」と同情してくれました。田宮さんの話では、関東学院大学の三浦俊一全共闘議長は、ブント・マル戦派の人で、生協にもマル戦派系の人たちが居るとのことでした。

関東学院大学の門からすぐの講堂に入り、講堂の側面の二階の部屋を書記局の部屋としました。二階から見おろす講堂には仲間たちが宿泊出来るように、全共闘の人たちが布団を貸してくれました。

とにかく、まず食べる条件を整えなければなりません。全共闘議長が話をつけてくれて、生協の職員の人たちに牧野さんと私で交渉しました。まず、お米と、それと炊事できる条件がほしいと。米などの材料費は支払うので、協力してくれるように頼みました。この人たちが、マル戦派系の人だったのか、快く大きな炊飯器などを使わせてくれた上に、食事作りに協力してくれました。

みんな、お金もないし、お腹がすいているので、塩むすびの握り飯を掌が熱いのを我慢しながら、現思研仲間が中心になっていっぱい作りました。生協の人がみそ汁を無料で用意してくれて、とにかく初日は、みんなで腹一杯食べて、寝ることが第一でした。「七・六事件」で、みんな精神的にも、とても疲れていました。

リーダーたち――堂山、高原、上野、田宮さんらに加えて、関西から八木健彦さんが加わりました。予想外の展開にどう対処すべきかと語り合い、まとまらないようです。フラクの百人近くのメンバーは、リーダーたちの話合いの結論を待ちながら待機し、みんな一緒に進むつもりでいました。

労働者で、献身的にボーナスも給料もささげてきた赤軍フラクを信奉していた日浅さんも、中部の反戦の仲間と共に、関東学院大学に結集していました。「七・六事件」で先頭をきったと言われた高校生たちも待機しています。現思研の仲間も何人か集まっています。他にも、知らない学生や神奈川の人、関西から田宮さんがオルグしてきた高校生たちも居ました。

どういう方針を確立したか、詳しくは覚えていないのですが、まず第一に、これまで「赤軍フラク」として目指してきた政治路線の堅持、第二に塩見さんら、拉致された仲間の奪還と反撃です。そのために田宮さんは、関西の友人オルグ、事情説明とカンパなど財政確保を、堂山さんは部隊を率いてマイクロバスで移動しつつ、武装宣伝戦として反撃を開始し、ビラづくりとオルグなど、それぞれが分担して、講堂に集まっている仲間たちに伝え、意志一致を図りました。あとで考えると、この関東学院大学における反撃の闘いは一週間か一〇日ほどで、そんなに長いものではなかったと思います。

七月八日から、マイクロバスで都心へ出動した赤軍フラク部隊は、武装宣伝隊という位置づけで、ビラ撒きなどを各大学で行っていました。一度は戦旗社を攻撃したとも聞きました。

私は明大の仲間と連携し、中大の様子を探ったり、カンパ集め、資金調達に走りまわり、夕方には銀座のバーにも出勤しました。バーのママは、私の事情を話しているので、気使って日給も倍近くにしてくれました。それでも、みんなが食べていく分のお金は、十分ではありません。

夜、銀座のバーを出て、品川から京浜急行に乗って、関東学院大学へ夜中の一時から二時前に戻る日々でした。なぜなら、品川から京浜急行の最終便にとび乗るのですが、それは一つ手前駅までしか行かないため、そこから一駅歩くからなのです。星のきれいな夜道を見上げて一人歩きながら、こんな生き方は、私の予定にはなかった。だけど、何かを生みだす台頭の苦しみの中に仲間と共に在るのだ、悪くないじゃないかと思っていました。ときどき現思研の仲間が、最終駅に迎えに来てくれて、ひと駅を革命の夢を語り合い、革命のあとには小学校か中学校の先生になること、教生の実習の時の楽しかった日々を語りながら歩きました。

そのころ、上京した京都大学の吉國さんが、中央派に拉致されて、明大の本校に連れこまれたという話もありました。あちこちで、不毛な拉致合戦がありました。銀座のバーのママも、いつも気遣ってくれて、私が拉致されないようにと、私の反対派が待ち伏せして来るのを心配している程でした。

私はこの関東学院大学の活動の合間に、バーへアルバイトに行き続けました。

当時の左翼運動の世界は、観念的には革命理論に基づいて共産主義的な人間関係を描いていました。でも、実際の身の周りの人と人との関係において、それが適用されているとは言えませんでした。ことに女性に対しての考え方は、一般社会と大して変わらないものだったと思います。革命的な主体は男で、女性はそれを有効にサポートすることが求められていたと思います。

赤軍フラクの男性たちは比較的真面目で、禁欲的な革命をめざす者たちだったといえます。しかし無自覚の差別主義者で「女は軍には入れない」と、女性を能力的にはあまり認めず、また女性をオルグする考えもなかったようです。女性といえば各大学の学生運動やその人脈の中から、私のように参加する少ない人々が加わっていました。これは赤軍派に限らず、ブント全体の傾向でもあったと思います。それでも七・六事件前は、何人も地区反戦の女性や、大学、高校の女性がいましたが、「七・六事件」後は、高校生の男女は多数残りましたが、地区反戦の女性はほとんどいなくなりました。

また、この「男社会」はかなりの学歴主義で、学閥的で家父長的な上下関係の傾向がありました。つまりエリート大学の先輩後輩意識が強く「同志的絆」は、それを軸に育くまれていました。私はどの大学の先輩・後輩であれ、学歴に関係なく、その人の人間性や気性が合うかどうかのつながりを作る方です。そんな私から見ていると、ブント時代から自己主張の強い者がリーダーになるのだなあと、中心的なカードル（幹部活動家）たちを眺めていました。

もっとも、ブント・社学同のリーダーたちの多くは、倫理的で禁欲的ともいえるモラルの持ち主で、女性の対等、平等を心掛けていました。でもその根っこは、無自覚な男性中心思想の持ち主たちなのです。ことに「軍事」になると、女性は前提から排除され男社会そのものです。それは、日本社会の女性蔑視の縮図のようでした。

そんな左翼社会ですが、普通の会社で正社員として働いてきた私には、会社の研修で求められたしきたりの中にある「女性らしさ」の鋳型を捨てて「自分らしさ」で生きていいのだと教えてくれた点で、十分に解放感がありました。「女のくせに」という男たちの本音が時として露わになると「私は女、それが何か?」「女で上等!」と開き直って共同していました。男も女も前提と結果はそうでも、その大前提として、人として革命に向けた能力に応じて働き、それを認め合う関係でありたい、そういう人々と革命を共にしたいと考えてきました。そういう人々と出会うことが出来るのが、左翼世界でした。とくに現思研は、そういう人格同士で出会う仲間たちで、自分の能力や限界を自覚し合って協力しあいながら活動してきました。私自身は父の影響もあって、自分の生き方はまちがいがあってもいいから、自分の納得のいく、思い通りの道を進むことだといつも考えていました。

父は「何もせず、ああすれば良かった。こうすれば良かったと悩むより、自分が正しいと思う通りに行動した方が良い。失敗したらそこから学べるし自分を鍛えられるから」と私たち子供たちに教えました。それは多分、父自身の生き方の総括だったろうと、私は大人になって思い至ったものです。

今から考えれば、時代の国際的高揚に応えるのだという熱い、けれども自惚れた使命感に誰もが情熱を燃やしていて、それが理性と共存していたのだと思います。ことに「七・六事件」後は、「自分たちは何者で、何のために闘うのか?」という原点を常に見詰めていました。それは、私ばかりではなく、指導部もまた、一般メンバーも同じだったと思います。

いっぽう、拉致された仲間たちは、どんな情況下にあったのでしょうか? かれらは中大ブントの人たちから、リンチを受けました。「さらぎ議長をリンチして殺しただろう!」と殴られ、泣きながら糾弾する人もいたそうです。こうした一連の暴力で望月さんは右腕が折れたのか、使えない状態だったとのことです。

当時の中大はバリケードストライキ中で、拉致された者たち十数人は殴られ、自己批判を求められ続けました。「四号館に閉じこめられ、その後、後手に縛られ、地下道を通って二号館に移され、殴られ、自己批判をして釈放された」との記述を何かで読みましたが、塩見さんに対する暴力は、花園さんが「まず俺を殴れ！」と身体を張ってかばい続けたと、のちに塩見さんに聞いたことがあります。中大グループリーダーの味岡さんが来てからは暴力は止んで、論争、話し合いへと移ったようです。

「七・六事件」で一呼吸したころ、関東学院大学の講堂の二階に陣取っていた田宮さんら指導部の書記局室に、中大から電話が入るようになりました。これは、田宮さんらと塩見夫人の間で、拉致された塩見さんの情報を得ることから始まっていました。塩見夫人が生まれて間もない長男を連れて中大に乗り込み、塩見さんと面会出来るようになっていました。その後、中大側の許可を得て、塩見さんから関東学院大学の田宮、高原、堂山さんらに電話が入り、討議するようになりました。奪還、脱走計画も密かに考えられていました。

中大側は、医科歯科大学五一五教室から拉致した赤軍フラクの者の内、塩見、花園さんを除いて、すでに自己批判書を書かせた上で釈放していて、それ以前に関西から上京したところを拉致された、望月さんと物江さんを合わせた四人のみが監禁されていることも判りました。仏議長が逮捕されたことを知った花園さんが、自分たちの一線を越えた革命に対する犯罪的行為に対し、自己批判を主張し、塩見さんを説得しつつ真摯に自己批判書を記したようです。

そこで、拉致した中大側とブント中央の仏さんに代わって、イニシアティブをとっていた書記長の渥美文夫さんとが話し合ったのか、赤軍フラクに今も加わっている一〇〇余人が武装解除し、自己批判書を書けば四人を釈放するという条件を表明したようです。この辺の話は「また聞き」と推測で、実際のことは分かりません。

中大と関東学院大学の間に奇妙なホットラインが開かれ、塩見さん側と田宮さん側とで話し合いが続きました。塩見さんは「自己批判して赤軍フラクを解散し、ブントに戻る」という立場に転じて、それを主張していました。それは拉致された条件下でのマヌーバーかも知れませんが、それを塩見さんは関東学院大学にいる指導部に説得し続けていました。

しまいには中大グループも動かして、中大拉致グループの同伴監視のもとで、塩見さんらと田宮、堂山さんら両者の直接討議が、上野などで二度行われました。現思研の仲間も、田宮さんらの防衛隊として動員され「何だかヤクザ映画の交渉のように、物騒な物も腹に差して持って行く話もあった」と苦笑していました。なぜなら、この話し合い前まで、関東学院大学からは出撃しては、神田地区へとゲバルトで戦旗社を襲っていたりしていたからです。一方で討議交渉、一方で巻き返し作戦を関東学院大学から行っていたわけです。

また、このころ最初の赤軍フラクの会議に参加していた京大の竹内陽一さんや大阪市大の上田育子さんが関東学院大学に来て、今後一緒にやるか否かを論争しています。結局「七・六事件」、軍事一辺倒の前段階蜂起路線を批判し、一緒にやらないと宣言して去って行きました。

東大医学部社学同で活動していた小西隆裕さんも、関東学院大学に乗り込んで来ました。小西さんは、「七・六事件」の分裂騒ぎを知り、中大バリケードの中にも乗り込んで、中大側に要求して塩見さんにも会ってきたとのことです。そして赤軍フラクの意見が聞きたいと言い、みんなと話した上で、「わかった、じゃ東大の友人をかき集めてみるよ」と言って帰って行きました。七月六日前後に防衛庁突入で逮捕されていた中大の前田さんも保釈されてブントの分裂の危機を知り、社学同の委員長に推されながら、何とか塩見らを解放しようと動いていたようです。

中大に拉致された塩見さんの主張に対し、田宮、高原、堂山、上野さんらは、それを巡って討論していました。私は傍らで聞いていましたが、四人は塩見さんの意見にあまり賛成ではないようでした。ブント中央はフラクの組織ばかりか路線の解体を狙っているのに、塩見は甘い。マヌーバーだとしても塩見のいうような自己批判しても、査問や除名は免れないだろうと考えていました。

上野さんは路線の実現に向けて、もっと明確に別党へと進むべきだと主張していました。堂山さんと高原さんが、「上野は簡単に別党、別党と言うけれど、塩見をさし置いて、そうもいかんだろう。我々だけでやっていけるのか」などと深刻な顔で話していました。そのうち、京都の八木さんを入れて今後どうするか、塩見さんとも話し合ったようです。塩見さんは、とにかく自己批判して出直すという考えです。ある日、みんなを集めて、「七・六事件」後の闘いが消耗戦になってしまったこと、仏議長逮捕の責任もあり、もう一度態勢を建て直すため、一旦関西へ赤軍フラクとしては退却する、と表明しました。

フラクのメンバーは、この講堂に待機していても、食糧などで負担になってはと、東京出身の学生はアルバイトに行ったり、オルグ先でカンパを調達したりと、百人近くいた人々も散っていました。関西や東京の高校生たちが、関東学院大学に数十人残っているばかりでした。

現思研の仲間たちとも話し合いました。「我々は労働者だから勝手に関西まで行けない。職場の組合に責任がある」と一人がいうと、他の人たちも職場での社会性を捨てて賭けるのに、どこに展望があるのかが見出せないという人がほとんどでした。どちらにしても、活動の場は首都圏になるのだから、私は関西がどうなっているか見てくる。みんなは自分の生活と現場を中心に、選んでほしいと言いました。そして明治大学学館四階の現思研を連絡中継として、今後に備えてほしいと頼みました。こうして、「七・六事件」以降の消耗戦を脱却することになったのです。

私は銀座のバーを辞めて、関西に発つことをバーのママに申し出て、餞別も受け取って、バーのみんなと別れました。このバーは、いわゆる社用族は来ず、長年のママの人脈で築いた「名士」たち、会社の社長や華道の家元などが常連でした。銀座で社用を済ませた後に、アットホームな息抜きに寄るような小さなバーです。

ここでも、私は学生運動をしていることを話しています。顔見知りになると「実は娘が学生運動に首を突っ込み始めた」と相談する人もいました。私は、それがいかに正当な生き方であるかと力説したり、国鉄や日通のトップには「全学連には困ったもんだ」と言われながら、論じあったりいなしたり、結構楽しんでいました。どんなに社会的地位がある人でも、こういうところは肩書ではなく、その人の裸の姿がよく見え、その幼さや傲慢さや、あるいは気の弱さや愚痴など、人間をよく知る機会でもありました。人間は誰も、大したものじゃない。みなぼちぼち似たり寄ったりだと、自分を含めて納得したものです。ママとその親族の家族的な雰囲気の中で、気楽に働くことが出来て、感謝して別れました。私が海外に出てから公安やマスコミに付きまとわれても、ママはいつも良いことばかり語ってくれたのを、後に知りました。

この時から、バーのアルバイトばかりか、私は大学の活動とも離れて、党活動の専従のように手さぐりで活動に集中するようになりました。

関西への退却

当時七月の何日に、関西への退却を決めて行動を起こしたのか、手持ちのわずかな記録、資料からは目まぐるしい日々を知ることが出来ません。多分、「七・六事件」から一週間か十日後ぐらいだったろうと思います。七月二三日には、社学同全国大会が明治大学生田校舎で開かれおり、それより前のことです。

私は、堂山、田宮、高原さんらと、横浜から夜行列車で関西へと向かいました。他にも一〇人以上居たと思います。財政難からみんな寝台車ではなく、座席に座っていくもので、東京から地方に出たことのない私は、とにかくみんなについて行くだけでした。大阪に着くと地下鉄に乗って動物園前だったか、みんなについて降りて地上に上がると、そこは桃山学院大学の前でした。そのまま、みんなで桃山学院大のバリケードの中に入りました。門を入ってすぐに日本家屋があり、そこを使い、また、バリケードの中の教室を使って宿泊体制を整えました。

明治大学のバリケードの学内と似ていますが、大学は明治ほど大きくなくて、大きな学生の立て看板に負けない位の「教授会有志」の立て看板が目につきました。教授会有志が団交を要求し、また学生側に話し合いを求めている内容なのです。この大学には、山田宗睦や小田実もいて、学生に共闘を申し込んできて、うっとうしいんだと話していました。そんな教授がいるのは、私は素晴らしいじゃないかと思いました。明大だって、橋川文三先生や田口富久治先生ら何人かの先生は、学生の側にたって、自主講座にも来てくれたのを思い出しつつ、未知の地の大学仲間にブント・赤軍フラクの人が居たのを頼もしく思いました。

みんな、これまでの先輩後輩や、人脈的つながりで場所を提供してくれて、赤軍フラクの武装闘争・世界党建設に好奇心と夢をもって迎えてくれました。米バークレー校の反戦集会の話をしてくれる山口教授もいました。帰国して桃山学院大学に就職して初登校した時、ヒッピー風な格好だったため、守衛に校舎から追い出されそうになったと笑いながら話し、学生にカンパをしていました。これからどんな生活が始まるのだろうと、数人の現思研の仲間や「七・六事件」後に友人となった関西の仲間たちと、楽しい夢――多くは、東京と関西の大学の闘いの話と、国際主義のチェ・ゲバラの話など――を語りあったものです。

翌々日頃だったでしょうか。みんな集まるように指示されて、一つの教室に入りました。一〇〇人位居たでしょうか、もっと多かったかも知れません。今日は、大事な決定があるというので、上野さんが「共産主義突撃隊」として訓練してきた東京から来た高校生たちは、「我々の党を作るんじゃないか?」などと顔を輝かせています。革命的な戦いに「待った」をかけているのが、ブント党中央だという風に、彼らは考えているようでした。

田宮、高原、堂山、上野、それに京都に戻っていた八木さんの五人が前方に並び、まず田宮さんが演説を始めました。一同、当初は耳を疑い、意図が理解出来ませんでした。田宮さんのあとに高原、堂山、上野さんが次々と、「七・六事件」の自己批判――仏議長を権力に逮捕させてしまったこと、加えて塩見さんらを中大に拉致されたままにあること、そのような事態を引き起こした責任を自己批判し、自分たちは指導する資格は無いので、今日を限り辞任する、と言うのです。

みんなの元を去るけれども、願わくば秋の蜂起には一兵士として再度励み、一人でも多くの仲間をつれて、みんなに合流したい。それまでは、自分たちは、フラク活動からは一切手を引き、みんなと別れて別個に進む。君たちは今すぐから、新しい指導部のもとに戦いを継続発展させてほしい。そういった内容を真剣に一言ずつ絞り出すようにそれぞれが訴えました。

顔は苦渋に満ち、秋の蜂起には一兵士として合流するつもりだと言ったのは上野さんでしたが、涙をこらえる声が震えていました。代わって八木さんが演説し、となりに関西大学の和田さんが並びました。新しい指導部として、これから秋の蜂起を目指し、ブントの「国際主義と組織された暴力」を世界革命戦争へと発展させ、世界党・世界赤軍・世界革命戦争を実現する主体として登場する云々と、八木さんがかなり抽象的な話をしました。

これからどうなるのか？　ブントに自己批判して戻り、フラク活動を解消するのか？　それとも、別党で進むのか？　塩見さんら中大に拉致された仲間の奪還はどうなるのか？　皆目わからないままに会議終了とのことでした。

関西に当初からいた人たちが、東京から戻った指導部に自己批判を求めたのか？　それとも、彼らが自ら身を引いてしまったのか？　指導部は今後誰になるのか？　とくに、東京から初めて関西に連なって来た私たち東京出身の者たちには、衝撃でした。

横浜から大阪への夜行列車に、私の隣に座っていた高原さんは、前に座る堂山、田宮さんと夜通し雑談しながら「オイ、関西に着いたら新開さんやっちゃおうか?!　あ、『新開さん』と、さん付けにしている間はやれんな」とか「右の足は中央派に殴られ、左の足は中大にやられるか、関地区（関西ブントのこと）にやられるか……。痛いだろうなあ」などと冗談を言いながら関西に来たのです。

堂山さんと田宮さんはもっと深刻そうでしたが、その時には指導部を降りるという話は、私たちの前ではしませんでした。しかし、来るべきブント中央委員会と第九回ブント大会に向けて、自分たちが身を引くことで、八木さんのもとに闘う、やる気のある部隊を残したいと考えたのかも知れません。彼ら四人は、自分たちが自己批判を提出してもブントへの復帰は許されないと考えていたからです。

会議終了が一方的に宣言されると、すでに東京から来た四人の指導部はいません。「ナンセンス！　無責任以外の何物でもないわ。第一、誰が新しい指導部を認めると言ったの？　塩見さんらをとり戻すまで、田宮さんらは責任があるんじゃないの?!　それに誤った指導と言っても、塩見さんが七・六事件に一番責任がある。他のリーダーたちは、それでもよくやったと思うわ。新しい八木さんよりも、古い指導部を信任する」と私は言いました。

敗北や誤りの中で、なんとか金集めや兵站など、堂山さん、田宮さんが実際に実務判断をしながらやってきたのです。私の意見には、同志社大学や東京から来た友人たちも同意見でした。夕暮れの桃山学院大学の門前に出ると、ちょうど、去っていく堂山さんがみんなに囲まれて「辞めるな!」「卑怯だ!」と詰め寄られて「皆に申し訳ないが決めたことだ」と振り切って去っていくところでした。

残った私たちは、何のためにここまで来たのか……同志社大学の友人たちとこのまま旧指導部に指導を続けさせようと話し合いました。結局旧指導部は去り、討議も出来ず、どこに行ったかわからないのです。翌日、親しい者だけで桃山大の友人を交えて、赤軍フラクのこれからを語り合いました。そのうち、誰かが「秋の蜂起まで、みんなの前に姿を現さない、闘うべき場をつくるようなことを言ってたけど、実は、やっぱりみんな消耗してるみたいやぞ」と四人の旧指導部の噂話をしていました。四人は分派をひっぱってきた塩見さんからの自己批判とフラクの解散要求に、仏議長を逮捕させてしまったこと含めて、きっと立つ瀬がなくなって、本当は途方にくれているに違いありません。

「よし、奴等四人を説得に京都に行こうぜ。同志社大学学館にいれば情報は入る」という同志社の神田さんたちの提案で、私たちは東京の遠山さん達と連絡をとり、旧指導部がやめたこと、これから京都に説得に行くと話を伝えました。

遠山さんからは、塩見さんたちの中大の監視もゆるくなってきていて、今後は脱出の可能性にも備えてほしいとの話でした。それで、明治大学の現思研の仲間は東京に戻り、東京や千葉に中継アジトを設置して、今後の塩見さんらの活動の継続出来る条件をつくることにしました。

神奈川には事務所があり、そこには何人かが残っていましたが、東京では現思研のある明治大学の学館四階しか中継がないためです。「わかったわ」と、遠山さんと連携しつつ、東京での継続活動態勢を整えようとしました。

東京大学の小西さんや、茨城大学、福島医科大学などがブントの拠点校で、まだ赤軍派に誘うことも中途にして、赤軍フラクのリーダーたちが関西に行ってしまったからです。私は同志社大学の仲間たちと数日、学友会執行部のある同大学生会館に泊まり込んで、まず書記局のキャップだった堂山さんを探して話したいと思いました。堂山さんを慕う下級生の大西さんたちは、堂山が辞めるなら自分たちも辞めると言っていました。新指導部はどうなったのかは、私たちは気にせず、あたかも新旧指導部交代など無かったかのように、振る舞っていました。

同志社大学もバリケードストライキ中で、神学部バリケードの中にいた友人が堂山さんの居場所を知っていたので、堂山さんと会って話し合いました。堂山さんによると、田宮さんら他の旧指導部も自分たちがいれば、新指導部が指導しにくく、やりにくいだろうと身を引いたということでした。身を引いても当面やることがなく、今すぐ何も展望がもちえず、各々の大学の旧友のところで今後のことをこれから考えるところというのが実情とだと知りました。とにかく、今は中大から脱出させようとしている塩見さんらのこともあるし、東京はこれから建て直すから、関西は旧指導部が一つになってほしいと訴え、私は東京に戻りました。

七月二〇日頃のことだったと思います。東京では、新しく現思研の仲間が借りたアジトが、一軒家の風のよく通る家で、東京の千葉に近いはずれか、千葉県だったか、柾木の緑の垣根におおわれた旧い家で、いい感じでした。

でも着いてすぐに、たちまちダニかノミの大群に襲われました。長い間空家になっていたためです。早速、テレビで宣伝していたバルサンを初めて焚いてみました。部屋を閉め切って煙がもくもくと一日おいてみると、畳の上にゴマのように黒い点々がびっしりとありました。ダニやノミなのでしょう。死骸を掃き出し、扇風機を買い、やっと生活環境を整えました。

「関西への撤退と、あの桃山学院大学での会議は何だったのか、まったくわからない事をする……」と、私や東京に残っていた友人たちは戸惑うばかりでした。やるべきことは、塩見さんを取り戻し、秋の蜂起に向けて赤軍フラクとして戦うこと、そのための準備をまず整えようとしていました。

私自身は、党活動を始めてから経験もなく、またブントの歴代指導部、ことに関西の出身大学や上下関係など、まったく無知なため、柵《しがらみ》が無い分、これから、どう戦うのか？　というベクトルを素人なりに考えていました。しかしリーダーたちは、これまでのブントの歴史や路線、派閥、これまでの整合性や責任など重い決断だったに違いありません。

塩見さんらの拉致からの脱走

ダニやノミを退治した東部のアジトと神奈川の事務所、それに現思研の部屋が連絡中継になっていました。塩見夫人が定期的に中大に行って塩見さんと面会し、情報交換もしっかり出来ていました。花園さんの妹も兄想いで面会し、協力してくれていました。

中大側も、拉致した残りの四人組をもてあまし気味であることが判りました。「大喰らい」だし、塩見、花園さんは、片っ端しから監視側の社学同メンバーに武装闘争の重要性、党の革命の必要性をオルグし続けているからです。当初の暴力は止み、望月さんは拉致された時期に腕を折られたか捻挫したかで、腕が自由にならないままでしたが、他の人はピンピンしていました。

塩見さんらは、監視組から今後の中央派の動向や中央委員会や共産主義者同盟第九回大会が近々行われることも聴き出して知っており、自己批判しても塩見さんらの行状は許されないだろうとも判っていました。そして、塩見さんらは、脱走の機会を窺っていて、夫人を通して私たちは、少し先に計画的脱走―車の手配などを準備していました。

私が京都から戻り、新しいアジトの活動に入って間もない夜のことです。私が関西と電話したり通話中になっていました。電話器を置くとすぐにベルが鳴って、神奈川事務所にいた神田さんと遠山さんからでした。

「塩見さんらが、今中大を脱走した！　塩見さんらはそっちに電話したが、ずっとお話中だと言って、Mに電話してMからこっちに電話してきた。いま裸足で逃げて来たので、履物を三人分持って来てくれと言うので、Mが手持ちの金と共に持って行っている。それから、脱走の過程で、モチ（望月さん）が怪我をした。とにかく、みんなで護って逃げたが、モチが危ないので高田馬場の大同病院に担ぎこんだ。そこで三人はMが金と履物を持って来るのを待っているはずだ。花園が自分の弟と妹に連絡して、すぐに大同病院に行ってモチの面倒を見に付き添うように頼んだ。モチの実家の母親に、同志社大学の友人から連絡してもらうところだ。だからモチの方は手配したから大丈夫だ。塩見さんらには履物は持っていったが、他に金も何もない。何とか急いで手配して」との電話が飛び込んで来たのです。

新しいアジトの電話番号も密かに塩見さんには伝わっていて、脱出時はそこに私が居て、車の手配も行う手筈を考えていました。脱出計画は、もう少し先だったのです。とにかくこちらが、大事な時に電話通話中が長引いたことを詫び、すぐ手配すると答えました。

ちょうど一緒に居た現思研のJに「すぐ塩見さんらの居るところに車で行ってほしい」と頼みました。現思研のKさんは事業家の娘で、家族の車を持ち出して活動の時には提供してくれていました。その車が丁度アジトにあり、Kさんは居なかったのですが、Jに「車の運転出来る?」と聞くと「ボクはペーパードライバーなんだけど……」と自信なさそうです。「でも何とかやってみるよ」と急いで準備しました。「J! こっちに塩見さんを連れて来るよりも、寝具も不十分だし、神奈川に行く方がいいかもしれない。とにかく一段落したらこっちに連絡して」と私は送り出し、Jは慌てて出て行きました。この日は記録によると、七月二五日未明のことです。望月さんの方は、花園さんの妹が付き添っているし、家族とも連絡がついたので警察沙汰になるのは面倒と、赤軍フラクの人々は直接近づかず様子を窺うことにしました。

夜遅くになって、Jから電話が入りました。「今、京都。塩見さんらを車に乗せたんだけど『そのまま走れ走れ! 箱根を越えろ』と言うんで、え?! ボク、ペーパードライバーですって言ったけど『とにかく中大の奴らより警察が問題だ。安全圏にまず落ち着きたい』と言うのでそのまま京都まで走らされた。今から寝る」との電話でした。それから数日、Jは京都など、ずっとドライバー役を負わされて塩見さんらと戻って来ました。

塩見さんらの話によると、脱出はもう少し先を考えていたが、ちょうど手薄の見張りで、チャンスだと二五日明け方の脱出を決断した。花園が自分はここで死んでも中大の奴らを食い止めるから、まず塩見が一番にロープを伝って三階の窓から約一五メートル程下の地面に降りること。次に腕をやられている望月を安全に降ろす。その次に物江が降りろと、花園さんは指示したようです。花園さんは、しんがりを務めると身体を張っていました。

ロープというのも、花園さんが妹に頼んだ紐状のものです。望月さんの右手はロープを握れる状態ではなく、物江さんは、塩見が逃げられればいい。自分も一緒に残るから望月さんに残ろうと勧めたようです。しかし望月さんは「決めたことはやる」と、まったく決意は揺るがず、決行に加わったようです。

花園さんの言うとおりに、まず塩見さんがロープを伝わって、三階の窓から脱出し、一五メートル程下の地面にたどり着いたのです。次に望月さんがロープを伝わって下りたのですが、片腕は拉致された時、殴られていたため、身体を支え切れず、途中から落ちたらしいのです

その次の物江さんが握っていたロープがすべって望月さんの上に落ちました。それを見て、花園さんはもうロープを伝わらず、途中から跳び下りました。望月さんは、頭をコンクリートに打ったようで、血を流していました。

塩見さんが望月さんを背負い、望月さんの身体の上に落ちてしまい青ざめ消耗している物江さんを叱咤励ましつつ、花園さんとタクシーを必死に止めて新宿方面に急ぎました。前に塩見さんが利用したことがあり、花園さんも知っている新宿の大同病院へと向かいました。

大同病院では、望月さんが頭を打ったことを伝え、急患として治療してくれるよう頼み、「すぐ付き添いが来ますから」と訴えました。望月さんの血で、塩見さんの白いYシャツは染まっており、すぐ連絡して、裸足のまま逃げてきたので、履物と金を持って来てくれるよう頼みました。そして、私との確認地点で現思研のJの車に合流し、車でそのまま京都に向かったそうです。

そして、塩見さんは京都に着いてすぐ、旧指導部が責任を取って辞めたということを直接聞き、彼らを集め会議をもったそうです。塩見さんは、「みな一緒にやろう。死ぬのも一緒だ。共にこれから蜂起のための戦いをやるので、旧指導部の辞任をまず撤回せよ。赤軍派の路線は降ろさず、このまま進む」という話をして、合意したようです。

「蜂起路線を貫くためには、ブントの内でも外でも戦えれば良いのだ。そして、今やっと『七・六事件』前の出発点についた。我々は、七月六日前より、仏議長を権力に捕まらせた責任もあり、まったく分が悪い。これから自己批判し、ブントにもどって戦うよう、まず働きかけよう。もうすぐブント中央委員会がある。そこで、第九回ブント大会の方針を決めるので、中央委員会の決定が重要だ。渥美さんら中央も怒りまくっていて、赤軍フラク排除を狙っているので、その場合は赤軍フラクとしても決断しないといけない。もともと松本礼二らは武装闘争を疑問視しているし、渥美は権威をつぶされたと怒り、関西地区のブントも赤軍派に批判的らしい。どっちにしても、我々はこれまで『七・六事件』前に決めたようにフラクの方針を貫徹する。そして、みんなまた、旧指導部も東京に戻って活動を再開する」という主旨の話をしていました。

こうして、ダニ退治した風通しの良いアジトを、当面の指導部の拠点として活動を再開して行くことになりました。

いっぽう望月さんの方は、大同病院の当直医によって「右後頭骸骨折による急性硬膜下血腫、右前側葉脳挫傷」と診断され危篤状態でした。そして、二五日明け方にすぐに開頭手術が行われました。すぐに静岡の実家に連絡し、看護の助けを求め、二五日夜、母親が駆けつけてきました。二五日の手術は成功し、危篤状態からは脱しましたが、意識が戻る事は無く、九月二九日の朝七時過ぎ息を引き取りました。死因は、急性硬膜下血腫・右後頭部骨折と結核と言われたそうです。

この事件を利用して警視庁は後の赤軍派結成直後、八月二九日には監禁・傷害の容疑で味岡修さんら中大グループ三人を逮捕しました。そして、情報を得るべく八月三〇日に、戦旗社と中大一号館を捜索しましたが、もちろん何も解明されませんでした。狙いは味岡さんらやブント全体を調査弾圧するためだったようです。望月さんの死の後、花園さんや同志社大学の仲間たちが、実家へと弔問に伺っています。

私たちは、関西から東京に戻って活動を再開していました。関西に出発する時に、銀座のバーにはもう来ないと話し、高額な餞別を貰ったし、東京に戻っても活動の時間も夜が多くなったのでバーを辞めて、個人的友人たちのカンパで生活する専従の体制に切り替えました。旧指導部も元通りに活動を再開しました。

のちに知ったことですが、「七・六事件」の同じ日、拉致されて塩見さんらみなが東京医科歯科大学を退去した後、関西から東京医科歯科大学の五一五教室に戻った藤本敏夫さんは、その惨状に呆然としていると、さらぎ派の中井正美さんにばったり会ったそうです。「お前、こんなところにいたらやられるぞ」と言われて初めて何があったのかを知り、二人で一晩中、酒を酌み交わしながら「こんなのは革命じゃない」と泣いたそうです。それから、誰にも会わずに人生について考えようと、友人Mさんの九州の実家に助けを求めて、そこでじっと日々考えつつ過したようです。そして、もう革命組織から離れることを決めたのだそうです。一年ほど後、再会した藤本さんからそのことは聴きました。そんな訳で、書記局からは藤本さんは消えてしまい、堂山さんの指揮下、私と同志社の神田さんらが続けていました。

塩見さんが戻った後の活動は、第一に赤軍フラクの人材オルグ、第二にブント中央委員会の動向の情報収集、第三に活動費、財源の獲得など、今後の赤軍フラクがブント中央から排除された後を見据えた活動を書記局は重視して準備しました。

私も友人たちからのカンパ、会場やアジトの確保、人材オルグなど、慣れない「職業革命家」のような活動に入りました。私は素人ですが、カンパ要請とオルグ活動を集中的にやりました。都内ばかりか、堂山さん、塩見さんの指示でこのころ、福島医科大学へと出向きました。

福島医科大学は、丁度バリケードストライキ中で、ここはブント系の全共闘として知られていました。大学は福島県警の隣にあって、バリケードストライキに対して、全共闘の鎌田議長に任意出頭だったか逮捕状が出ていて、大学の外には出られないとのことです。それで私は、大学のバリケードの中で鎌田議長と会いました。そして赤軍フラクの誤った出発を卒直に説明し、しかし、今の時代を切り拓く可能性は赤軍フラクの中にあるので、協力してほしいと訴えました。

鎌田議長は明朗な人で、快諾し「実は明日、ブント中央から岡野英夫さんが来ることになっているのだが、我々福島医科大学は赤軍フラクを支持し協力する」と約束してくれました。そして、仲間の梅内恒夫さん、山野辺さん、平塚さんや酒井さんも集まってくれて、赤軍派が旗揚げする時には駆けつけようと話してくれ、かなりのカンパもしてもらいました。

こうして私自身、これまでの「大げさね」とあまり読んでいなかった機関紙『戦旗』を他人をオルグするためや、中央批判のために読み始めました。そして、赤軍フラクの「現代革命」や「我々の立脚点」などといった手書きの印刷物も読むようになりました。何と魅力の無い文章だろう……と思いつつ読んでいました。ただ世界の戦う人々と共に戦う萌芽がここにあるという事を誇りとしながら、夢とロマンと好奇心を胸に抱いていました。

共産同赤軍派結成へ

塩見さんが戻ったことで、旧指導部グループも元気を取り戻していました。もう一度、突撃隊を再編したり、小西さんら東大グループ、その他あちこちからブント社学同系の仲間が加わって来ました。高校生の男女も多かったのは、高校生安保闘争委員会のカードルが赤軍派に多く集まったからです。

一年前（一九六八年）に「国際反戦集会」を中心的に担った英語の堪能な京都大学の小俣さんは、今年の六九年国際反戦集会をどうするかと、塩見さんに相談しに来ました。塩見さんは、昨年の国際反戦集会以降、様々な多忙のため、そうした計画は視野に無かったようでした。でも、俄然やる気になりました。そして、赤軍フラク国際部をただちに創り、小俣さんをその責任者に据えました。昨年には新たなインターナショナル創設に向けた協議調整機関の設置を謳っています。言葉の通じる小俣さんが継続的に担当して来たのですが、ブント自身が分解の危機にあります。

塩見さんは、我々が何かしなければ情況派の松本礼二さんらが、またヘゲモニーを取ろうとするだろうという事で、すでに来る予定をたてている米国のＳＮＣＣ（学生非暴力調整委員会）とブラック・パンサーを、我々が受け入れるべきだという結論に達したようです。構想を持っているのは松本礼二さんだったと思いますが、実際に英語で話し動ける人材は、当時極少数しかいませんでした。京都大学の小俣さんと女性のＯさんは、赤軍フラクの方にシンパシーを感じていたので、松本さんより塩見さんらに相談に来たのです。

でもはっきり言って、赤軍フラクには昨年の三派系の中核派を除いたみんなの力で成功させた、あの８・３国際反戦集会を実現する構想も力もありません。もちろん当時の私たちには何の力もありません。「世界党・世界赤軍」と塩見さんは主張しても、それが具体的方法を持たず、財政的裏付けが無い以上、差し迫った時期に何が出来るでしょう。

昨年に来た一行は、再び原水禁世界大会に参加し、べ平連ともコンタクトを取るとの小俣さんの話です。とにかく、羽田に赤軍フラクが彼らを迎えに行き、山谷や三里塚の交流の場を作り、赤軍フラクのリーダーと世界党の話をする事になりました。国際集会は今は独自には難しいので、秋にやろうとの事です。松本礼二さんらに来訪者を任せず、我々が付き添うということのようでした。

塩見さんに頼まれて私は、小俣さんと羽田に米国からの二人のブラック・パンサーの友人を迎えに行きました。それからホテルを決め、その後山谷に案内しました。小俣さんも私も、山谷の活動には関わっていなかったので、赤軍フラクの担当者の案内で山谷に行きました。訪日した二人のブラック・パンサーの人と私たちは、梶大介さんの事務所や田村さんの事務所など、当時の山谷の現場で活動していたリーダーたちの所で、山谷の実情を学んだりしました。その後、三里塚を訪問したり、小俣さんが通訳しつつ活動を支えていました。

「七・六事件」以降、塩見さんらが重要と考えていたのは、ブント中央に対する働きかけでした。まず、赤軍フラクの自己批判の態度を受け入れてくれるようにブント内の各グループに働きかけましたが、議長を権力に奪われた仏派は許すはずは無いし、塩見さんらに脱走された情況派やのちの叛旗派ら中央大学・三多摩グループも許す考えはありません。

中央派の渥美さんらも、処分を決意しており、関西のいわば赤軍フラクの人材を育てた関西ブントの人々も「七・六事件」が起きてしまった以上、赤軍フラク支持の発言はありません。東大闘争の件で獄中に逮捕勾留中の社学同委員長荒岱介さんが「七・六事件」の赤軍フラクを批判し、ブント中央への結集を呼びかけたので、東京で態度を示してこなかった明治大学昼間部や早稲田大学の一部分などの東京社学同は、中央への結集に向かいました。

八月には、東京でブント中央委員会が開かれることになり、ここで基本方針が決定され、ブント第九回大会議案草案が人事と共に決定されるとの情報が入りました。この中央委員会会議は確か、駿河台の明治大学で開かれたように記憶しています。関西から中央委員会に参加するのは、京都大学の山田孝さんらです。この中央委員会で、赤軍フラクの者らの除名が決定されるだろうと考えられていました。

「とにかく山田を呼び出して話を聞こう」と高原、堂山さんが話し合いました。そして、私が山田さんの家族か友人を装って会議で上京した山田さんを電話口に呼び出し、高原さんが例の官僚的口調で「とにかく来い」と説得しました。ちょうど、代々木の友人の部屋にいたので、千駄ヶ谷駅に堂山さんと私が迎えに行って山田さんを連れて戻りました。

山田さんは憮然とした表情で「あんたらは、ムチャやりすぎる。『七・六事件』もそうだし。今だって中央委員会で渥美さんらから、この中に赤軍フラクに情報を流す奴がいると露骨に疑われているのに、まったく、配慮が無い」と高原さんにくってかかり、ひとしきり批判しました。

高原さんは「すまんな。それで中央委員会の方の意向はどうなんだ。我々の自己批判書はちゃんと届いているのか」などと話しながら、今後の動向を探っていました。こんな風に、私の知らない他の所でも、中央委員会の動きなどを探ろうとしていたと思います。

赤軍フラクのリーダーたち、中央大学に拉致されていた当時の塩見さんらと、関東学院大学にいた田宮、堂山、高原さんらの間で、電話や面談によって意志一致していた内容は、「七・六事件」に対する自己批判です。これは七月六日から遅くない時期に統一的な見解に達し、塩見さんらが脱走して以降、内容を再確認していました。当時表明した自己批判は、のちに公表されますが以下のような内容です。

我々は以下の行為と、そこに内在する基本的傾向を確認し自己批判する。

一、同盟議長以下、同志に対してリンチを加えたこと。

一、同盟議長を結果としてであれ、権力に売り渡す事態を招いたこと。
一、以上の行為をもって、同盟を破防法攻撃と非革命的分裂の危機に一時的にせよ追い込んだこと。
一、七・六以降、その行為と喚起された事態の意味を理解しえず、我々の弱さと、党内闘争の敗北的事態を排外主義的に合理化するような、いくつかの〝別党〟的、〝分派〟的行動を行ったこと。
（「同盟への我々の自己批判」六九年『赤軍』Ｎｏ・８より）

みずからが「無政府的、解党的、自然発生的であった」ことを自己批判として提出し、ブントへの復帰を求めました。赤軍フラクにはしかし、自分たちの路線の正しさ、使命の正当性は譲る考えはありませんでした。

当然と言えるかも知れませんが、六九年八月初旬の中央委員会において、赤軍フラクの解体と統制委員会の査問を決定しました。自己批判書は、いつの時点で、どういう形で、ブント中央に提出されたのか、私の記憶は定かではありません。しかし、ブント中央委員会が除名を決め、第九回大会で正式にそれを決定するという事を知った赤軍フラクは、自己批判を表明しても、認められないことを知り、独自の道を歩み始める事を決定します。

また、ブント中央委員会に先立って七月下旬、社学同全国大会が明治大学生田校舎で三五〇人を集めて行われました。この大会で同盟内の意見の相違は公開討論によって克服するよう求めましたが、この社学同全国大会自体、私たちが参加する条件はありませんでした。

もっとも、明治大学Ⅱ部社学同・現思研は、街頭行動や大衆集会には参加しますが、これまでも社学同の全国や都の機関会議に参加したことはありません。例外的に、六八年夏の三派全学連から反帝全学連結成に到る過程で、全学連大会に出席していたら、急遽社学同大会に変わったことがあり、その時のみでした。そういう意味では、明治大学Ⅱ部社学同・現思研は、党内政局に関心も無く、夜間という特殊条件もあって社学同会議に呼ばれたことも無く、荒さんらがデモ動員や集会必要時に、現思研に意志一致に来るという関係だったのです。

八月二二日、明治大学生田校舎で共産同第九回大会が開かれ、赤軍フラク結成を企てた塩見さん以下一三人の除名を決定しました。この大会は、逮捕拘束されている仏徳二議長が引き続き議長を担い、第八回大会の副議長であり、四・二八闘争の軍事委員会委員長の佐野茂樹さんが解任され、副議長には松本礼二さん、書記長には渥美文夫さんなど、赤軍フラクを除くブント総体を纏めていく方向を打ち出しました。しかし、「八・三論文」に示されるように、仏論文も含めて世界党の方向やラディカルな戦いをこれまでも主張しており、ブント自身の一致体制はたやすいものではありません。

赤軍フラクの側は、ブント第九回大会が、赤軍フラクの者たちを除名する議事で行われることを八月始めに知っていました。赤軍フラクの者はその大会には参加せず、八月二六日、「共産主義者同盟赤軍派結成総会」を行うことにしました。

この総会は、結成大会とも呼ばれ「別党ではなく『分派』として自己規定し、ブントの統一をめざすもの」として行われます。しかし、その後ブント自身が赤軍派の武装闘争路線に影響を受けながら分解し崩壊の道を辿って行くことになります。

振り返って見れば、ブントの解体はマルクス主義戦線派を六八年四月に暴力を振って追放した時から始まっていたと言えるかも知れません。明治大学学館五階ホールのブントの集会の後、当時の学対（学生対策部）の塩見さんの指揮で、早稲田大学の村田さんらが昨日まで共に在ったマル戦派の成島全学連副委員長に暴力をふるっているのを、現思研の仲間が目撃していた事も最近になって知りました。

連合的なブントの特性をあれこれの理由で純化しようとした時からブントの解体は始まっていました。実際には、大衆運動の指導機関でしか無いブントの連合的特性を一つの狭い色の党に戦術をめぐって競い合い、その力を消費し合いながら解体していく道へ進んで行ったのです。観念の中の真理をもって、現実の社会政治関係を自らの望む方向で見る時、いつも自分たちが一等「正しい」ものになってしまうのです。

こうした分解の口火は、すでに六九年七月六日に再び始まり、この分解を決定的にしたのは八月の赤軍派結成大会でした。

八月の暑い日、私たちは神奈川の仲間たちが準備した城ヶ島のユースホステルで、八月二六日から二八日まで秘密裡に共産同赤軍派結成総会を開きました。

全国から集まった一〇〇人近い人々が参加しました。二泊三日で議事が進められました。会場のユースホステルの女性宿舎は相部屋で、指定された部屋に入ると、そこにばったりと高校時代のクラスメートのAさんが私の名を呼んで飛びついて来ました。わぁ、なつかしい！　こんな所で会うなんて！　と、お互いに感激し、偶然に驚き合いました。彼女は休暇を利用して旅行を友人と楽しんでいるとの事で、私は大学のサークルの合宿なのだと説明しました。

このユースホステルには大きな会議用の部屋が無かったので、卓球台などの置かれた室内スポーツのやれる部屋が、総会の会場にあてられました。総会が始まったところで、Aさんは昔の仲間感覚でニコニコして会場に入って来るので、慌てて私は、「ごめんね、入れてあげられないのよ」と押し止めました。「久し振りに会ったのに、話しようよ」という彼女に詫びつつも、時間を割くことは出来ませんでした。

会場では、後に承認される塩見さんら指導部が一列に机を前に座り、その対面に総会参加者が椅子を並べて座り総会が始まりました。議案を作るために徹夜続きだったため何日も寝ていないリーダーたちは、会場では一人が基調報告している間、他の者は大いびきで船を漕いでいて、大変な結成総会だな……と思わざるを得ませんでした。

私自身、後に自分が責任をとる立場になって判ったことですが、当時の赤軍派のリーダーたちは、四面楚歌の中で、やる気のある若者たちの希望や決意や情熱に押され依拠し、何とか武装闘争を戦い抜く先陣を切り拓くのだと決意し、夢中で応えようとしていたのだと思います。世界同時革命をめざし、世界に伍す日本の主体として、今起ち上がり、蜂起の時代に呼応する前段階蜂起こそ火急に始めるべきだと、その実現を主張しました。使命感と英雄主義に駆られ真剣です。

現代はロシア革命以降、資本主義から真の人類史に向けた共産主義に向かう「過渡期」であり、プロレタリアートが、本質的には資本主義・帝国主義を逆制約する位置に転移していること、資本主義国・社会主義諸国・第三世界諸国の三つのブロックの階級闘争を反帝国主義の世界革命戦争へと導く環は、世界党・世界赤軍・世界革命戦線の創出にある。我々は、世界の戦う勢力――武装プロレタリアートの一翼として日本における攻撃的戦略・戦術をもって戦う中で、この任を果たす。

それは、秋の前段階蜂起の実現にあるとし「デモよりは大きく、蜂起よりは小さい」蜂起を牽引する攻撃型階級闘争の開始を「前段階蜂起」として特徴づけていました。

そしてまた、ブントの党の革命が失敗し、ブント議長を結果として権力の手中に到らしめた事を自己批判しました。しかし、ブント中央の現状では新しい時代を切り開くことは出来ないし、赤軍フラクの者の除名をすでに中央委員会で決定した以上、我々は革命の責務を負って、あえて分派から開始せざるを得ない。我々は、ブントの党の革命を求めるが故に、今は別党を主張せず分派として共産主義者同盟赤軍派としての出発を決定したと述べていました。

ロシア革命以降の拓かれた人類史への過渡期世界への歴史的な現状の規定には、小さな自分が世界に対峙し生きている現状を知らされ、視野が開かれる思いで、私は赤軍フラクについて来たのです。でもこの認識論は、方法論も組織論も欠けたまま党の軍事戦術へと関心の角度を狭めていく傾向を持っていました。六八年・六九年の反戦闘争の攻防の中で弾圧が激しくなる中、それを突破する党の武装という差し迫った欲求を論理化した傾向をもっていました。

すでに総会は八月下旬です。「攻撃型階級闘争」や「秋の前段階蜂起」は、六月のフラク会議から主張していましたが、何の準備もなく「七・六事件」に到り、ブント中央から赤軍フラクが放逐される今、対抗上も断固として戦うこと、戦わねばならないという思いが支配していたと思います。

「前段階蜂起」とはいったい何？　これって前に取りやめたブントの「革命的敗北主義」路線のことじゃないのか？　と、私たちは話し合いました。

「階級闘争は勝つまで負ける。だから大胆に戦い、大胆に敗北することで情勢を流動させて、次の展望を掴む」というのは、極左派的な自然発生性への拝跪と総括してきたのではなかったっけ？　六月から「前段階蜂起」を語られるたびに、現思研仲間で疑問を呈しつつ「七・六事件」を経て、私や私のまわりの者たちは、ブントの内紛はたくさんだ。どんな方針でも構わない。とにかく「党のための闘争」では無く「党としての闘争」、新しい戦いの道に早く踏み出したいという思いでした。

こうして、城ヶ島のユースホステルにおける赤軍派結成総会によって、赤軍派は独自の指揮・組織形態をもつことになり、正式に七人の政治局メンバーを選出しました。塩見孝也議長のもと、田宮高麿、堂山道生、高原浩之、八木健彦、花園紀男、上野勝輝の面々です。そして、政治局のもとに、田宮さんを責任者とする人民軍事委員会（ＣＰＡ）と、堂山さんを責任者とする人民組織委員会（ＣＰＯ）を両輪とする組織体制を整えました。武装軍事活動は、もっぱら田宮さんを中心に行い、人材オルグや兵站、全国の組織整備などは堂山さんの指揮下で行うこと、また編集・出版局、国際部も政治局直轄のもとで新聞やパンフ出版、国際的な活動を行うことと、組織骨格や任務分担を決定しました。

そして、八月下旬のこの会議直後から世界に向けた飛翔を描き、直ちに赤軍派としての活動をみな大いに誇りを持って開始して行きました。私もまた、人民組織委員会事務局（書記局）として活動に入っていきます。以降「赤軍フラク」とせず、「共産主義者同盟赤軍派」の意味で、赤軍派と記します。

第十三章　赤軍派の登場と戦い

初の政治集会——世界革命戦争宣言

赤軍派結成総会後、私は人民組織委員会事務局として活動を開始しました。任務は、これまでのように様々な雑務や電話中継、オルグ活動、会場やアジトの確保、人民組織委員会へ全国の再編活動や、代表者会議の準備、赤軍派加盟書作成からカンパ活動など、やるべきことが押し寄せてきました。

赤軍派の公然とした登場は、主に人民組織委員会が担い、非公然の活動は非合法任務も担う軍事委員会が担うという分担だっただろうと思います。でも、これまでもほとんどが公然とした活動だったので、結局CPOは、大忙しとなりました。

政治局のもと、大衆的登場に向けた編集・出版局は赤軍派の主張の公然化に向けてパンフ、新聞作りにすでに入っていました。ブント中央委員会を途中から欠席した山田孝さんと同志社大学の小林さんたちが出版局で、編集作業に集中していました。

全国から学生や党派の集まる予定の六九年九月五日の全国全共闘連合結成大会（日比谷野外音楽堂）を、赤軍派として部隊の登場の場として重視しました。そのため、赤軍派結成宣言の大政治集会を前日の九月四日に計画しました。

CPOは、その最初の仕事の中心を担い、九月四日の赤軍派結成集会で「世界革命戦争宣言」を発し、赤軍派の部隊がその翌日、日比谷野外音楽堂の全国全共闘連合結成大会に参加登場する計画のもと、当面の組織戦に集中しました
この九月五日の集会への赤軍派の参加にブントから異議が出されていて、それを乗り越えて赤軍派として登場しようというわけです。七人政治局（PB）の中で、もっとも常識的と定評のあった堂山さんのもと、私たちが実務的にあれこれ準備し、編集局は全力でオルグ、ビラ、新聞、パンフを準備しています。関西から同志社大学学友会の人たちが、堂山さんの要請で人材、財政など、とくに編集局を支え、また、CPO活動の人材に協力動員しています。

赤軍派七人PBから、一般の志願して来たメンバーに至るまで「七・六事件」で自分たちの確信がマイナス地点から出発せざるを得ないことを知っていました。そしてこの最初の登場の機会を逸すれば、赤軍派は今後前に進めないかも知れないと悲壮でした。

その一方で、時代は世界的に反帝武装闘争を戦い抜く組織を求めており、学生運動、市民運動の中にも、

そうした急進勢力を求める空気があることを知っていました。誰もが、チェ・ゲバラのような戦いに敬意を表していたからです。

私はといえば、「七・六事件」を経て革命運動に専従的に関わりだしただけで、政治内容も無く、熱い心情だけの未熟な素人です。それでも、これまで正社員として会社務めをした私は、赤軍派学生集団の中では、少しは常識の在る部類に属していました。持ち金を使い切ってから「重信さん、金ない、どうしょう」などというリーダーたちの中で、それは役に立つことだったので、私も応えようと必死に働きました。

ＣＰＯは、赤軍派初の登場に向けて、どこで政治集会を行うか、その後みんなを何処に宿泊させるか、ブント中央の反対の中で、九月五日の日比谷野外音楽堂の全国全共闘連合結成大会の参加や、宣伝戦など、堂山さんの指揮下、神奈川県委員会や関西の仲間、現思研の仲間たちで一つひとつ具体化して行きました。電話中継、会場確保と、役に立てるのがとても嬉しくて、私は飛び跳ねて活動していました。

六九年九月四日、共産同赤軍派結成大政治集会が葛飾公会堂で開催されました。これまでの八月の秘密の赤軍派結成大会（総会）の城ヶ島のようなものでなく、世間に赤軍派が公然と旗を立てた初めての集会です。

記録（『連合赤軍』読売新聞社、七二年刊）によれば、

「六九年八月二八日午後一時ころ、葛飾区立石六丁目の区立葛飾公会堂の管理事務所に若い女が訪れた。その女は『九月四日一階の大ホールは空いているでしょうか』と言い、誰も予約していないと分かると、使用申込書に『使用日時九月四日午後五時三〇分から午後九時。目的赤軍派政治集会実行委員会講演会、使用責任者滝口正子』と記入した上で、『よろしくお願いします』と頭を下げて立ち去った。この女が後にパレスチナで活躍する赤軍の重信房子である」とあります。

この日付から見ると、城ヶ島の総会での会議直後に、すぐ会場使用の申し込みを行っています。私はこの政治集会実現に熱心に取り組みました。

各地から上京した者たちが葛飾公会堂の初の赤軍派の集会に参加し、約五〇〇人を超えて集まりました。この初の集会に対してブントの赤軍派反対勢力が、集会を破壊するのを警戒して二〇〇人を超えるCPO、CPAの会場警備隊が『赤軍』と記した赤いヘルメットで登場し、会場の外にも数十人を配置して棍棒を持って警戒に当たりました。

六時頃、ヘルメットに黒い覆面姿のCPOメンバーの司会が開会宣言し、赤軍派を代表して覆面姿の八木さんが政治局基調報告を行いました。過渡期世界論を語り、「新たな地平を築こうとする三ブロックの階級闘争を戦う武装プロレタリアートとして戦う時が来た。日本における武装プロレタリアートを領導する我々赤軍の登場がその証である。すでに帝国主義心臓部への攻撃が始まっており、今秋、日米同時蜂起・世界革命戦争を実現する時が迫っている」と主張しました。

会場で配られた初の赤軍の新聞も「今秋日本・米（シカゴ）前段階蜂起を実現し、日米安保粉砕を世界革命の戦いの開始とせよ」と宣言しています。

「今すでに革命の軍隊赤軍が建設された。武器を取ろう」とCPAの軍団長が演説し、「世界革命戦争宣言」をこの集会で採択しました。「ブルジョアジー諸君！　我々は君たちを世界中で革命戦争の場に叩き込んで一掃するために、ここに公然と宣戦を布告する」「君たちにブラック・パンサーの同志を殺害する権利があるのなら、われわれもニクソン、佐藤を殺し、ペンタゴン、防衛庁、警視庁、君たちの家々を爆弾で爆破する権利がある」と。

当時でも劇画的とか「格好良い」と言われた「世界革命戦争宣言」を行っています。この演説の中で、前段階蜂起を訴え、大阪戦争、東京戦争を宣言しています。

この頃になると、公安警察の「私服」の尾行があちこちに付き、何をやり出すのかとリーダーたちばかりか、この九月四日の会議の借用責任を負ったためか、私にも監視が付くようになりました。「ああ、現実に社会を変えるというのはこういうことなんだ……」と執拗な公安警察の尾行に遅ればせに、かつての「治安維持法」などを自覚していきました。ブント時代のデモの尾行とまったく違っています。この九月四日以降、毎日公安の尾行をまいて活動するという日常となって、自宅にも下宿先にも帰る条件が少なくなって行きました。

この九月四日、私は葛飾公会堂の会場の入口で受付を行い、入場者には氏名記載を求め、公安の入場をチェックするつもりでいました。新聞記者も多く入場していました。編集局の方でも、赤軍パンフNo・1（機関誌『赤軍』）は、これまでの内部通達から再編し、「我々の立脚すべき地点」として作成しのものです。また創刊準備号の新聞（機関紙『赤軍』）は、「前段階蜂起＝世界革命戦争に向けて共産同赤軍派に結集せよ！　共産同の現在と我々」を掲載して会場で販売されました。この新聞『赤軍』は、翌日の九月五日全国全共闘連合結成大会用でもあります。私同様、現思研の仲間も会場の警備や庶務として活動し、関西からも、東北、福島からも、この赤軍派結成集会に参加していました。

二〇〇〇年に私が逮捕され、二〇〇七年に接見禁止が解除された後に、赤軍派時代の友人も会いに来てくれましたが、その一人の青砥幹夫さんの話によると、弘前大学から出てきた青砥さんに、この会場で赤軍派リーダーに会うようにと私が紹介し、それがきっかけで赤軍派から連合赤軍へと至ったそうです。当時は夢中でしたが、オルグし、オルグされながら、私も活動家・革命家気分でいた姿が浮かびます。

この政治集会を成功裡に終えるとその後、中央軍なのか共産主義突撃隊（ＲＧ）なのか、名称は良く分かりませんが、赤軍派の公然登場に加わる者たち約一五〇名程だったと思いますが、山手教会（渋谷）に向かいました。進歩的な山手教会は、牧師たちが思想、信条の自由の原則で差別せず、教会の使用基準に沿って集会や宿泊を許可していました。葛飾公会堂から機動隊や「私服」（警察）に包囲されつつ移動し、身内の総括集会の場として山手教会を借りており、そこに向かいました。警察からも貸さないよう介入されていましたが、山手教会側は入場を許可してくれました。外は包囲されており、とにかく山手教会側の配慮で、そこに朝まで留まることが出来ました。

関西の友人と協力して、まず食事を考えました。当時は、今のようにコンビニや遅くまでやっている安い食堂は傍には無く、また公安につけ回されるため、明日のために、とにかくおにぎりだけでも何とかしようと思ったのです。友人から炊飯器を借り、米を購入し、塩とたくあんを加えて、とにかく明け方までにぎり飯をつくり続けたのを覚えています。女性もいましたが男性たちも面白がって協力し合いながら、おにぎり作りをしていました。

それぞれ、椅子に寄りかかって朝を待ち、堂山さん、上野さんらが現場指揮で、日比谷野外音楽堂の全国全共闘連合結成大会に登場することになっています。

「ブントの反赤軍派連合が、われわれの大衆的登場を阻止し、会場付近でゲバルト戦になるだろう。しかし、全国全共闘の諸君は、日和見主義潮流よりも、我々赤軍派を必ず支援するはずだ。秋の前段階蜂起の前哨戦、赤軍派の生死を賭けた決戦である」というようなことを堂山さんが訴えました。

三々五々、山手教会を出て、みな旗竿を持って、日比谷へ向かいました。私は、編集部の友人から大量の持てるだけの機関紙『赤軍』発刊準備号を受け取り、やはり日比谷野外音楽堂に向かいました。

当日は記録によれば、全国全共闘連合結成大会のため、全国から約二万六千人の学生が日比谷野外音楽堂に結集しました。逮捕状が出て地下に潜行中の東大全共闘山本義隆代表が参加するか否かが話題になっている時です。この日、機動隊は装甲車で壁を作り、大通りも歩道も日比谷公園の野外音楽堂入口以外は閉じ、その入口から人が一人しか通れないトンネルを作り、身体検査まで行って激しい警戒です。

知らなかったのですが、山本義隆東大全共闘代表は、明大全共闘の隊列の中に紛れて日比谷野音に入ろうとしていました。しかし、日比谷公園に入った時にヘルメットを脱がされ機動隊の壁の間を歩かされます。この時、野音入場前に見破られ逮捕されてしまいました。同じ隊列にいた友人の話で知りました。

この日に発行された『全国全共闘』紙は、「今や大学立法発効によって、個別大学における戦いは単なるそれらの総和としてではなく、階級闘争の一翼として発展するに至っている。全国全共闘連合の結成は、まさにこの任務を果たすべき革命的学生戦線の決定の表現であり、一〇・八闘争以降の戦いを乗り越える戦いを作り出すことにある」と述べています。

こうした中、全共闘運動の「革命的再編」に連帯し赤軍派は登場します。山手教会から日比谷公園に向かったのは一五〇名位だったと思います。会場への参加を拒否されたか、待たされたか、会場内はすでに開会されようとしており、赤軍部隊は苛立っていたと思います。野外音楽堂の外側で、赤軍部隊は「蜂起貫徹」「戦争勝利」のシュプレヒコールを挙げながら、ジグザグデモを繰り返し、気勢を挙げています。

約一五〇人ほどの、よれよれの服装の者たちが青竹の先に赤い布を旗代わりに結び、何人かは赤軍旗を持ち、赤いヘルメットに白抜きの字で『赤軍』と記して、赤い腕章を巻いている者もいます。これが赤軍派の宣伝隊です。

その横で、私は創刊準備号『赤軍』を売り始めました。いくらだか覚えていませんが、私が会場に入って売り始める以前に、会場の外側で学生たちが次々と寄ってきて、新聞を奪うように買い求めていきます。

赤軍派が結成されたことは、多くの参加者が知っており、関西の全共闘の人たちは赤軍派に強いシンパシーを持っています。

「おつりはいい。カンパする」と、次から次の人群で歩き出さないうちに、たちまち五〇〇部を売り切って、更に五〇〇部を持って売り続けました。硬貨のあまりの重さに近くの銀行に飛び込んで、紙幣に交換してもらい、また売るということを二度繰り返して全部を売り切り捌いたのです。売り上げ金を渡すと、編集部は「すぐに前段階蜂起・大阪戦争・東京戦争の次の号を出す!」と大喜びです。その言葉どおりすぐに九日二〇日発行（機関紙）『赤軍』第一号「公然たる戦争を宣言　九月四日赤軍派政治集会報告」を発行して行きます。

この日の会場で「ふうちゃん」と、身近な人しか呼ばない呼び名で私を呼ぶ声がするので、見上げると野外音楽堂を囲んだ樹の上に登った、革命運動とは直接関係の無い友人がいました。

「すごいよ、すごいよ!　赤軍勝利!」と騒いでいます。六〇年安保で高校生会議のリーダーだった人で、現在は活動していず、野次馬的に見に来たのだと言っていました。新聞を売るために、私は下ばかり向いていたのですが、見ると会場入り口の所でブントの入場阻止線を突破して、赤軍派がその場を制圧し会場に入っていったのです。

堂山さん、上野さんらの指揮の下、会場の後方から最前列へと向かおうとしていました。その時、期せずしてあちこちから拍手が沸き起こりました。全国全共闘連合の結成に参加した様々な人々、また党派の中からも赤軍派の登場に期待があったのか、判官びいきもあり、またはブントへの反発か、赤軍派の登場を心強い拍手で、千余の人々が迎え入れてくれたのです。その結果ブント社学同の側も、それ以上会場でゲバルトを仕掛けることは出来ませんでした。

この全国全共闘連合結成大会は、学生運動の戦後のピークを現す重要な大会でした。すでに全共闘も党派も、同じ質の弾圧下にありました。東京大学安田講堂攻防戦の参加で示されように、支援・連帯行動は各大学別と言うよりも、党派別に結集していました。つまり、全共闘運動と党派共闘という形になっていたのです。弾圧を乗り越え全国の全共闘連合を結成し、学生運動を階級的な反体制運動の一翼として担うことを確認する場として九月五日この全国全共闘連合結成大会がありました。

この結成大会で議長に山本義隆さん、副議長に秋田明大さんを選出しました。しかし、秋田さんは三月に逮捕されおり、この会場に逮捕覚悟で入場し、基調演説を行う予定の山本議長は、この大会のため隊列に紛れて入場しようとしたところで逮捕されて参加できませんでした。山本さんの逮捕の結果、以降の全国全共闘運動は山本さんのヘゲモニーのもとで拮抗していた、党派と全共闘の中央機能は失われて行きました。そして、党派と全共闘の共闘は、各地でそれぞれの個別の大学の党派と全共闘・自治会の力関係の中に委ねられて行くようになったと思います。

赤軍派としては、死活を賭けた九月五日全国全共闘連合結成大会で、これ以上ない鮮烈な登場を果たしました。それはまた、赤軍派にとって過大な期待と自負を背負うことになりました。しかしながら、当初から活動の仕方や合法・非合法活動、組合活動など規則のある組織活動を経験したことの無い人が多かった学生集団です。教育する人もいないまま、それぞれが課題を任されて行きました。人手不足もあり、みな指示された課題を、自分の裁量や能力で、自分流にこなして行くという活動スタイルでした。

私はカンパ活動やオルグでは赤軍派の夢を語りつつ、難しい他党派批判やブント内の論争は、自分で納得も消化もしていないので語ることが出来ません。そのぶん私は、赤軍派とは無縁な中学・高校時代の旧友や文化人などの友人たちの協力でアジトやカンパ集めの活動に励みました。

弾圧は、マンツーマン包囲のように厳しくなるのに、私たちの活動は旧態然とした殻を破れずにいました。尾行・盗聴に耐え得ない下宿や喫茶店などでの会議や戦術の話、それ以上に、正面から正々堂々のつもりか、「大阪戦争・東京戦争」や「霞が関蜂起」などを機関紙に宣言し、丸裸のまま戦争を始める状態でしたが、その拙さすら自覚しえずにいました。

赤軍派は、これまでのブントとの抗争から、武装闘争を自己目的化して進むことが活路になっていたと言えます。リーダーたちの考えと、若い赤軍志願者の思いにはギャップがあったように思います。しかし、賽は投げられたのです。すでに人民運動とかけ離れた自分たちの戦いを「役割分担」と合理化し、我々は最左派の戦術の位置で呼応するのだと、私自身を納得させていました。

九月五日の全国全共闘連合結成までは、「七・六事件」に疑問を持ちながらも現思研も共に戦って進みました。私も出来立ての赤軍派という組織に対する愛情が湧き、「七・六事件」の葛藤はすでに彼方になっていて、「戦ってみなければ判らない」と、武装闘争を活動とする方向に向いて行きました。

「大阪戦争」

全国全共闘連合結成大会を経て、赤軍派の実態を知らない者たちも多いまま、志願者、共闘を求める人たちが急速に増えました。

各地の大学に、人民組織委員会（ＣＰＯ）の代表を置き、連絡体制を作り、それを大衆的な革命戦線として、代表者会議を秘密裏に行いました。茨城大学、福島医科大学、関西の各大学も代表者を東京に常駐させて活動を共同するようになり、ＣＰＯのオルグ活動が広がりました。赤軍派メンバーは名簿上ではすでに三〇〇人を超えていました。私は名簿作りに携わっていましたが、東京、関西ともに、多くの高校生や予備校生がいました。

このように赤軍派が活動を開始し始めた九月、「七・六事件」で負傷した望月さんの容態は、意識がまだ戻らず厳しい状態にある事も知らされました。望月さんの仲間の同志社大学から、彼の思いを実現したいと、東京で活動する人も多くいました。

私たちはCPOの全国ネットワークを強化し、各地に人材をオルグするシステムを作りあげようとしていましたが、活動を継続するために財政とアジトなどの兵站、軍事行動準備の人材や武器など戦闘体制の強化も、一方で問われていました、

田宮さん、花園さん、上野さんらを中心に、すでに宣言してきた「秋の前段階蜂起」に向けて、本気の「革命的戦い」として「大阪戦争・東京戦争」の準備に入りました。出来たばかりの赤軍派は当時、自分たちの力不足を、関西の大学の全共闘の人たちと組んで、まず「大阪戦争」を拡大する計画でした。

当初は、大阪では幾つかの大学を拠点に交番（派出所）を狙った多発ゲリラ戦で武器奪取を目指していたようです。また京都では、京都大学時計台に立てこもってバリケード時計台死守戦を戦っている全共闘の人々に共闘して、大阪と同様の戦いを同志社大学を拠点にして狙っていました。

公安当局は、「大阪戦争・東京戦争」を阻止すべく、九月五日全国全共闘連合結成大会時の「内ゲバ」暴力行為を口実に、二〇〇〇人以上を動員して赤軍派の関連施設に捜査令状を取って乗り込み、事前の運動潰しに乗り出し始めました。その結果、計画は厳しくなりました。特に赤軍派と関連があると見られた全共闘が狙い撃ちされたのです。

大学の要請や許可なしに、警察は機動隊を強引に大学に突入させました。九月一三日には、集会室を貸した山手教会まで捜査し、拠点校として同志社、桃山学院、関東学院大学に入り、多数を逮捕し、火炎瓶

など大量に押収しました。特に関東学院大学に対する捜査では、三浦全共闘議長以下、学園闘争でストライキ中の学生二〇人を拘束し、赤軍派の名を借りた警察の大学自治への介入に大学側からも抗議が起こり、その後釈放しています。

大阪市立大学でも、九月二四日明け方五時に、鉄パイプや角材などを押収するなど、激しい弾圧の中での「大阪戦争・東京戦争」となりました。

当時、東京で活動していた事情に疎い私たちは、大阪での交番（派出所）襲撃の新聞のニュースに、何これ？　大阪戦争ってこれ？　と、がっかりしました。いつも決定的な時に立ちあがるお茶の水、神田カルチエラタンのような数万人の市民と共に、騒乱状態が作られるとイメージしていたからです。

しかし、「大阪戦争」は、本当はもっと大胆な革命戦争の幕を切って落とすという主観的には計画があったのですが、それが上手くいかなかったのだと後で知りました。当初は九月一五日以降、大阪で警察署や交番（派出所）を襲撃して拳銃を奪う計画で、この戦いで武器を確保した上で、秋の前段階蜂起・首相官邸占拠を計画していたとの事です。これまでのブントのやり方の延長上で、実践的には中央権力闘争による一時占拠を前段階蜂起と描いていたと思います。一三日未明の一斉捜査により「大阪戦争」は予定を延期したのです。

九月二二日夜、約三〇人が大阪市大病院から赤旗を掲げ、赤ヘルメットにタオルで覆面しデモ行進しつつ、阿倍野銀座通りで火炎瓶を準備し、阿倍野金塚交番、旭町一丁目交番を攻撃しました。桃山学院大学全共闘が、阪南北交番を攻撃しましたが、解放区や釜ヶ崎（労働者）の決起の政治工作も欠けて、「拳銃の奪取」という目的も果たせませんでした。

京都では、京都大学時計台死守に呼応して、百万編で街頭バリケード戦を全共闘、パルチザングループなどと共に、赤軍派も共同し、同志社大学を拠点に、今出川交番に火炎瓶を投げたり、烏丸今出川交差点北側にも街頭バリケード戦で「大阪戦争」に呼応したらしいです。九月二三日の『朝日新聞』によると「赤ヘルメット一団、疾風のように」「不安と怒りの住民〝何ということを〟大阪の派出所襲撃」というタイトルで、京都で二二日午後に派出所襲撃があり、うわさされていたゲリラ戦術が大阪阿倍野区で行われたと報じています。

『朝日新聞』によると金塚派出所には、六時四五分頃『赤軍』と書いた赤いヘルメットの一団が「ホイホイ」とかけ声を挙げながら、北から南へと駆け抜け、真中にダンボールを抱えた男。男たちは全員白衣とズック靴で五人ほどが鉄パイプ、残り二、三人が木の棒で派出所に一団が駆け抜けると、まもなく派出所が明るくなった。火炎瓶を投げて走り抜けた。旭町一丁目警羅連絡所は、大阪市大付属病院北館の隅にある無人の連絡所だが、金塚派出所とほぼ同時刻、白衣の一団が攻撃、やはり七、八人でやった。阪南北派出所は、午後八時過ぎに襲われたと記しています。

翌日、大阪府警は八〇〇人を動員し、赤軍派の拠点と言われる大阪市立大学医学部、桃山学院大学、関西大学の三大学を放火、凶器準備集合、傷害などを理由に捜索し、角材、鉄パイプ、ヘルメット、火炎瓶を押収し、ストライキ中で立てこもっていた関西大学の学生一四人も凶器準備集合罪の疑いで逮捕されています。

こうした自らの拠点潰しのような稚拙な戦い方は、今後の戦いを細らせて行くことになって行きます。

「東京戦争」

東京では、赤軍派は九月二五日に政治集会を開き、「東京戦争」を宣言しました。この赤軍派集会は、

ＣＰＯを中心に赤軍派の関東の支持者を結束して、六八年の国際反戦集会を継承するのは我々だと、北区の滝野川会館で「赤軍派国際反帝集会」として企画されました。九月四日の葛飾公会堂での赤軍派結成政治集会に続いて、二度目の政治集会です。

このころ既に、赤軍派編集局は、『赤軍』パンフＮＯ・２の「分派闘争の今日的意義と世界革命戦争」を発行していました。また九月二〇日発行の『赤軍』（新聞・創刊第一号）では「全共闘――反戦を革命的に再編し、革命戦線を樹立せよ」と訴え「日米同時蜂起―世界革命戦争を実現せよ!首都制圧し敵の中枢　首相官邸・防衛庁・警視庁を武装解除せよ！一〇・一〇市街戦を拡大し、一〇・二一機動隊殲滅！首都制圧！」などとアジっています。

この国際反帝政治集会も六〇〇人を超える会場いっぱいの参加者でした。受付をＣＰＯで分担し、また会場警備の赤軍のヘルメット部隊も加わり、公安警察の包囲下で行われています。私が会場使用の申込みを行いましたが、後にそれを理由に逮捕されます。

九月三〇日、全都全共闘連合は日本大学奪還闘争に向けて神田カルチェラタン解放区を予定しており、この日大闘争に呼応して赤軍派もまた、前段階蜂起に向けた第一波行動を取ると宣言しました。そのため、東京都内の交番など約一二九〇カ所が警戒態勢に入りました。

当時、チェ・ゲバラの『ゲバラ日記』『ゲリラ戦争』や、ブラジル共産党から分派して都市ゲリラ戦を主張し、六九年に銃撃戦で殺されるカルロス・マリゲーラの『都市ゲリラ戦教程』が翻訳され始め、全共闘運動の中でも広く読まれていました。武装闘争を目指す黒ヘル軍団やパルチザン戦闘団など、赤軍派と同様に新しい戦い方を模索する人々がいました。赤軍派の戦いが、もう少し社会状況を良く把握し、社会的にも容認されるような、ベトナム戦争に反対するターゲットや政治的なゲリラ戦だったら、もっと人々に支えられ支持されたでしょう。

しかし赤軍派は、出生時の失敗から成果を求めて焦っていましたし、またブント時代の延長で中央権力闘争一本槍の国家権力の象徴である警察などへの攻撃で、自分たちと警察という狭い視野の攻防に関心が集中していました。秋の前段階蜂起に向けて武力（ピストルなどの銃や爆弾など）を高めるための準備が必要でした。

この頃、私たちにも動員がかかりました。ある場所を襲撃し奪取する武器を、受け取って持ち帰るようにとの要請がCPOに来たのです。女性でカモフラージュするつもりだったのでしょう。「何でもやりますよ」と答えていましたが、「やっぱり必要ない」と後に言われました。警察からの武器奪取が、それほど簡単はないことを理解したのでしょう。決意で乱暴にやろうとしても、上手く行くはずはありません。

赤軍派の立案と計画は、いつも思い立ったら、すぐやろうとするので「十分な調査によって、目を瞑っていても出来るように訓練する」という、後にパレスチナの軍事活動で学ぶ原則には全く合わず、行きあたりばったりで失敗が多かったのです。

つぎは自分達仲間の周りで、入手出来る武器の確保をめざし、猟銃の調達、モデルガンの改造、爆発物製造を、薬品を入手しつつ行う事、などを重視することにしました。そして、「自力更生で武器を開発し、前段階蜂起には、新しい武器で武装する」とCPAは決定しました。この指示にそって、福島医科大学の赤軍派は、もっとも早く実験に着手し、成功させます。

その中心を担ったうちの一人が、梅内恒夫さんです。彼は、ブントの六八年の一〇・二一闘争の防衛庁突撃部隊の一員でもあり、花園さんらと共に六九年に保釈されて以降、福島医大のバリケード戦を闘っていました。私が八月に福島医大に行って、鎌田全共闘議長と話した時に一緒に居た人です。九月全国全共闘連合結成大会で上京し、赤軍派の難題である武器の解決のため、福島医科大学が中心になって鉄パイプ爆弾、ピース缶爆弾などの試作に取り組んでいました。

ＣＰＯは秋の蜂起に向けた拠点校の拡大、ことに一〇月の闘争の兵站（武器、火炎瓶などの供給地）として、福島医大と茨城県立大学が中心になり、準備することを決定しました。他方、ＣＰＡは田宮さんの指揮下、東京大学を拠点に「東京戦争」の準備を行っていました。

六九年の九月三〇日は、日大闘争団交勝利一周年で、神田本郷一帯でカルチェラタン闘争を展開すると宣言されており、その戦い呼応して交番か警察署の襲撃準備を図っているようでした。警察側は、「大阪戦争」を封じ込めたように、九月三〇日早朝六時に明治大学学館を急襲して、そこで大量の火炎瓶を押収しています。

それでも、日大闘争に連帯し午後から明治大学神田校舎中庭で集会後、日大全共闘二〇〇余人を中心に、包囲阻止線を張る機動隊に火炎瓶を激しく浴びせ、明大学館からも火炎瓶で呼応して、明治大学通りは解放区と化します。

当時私は、東京大学校内でＣＰＯ会議があり、時々東大本郷に出入りしていました。その東大の竜岡門のすぐ傍に、本富士署がある事は知らずにいたのですが、そこを赤軍派が襲ったのでした。この本富士署襲撃作戦は、関係の無い人まで芋蔓式に三〇人以上の逮捕が続きました。参加した現思研の仲間の話によると、総勢二〇人を超える部隊が襲う計画段階で、参加辞退した仲間がいたそうです。それで攻撃の日付を変えたようですが、たまたま、この人が用事で東大へと向かっていた時に、丁度襲撃に遭遇してしまい、作戦が行われたと知って慌てて逃げたそうです。ところがこの彼だけが逮捕され、彼は知っている事を自供してしまったため、北高校の生徒の多くが逮捕され、自供で芋蔓式になったとの事でした。

「東京戦争」も、また中途半端なものに終わりました。田宮さんに言わせれば、「東京戦争」はこれではなく、一〇月一〇日の「反戦・安保粉砕・沖縄闘争勝利・佐藤訪米阻止・羽田闘争二周年」を記念する戦いに焦点を当てていたそうです。

一〇・一〇実行委員会は、四〇一団体が参加し、ベ平連、市民団体、反戦青年委員会、中核派、革マル派、ブントら反代々木系団体、赤軍派も含めて参加する統一行動が予定されていました。新左翼勢力の一大潮流の結集の場であり、一〇・一〇から一〇・二一の国際反戦デーを射程に「東京戦争」を組んでいたそうです。

その前哨戦として、本富士署襲撃が行われたのでした。CPOは、堂山さんの責任下、小西さんや私、茨城大学のKさん等で体制を整えようと、丁度東大で活動していました。

「こんな本富士署なんて襲撃したら、すぐ東大にガサが入るぞ」とか「東京同様、大阪でも拠点校から出撃して攻撃するのはゲリラ戦以前のお粗末なやり方だな」などと、CPOでは話していました。とは言っても戦った以上、それは全部引き受け支持するという立場でいました。

CPA下の赤軍派中央軍は、昨日まで社学同の大学生や高校生のメンバーたちです。「部隊」と言っても、プロフェッショナルな体験や訓練を教えられる人材もいません。また、田宮さんら作戦参謀部も経験があるわけでなく、団交やデモなど大衆的戦いの指導を経験した者たちが、戦争の立案を考えていたのです。今思えば軍事的には、大変未熟なものでした。

のちに私は、アラブで活動し始めて、事前の保安対策の徹底の重要性、軍事攻撃では調査が五〇%以上の最も重要性を占める事を学んでいきました。でも当時の赤軍派は、行動を起こす前から公然と広告してしまい、その後から短時間ターゲットを調査し、政治性よりもやり易さで決めて、決意で個々が戦闘に参加するというやり方でした。うまくいくはずは無かったと言えます。すでに「大阪戦争」「東京戦争」を口実に、一〇〇人以上の活動家が逮捕拘束されてしまいました。

弾圧の強化の中で

当初から赤軍派は「党建設・階級形成の中心環として軍隊を位置づける」と、武装部隊・赤軍形成に中心を据えていました。その分CPOは新しい人材を選抜しては、軍事委員会であるCPAへとオルグした人材を派遣していました。

「前段階蜂起は世界革命戦争を現実化して行くという意味で、前段階であり、プロレタリアートとブルジョアジーの階級闘争を対峙させるような戦い」とイメージでは位置づけていました。「デモより大きく、蜂起よりは小さい」戦いと位置づけ、前段階蜂起を戦う中で、新しい流動を形成し、そこから次の展開を再び軍事的に目指すとする考えです。これは自然発生性への期待と主観的願望であり、自分たちと権力の攻防の力学の関心角度に目を奪われているような戦いへと進んで行きました。今から捉え返せば、反戦闘争、全国全共闘の戦いの波が赤軍派の登場を可能ならしめていることに、あまりにも無自覚だったと言えます。

また、国家権力の大学への一方的な機動隊導入や逮捕弾圧に対する突破を願望する一部のラディカルな学生、市民の願いを背負って戦う事は、まだ可能性があった時代です。「大阪戦争・東京戦争」は、いっぽうで六八年の「国際反戦集会」を我々が継承するとする九月二五日の赤軍派の「国際反帝政治集会」の宣伝戦でもありました。この国際政治集会は、国際部の京都大学の小俣さんらが、米国、西ドイツから集会に向けた連帯のメッセージを準備し、六八年のようにヒロシマ国際反戦集会には結びつきませんでしたが、国際階級闘争を訴える政治集会となりました。

この九月二五日「国際反帝政治集会」の成果を踏まえて、東京大学でCPO全国代表者会議を開き、指導体制を大衆組織・革命戦線の結成などの討議を行い、一〇月一〇日の戦闘体制に沿ったプロパガンダや救援体制を話合いました。

一〇・一〇闘争に向けて権力側も相当警戒体制を取っており、一〇・一〇で登場するはずの赤軍部隊の本格的な計画は、またも挫折させられました。「大阪戦争」同様、事前に嗅ぎつけられてしまったのです。火炎瓶などの武器を大量に製造して運ぶ段階で、茨城大学に一〇月七日から八日に捜索が入り、茨城大学全共闘の人々が逮捕されてしまいました。

上野駅でも、火炎瓶などが「第二の東京戦争」に使用する直前に押収され、関係したとして手当たり次第に学生が逮捕されてしまいました。丁度準備していたCPO全国会議は、九月に続いて行われる予定を中止して、被害救援対策に備えました。

六七年の一〇・八闘争以降、逮捕されあるいは負傷した学生、市民たちへの治療や弁護士接見、差し入れを自主的に始めていた水戸巌さん、喜世子さん御夫妻ら市民救援会の方々を中心に、六九年三月「救援連絡センター」が設立されていました。新左翼の学生、労働者、市民を中心に協力し合い、この救援連絡センターを中心に被逮捕者に対する救援が組織的に行われるようになっていきます。

救援連絡センターは〝国家権力によるただ一人の人民に対する基本的人権への侵害をも、全人民への弾圧とみなす。国家権力による弾圧に対しては、犠牲者の思想的信条・政治的見解の如何に関わらず救援する〟という原則に基づいて、どの被弾圧者にも差別のない救援活動を開始しました。赤軍派は次々と逮捕される事態の中で、このセンターに大変助けられました。また私たち党派以上に、個人の被逮捕者も恩恵を受けることが出来ました。

逮捕された場合、記憶している「獄入り意味多い」つまり「五九一―一三〇一の救援連絡センターの弁護士を選任します」と言って黙秘権を行使し待てば、警察側も連絡を拒否出来ず、すぐに弁護士が駆けつけてくれます。ちなみに二〇〇〇年、私が一一月八日に逮捕された時、高槻警察署で学生時代と同じように救援連絡センターの弁護士を求めたところ、二時間もせずすぐ金井塚弁護士が訪ねて来てくれました。電話番号も同じでした。

茨城大学を始め、首都圏の兵站任務を負ったCPOメンバーも何人も逮捕され救援も忙しくなっていました。準備不足で、準備不足を自覚せず決行した戦いの稚拙さから次から次へと盗聴、尾行、ガサ入れ、逮捕が続きました。

この頃、私が神奈川県の赤軍派の事務所に用事があって行った時の事を覚えています。私が事務所に着くと、若宮正則さんが戸惑った表情で迎えてくれました。彼は生粋の労働者で、神奈川で赤軍派の集会に参加して以来、興味を持って事務所に顔を出すようになり、事務所番をしたり活動を始めた頃です。若宮さんは顔を紅潮させて「今あった事」を話し始めました。

若宮さんが事務所――と言ってもアパートの一室に居たところ、何だか天井でガサゴソと音がしたそうです。それで天井裏を覗くと、男が一人何かをしているところでした。空き巣と言うより公安警察が、どうも事務所は不在と思って盗聴器を仕掛けているところだったようです。

男は即座に屋根裏から逃げ出したので、若宮さんが捕らえたそうです。そこに、パトカーで何人もが来て、制服警官らが若宮さんを取り囲み、その男を奪い「こいつは泥棒だ」と抗議したのですが、「うるせえ！ 公防でお前を逮捕してやろうか」と凄まれてしまったと言うのです。「公防」とは「公務執行妨害の罪」のことです。若宮さんは、まだ活動に参加して間もなく、何でこんな事が起きたのか？　と唖然としていました。

この頃、ＭＬ派にも、同様の事件が起こっています。ＭＬ派は仕掛られた盗聴器を押収し、記者会見を開いて公安警察の違法を糾弾し公表しました。特に神奈川県警はひどく、日本共産党にも同様の盗聴を行い告発されています。

私は、やられ始めて戦前の治安維持法時代の国家の不法、違法行為が自分たちに直接向けられている事を知りました。しかもその不法を訴える方法も十分知らないのです。法を独占した権力は、手段を駆使して赤軍派壊滅を実現することも出来るのです。「革命以外ないな……」と、警察を敵視し、益々自分たちの社会関係に目が行かず、自分たちと敵しか見えなくなって行く傾向がありました。

一〇・一〇「ベトナム反戦・安保粉砕・沖縄闘争勝利・佐藤訪米阻止」を掲げた赤軍派も加わった実行委員会は、当日の日程を八日に発表しました。参加者は一〇万人の統一行動で、明治公園で午後三時から集会を開き、四時から国会・首相官邸・米大使館・東京駅へとデモ行進。それに先立って、全国全共闘連合と市民団体が明治公園、反戦青年委員会が日比谷野外音楽堂など集会を開き、同日は札幌、名古屋、京都、福岡、沖縄でも行う事が明らかにされました。

警視庁公安部は一〇月九日に、赤軍派壊滅作戦の第一弾と称して、幹部約二〇人の一斉逮捕を決め、逮捕状を取りました。容疑は、九月五日の日比谷野外音楽堂の全国全共闘連合結成大会で、赤軍派が対立する社学同に内ゲバを掛けたというもので、現場写真から判明したとし、警視庁は同日「赤軍検挙専従班」を編成したと表明しました。茨城大学で拘束、押収された後にも、逮捕を逃れた赤軍派の者たちが、一〇・一〇闘争を準備しているとして、逮捕に乗り出したのです。

まだ闘争準備を行っていましたが、九日夜上野で、尾行職務質問で六人が凶器準備集合罪で角材を持っていたとして逮捕されました。新宿では、赤軍派二人が逮捕されコインロッカーの鍵を持っていたので調べられ、火炎瓶二九本が押収されるなど、当時の新聞に連日載っています。

東京大学当局は、九日に文学部のストライキ封鎖を解除し、一〇日には本郷内への学生の立ち入り禁止措置を取りました。一〇・一〇対策です。全学共闘会議は、それに抗議し約六〇人が校内に入りデモを行ったところ、大学側は直ちに警察に出動を要請し、機動隊が学生を学外に排除したばかりか八名を逮捕しています。赤軍派弾圧に名を借りて大学側と警察連携による運動つぶしも激しいものでした。こうして、一〇・一〇闘争は、統一行動としてラディカルな戦いを展開しつつも、赤軍派の別部隊による多発攻撃は封じ込められました。

しかし次には一〇・二一国際反戦デーの日の戦いがあると、準備に入りました。これは、軍事委員会がこれまで中核メンバーを既に一〇〇人以上逮捕されながら、残りのカードルを中心に、花園さんらの指揮で準備して行きました。

ところが、一〇・九の逮捕状弾圧によって、一〇月一六日には、堂山さん、高原さんが逮捕されてしまいました。これには私は責任を感じる大きなショックでした。何故なら、CPOのアジトを新しく設置するように言われて、本郷地区のアパートを借りたのは私だからです。そこに、CPOの大切な書類を持ち込んで活動し始めたところで急襲され、逮捕状の出ていた堂山さんと高原さんがその場で拘束されてしまったのです。

逮捕状の出ていなかった私は、そのままガサ入れの立会を警察と口論しつつ、堂山さんに渡した三〇万円程のCPOの資金を取り返したりしました。公安側は、二人の身柄を急いで連行したいので、押収品の記録を急いでいたため、随分いいかげんなまま押印して行きました。残った警官二人と私で、押収品の確認を一枚ずつ行い「記入漏れは渡せない」と、取り戻して何とか一枚でもこの敗北的ミスを取り戻そうとしていました。アジトは「新しいから安全」と思いこんだために、重要書類を持ち込んでいたのです。

このやりとりの最中に、逮捕状の出ていた中央大学の佐々木さん、彼もCPOの指導部の一人ですが、丁度この部屋を訪ね、ドアを開けました。警官より先に私は走って戸口に行き「今やられて、堂山、高原逮捕、押収品のやり取りでまだ公安がこの部屋に居る！　早く逃げて」と叫びました。押収係の公安は走って来て、「佐々木だな！」と言いましたが。既に佐々木さんはすごい勢いで逃げて行くところで、彼らも諦めました。まだ押収品の確認が終わっていないからです。

その後私は、CPOメンバーで逮捕状の出ていない東京大学の小西さんや同志社大学の神田さんらを呼んで討議し、とにかく他の政治局員にCPO体制を補ってもらいつつ、一〇・二一闘争が迫っていたので、それに集中する体制を取ることにしました。

そして、小西さんらと自分たちは管理能力が無いと反省し、もう書面に残すのはやめようと決め、加盟書などの古い方式を廃止するなど、即座に書類も処分し、新しい方法を決めました。もっと前から、そうすべきだったのです。急襲された口惜しさで「もう今日は、公安もここに来ないだろうと」とそこで会議をやり、そこで皆泊まりました。遠山さんも居たので「よし明日は、差し入れと称して警視庁に乗り込もう」と決めました。

翌日、遠山さんと桜田門の警視庁に行き「公安の〇〇さんに面会」と、前日押収品目録記載の刑事名を告げて、公安の部屋を見てやろうと二人で狭い階段を駆け上がりましたが、途中で取り押さえられ阻止されました。「差し入れに来ただけでしょ！」と騒ぎ、部屋を覗いたりしました。公安もびっくりしていました。

いつもやられているばかりいるので、こういう遊びがあってもいいと、ハプニングで溜飲を下げたというところです。赤軍特捜班のキャップになった高橋刑事が出てきて「おお、いい根性してるな。赤軍派のやつらはよく自供しとるよ」などと嫌味を言いました。堂山さんらが逮捕されたことで、ＣＰＯは活動条件が難しくなりました。高原さんは、その後二三日拘留の後、起訴されず釈放されましたが、他にも九・五全国全共闘連合結成大会の内ゲバ容疑の名で次から次へと逮捕されました。

ＣＰＡも軍事委員会には指導部のカードルの他、兵士は高校生ら新しい若手を配置し、その多くがすでに拘束されていました。ＣＰＯ組織委員会の方は、経験のあるブントの活動家が多かったのですが、その人たちも「内ゲバ」容疑を口実に逮捕され身動きが出来ない状況です。

政治局の下に並列的に在った組織委員会のＣＰＯと軍事委員会のＣＰＡが、これまで両輪となって、スケジュール闘争、一〇・一〇闘争などを準備し、両委員を動員する活動スタイルになっていました。しかし、組織委員会の広がりもまだ作りきれないところで、その判断の中心に居た堂山さんが逮捕されたことで、以降はＣＰＡ・軍事委員会の下に半合法的な公然活動としての「革命戦線」として組織活動を行う方向になって行きます。

支えてくれた人々

赤軍派では、秋の戦いの幾つもの敗北の中から「国際根拠地建設」が討論され始めました。世界革命戦争に向けた「日米同時蜂起」を目指しつつ、革命の「国際根拠地」の必要性が論議されたのです。

過渡期世界で攻撃的な戦いを展開するために社会主義的「労働者国家」の官僚的な党と党派闘争しつつ、

そこを革命根拠地とさせようという考えです。

この理論的転換の方向と同時に、組織的にもCPO・人民組織委員会、CPA・人民軍事委員会機構から、党・軍・革命戦線という上意下達の組織へと再編を目指しました。政治局指導部の下に、軍も地下活動に再編し、政治・組織戦・救援活動などは、大衆的な「革命戦線」に置くように変更しました。そして、塩見さんの指導下に、ポリティカルコミュサール（PC・政治委員会）として花園さん、上野さん、私を配置して、財政・兵站・アジト設営やオルグ活動、つまりCPO事務局がやって来たような政治局補佐機能を据えました。中央委員会と塩見さんを中継する役と金集めが、私の主な仕事になりました。この頃には、地方から女性活動家も何人か加わり、共同して組織化・中継・救援などの任務を担って行くようになります。

こうした指導部補佐機能を引き受けた結果、現思研の仲間たちとは疎遠な状態になっていきます。現思研のある者は、引き続き軍に加わり、ある者は革命戦線で地区に張り付いて、ブントの共産主義青年同盟（キム）の延長の活動を続けたり、救援活動を行い、ある者はあまり現実離れした赤軍派の軍事への傾斜と人民性の欠如に活動を中止して行きました。

次々と起きる救援、財政実務などの難問に私は手一杯で、他の現思研の仲間と、現思研としてどうするかと問うこともなく、無責任に進んでしまったと思います。私の赤軍派への誤った道が、もちろん主体的に選択したことはまちがいないのですが、遠山さんをはじめ仲間をも過たせてしまったと思うことがあります。

この頃、友人、知人をオルグしては会議用の部屋を使わせてもらったり、そこを電話中継の場に借りたりしていました。貸してくれる人も探すのは大変です。貸してくれる方々の中には、ベ平連の米軍脱走兵を少し前まで匿っていたとか、山本義隆さんも匿っていたという方もいて、市民の中で支えてくれる人も多かったのです。ところが、赤軍派の中には、逮捕されると、不用意に自供する者がいて、その結果そういう友人たちに弾圧という迷惑をかけ信頼を損ねることが多発し、その謝罪にも頭を悩ませるようになりました。私の身近でもそういう事がいくつか起こっています。

私の個人的な友人も協力してくれて、彼の実家の空き店舗を会議用に借り、一日で帰ったはずの人々が、軍の「兵舎」と称してずっと使っていたうえ、逮捕後自供によって家族が取り調べを受ける迷惑をかけました。明治大学夜間部の二つの寮、松陰寮、堀切寮も、現思研の仲間の協力で宿泊用に一時、赤軍派の地方メンバーが使わせてもらったのも「兵舎」として居付き、寮の闘争委員会からガサ入ればかりか、寮での赤軍派の無規律なあり方に苦情が来ることもありました。

観念の「正しさ」に頭が占領されていて、生きている人と人との関係や痛みに無頓着な身勝手さが、私たちの戦い方に表れていたのです。そうした日常を革命のあり方として改める組織としての観点を、当時は持ち得ませんでした。

「社会性に欠けている」と指導部を批判し、自分の未熟さを棚にあげて、遠山さんら女性たちや救援の男性活動家たちで「本当に、もうやってられないわね」と言い合いました。「でも今困っている時に、辞める訳にはいかない」と慰め合い、やっぱり好奇心と楽しい活動の側面を知っている分、愚痴を言いつつも、組織活動を続けました。みなが私のような気分の人が多かったと思います。

どう是正すべきかは、手工業的な手探りでした。またリーダーたちも困った時に便利な存在として、私を認めて指導部の一員に加えました。理論や軍事が指導の中心ですが、私にそれを期待をしていたわけではありません。私も観念的理論には大した価値を置いていないので、実践や現実対応力の要求に応えることに精一杯でした。リーダーたちも、実は理論的にも軍事的にも、皆、似たようなレベルだったのだと、今なら思い至ります。

「ポリティカル・コミュサール」になった私たち三人は、赤軍派に不足している財政獲得を検討しました。私は個人的友人たちにカンパを依頼し、上野さんは「自分は無理」と早々と脱帽してしまい、金集めなど縁の無かった花園さんは、活動費が膨大にかかる事に驚き、ある日私に言いました。

「自分が金を作る。妹と弟に話をつけて遺産相続の放棄に同意してもらった。ついては九州に行って両親を説得し金を作って、蜂起がやれるようにする」と言い、それで九州までの片道切符代を出してほしいと言うのです。これは上手く行くはずはないと思いましたが、同意しました。「金を作るまでは帰って来ない」と啖呵を切って花園さんは出かけました。

でも、それから一向に連絡がありません。しばらくして、花園さんの実家を探して電話をすると「上手く行かなかった」と沈んだ声で答えました。「何を考えているんだ」と両親に一喝され、怒られ、毎日押し問答を繰り返しつつ、帰るに帰れないと言うのです。「とにかく帰って来て。必要なら旅費を送るから」と言いました。こうして、花園さんのポリティカル・コミュサールの遺産相続作戦は失敗しました。

上野さんは「ブルジョアジー諸君！」と威勢の良い演説や世界赤軍の夢は語れても、やはり金集めには向いていません。東京では、私の個人的な知り合いの芸術家・文化人や、小西さんに紹介してもらって医者の友人たちからカンパを募りました。そして、東京に居る関西出身のリーダーたちに、自分の旧友などでカンパしてくれそうな人名と連絡先を書いてもらい、名前の一覧表を作って、私は関西オルグに出かける事にしました。

こうして関西では、様々な人と知り合い、知恵、情報、カンパ、アジトなど協力してくれる人びとを見つけました。スナック「白樺」の高瀬泰司さんや京都大学出版会の中谷寛章さん、何人かの教授たちに協力してもらいました。

その一人が京都大学のI先生（フランス文学）です。電話で先生とアポイントを取り、「明日研究室へお伺いします」と決めた夜、京都市内の小さなスナックバー「ゲリラ」で友人と待ち合わせがあり、指定されたそこに初めて入りました。

小さな店で、すでに三人の客が居ました。左側に金髪に染めた少し太った女性が一人。右側には、中年と若い学生っぽい二人連れです。時間になっても友人は来ず、右側の男たちは人間疎外の哲学の話から、若い方が「もてない」ことをしきりに悩んで中年の男に相談しているようでした。私の方は、自然に金髪の女性と話になり「あなた京都の人じゃないね。東京?」などと女性と話していると、中年男が「どうです?　この男、もてないと悩んでいるけれど、そんな事は無いと思いませんか?」などと声をかけて来て四人で何となく話をしていました。

その内、中年男がわたしに「あなたのお仕事は何ですか?」と言うので黙っていると「あててみましょうか?　ストリッパーでしょ?!」というので、内心びっくりしつつ、「御名答!　よくわかりましたね」などと乾杯しました。

電話がかかり、友人はそこに来れないので、他の店まで来てほしいとの事です。それで、皆には失礼しますと挨拶をして別れました。

「君の出演の場所、時間、京都ですか?」などと中年男が聞いて来ましたが、笑って別れました。中年男はインテリ風の上品な人でした。

翌日、I先生の研究室にカンパ要請に訪ねると、驚いたことに昨夜の中年男がI先生その人でした。先生もびっくり慌てて「まさか赤軍派の人とは……いや何、君の隣に座っていた金髪の女性がさ、有名なストリッパーなんですよ。それで、君もそうかと聞いたら、そうだって言うもんで……」などと言い二人で大笑いしました。

以後も、御自宅に伺ったり、協力してくれました。彼は、大学の自治を機動隊導入で破壊した事に抗議して京都大学教員を辞めたと、他の人から聞きました。

また、政治局で論文作成上、「世界革命運動情報」のバックナンバーを借りる必要から松田政男さんら東京の友人たちとも、知り合い協力してもらうようになりました。松田さんは擬制的なブントの組織を純化する赤軍派の分派結成には共感すると言って、人脈、カンパ、場所確保など進んで協力を申し出てくれました。松田さんの広い人脈の文化人、知識人の協力はありがたいものでした。

新宿にあった酒場「ユニコーン」は、そうした人々の砦のような、日本共産党をやめた反日共系知識人、文化人たちの溜り場です。松田さんから大島渚監督や創造社の佐藤慶さんら俳優たち、作家の五木寛之さんや映画監督の若松孝二さん、足立正生さんなどと知り合うきっかけもこの店です。明大の先輩で「ガロ」に執筆したりする友人のシナリオライターの佐々木守さんも「ユニコーン」で待ち合わせました。

マスターもかつて闘っていた人という噂でしたが、ここは静かに飲む人はなく、いつも論争や批判を酒の肴に飲んでいました。カンパや協力要請に私も時々通いましたが、銀座のバーとは全く違う論争の場です。守さんは元々知り合いですが、彼は「革命が起きてもどこからも殴られないように」と冗談を言いながら、要請があると、いろいろな党派にカンパしていました。私もよく助けられました。

ある日、アポイントがあって「ユニコーン」の扉を開けると、怒号と激しい音。あわてて退散して守さんを電話口に呼び出して聴くと、「竹中労が熊井啓を連れてきたので、松田さんが日共系だ！　と熊井さんを入店拒否しろと言い出して、竹中が怒って大立ち回りに暴れ出してさあ。僕もやめろやめろと言いながら、後から竹中や松田をちょっと殴っちゃったよ。普段のストレス解消さ。マスターがもう仕切ったけど。今日は来ない方がいいよ」などと言っていました。

人前では紳士で、高尚そうに語ったりする人たちですが、この店に来るとはめをはずしていました。そういう知識人、文化人と言われる世界を知ったのも、松田さんをきっかけとする「ユニコーン」での出会いでした。

一度、この酒場に叛旗派の会議を終えた味岡さんらがどっと入ってきて驚きました。赤軍派のリーダーたちはストイックで、決してそんなところには出没しません。政治党派としては対立していた間柄ですが、味岡さんはかつてと同じよう対応してくれ、私も戸惑いつつ議論した記憶があります。活動を通して、いろいろな人と出会いながら私がカンパや協力を得ようと必死で活動していた頃のエピソードの一つです。

こうした中で、六九年一〇・二一闘争を迎え、新左翼勢力が重点化して戦う中、赤軍派も再び軍事的突出を目指します。当時は、一〇・二一国際反戦デーとして、ベトナム反戦の戦いは世界で盛り上がっており、米欧の左翼勢力、べ平連なども連帯していた時です。その日は、新宿を中心に中核派系の戦いが繰り広げられ、一五〇〇人以上の逮捕者を出しています。この日赤軍派は、初めて武器のエスカレートを決断していました。「革命戦線」も協力し合っていました。

すでに福島医科大学を中心に、爆弾、鉄パイプ弾やピース缶弾などの実験も成功し、試作品も作られていましたが、これまでは使いませんでした。弾圧に抗し、この日使うことになりました。計画では、トラック三台を調達し、赤軍兵士を乗せて甲州街道から新宿へ向かい、新宿の淀橋警察署に爆弾を投擲して撤退するゲリラ戦を行い、他方で他の部隊は新宿の東京薬科大学校内に隠した大量の火炎瓶や爆発物を新宿騒乱の中、敵の車輌、交番などに投げつける計画だったようです。

私は間違いのないように、各地からの電話を捌く中継をやってくれと頼まれ、マスコミ反戦の友人宅に田宮さんと居ました。しかし、この武器のエスカレートを決意した一〇・二一闘争もまた失敗し、隊長格の杉下雅一さん、前田祐一さんらも逮捕される事になりました。

赤軍中央軍の隊長の一人であった現思研の仲間に後で聞いた事ですが、花園さんの指揮で、当日トラックを三台調達するはずだったのですが、（他人の車を勝手に拝借して使用する方法だったため）確保出来たのは、ミゼット一台でした。全員車に乗ることは出来ません。

当時流行していたヤクザ映画好きの者たちで部隊名を鶴田隊と高倉隊と命名しており、ミゼットに乗るのを「鶴田、お前たちが乗れ」「いや高倉、お前こそ乗って行け」と譲り合ったそうです。結局、高倉隊がミゼットの荷台に乗り込み、鶴田隊は、高倉に赤軍旗を渡して、ミゼットの後を走って追いかけることにしました。振り返るとパトカーがいます。

「マンガのようだった」と笑いながら、その様子を話してくれました。ミゼットの上に赤軍旗をなびかせて乗れるだけ乗り込み、その後を二〇数人が駆け足で追い、そのまた後をパトカーが追いかけると言う図なのです。そして、淀橋署の正面に着くと、署の入口に向けて初めての爆発物で襲撃を試みましたが失敗しています。軍の連携不備と無知で、点火の仕方を間違えたようでした。アルミホイルをはがして点火する指示が伝わっていず、ライターを点けても点火せず、そのまま投擲したようです。

他の部隊の方は、すでに戒厳令下の新宿のホテルや予備校の寮を数日前から確保していました。しかし、東京薬科大学に準備しておいた火炎瓶や新しい爆発物も、部隊が使用出来ませんでした。早朝から機動隊が、新宿の東京薬科大学に捜索に入ってしまい、大量の火炎瓶などを押収しロックアウトにしてしまったからです。

またしても、赤軍派の計画は実りませんでした。それでも、東京では新宿、その他京都、大阪、札幌まで赤軍派の大衆組織である「革命戦線」は他の人々と共にデモ行進に加わりました。赤軍派は新しい武器使用に到らず、多くの活動家がまた拘束されましたが、それでも戦い、武装闘争による新しい変革を夢見て、様々な人々が赤軍派に結集して来ます。

ブントも赤軍派と対抗関係におかれ、一〇月七日には共産同政治集会を開催し、「佐藤訪米阻止・安保決戦を日帝打倒・世界革命戦争へ」を訴え、一〇・二一には「大阪中電マッセンストライキ」や反戦闘争から武装闘争へと進みます。そして、ブント内の内部矛盾は関西地方委員会、ブント中央、情況・叛旗派などへと分岐が拡大して行きます。時代と戦いの渦中にあって、過ちに気付かず、急進化を競い合ってしまうのですが、それは私たち赤軍派に多くの責任があったと思います。

前段階蜂起と組織再編

軍事技術、兵士の組織力を高めるため、秘密訓練が決定されました。これまでのようにCPOを介して軍へのリクルートを行うものではなく、党と一体の軍の意志が、大衆組織を「革命戦線」として党と軍の下に位置づける陣型に再編しています。「革命戦線」は人材オルグを担当して、軍を支える陣型となりました。

最終的な蜂起計画は、軍のカードルメンバーを集めて、東京メトロの茗荷谷駅近くの拓殖大学裏門前の曹洞宗林泉寺を借りて、会議を開きました。この林泉寺の住職が劇団「人間座」を主宰し演出もしており、寺は必要なら来る者を拒まない場として知られていていました。色々な人が伝手を頼りに会場として借りており、赤軍派も借りて一〇・二一総括と国際根拠地・前段階蜂起方針をここで決定しました。

軍事委員会は、田宮、上野さんらで具体計画化することになりました。軍事委員会構想では、部隊は一分隊三人を基礎に三分隊で一小隊、三小隊で中隊として、三中隊約一〇〇人の部隊を編成して、これを赤軍中央軍としました。この前段階蜂起の決死隊の隊長は、上野さんで各部隊の隊長クラスは以降の部隊形成のために参加せず、部隊員を送るよう、選抜が始まりました。

この中央軍は、既に「七・六事件」以前に上野さんが赤軍（ＲＧ）を作り始めていた時の、「赤軍心得」に基づいています。その規律は、中国紅軍の作風に憧れていた上野さんらしい内容です。

第一に、人民の財産は針一本も盗んではならない。第二に、人民を守り、人民を助け、人民のために戦う。第三に、戦闘中の命令には絶対服従する。第四に、非戦闘中は将校、兵士の区別は無い。第五に、党が政治教育を保障する。第六に、入隊は原則オルグによるか、赤軍兵士の選抜による、などと決めています。

そして秘密訓練の後、官邸攻撃をすぐに行うという決定を行いました。この時塩見さんから、ＰＣの私が現場の上野さんと塩見さんの地下司令部をつなぐ中継を確保するように指示されました。私も安全な中継場所を捜し、軍も人選の準備が始まりました。

そのころ現思研の仲間が、元気の無い様子で話をしたいと連絡して来ました。会って話すために、久し振りにお茶の水の明治大学学館に入ってみました。既にブント内の対立があっても、明治大学仲間は対決している訳ではありません。ＭＬ派の友人も「がんばれよ」と好意的です。私たちが居なくなってＭＬ派、解放派（革労協）が加わってⅡ部中執（中央執行委員会）を維持しているようでした。

学生会館の側で、赤軍派のビラ撒きをしていた青年が「こんにちは!」と言うので見ると、一年程前、現思研の仲間の故郷新潟で学習会合宿をやった時、一緒に話をした村の青年団のO君です。「あ！　赤軍派なの?!」とびっくりして聴くと、嬉しそうに「やっぱり戦いたくて上京したんです」と話していました。こんな純朴な仲間が増えるなんて素晴しい、と嬉しく思いました。

待ち合わせた現思研の仲間が待っていました。彼は隊長の自分が決死隊に入らないのに、隊員を決死作戦に送るのが納得出来ないと話し始めました。「他人に死ぬ戦いに参加しろと言って、自分は参加しないとは言えない。自分が決死隊に入るからお前も一緒にやろうとしか言えないし、また言いたくない」。彼もまた、純粋に考えている……。みんな命を覚悟しているのに、指導部は何と頼りないんだろう……と思わず絶句してしまいました。

私は「貴方の考えは理解出来るけど、役割分担として説得するのが、あなたの飛躍にとって必要じゃないか?」と話しかけました。彼は、赤軍派のいいかげんさや、指揮が上から出なかったり、判断力に欠け、ラッパを吹くばかりで……と不満を吐露し、現思研の仲間も何人も去り、指揮にも不満があるのに「自分は行かないが、お前は行けとは言えない」と繰り返していました。決して愚痴を言わない彼が、そんな風に言わざるを得ない実情が私を不安にしました。

とにかく、田宮さんに話したらどうか、私が提案しようか、と話すと「いや、自分で言うから良い」と言いました。それでも、大学時代の旧友とも学館で会い、気持ちを切り替える事が出来たようでした。そして彼は、自分は参加しないけど、部隊の指名されたメンバーに説得しているようでした。

関西に行くと、東京よりもオープンに合宿訓練のオルグをしていました。「これはきっとバレバレだよ、革命戦線メンバーまでオルグしている。そのオルグされた人が他の人に相談したり、秘密が保たれているとは言えない」と関西の女性たちから話を聞きました。オルグする側も「合宿訓練へ」と「決死作戦」と、かなり理解が違っているように思え、東京に戻って、そんな話を塩見さんに伝えました。

一〇月二四日頃に、地区代表者を加えて最終方針を確認しています。この頃、指導部は特に緊張していて、頻繁に会議に呼び出されます。そしてある日には、上野のステーションホテルに集まったところで、見張られていていているのでは……と、一網打尽の心配から夜一二時過ぎに、塩見さんが解散を決め、部屋に居た十数人が一斉に飛び出したので、ホテル側はその人数に唖然としていたこともあります。

大敗北──大菩薩峠事件

再び林泉寺を借りて、軍のカードル中心の最終的な会議が持たれました。記録によると一〇月二七日から二九日の事です。みんなの反対を押し切って塩見さんが激励に参加しました。

彼を守るために軍事作戦を塩見さんから直接兵士には語りかけないと決めていたのですが、戦う者と最後の挨拶をしたかったとの事です。そんな塩見さんの心情も理解出来ます。塩見さんは熱い演説で同志たちの出発を称え、各人に決意表明を求めました。まだ活動経験の短い若宮さんが指名されて「結局、右翼とか左翼とか関係無い。本気でやるか、やらないかだと判った」と言ったので、塩見さんも他の人も絶句し、しーんとなったのを覚えています。ここでは、どこでどのように攻撃するなどは一切話されていません。

その後、軍のリーダーたちで一〇月三一日に具体的準備が話し合われたとの事で、私たち非軍事担当には知らされていませんでした。

当時の資料によると、決めたのは約一〇〇人の赤軍兵士が死を覚悟した戦いを行う。爆弾、猟銃は調達中であり、鉄パイプ弾は各自二個、二〇〇個を投擲して攻撃し、襲撃には銃もピース缶弾も加える。攻撃は十一月六日朝とし、突入占拠を三日間はまず維持する。そのため、三日から五日まで、山梨県の大菩薩峠を訓練場所として確保し、秘密訓練を行う。訓練後は、千葉にいったん泊まり、戦闘体制に入るといった計画でした。

ところが、ちょうど十一月六日は、全国全共闘連合による首相官邸抗議デモがあることを会議の中で指摘されて、警戒の解除される七日に決行することに変更し、訓練も六日まで延期することにしました。

十一月に入ると、私は小西さんの友人の東京大学都市工学部の川島宏さんの経営する設計事務所を借りました。そして、ここを中継場所として、上野さんからと、地下司令部の塩見、田宮さんから入る連絡を双方に正確に連絡し、必要と思われることを聞き、あるいは伝える役割を担う事になりました。

まず上野さんからの第一報が入り、集まった人数が予定より少ない事が判りました。その時、上野さんからの電話に電話局の呼び出しで「そちら〇番ですね」と確認のような声が入りました。尋ねると大菩薩峠の宿泊所の「福ちゃん荘」以外に、周りに公衆電話も無いばかりか、福ちゃん荘の電話もダイヤル式ではなく、申込で中継局を呼び出して、繋いでもらう方式で通話しているというのが判りました。

そうすると、こちらの設計事務所が、後にガサ入れの対象になるのではないかと、塩見さんに話し、私がどこかのホテルに入って中継任務をした方が、この設計事務所は守れると思うと伝えましたが、非合法な事ではないので問題は無いと、そのまま中継続行を求められました。でも気になったので、経営者の川島さんにその旨伝えると、かまわないとの事で、そこでの中継を続けることにしました。

現地からは、上野さん、八木さんの連絡を塩見さんに、塩見さんの連絡を、次の現地からの連絡時に伝える事を何度か続けていました。私の理解では、八木さんは政治指導の役割だけで、襲撃時には参加する計画はなかったと思います。やはり政治討議のためか、現地行きを塩見さんから指示された国際部の京都大学の小俣さんから、甲府か大月か、どこか途中から連絡が来て「何だか、私服が居るようで、あぶないので行くのを中止する」と伝えて来ました。それも現地と地下司令部に伝え了承ました。

現地では、十一月三日から合宿が始まり、政治討議、戦いの意義の意思一致、軍事訓練として体操、山登りに組み格闘などの肉体鍛練というのが基本計画で、中継担当の私は、そこに「武器」と呼べるようなものを持ち込んでいるとは考えていませんでした。ナイフや投擲訓練用の何かが準備されているのか、石礫ぐらいは考えていました。作戦計画は非軍事部門の私たちには知らされていないため、判りませんでしたが、後に新聞などの資料で判った赤軍中央軍の動きは以下のようなものでした。以下は当時の『朝日新聞』からまとめた概要です。

大菩薩峠は、中里介山の有名な長編小説で知られる地名ですが、この峠の標高は二〇〇〇メートル近くもあり、峠の中腹に「福ちゃん荘」という名の山荘があります。この山荘は、ワンダーフォーゲル部の学生が合宿したりする場所として知られています。十一月三日から六日朝食までの三日間「ワンダーフォーゲル共闘会議連合」が、約七〇名で借りたいと予約していました。

そして、三日午後から夜にかけて三々五々、五四人が集まりました。その夜に、八木政治局員の政治報告の説明があり、和歌山大学の大久保さんが部隊編成を説明しました。その後、早稲田大学の松平直彦さんが攻撃目標の説明を行い、ここで初めて十一月七日朝、首相官邸を占拠する事が伝えられました。攻撃接近方法や使用する武器の説明が行われ、福島医科大学の爆弾製造で実験を踏まえていた若いSさんが、鉄パイプ爆弾の構造を黒板に書いて説明しました。

この赤軍派メンバーのうち、軍事訓練後に官邸攻撃という作戦を前もって知っていたのは、説明に当たった中心メンバーたちで、多くのメンバーはそこまで何も知らずに来ていました。それぞれ、ここで決意が問われ決断し、決意表明を記しました。神奈川のキャップだったMさんは、翌朝離脱し退却したようです。

翌十一月四日は、六時起床で午前九時前から訓練を始めています。大久保、松平さんの指揮で模擬演習に入り、第一から第三中隊は、官邸正門から爆弾攻撃しつつ突入する。第四から第六中隊は、自分たちが乗り付けたトラックをバリケードにして、機動隊の進路を阻止する。第七中隊は、それを援護し、第八中隊は、桜田門の警視庁を攻撃し、陽動するという基本計画だったそうです。

これまで軍で決めていた単位では、一個中隊は二七人と中隊長を入れて二八人です。八個中隊ならば、二二四人が必要なのです。ところが訓練には、その四分の一の兵力しか集まってはいませんでした。そこで、五三人の人数の主力を、正門攻撃に割り振ることにしました。見張りを立てて三列横隊の攻撃隊が、官邸正門を突破する横線訓練が真剣に行われました。

午後には、準備してきた火炎瓶の投擲訓練を行い、夜には遺書を残したい者には書いてもらいました。五日は五時起床で訓練を復習し、六日朝に下山する計画が立てられていました。押収された中には、霞が関官邸街見取り図の他、「決意表明書」があり、佐藤訪米阻止のため、一人一人が死を覚悟して武装蜂起に立ちあがったと記し、五三人全員が署名していました。

他方、公安当局は、機関紙誌などで赤軍派が「首相官邸占拠」などと示唆して来たこともあって、盗聴と尾行で、関西、東京双方で、同時に動き始めた事をキャッチしました。そこから、軍事訓練で大菩薩峠に行くことを突き止め、三々五々に移動する赤軍派たちを巧妙に尾行していました。そして五三人が四日に実践訓練を開始したことを見届け、地元の塩山署、山梨県警、警視庁、検察庁と大阪、京都、神奈川、千葉、茨城の各警察共同で赤軍派壊滅作戦に乗り出したのです。最終的には、山梨県警を中心に山岳パトロール隊が訓練を双眼鏡で確認した上で動きだしました。

四日の夜には、一〇〇名の公安捜査隊と三〇〇名の機動隊を出動させ、ピストルを携帯し、防弾チョッキで武装して福ちゃん荘を襲撃する作戦を決定しました。そして、五日朝六時、一斉に福ちゃん荘に踏み込んだのです。

五日の『朝日新聞』夕刊によると〝五日早朝、福ちゃん荘に踏み込み、赤軍派全国副委員長、京大医学部学生上野勝輝（二四）ら指名手配中の五人と女子学生二人を含む計五三人を凶器準備集合の現行犯で全員逮捕した。同山荘からは、さきに東京薬科大で使われたのと同じ鉄パイプ製の爆弾一七本（火薬入りは一本）、刃渡り一〇センチの小刀四三本、硫酸入り試験管一五本を押収した。同派の大量逮捕は初めてで、組織的にはほぼ壊滅したと当局は見ている〟と記しています。

さらに、「警視庁の調べによると赤軍派で五日まで逮捕された者は、大菩薩峠の五三人の他に、これまでに大阪府警で四二人、警視庁で三七人逮捕されており、約三〇〇人と言われる赤軍派の半数近くが逮捕されたことになる」と記されています。実際にはすでに二〇〇人を超える人々が拘束されていました。結局、地検は十一月二六日に五三名のうち、二七人を殺人予備と凶器準備集合、爆取（爆発物取締）容疑で、起訴しました。女性を含む未成年二四人を家裁（家庭裁判所）に送り、女性一人を処分保留で釈放しました。

当時詳しい計画を知らされていない非軍事部門の私たち旧ＣＰＯの事務局メンバーは、連絡の中継をしながら、山から降りたらどのように都内に入り、宿泊体制は、ちゃんと考えているのか。もしも、攻撃前に逮捕されたり、攻撃後に生き残って逮捕された場合、救援はどうなるか？　彼らは、救援連絡センターの弁護士を呼ぶ電話や方法を知っているのか？　これまでのように、ＣＰＯの仲間たちの協力無しに、塩見さんたちが救援などもきちんと計画しているか不安でした。

電話中継の事務所に集まった、旧CPOの事務局メンバーの東大の小西さん、同志社大学の神田さん、救援担当のキャップの同志社大学の佐藤さんと、その点について話し合いました。既に国際部の小俣さんは、尾行などの私服らしい不穏な動きに福ちゃん荘に行かず、戻ると言って連絡して来たのを、福ちゃん荘の上野さんにも塩見さんの地下司令部にも伝えています。

何かあって逮捕された場合に備えて、参加者に基本的心構えなどを伝えるべきではないかと、私は意見を述べると、みなも同意見です。福ちゃん荘からもどった東京の宿泊先の芝浦工業大学や明治大学の寮などが、警察の警戒下に無いかなど話し合い、現実対応準備が塩見、田宮さんでは不安だと言うので、みんなの意見として救援担当の佐藤さんを福ちゃん荘に送る事にしました。

塩見さんにその事を話すと、「必要ない。みんな死ぬのに、何で救援が必要なんだ！」と私は怒鳴られました。「そんな事、リーダーが言うなんて酷い。佐藤さんを送りますから！」と言って私はガチャンと電話を切りました。一緒に炬燵に足を突っ込んで討議していた三人も、私の電話のやりとりを理解し「塩見さん、冷たい奴だな」と憤慨しています。四人で再び話し合って、やっぱり救援担当キャップの佐藤さんを大菩薩峠の福ちゃん荘に送る事を決めました。

佐藤さんは新宿から甲府へ向け出発するために、明け方に事務所を出て行き、私たちは炬燵に足を突っ込んだまま、うとうとと眠り始めました。少しして佐藤さんから電話が入りました。「今、新宿駅についた所、ボクはもう福ちゃん荘に行く必要が無くなりました。テレビをつけてよ」と言うので慌ててテレビをつけると、ニュースで福ちゃん荘の屋根の上を仲間が逃げたり、逮捕されている様子を報道している真最中でした。

「やられた！」私は立って窓のカーテンをさっと開けると、この建物の向かいにあるアパートの外階段に鈴なりに一〇人位の私服刑事が、こちらを窺っているのと鉢合わせとなりました。慌ててカーテンを閉め「もうここも見張られている。みんなで別々にここを出よう。小西さんは、この事務所の川島さんの友人なので、まず説明するために、ここに残って欲しい」と話している時、早朝にテレビを見て心配した川島さんが来てくれました。

「申し訳ないが、ここに捜査が入るのは時間の問題なので、権力に持っていかれると困るものは整理して欲しい」と謝罪しつつ伝えました。川島さんは、迷惑がる風もなく、「大丈夫、ちゃんと対応する。自分も活動家の端くれだったこともあるから大丈夫。そっちこそ大丈夫なのか」と案じてくれました。そして、「この間、そちらが電話番しながら、何人かの仲間と共に話してくれた事は、僕にはとても貴重な時間だった。自分もまた、変革の為に戦って行きたいという思いがある。君たちのリーダーの塩見さんに会わせてくれないか」と提案されました。「判りました。とにかく今、対策に追われていますので、その後また、連絡します」と別れました。

自分たちだけが納得する無理な武装闘争のために、またもや、私たちの前段階蜂起は挫折させられました。結成以来の赤軍派の路線、不完全な立案準備、根本的な問題が問われましたが、赤軍派指導部は、この挫折を更なる前進で乗り越えようとしていました。私自身も同様に、戦術を練って成功させる戦いをと願っていました。

赤軍派は、この大菩薩峠事件の大きな打撃を受けて、遅ればせに「合法主義」を総括して、軍事を担いうる地下活動の強化を目指します。口ではそう言っても、財政的にも人脈的にも、能力的にも地下活動の方法は手探り以上では無かったのが実情です。

その後、私は設計事務所の川島さんを銀座で田宮さんと引き合わせました。田宮さんが川島さんを案内して塩見さんに会いに行くところで、私は別れました。五三人の逮捕によって、救援は益々、多くの人材が必要になり、現思研の仲間たちも救援に加わりました。

身体が大きくて漫画に出てくる「グズラ」というニックネームのS君や遠山さんらが、救援にかかりきりになっていました。グズラは青森から明治大学Ⅱ部に入学して来た仲間で、創価学会を信仰していたので「現代思想研究会」、通称現思研を創価学会かと様子を見に来たのですが、以来居心地良く、社学同としてデモに参加し、救援活動を続けながら赤軍派に加わり活動を続けていました。

現思研の仲間は、いつも一緒に助け合って来たのですが、赤軍派の活動に入ると、私も赤軍派で専従活動に入り、現思研の仲間もブントから赤軍派活動に移っていた者も多かったのです。赤軍派の活動自身が、これまでのブント時代の活動のように会社に勤め働いたりしながら政治活動に関わるやり方では無理で、全てから召喚しないと役に立てなかったのです。

その分、たまに現思研仲間に会えるとお互いの消息、友人たちの様子を語り合いました。秋の蜂起に疑問を持っている事や、仲間の中には「ついて行けない」と赤軍派のやり方を批判し、新しい生活や活動条件を探そうとしている事も、わかりました。「現思研」は、個々が生き方を決めながら、これまで活動して来ましたが、あまりに急進的な赤軍派に疑問を持ち、去っていくのも当然だと、私も実は思っていました。それでも、私自身は、赤軍派の夢の実現を最後まで追求する一人でありたいと離脱は考えませんでした。革命への夢が、力を与えてくれていたのでしょう。

赤軍派は、大菩薩峠事件の逮捕を逃れた国際部長の小俣さんを国際根拠地工作のために海外に派遣し、キューバやアメリカのグループとコンタクトを強めようとしました。小俣さんが現思研の女性と結婚したので、新婚旅行を兼ねて家族の財政援助でこの機に、前に訪日したアメリカの革命グループやキューバともコンタクトを取り、赤軍派の意向と国際根拠地論などを工作する事になりました。小俣夫妻は、丁度大菩薩峠事件の後に出発しました。

この頃には、赤軍派中央委員会で決定した赤軍派救対（救援対策）本部も体制を整えて、獄中、獄外通信『バスティーユ』（六九年一二月創刊準備号・バスティーユ社）を創刊しています。

初めての逮捕——党派をこえた女たちの連帯

大菩薩峠「福ちゃん荘」での五三名の逮捕以来、公安警察は赤軍派の主力を抑え込み、前段階蜂起を不可能とした事で、更なる弾圧で一挙的に滅ぼそうとやっきになっていました。六八年同様、六九年にも一〇・二一闘争で全国で一五〇〇人を超える逮捕者を生む時代です。ベトナム反戦運動は、佐藤内閣のアメリカ政府加担に反対して戦いが広がり続けていました。

六八年には、アメリカ原子力潜水艦イントレピットが横須賀寄港時に、脱走した四人の水兵が、ベ平連の協力とソ連の協力で、北欧への政治亡命を遂げていました。

六九年十一月一日には、航空自衛官の小西誠さんが「日米安保条約反対」のビラを隊内で配布したことで逮捕されています。佐藤首相の訪米が十一月一七日と決まると、その訪米意図が来年の七〇年安保条約を自動延長によって、密室で維持しようとする意図が明確になりました。

そのため、全共闘、各党派共、七〇年安保闘争の内実を持つ戦いとして、六九年十一月の佐藤訪米阻止闘争を取り組みます。全学連、全共闘ら新左翼系は、十一月一三日には大規模な佐藤訪米阻止決起集会を決定し、同じ日総評は統一ストライキの実行を決定しました。一六日には、社会党・総評など、代々木公園に七万人を集める佐藤訪米抗議集会を開催しています。

こうした中で、赤軍派も弾圧を縫って一〇・二一闘争で、初の爆弾闘争に敗れ、十一・五の大量逮捕の中、一〇・二九機動隊庁舎爆破や拳銃奪取、交番襲撃と引き続き狙っていました。そして、兵站部では、爆弾の製造の量産化を進めていました。各分隊や中隊の隊長クラスの人材は残っており、人材の拡大に努めました。この秋、赤軍派を含む各党派は、「十一月決戦」「七〇年安保の前哨戦だ」と位置づけ、市街戦、ゲリラ戦を戦っていました。

この頃、東大闘争で逮捕されていたブント、社学同の者たちが丁度保釈されて獄から出てくると、多くが赤軍派に加わったため、カードル的な人材が補強されていました。また赤軍派の登場が刺激となって、全共闘の中から党派とは別個に「ゲリラ戦」を戦うグループもかなり生まれていました。

大菩薩峠事件後、私の周りの尾行も激しくなっていました。一〇・二一闘争当日、田宮さんが指揮所にしていた友人宅は、私服（刑事）に包囲され、練馬区のキャベツや大根畑を逃げ回る大捕り物となり、仲間は逮捕されました。電話口に出なかったので、友人宅を出なかった田宮さんの存在には気付かず他の者が逮捕され、私も任意同行を求められましたが、振り切って逃れました。

しかし、大菩薩峠事件の後、十一月十一日だったと思いますが、初めて逮捕される事になりました。前日には、赤坂の東急ホテルのスイートルームを私ともう一人が夫婦を装ってチェックインし、中央委員会を開いて、大菩薩峠事件総括と「国際根拠地論」や、十一月方針の任務分担などを決めました。

密かに集まって討議し、徹夜に近い討議を経て、三々五々朝に散り、最後に私がチェックアウトの手続きをし、近くの喫茶店で待ち合わせいた福島医科大学のCさんらと会うために、そこに入ろうとしました。

他の友人は居たのですが、まだCさんは来ていず、そこには見覚えのある私服刑事が二人客に紛れて座っていました。Ｃさんは、爆発物取締の件で逮捕状が出ていました。彼を捕まらせてはならない……と、私は私服刑事を自分の方に誘引するつもりで、すぐ踵を返して歩き出すと、私服刑事は私の方に人数を増やして四、五人で付いて来ました。

ちょうど向こうからＣさんが歩いて来たので、私は声を掛けさせないように、私服刑事に「何で付いて来るのよ！」と抗議する事で、彼に知らせました。傍のビルに私が手当たり次第に入っても、ずっと四、五人が付いてきます。

もうＣさんは大丈夫だろうと、再び東急ホテル前あたりの歩道に出ると、私服刑事は更に増えて、私の組織名と本名を呼び「逮捕状が出ているので逮捕します」と言うので、初めて私を逮捕する気だと判りました。

「何をするのよ！　逮捕状見せなさい！」と腕を取ろうとするのを振り払い、ガードレールに足を引っ掛けて抵抗しながら大声で「何よ！　痴漢！」と騒ぎますと、傍を通っていた通行人が助けに集まって来ました。

私服刑事は慌てて「我々は警察の者です。こちらは犯罪者です」と、私の手首や腕を取って、私がガードレールに足を絡ませて抵抗するので、引き上げて宙吊りにしながら「身柄確保」などと無線まで出して騒いでいます。助けようと寄って来ていた通行人たちは、「何だ、売春か……」などと散って行きました。私は苦笑してしまいました。高級ホテル宿泊のために化粧して、ドレスアップしていたのです。

引っ張られた時に、Ｃさんが職務質問にあい囲まれ、傍の交番に連れ込まれるのが見えました。Ｃさんが、丁度山田孝さんの脊広のジャケットを借りて着ていたので「山田さん頑張ってね！」とＣさんに呼びかけました。Ｃさんが、ニヤッと笑ったのを見つつ、私は車に乗せられ、滝野川警察署の方へ連行されました。

　のちにCさんから聞いたところによると、交番では彼が手配の人物と分からず、背広のネームから「山田だろ」と名前を呼びながら身元を明らかにするよう求めました。Cさんは黙秘を続けたので、指紋も無く、結局釈放されて助かりました。

　刑事たちは滝野川警察署で初めて私に逮捕状を示し、逮捕理由を知らされました。九月二五日の滝野川会館での赤軍派国際政治集会が東京都公安条例による許可を得ていないとして、会場の使用申込を行った私を逮捕すると言うのです。

　私は真っ向から抗議しました。何故ならこう言う会場使用の経験の無い私は、何も判らなかったので、九月四日の葛飾公会堂を借りた時も、九月二五日の時も会場使用について、そこの責任者の方に、どう申し込めば良いか尋ねたのです。そして、大学の屋外活動などを思い出して、警察署や消防署への届出の必要の有無、その他公安条例に従って、手続きする事は無いのですかとも尋ねています。

　係りの方は「そういう手続は、慣例としていちいち行なっていません。申込書に必要事項を書き込み、使用基準を守ってくれれば良いのです」という行政指導を受けたのです。そこで使用料を払って借り、使用後は何の不都合も生じず、お礼を言って別れてから一か月以上も経っていました。

　それでも、警察側は私の抗議を聞かず、すぐに写真や指紋を取る手続きに入りました。大いに腹を立てていた二四歳の私は、「永久保存でしょ、綺麗に撮ってね」と皮肉を言い、ずっと抗議の一辺倒でした。

　滝野川署で取り調べを受けながら、勾留先は女性の容疑者の収容される菊屋橋署に入りました。同房の女性たちはスリと売春容疑で拘束された人で、すぐに仲良くなり、日常生活のコツを教えてくれたり、初めての勾留には心強いものでした。同房者たちは、警察に抗議し降伏しない姿勢を仲間だと認めるようでした。当時の獄中食は酷い物で、臭い麦飯と塩スープのような味噌汁にたくあんか昆布の佃煮、固い厚切りのパン一片にマーガリンといった食料事情でした。

滝野川署で「公安条例違反」の取り調べを受けながら、私が主張を繰り返し抗議し、滝野川会館の担当者を呼んで来て欲しいと言うので、ヤクザ担当のような年寄りの刑事は「ふてえあまだ！」と怒鳴っていました。

私が滝野川会館に問い合わせたか何回尋ねても、何の説明も出来ない人でした。きっと私の主張を裏付けたのでしょう。二日目になると「わかった、わかった。そういうのは起訴出来ないんだ。釈放だよ」と、あっさり言いだしました。

後で判ったのですが、この逮捕は法曹界でも問題になり、雑誌『ジュリスト』などで記事になっていたそうです。何故ならこれまで、会場使用には慣例として「届出なし」で通用していた事が「赤軍派の集会」として突然「公安条例違反」となり、赤軍派メンバーを逮捕する口実としたためです。

狡猾な警察が釈放を口にしたのを怪しんで、私は一人の親切な若い刑事に「別件逮捕でしょうか」と聞くと、答えに困って宙を睨んでいました。やっぱり……。「釈放だ。さあ出て行け」と取り調べ室から、追い出されました。

正面玄関まで送って来たのですが（滝野川署だったか、警視庁だったか記憶はあいまいです）、上から階段下を見ると、赤軍派特捜班のキャップ高橋正一刑事他二名が、下に屯《たむろ》しています。上から私は、怒鳴りました。「別件逮捕でしょ」、そして階段の上に私は座り込みました。

後ろからは、「釈放したんだ、下へ降りろ」とせき立てます。下では、高橋刑事が胸ポケットに手を入れて、逮捕状を出そうと構えています。私は「また逮捕なのは分かりました。私はすでに釈放されているから、電話をかける権利がある。電話させるまで動かない」と宣言し階段に座り込んでいました。

後ろの受付に、大型の市外も掛けられる赤電話がありました。私は「自宅に電話したい」と主張し、結局高橋刑事が折れてOKして、電話を掛けられる事になりました。

電話口に出た父に「今釈放されたけれど、これからまた逮捕されるから、後一ヶ月位また捕まっています。心配しないでね。どこも問題ないから。遠山さんにそれを伝えて」と言いました。

「おおそうか、まあ頑張って来い」と父の声。電話を終えて階段を降りると、今度は「四月二八日の凶器準備集合幇助罪」という逮捕状を見せられ、警視庁の取り調べ室に戻ることになりました。その時、取り調べ室に行く赤軍派の仲間と鉢合わせして、お互いに頑張ろう！ とエールを伝え合いました。

私の取り調べの時は、一〇月に逮捕されていたブントの軍事委員会委員長の佐野茂樹さんの四・二八闘争の総括供述調書がありました。写真も添付されていましたが、私と違って佐野さんは片目を瞑ったり、写真撮影に抵抗して写っていました。でも、何でこんな権力の前で総括するのかな？ と思うような政治総括で、敗北を教訓にして云々と供述書にありました。黙ってたら良いのに……と思ったものです。

公安警察の主張は、四・二八闘争用に私が三〇〇個のナップザックを購入し、それに学生たちが投石用の石を入れて運んだのが、凶器準備幇助なのだそうです。売った店を突き止め、私の写真を見せたら「この人にがんがん値切られた。間違いない」と証言したそうです。

次の日、店の主人まで連れて来て面通ししていました。私は、隣の部屋から面通しするはずの店の主人が、どう間違えたのか、私の取調べ室の開いているドアから覗いて挨拶したので判りました。

「ナップザックが凶器なのか？ ナップザックを大量に買ったのが罪なのか?!」。私は購入して何が問題なのかと抗議しました。向こうは、買ってそれに石を入れるとは考えなかったのか？ などと尋問していました。でもそれは、彼らにとっては、どうでも良く、この四・二八闘争の取り調べも早く終わらせて別件逮捕の本命に進みたいようでした。本命とは、大菩薩峠福ちゃん荘の事件です。

「私は、四・二八闘争の件で逮捕されたのであって、大菩薩峠事件の取り調べには答える必要はない」と応じませんでした。それでも、大菩薩峠事件の五三名のうち何人もが、私が計画段階の最後の林泉寺の集会に来ていたと供述しているとか、しまいには、その供述書もいくつも見せてくれました。私の座った位置も含めて全員の名前を思い出す限り、図まで書いている人もいれば、私は「印刷物を持ってきたが、すぐ帰った」と供述している人もいましたし、「居なかった」と答えている人もいました。人は色々だなと思いました。

もちろん黙秘している人の分は、見せられていません。集会場所を借りただけで違法になったり、ナップザックを買うのが罪になったりと、抗議の主張を供述書にしました。でも大菩薩峠事件は逮捕状もないので、黙秘しました。

私が逮捕されてすぐだったでしょうか。警視庁から留置場の菊屋橋署に戻ると、どっと多くの学生が逮捕されて来ました。八房あった留置房は、たちまち満杯になりました。佐藤訪米阻止闘争の街頭デモで多くの逮捕者が出て、女性たちは菊屋橋署に収監されたわけです。通常三〜四人の房に、八人位ずつ布団を重ね敷きしながらの就寝となりました。

同房の東京女子大の学生が、ひどい弾圧で大阪では岡山大学の学生（糟谷孝幸君）がひとり殺された。一〇・八の山﨑君のように虐殺された、と教えてくれました。異議申し立てで殺される時代なのだと語り合いました。

私が姓字を看守に呼ばれるので「あ！　赤軍派ね。私は〇〇派〇〇大学の〇〇でーす」と挨拶したり、大声で他の房と対話したり、騒がしい。みな深刻になるよりも、陽気に弾圧を吹き飛ばそうという心意気です。

署長が朝巡回に来ると、みんなでいたずらを決めて、一斉に拍手、「いい男!」などと、ちゃかしたり、楽しんでいて元気がいい。これには署長も苦笑い。

外から街宣車で「がんばれよ!」とかインターナショナルが聞こえると、党派を超えて全員スクラムを組み、スリのお姉さん、万引きのおばさんも誘ってスクラムを組み、インターを歌って返答します。ちょうど「黒ネコのタンゴ」という歌が流行していて、体操代わりに、列車のように肩に手を当てて並んで続き、歌って踊ります。

仲良くなった同房の人たちに、アジトや電話中継場所が必要なのを話したら、解放派のTさんが「いいよ、実家使って」と約束してくれて、獄から出た後、Tさんに色々協力してもらう事になりました。

十一月一七日の事です。この日は佐藤首相がアメリカに出発する朝です。私は取り調べに出る前に、「みなさん! 今頃、佐藤はみんなの抗議を無視してアメリカに出発する筈です。今がその時間です。抗議のシュプレヒコールを挙げよう!」と呼びかけました。「異議なーし!」の声で「シュプレヒコール、佐藤訪米に抗議するぞ!」と私が叫ぶと「佐藤訪米に抗議するぞー!」と繰り返し、そしてインターナショナルをみんなで房毎に肩を組んで歌いました。

大阪で殺された闘いの仲間のことも口惜しくて涙が零れそうでしたが、私ばかりではなく、何人も泣きながら歌っていました。戦いの連帯が深まり、党派を超えて、みな気持ちの良い人々ばかりでした。

でもこのシュプレヒコールを呼び掛けたお陰で、私は地階の留置場から三階か四階の小さな四つある独房に移されてしまいました。そこには、やはり騒いだという理由で隔離された中核派の女性が一人隣の房に居るだけでしたが、仲良くなりました。

この六九年の十一月一六・一七日の佐藤訪米阻止闘争で、史上空前の大量逮捕、東京で一九二〇人、全国で二〇九三人を記録したと救援連絡センターの『救援』八号が記しています。

ある日、検事調べで、護送車で数珠つなぎに手錠をかけられて検察庁に向かいました。地方検察庁の地階だったと思います。講堂のように広い所に木の長椅子が並べられていて、風呂場の番台のように刑務官が高い位置から監視睥睨しています。また四方の壁側にも監視のために、何人もの刑務官が配置されています。

大量逮捕の後だったので、護送バスは、早朝から菊屋橋署から久松署など近隣の警察署から地検調べ（地方検察庁へ調べに向かう事）の数人ずつを拾って霞が関の地検に到着します。護送車は、多方面からそうして何台もバスに乗せて地検に連れてくるのです。八時過ぎには各署で、手錠腰縄で数珠つなぎに護送バスに乗り込み、八時半には全員が地下室に収容されます。そして、両手錠を掛けたまま、次々に木の長椅子に座らされ、朝から夕方五時近くまで、全員の検事調べが終わるまで、じっと待たされます。しかも、検事調べは一五分ほどの人もいれば一時間、二時間の人もいます。地下の容疑者待合室は、この日は一〇〇人以上の人が芋の子を洗うように溢れていました。

この地下の待合室はまた、楽しい事もあります。同じ頃逮捕された仲間を沢山の人の中から見つけて、交談禁止ですが、禁を破って合図したり「がんばれよ！」と励まし合い、お互いに気合を入れ合う場でもあります。同志社大学の友人がいて、私の逮捕後に逮捕されたのをここで知りました。

昼食時間になると、コッペパンとジャム、バター付きだったかを配給され、それを手錠をかけたまま食べます。その前に順次備え付けの長方形の流し台にあるいくつもの水道蛇口から石鹸で手を洗わされます。

蛇口がたくさんあるので、その際に友人のKさんが上手く私の隣の蛇口に来て、早口に言いました。

猟銃持ち出しの件で逮捕され否認している事を告げ、「〇月〇日、自分と一緒にいた事にしてくれへんか？　君と一緒に人民組織委員会（ＣＰＯ）の会議の後、パチンコをやって、それから〇〇に行った」云々と、口裏を合わせてくれと言うのです。

「いいわよ……頑張ってね」と監視から後向きだったので手短に話して、パンを食べるために席に戻りました。検事の呼び出しの順は決まっている訳では無く、検事たちの都合で「菊屋橋〇〇」と呼び出され、警察官一人に付き添われて、五階か六階にある検事取り調べ室へと連行されます。

そこで手錠を外されて「検事調べ」が始まります。この日は二回目の検事調べで、すでに担当の大熊検事とは顔合わせしています。戦前もきっと司法に関わった中堅の、当時四〇代から五〇代の自信家で確信に満ち、日本を背負う意欲に燃えた検事です。女性に対する考えも旧く、女性が公安事件に関わるのは、男が指図しているはずという考え方の人でした。

「自分でブント赤軍派に参加したんだから、その理由をきちんと述べなさい。論争しないのは卑怯だ」などと挑発する人で、四・二八沖縄闘争事件を佐野茂樹さんが政治総括している供述書を示しながら、意見を求めたりします。

「話すことはありません」「黙秘します」とくり返していましたが、一段落すると、「ところで君は、〇月〇日何処にいたかな」と聞いて来ました。きたな……と思いましたが、それだけスラスラ答えると却って怪しまれると思い「黙秘します」と言うと「証拠が上がっているんだ。別に君にどうこう言う問題じゃない。この日は会議があって〇〇とK、佐々木や君も出席してたんじゃないか？」と聴かれて「はい」と答えました。「その後どうしたかね」と聴かれて「Kさんとパチンコに行きました」などと答えました。

その後、それを供述書にする段になって、詳しくあれこれ尋ねられ、どう答えるべきかと戸惑いつつ、何とかKさんの助けになるように答えました。その後の事は、私は獄に勾留されたままだったので進展は判りませんでした。

私が最後に起訴されるか不起訴になるかの最後の検事調べがその後行われ、再び地検に連行されて大熊検事と顔を合わせました。検事は笑いながら「や～君にはいっぱい喰わされたぞ。何の事か判るだろう」と切り出しました。「何の事か判りませんが」と答えながら、もちろんKさんの事かとドキッとし、また、あ～これで起訴されるかな……と思いました。

私の逮捕理由の四・二八凶器準備集帮助罪は、起訴は彼ら検事の政治判断次第のものだったからです。「いや、うかつだったよ。君は黙秘、黙秘と言ってたのに、Kさんの事だけ供述したろう。Kはお陰ですぐ釈放されたぞ。でもKがそれから君に助けられたと、ペラペラ話してたらしい。それでこっちも調べたら君に同じ日の地検調べの時、多分給食の時だろう。交談する条件があったと思われる」と言いました。「そんな事はありません。検事さんから聴かれたので、答えただけですよ」と否定しました。

結局、私の起訴はありませんでした。男に騙されて活動しているらしい女学生で、大した事をしている訳でもないと判断されたようです。もちろん私は、何も大した事をしていた訳でもなく、指示や要請に積極的に応えたいと活動していたにすぎません。菊屋橋署で、その後釈放されました。

その日はすぐ仲間に不起訴の連絡をし、自宅へと戻り母と銭湯へ行きました。留置場では入浴は制限されるので、何よりも入浴したいものです。銭湯には近所の知り合いが何人も浴場にいました。

私が近所の塾に行けない小学生を集めて、ボランティアで塾を開いて教えていたのを近所の人は、みな知っています。二〇人近くの子供たちの先生になるのは、とても楽しい経験でしたが、六八年から活動が忙しくなって、もうやれなくなっていました。

近所の人は「大変でしたね……」と話し掛けて来て、私が獄中のスリの話や仲間たちの楽しげな話をすると、逮捕され「罪人」になった事を、私が恥じていないと判り、ほっとして私の周りに寄って来て、質問をして来ます。脱衣場でも、「よかったね、大丈夫で」と話を続けます。

こうした親切な近所の人の電話を借りて、盗聴を避けて仲間に連絡します。そこで判ったのですが、私が釈放される前、再びKさんは逮捕されたとのことでした。

盗聴されている電話で、私に助けられた話をしたようです。それで警察側は、再逮捕して「重信が白状したぞ」と嘘の脅しをかけたので、Kさんはもうバレたと思って自供してしまったのが判りました。私に尋問した大熊検事は、もちろんKさんの再逮捕を私に知らせずに私を釈放した訳です。私は人助けと思って快諾したのにKさんたら……と思ったのですが、こういうやり方が不味かったと、教訓にしました。

供述を少しでもすれば、辻褄を合せるのに苦労もするし、他の事も追求されるからです。黙秘か、否認理由を述べる以外決して話すべきではなかったと、そのとき強く心に決めました。後にアラブを訪れた救援連絡センターの庄司宏弁護士と話した事を思い出します。

「黙秘とは、思想的に黙秘することで、雑談して悪い訳ではない。雑談で有利に情報を取ることも出来る。自分も経験がある。しかし、今の学生たちは刑事、検事との思想戦には話しだせば乗せられる傾向がある。それで形態的に全面的に黙秘することで、思想的黙秘を貫く様に助言している」と話していました。

庄司先生は、一九五〇年代のラストボロフのスパイ事件の外務省の被告の一人として、無罪を主張し戦い抜いた方です。その法廷での戦いを通じて、弁護士になって弱い立場にある者の弁護をして国家の暴力に対して戦う事を誓い、司法試験を経て弁護士となった人です。リッダ闘争後、岡本公三さんを軍事法廷で弁護するため、イスラエルに入国を試みたのですが、五〇年代のスパイ事件時外交官被告だった事を口実にイスラエルは入国を拒否したのです。

　こうした教訓を経て、私は何よりも大切なのは思想的黙秘を貫き「供述調書」を一切一枚も取らせない事こそ、もっとも大切な裁判の大前提だと思うようになりました。二〇〇〇年逮捕の時には、それを実行しました。一枚でも「供述調書」を書かせるのを許せば、その場凌ぎであれ、被告にとって裁判に有利になる事は決してありません。当時は、まだ本当に未熟な対応をしていました。

　また、素朴な近所の人たちは、柾木の垣根を切って開ければ、何かあった時、うちに逃げ込めるようになるとか、当時はまだ連合赤軍事件の前だった事もあって、暖かい眼で見てくれていました。刑事は近所の聞き込みや張り込みの部屋を借りるのを断わられ、少し離れた場所で車を停めて張り込んでいました。

　私が教えていた近所の子供たちは、少年探偵団のようにその家族も含め刑事らを見張って「今日は〇時から張り込み開始三人。ピーナッツを食べてる」などと、自宅に私が時々帰る度に、知らせてくれました。そういう人々にとって、良い社会を創るんだと言う自負の思いが私にはありましたし、戦いが変革をもたらすと信じて、当時は急進的な戦いに尽力していました。

第十四章　国際根拠地建設へ

前段階蜂起失敗のあと

六九年一二月、二〇数日の勾留生活から戻ると、すぐに私は、張り切って活動に加わりました。何が出来る訳でもないのですが、非軍事的なオルグやカンパ活動、電話中継や、レポ、獄中救援対策など、東京、関西など地方からも女性たち中心に献身的に参加していましたが、人員が不足しています。私は、遠山さんと一緒にそうした活動に集中していました。遠山さんが丁度高原さんと生活を共にして革命を担うと話してくれたのは、六九年九月か一〇月の頃です。

また、獄中で知り合ったデモで逮捕勾留されたことで、友人になった人とのコンタクトも楽しい仕事でした。一人は社青同解放派のTさんで、私に電話中継に実家を使っても良いと協力してくれたので、彼女の紹介で一時活動の場に使わせてもらいました。社青同解放派でも赤軍派でもどこでも良い、反戦、反安保、佐藤政権のアメリカ加担政策に反対しているのだから、男たちのように私たちはセクトを気にしないもんね、などと言って獄中で親しくなっていたのです。

私が佐藤訪米阻止のシュプレヒコールの音頭で独房に移された後、房が足りなかったので、私の独房にノンセクトの東京女子大学の学生が入ってきました。Mさんという人でしたが、救援連絡センターが当時差し入れを全員に行っていたのですが、一人、多分手違いでしょうが、何の差し入れも入らない人がいたので、みんなの分を分けあおうと提案し騒いだと言うので、独房に送られたとの事です。このMさんと隣りの房の中核派のSさんと私の三人だけが、地階から隔離されて、三階位の独房に放り込まれていました。「セ〜ノ、頑張れよ！」と言う地階からの声に、こちらもインターナショナルを歌って応えたり、誰でも工夫して呼応を楽しんでいました。

上の階の私たちは、中核派のSさんの素晴らしい美声に、いつも歌ってもらい歌を覚えました。「もう泣かないで坊や、あなたは強い子でしょ」という反戦歌や「地の底から地の底から怒りが燃えあがる、この切り端でこの切り端で仲間が息絶えた〜」という三井三池炭鉱の歌を私も歌えるようになりました。「もし起訴されなかったら三人でクリスマスイヴに会おう」と決めました。

Sさんは大阪阿倍野区の人だし、Mさんは高知の造り酒屋の娘だったので、京都の「リラ亭」でクリスマスイヴに会う事を決めました。リラ亭は、同志社大学の藤本さんらに連れていってもらった所です。小さなバーで気持ちの良い蝶ネクタイのマスターのいる店で、いつも友人たちが出入りしていました。六九年のクリスマスイヴ、ちょうど、京都に用事があった私は、リラ亭に行って関西の友人たちとクリスマスイヴを口実に、ささやかに飲んでいました。

そこに恐る恐る約束の八時に扉を押して入ってきたのがMさん。「ウワ〜 嬉しい！ メリークリスマス」と抱き合いました。「Sさんは起訴になってしまったの」と教えてくれました。Sさんは「起訴されたら中核派と分離して自分一人で戦う」と言っていたのを思い返しながら、どうやったら助けられるかと語り合いました。こうした友人たちは、私がアラブへ出発しなければ、きっと何らかの形でずっと交流していたと思います。当時の私は、どこにいても誰かと友人になり一緒に楽しみを見つけて、楽しんでいました。

赤軍派は、一二月八日に機関誌『赤軍』No・5を発行し、私が逮捕される前から構想していた「国際根拠地論」を公表しました。当時の赤軍派は、ブントがそうであったように、行動を起こす以前から予定を政治的に意味付与しつつ公にしています。No・5では、「前段階武装蜂起―我々の敗北の教訓―国際根拠地―蜂起の軍隊―地下活動」として、新しい方針（戦術、陣型）を示しました。この中で秋の前段階蜂起―大菩薩峠での敗北以降の戦いを次のように総括しています。

「十一・一六から一七の訪米阻止――羽田武装占拠闘争は、秘かな我々の期待にも拘わらず、やはり何事も起こすことが出来ず、二〇〇〇人にも及ぶ逮捕者を許す中で敗北し、今秋安保決戦は幕を閉じた。佐藤は、日本、世界の労働者・人民の血みどろな闘争と憤激の声を尻目にヘリコプターで羽田に到着し、悠然と米国に発った」として、全国二〇〇以上の場で、一〇数万に及ぶ首都の闘い、全国を包む数千の突撃隊が闘いながら逮捕されたとして、こうした闘い方では敗北すると総括しています。武装カンパニア闘争から転換し、地下に蜂起の陣型を準備して武装闘争を戦うことを訴えました。それは自らを総括したあり方とも言えます。

いっぽう、大菩薩峠事件の解明が進むにつれて、当局の対赤軍壊滅の動きは激しくなりました。

十一月三〇日、塩見議長を爆発物取締罰則四条（製造、使用教唆、煽動）違反として逮捕状を発動しました。「東京戦争」や一〇・二一闘争で東京薬科大学などで押収された「ニップル爆弾」が、大菩薩峠事件で押収された物と同じであるとして、爆弾使用を決めた背後で指揮したのは明らかだとしたのです。更に一二月に入ると、大菩薩峠事件の逮捕者の自供を口実に爆弾製造容疑で青森の弘前大学付属病院や、福島医科大学に捜査が入り、全国的に赤軍派炙り出しと実質非合法化させる動きが拡大しました。

すでに赤軍派の逮捕者は二〇〇名を超え、ある者は獄中に、ある者は釈放や保釈で戦線に戻り、ある者は戻らないなど、弾圧と赤軍派への幻滅の中で、各自が自分の道を選択して行きました。権力側は、赤軍派の登場に続いて、他の党派、個人、黒ヘルメットの無党派の軍団などの小グループらが、爆弾闘争に共鳴して動き出した事に警戒を強めていました。

この六九年の全国の逮捕者数は、市民、全共闘運動への弾圧強化もあって、六八年の二倍以上、二三四大学、三一六高校から一万四七四八人にも達していました。弾圧に抗して「実力闘争」が、より先鋭化、激化したのです。こうした中で赤軍派の大菩薩峠での「前段階蜂起」の敗北は、そこに一切を賭けていた当事者たちには虚脱感を持たざる得ない事件でした。

一二月初めに私は釈放され、関西、東京と多忙な日々を過ごしていた頃の事です。ちょうど、私が自宅に戻った日です。現思研の仲間から電話がありました。仲間の一人が、活動の先行きを悲観し自殺しようとしたという事です。今後の展望が見えず、友人のアパートでガス自殺を図ったようでした。でもガスの臭いに気付いたアパートの住人が急報して消防と警察が来て、彼は救急車で連れて行かれたと言うのです。彼には逮捕状が出ていました。「どこに連れて行かれたのか?」と聞くと、アパートの友人から飯田橋の警察病院らしい事が判りました。

指紋から、彼が指名手配中の人物と判ったかどうかは不明です。でも、多分まだそこまで判っていないだろうと、現思研の仲間と話し、死んだら仕方が無いし、生きていても、そのまま逮捕されるだろうから、今からすぐ奪還しようという事になりました。

現思研の仲間四人と車を待機させ、二人が病室を探して入りこみ、とにかく身柄を確保する事にしました。「一応、塩見さんに確認してみる」と言って、私は近所の家から塩見さんと田宮さんの居る場所に電話しました。

　塩見さんに事情を説明すると「奪還は危険ではないのか？」と尋ねましたが「任せる」との返事を得て、私から現思研の仲間に電話しました。仲間たちは、彼のために危険を侵す覚悟であり、必ず彼を取り戻す気概ですぐに準備を開始しました。奪還した彼を何処に運びこむか、他の赤軍派の軍事委員会の人にも待機してもらいました。そして、明け方決行しました。病室はアパートの主の友人から聞いて判っていたので、もし見つかっても友人として来た事にしようと決めていたのですが、案外スムーズに病室にたどり着きました。

　でも鼻に管を通し、腕に点滴している状態でした。身体をゆすると目を開け、「行くぞ！」と現思研の仲間が声を殺して言うと、彼は頷きました。それで点滴も管も取り払ってしまい、背負って急いで抜け出しました。これで命が尽きるなら運が無かったんだ、しょうがないと、現思研仲間で決めて決断したのです。病院の脇に止めてあった車に乗せると、急いで準備された安心なアジトに向かいました。

「成功！」と仲間から電話で伝えられて、私はホッとしました。それをまた、塩見さんに伝えると「本当にやったのか、凄いな」と喜んでいました。現思研仲間の結束は、そんな愛情がありました。でも当時、彼が展望を失うような赤軍派とは何なのか？　をきちんと問う考えはありませんでした。私たちはもっとうまく闘うという考え方しか持っていなかったのです。

　七〇年一月に中央委員会が開かれました。驚いたことに、大菩薩峠事件で中継のために設計事務所を貸してくれた川島さんが、この時政治局員として参加を承認されました。加えて東大闘争で拘束され、保釈された人の何人もが出てきてすぐに中央委員に加わりました。塩見さんと田宮さんが決めたのでしょうが、それを会議で承認する訳です。

私は川島さんが今の赤軍派の実情を、何処まで把握して指導部の任を引き受けたのか疑問に思いました。川島さんがとても素晴らしい活動家で、勇気に溢れているのは知っています。でも川島さんの社会的な実績のまま協力し合った方が、川島さんを護る事になるのでは……。こういう展開になるとは……と、とても責任を感じました。

指導部に名を連ねれば、すぐに逮捕されるに違いありません。大衆運動と同じ様に、どこかの名の知れたリーダーを指導部に赤軍派が迎えて良いのか？　川島さんを護れるのか？　と後に塩見さんに話すと、「彼は立派なリーダーの器だ、総力戦だ」と言うし、川島さんは覚悟の上と笑っていました。

この中央委員会で塩見さんは、新年から国際根拠地建設に向けた合法・非合法の戦いを開始することを表明しました。国際根拠地の位置づけは、「世界プロレタリア独裁の創出にむけた党派闘争を媒介にして、世界党形成の根拠地として、味方の世界革命の根拠地をつくる。そこを世界赤軍の創出の場として、生産の組織化を行い、帝国主義国を主戦場とする革命戦略の要とする」というものです。労働者国家の受動性を、党派闘争によって変更を迫る戦いを、合法・非合法的に実現する年として、七〇年を位置づけました。

そのためには、「日米前段階蜂起」を目指し、蜂起の軍隊を、これまでやっている以上に形成する必要があり、現在の中央軍を中心に「長征」を行う。「長征」とは、かつて中国共産党が、瑞金にある労働者、農民による解放区政府を解散して、延安解放区へ戦略的に撤退する紅軍の闘いを指します。赤軍派は人材を招請し結束しつつ新しい戦略的闘いを準備するために「長征」と呼んだのでしょう。全国に長征して各地で運動の現場や大学、高校から人材を発掘する事を決めました。

合法的な国際根拠地建設の分野では、小俣夫妻がキューバと話を付けている頃だし、三月までに戻ってきて、赤軍派と国際革命勢力の協力は拡大されるだろうと楽観的な見通しも話されました。更に、国際根拠地の非合法分野を塩見、田宮さんを中心に軍が担う事になり、この作戦を支える長征軍の隊長は、中央大学の前田祐一さんが担う事になりました。長征軍は、北海道から九州まで一〇カ所以上を拠点として工作を行う計画です。

一月一六日には、大衆組織「革命戦線（RF）」を中心として神田駿河台の全電通労働会館ホールで「一・一六赤軍派武装蜂起集会」が開催され、八〇〇余人が参集したとのことです。「大菩薩峠事件で壊滅させられた赤軍派は、不死鳥のように再生している」と示すために、報道関係者にも開放し、「新方針宣言」の場と位置づけていました。

横四メートル縦二・五メートルの大きな『赤軍』旗を正面に据え、「国際根拠地建設」という垂れ幕を掲げ「我々は、赤軍派国際部を派遣し、すでに、米・キューバに対する共同を開始している」と宣言したそうです。私は、この集会には参加しませんでしたが、革命戦線の友人が「公安当局も参加しているはずなのに、かまわず活動方針を誇示してしまうのは、困ったもんだ」とこぼしていました。

私自身は、新年から「ポリティカルコミッサール」制が廃止され、これまで以上に、財政確保や人材オルグなど、新しい体制での公然活動と非公然活動のつなぎ目の役割を東京と関西でしていました。山田孝さんらと書記局的な任務です。

赤軍派としては、長征軍を中心にして、武器入手を引き続き追求しており、「アンタッチャブル作戦」と名付けてガンマニアの作家、大藪春彦宅からピストルやライフルを奪おうとしていたと、後に週刊誌や新聞で喧騒されて知ったのですが、軍は当時武器入手に必死だったようです。「人民の物は針一本盗まない」という「赤軍心得」からはずれた作戦に、赤軍兵士の躊躇が生まれ、この「アンタッチャブル作戦」は上手くいかなったと後に聴きました。

こうした作戦は、私たちのような非軍事的部署には知らされませんでしたが、失敗後は仲間から批判や不満として入ってきて、塩見さんらが焦っているのが判りました。そのため、私たちにも、何か軍事行動を起こすだろうというのは判りました。

七〇年二月関西で活動していた時の事です。大阪でも東京に続いて、二月七日「共産同赤軍派全関西武装蜂起集会」を森ノ宮の労働会館で開催し、七〇年秋の再びの前段階蜂起と国際根拠地建設方針を宣言しました。一五〇〇人を集めたとし、赤軍派健在をぶちあげていました。それから一週間もしない頃です。

東京からちょうど、私の京都のアジトだったか同志社大学学館だったかに電話が入りました。この頃は、関西にも同志社大学中心に親しい友人たちが何人もいました。女性の仲間たちも多く、東京で活動する人も増え、さらに東京で活動をしたいという人たちと話したりしていました。

電話は、遠山さんだったか、花園さんだったかも知れません。「今、東京からブント中央派の奴らが赤軍派潰しに、ゲバルト部隊を同志社大学に送ったという情報を中央大学のOさんが密かに知らせて来た」というのです。Oさんは「七・六事件」で赤軍派を拉致監禁した時、捕虜だった花園さんとすっかり意気投合してしまいました。それで花園さんに知らせて来たとのことですが「夜マイクロバスで出発して、早朝に京都同志社大学学館を襲撃する予定らしい」と言うのです。

私には、何で今頃、御苦労にも東京からゲバルト部隊を送る必要があるのか、まったく飲み込めませんでした。後に聞くところによると、何でも中央派社学同の人が京都の赤軍派の人に殴られた事が発端らしいと言うのです。

当時は、左翼のみならずヤクザ映画から体育会のしごきなど、時代的に暴力は日常生活にありました。その分、政治的対立を安易に物理的な対立にしてしまう事が容易でした。赤軍派の「七・六事件」やそれ以前のマル戦派（ブント・マルクス主義戦線派）との対立もそうでした。また、新左翼党派同士でもすぐに暴力的に対立になっても、自己主張する風潮がありました。「対象批判・責任追求・自己正当化」の三段論法が当時の新左翼の思考方法と言えます。

私の友人も、夜京都大学付近で襲われ、ビニール袋が破れて大量の赤軍パンフが路上にこぼれ、襲撃者が「すまん、赤軍派の人？　解放派を狙ったんだ」というハプニングもありました。当時の京都では、実体が分からないせいかも知れませんが、赤軍派は人気があり、戦う意志を持つ人々が、大菩薩峠で多数逮捕され、同情もあり、各大学でも赤軍派を支持する人も多くなっていました。また、パルチザン軍団のように、全共闘運動の中から、赤軍派のあり方を批判し、京都大学、立命館大学など、黒ヘル軍団や独自化したグループもいて様々に、チェ・ゲバラの戦いに続けといった雰囲気がありました。

ちょうど大阪に居た高原さんと田宮さんに、東京からの電話の内容を伝えました。

「その情報は本当か？」と高原さんが言い「わざわざこちらに伝えて来るのだから本当でしょう。本当でなかったとしても準備は必要ではないですか」と言うと、傍に居た田宮さんが電話を代わり「そっちに長征軍の京大（京都大学）の森（清高）と上原（敦男）たちがいるだろ。マイクロバスで来るなら、待ち伏せしてバスごと燃やせって言ってくれ。山科インターの所でやっつけろ」と、無謀な方針が出てきました。「私から、そんなことを言うのは指揮違いです。直接軍に話したらどうですか」と言うと、「わかった、京大の森に電話させろ」とのこと。

塩見さんの希望的観測のイメージ戦術に、軍事的な極論で断定する田宮さん。二人のコンビは、いつも実力、実体以上の要求で中間カードルを戸惑わせるのです。東京、大阪戦争、大菩薩峠軍事準備もそうでした。それに銃奪取を、ハードボイルド作家から奪うなどの着想の粗雑さは、当時の私たちの人民性も社会性も欠けたあり方を示しています。過去の革命運動の歴史から学習することが十分ではありません。一つの闘い方にも、緻密な戦術が欠如している姿を示しています。

京大の森さんは、「山科インターチェンジでバスごと燃やせ」に完全に怒っていました。「長征軍は、そんな内ゲバに動員させるのか」と非難しつつ、結局引き受けさせられました。

「関西が拠点の赤軍派に東京から内ゲバをしかけに、同志社大学学館に殴り込みをかけるなんて上等じゃないか」という怒りもあって、「よし、やってやろうじゃないか」と、すぐに一〇数人が集まりました。もちろんバスを燃やして人命を奪う考えは誰も持っていないし、そんな考えは及びもしなかったでしょう。

私は逮捕状の出ている田宮さんらの居場所と、山科インターと東京との中継点を確保してくれと言うので動きました。学館の電話は盗聴されており、友人たちの下宿は呼び出しで、自室に電話が無いというので、夜遅くまでやっている喫茶店で中継する事にしました。友人の立命館大、京大パルチザンのSさんとFさんが一緒に、喫茶店待機に付き合ってくれて、雑談しつつ中継点を確保しました。でも東京と違って、京都には二四時間の喫茶店が無く「キャッツアイ」が明け方三時か四時までやっているというので、準備を終えるとそこに移動しました。

「このあたりは、立命館大学の民青の諸君に拉致されかねない。暴力的なんだからな、あいつら」と言いながら、友人たちも付き合ってくれました。

東京からの連絡で正確な出発時間が分からない分、五時過ぎから森さんらと同志社大学の友人たちが、火炎瓶を人数分準備して出かけました。下見で待機待ち伏せを決めてあり、そこに一〇数人が夜明けに紛れて火炎瓶持って配置につきました。

真冬で寒く、残雪の中に潜み、寒さが厳しい分、トイレも頻繁で、志願して参加した女性のKさんはトイレに困ったと後に語っていました。一時間置き、三〇分置きに中継の私に何か新しい連絡はないかと、電話する現場は難儀です。

そんな中、七時過ぎまで粘り、みな疲れ果てています。森さんから「何時までこんな事をしていれば良いのか？　本当に来るのか？」と非難がはいり、田宮さんたちに電話をすると、寝ているようでなかなか電話に出ず、電話口に出たので説明すると「まだ来ないのか。やっぱり情報が間違いだったんだろう。もういいよ」と言うので、それをまた現場に伝えました。私も、中継電話に困り、最後は友人の知り合いの閉めた飲み屋を借りていたので、撤収にはほっとしました。

森さんら徹夜で待ち伏せしていた部隊は、同志社大学学館に戻り、みな疲れ果てて寝込んだところに、襲撃隊が九時すぎて襲って来ました。同志社大学の仲間は「来るのは同志社大学学館なんだから、学館で待ち伏せ攻撃しよう」と言っていたのです。その方が「バスごと燃やす」よりもやっぱり良かったようです。

慌てて応戦し大乱闘となり、機動隊がタイミングを見て出動して、森さんらが逮捕されてしまいました。森さんは東大闘争の被告で、保釈逃亡中だったので、一時拘束されました。私は中継を終えて、友人の下宿に泊まらせてもらっていたところ、「大変、大変、今ゲバルト部隊と戦っている」と言うので、すぐ駆けつけたところ、乱闘の角材が散乱しています。

沢山の人が集まり、バリケード中の同志社大学の学生もすぐ出動して、機動隊の介入に抗議を訴えています。学館の前でぼんやり見ているうと知らない同志社大学の学生が「貴方は重信さんでしょう？　友人の上原さんを匿っています。ついて来て下さい」と言うので聞いてみると、派手なゲバルト戦に機動隊が介入したので、みな学館も危なくなって出て、あっちこっち逃げたとの事です。この学生の自宅が学館の裏側へと歩いて五、六分の所にあり、丁度逃げて来た上原さんを匿ったこと、その時、何人かがまだ来て隠れる必要がある事などを知らせてくれました。

案内されたのは京都の町屋風の古い家で、庭の中を抜けるとその先にしっとりした庭ある旧家の造りの家でした。母親が出てきて、たぶん何も知らないのでしょう、息子の友人として暖かく迎えてくれて、茶菓子でもてなしてくれました。

お礼もそこそこに、話を聞くと、丁度みな学館に戻り寝入りばなを急襲された。火炎瓶と角材で応戦したところで、機動隊に学館まで入られたとの事です。上原さんは森さんが無事か気になって、この友人に捜してもらっているとの事、森さんも上原さんも東大闘争の保釈組で、「保釈逃亡」中で拘束される理由があります。森さんと上原さんは田宮さんらに、もう長征軍の任務ではないのに、こんな駒のように使われるのは御免だから、意見書を出そうと話していたとの事です。この日は記録によると、二月一四日です。

非軍事部門には具体的計画を示されず、この頃には長征軍を拡大して、その中から国際根拠地建設に海外展開する部隊を三〇人くらい選別し、武器を入手してハイジャックなどの非合法手段で実行する事が決まっていたようです。ところが、その中核に選ばれた森、上原さんらは、この二・一四事件によって不参加を表明し始めました。

よど号ハイジャック作戦

全体には明らかにされませんでしたが、長征軍を塩見、田宮さんで直接指揮し、国際根拠地建設のための日本脱出作戦が、全て当面の要となって行きました。塩見さんも田宮さんも、その脱出作戦に加わる考えでいました。京都大学の小俣さんが通訳となって六九年にはキューバの在日大使館にも働きかけたりしたようでした。

のちに、ＰＦＬＰと交流のあるキューバの友人が、六九年から七〇年に赤軍派からの要請で、話を自分が聞いたことがあると言っていました。赤軍派はとても積極的だったが、革命を焦りすぎていると感じたと述べていました。彼らにして見れば、キューバは実際に世界の革命勢力の国際根拠地として、その役割を既に果たしており、客観的物質的条件のない所で、赤軍派から世界党・世界赤軍と言われても、戸惑った事でしょう。

塩見さんの歴史認識や革命論のひらめきは、新しい視座を開くものがありました。私や赤軍派の仲間たちは、そこに魅力を感じて結集していましたが、その思いつきが現実の作戦となると、緻密性に欠けていました。その分、人民性も社会性にも欠けて、政治的にも共感の得られないまま、そこを決意で乗り越えようと、周りに求める形になります。彼が信頼する長征軍の人たちも「塩見の要求を充たしたいけど、無理ばっかり」と言うのが実情だったのです。

武器奪取が上手くいかず、長征軍隊長の前田さんは次の手として、社学同の中央大学時代の友人のＡさんの協力を得て、日本刀と短刀を入手しました。Ａさんの友人が、やくざから随分値段をふっかけられて入手したようです。また、資金調達が必要だとして、ロシア革命でスターリンも銀行強盗をやったとし、革命のために手段を正当化する風潮もありました。その発想の影響は、私自身、後々まで持ち続けました。「赤軍心得」に反するという批判が出たり、そのうち部隊の人が逮捕されたり、森、上原さんらの作戦不参加表明が出されたりと、長征隊長の前田さん自身も塩見計画には重荷だと、疑問を持ち始めていたようです。

長征軍には、「初志貫徹」の小西さんも居ました。小西さんは東京大学医学部に入った頃、いつも一番前で授業第一に通い、左翼や全共闘などが授業前に教室に演説に来ると、「授業の邪魔をするな」と追い出す学生で、「苦虫」と言う仇名だったと、本人が私に話していました。医学部問題で真面目に考え始めている時、大学当局が処分や機動隊導入で対処した事に怒り、活動に加わるようになったとの事です。

小西さんは「七・六事件」の後に「話を聞かせてくれ」と関東学院大学に乗り込んで来て以来、赤軍派の活動に加わっていました。決断は慎重ですが、決定したら初志貫徹の人なのです。塩見、田宮さんにとっては心強い同志だったでしょう。

塩見、田宮さんの不退転の国際根拠地作りのための脱出・ハイジャック作戦が固まるにつれて、武器、金、人の準備を急いでいました。キューバなら、飛行機が着陸したら渋々でも受け入れてくれるだろうが、飛行機が日本から飛んで行くには給油が必要です。ソ連や中国は大国で、相手にもされないかも知れないし、反米戦争当事国である点で、朝鮮民主主義人民共和国が妥当だろうし、朝鮮からキューバに行く事も考えられるなど、塩見さんらは、軍指導部の間で希望的観測で決断したようです。

こうした事は、二月下旬から三月初めに固まり、結局武器は日本刀で資金は出発するそれぞれが、家族や友人から多額のカンパを引き出す事に決めたようです。

この頃、非軍事的な政治局の書記機能は、山田孝さんと私が担い、出版、救援に加え、四月一日に「日本革命戦線結成大会」を、日比谷公会堂を借りて行う準備をしていました。

大衆戦線の重要性は一連の六九年の敗北から教訓化し、革命戦線の拡大を再び目指していました。

三月一三日の「全関西革命戦線決起集会」の後、私が大阪から京都に戻ったところ、塩見さんが、長征隊隊長の前田さんとタクシーで移動中、逮捕されたと連絡が入りました。三月一五日のことです。

この時点では、既に作戦準備に入っていたようです。後の報道や裁判などで知った事ですが、ボーイング727型機の継続飛行距離が二〇〇〇kmあるというので、三月一六日に模擬演習し、二〇日に集結して、羽田空港便からのハイジャックを、二一日に決行する予定だったようです。

ところが、この計画が決まった所で、塩見さんが逮捕されてしまったのです。公安当局は、塩見さんと前田さんの出入りしていた北区田端のマンションを張り込んでいたようです。アジトから出てタクシーに乗り、信号で車が停止した時、追跡して来た刑事らの職質（職務質問）に遭ったのでした。塩見さんは車を降りて走って逃げたが、結局二人とも逮捕されてしまったのです。

塩見さんの容疑は、一〇・二一闘争の準備に東京薬科大学へ鉄パイプ弾を運ぶよう指示した事など、前田さんはピース缶爆弾の隠匿など、二人とも「爆発物取締違反」で逮捕されてしまいました。十一月三〇日には、塩見さんの逮捕状が出ていたのです。

逮捕後、残った軍事部門の田宮さんらは、塩見さんなしに作戦を行うのか、塩見奪還作戦はどうかなど、作戦の見直しか続行かを検討し、模擬演習を延期しつつ作戦続行を決定します。

しかし、長征軍で作戦にも関わって来た京都大学の森さんと現思研の上原さんが、朝鮮行きは意味が無い事、塩見逮捕後、もっと抜本的な建て直しが必要で、ハイジャックを強行するなら参加しない事を最終的に田宮さんに告げ、作戦から撤退してしまいました。

当時、近くで活動していても、私はこうした軍の機密事情は判りませんでしたが、二人が長征軍・作戦部隊から撤退した事は理解しました。田宮さんは計画から撤退する二人に、怒りはあったかも知れませんが、敵対的措置を取るような振舞いはしていません。何といっても仲間だからです。のちの連合赤軍とは、まったく違っています。

こうして、田宮さんらと残った作戦参加部隊の九人は、三月二八日に作戦を決行します。ところが、田宮組と小西組、岡本組などに分かれて搭乗する予定が、羽田から飛行機に乗り込んだのは、田宮組と岡本組の一部だけだったのです。田宮さんは、このとき初めて飛行機に乗ったので、予定の半分の人員で作戦を決行するか迷い、決行地点の名古屋上空まで迷いつつ、結局立ちあがらず、作戦を行わない事にしたそうです。

福岡に着いて、東京に問いあわせると、小西組もまた飛行機に乗った経験者がおらず、列車に飛び乗るように最後の駆け込み乗機の方が、検査されないだろうと考えて、ぎりぎりに到着したため、チェックインが終了し乗れなかった事が判りました。岡本組の安部さんも同様に乗り遅れました。早まらなくて良かったと、東京に戻り作戦を再度練りあげ、この時の乗機が予行演習となり、作戦部隊は勝利を確信したのでした。

七〇年三月三一日、羽田発福岡行きの日航機三五一便「よど号」ボーイング727型機が予定より一〇分ほど遅れて午前七時二一分に離陸すると、赤軍派にハイジャックされる事になりました。乗客は一三一人、石田機長以下乗務員は七人で満席状態でした。

離陸して約一〇分後、水平飛行に移った時「ベルトを外して下さい」というアナウンスの後が、チャンスだと決めていたようです。神奈川の座間空域を過ぎたところで、九人は一斉に行動を起こしました。

当時の新聞によれば、田宮さんは左手にモデルガン、右手に短刀、腹に登山ナイフ、他の八名も日本刀、短刀、鉄パイプなどの武器を持って操縦室と機内を制圧しました。石田機長によれば、「よど号」には、三万五千ポンドの燃料を積んでいて（目的地までの燃料の他、目的地に降りられない場合の代替空港への飛行など規定により積んでいた）、赤軍派の「朝鮮ピョンヤンへ行け」という要求を満たす量の燃料は積んでいましたが、「燃料が足りない」と言うと、赤軍派は専門知識を持っていなかったようで、福岡

（空港）へ着陸給油する事に同意したそうです。

　こうして午前九時頃、福岡空港に着陸し、機動隊包囲のなかで政府側の説得、引き伸ばしを拒否しつつ、赤軍派は幼児、女性ら二三人の釈放に応じています。釈放した最後の乗客がタラップを降りきった時、待機していた機動隊が駆け上がって行ったので、慌ててハッチを閉めさせて、危機一髪。機動隊を振り切ったのです。その後「よど号」は、午後一時一五分、福岡空港を離陸して北朝鮮の首都ピョンヤンに向けて出発しました。

　日米両政府は、福岡空港での投降説得に失敗すると、日米安保条約ばかりか、米韓安保体制も動員して、この「よど号」機を韓国側へと誘導して、作戦を失敗させようと動き出していました。もちろん、こうした動きは秘密裏に進行して行きました。石田機長は、戦時中、朝鮮半島上空を飛んだ経験があり、日本政府が作戦部隊側要求で差し入れた貧弱な地図でも目印の島があるので、有視界飛行でピョンヤンに行く事を決意したそうです。

　「よど号」機は、日本政府から福岡空港で、周波数を国際緊急通信波の一二一・五メガサイクルで交信するよう指示されていたそうです。そして機長は、三八度線を越えたあたりで戦闘機を目撃していますが、その直前に一二一・五メガサイクルの周波数をやめて、一三一・一メガサイクルで交信するよう指示されたとの事です。これが韓国空軍のコールサインの周波数だと判るのは、後のことです。

　指定された一三一・一メガサイクルに合わせると「こちらピョンヤン、この周波数はピョンヤン進入の管制電波である」と英語で「よど号」機にコールして来ました。そのコールに従って着陸しました。三月三一日午後三時一八分の事です。

　しかしそこは、北朝鮮ピョンヤンではなく、韓国の金浦空港だったのです。敵も慌てて準備したため、うまく対応出来ず、米軍機も遠くに駐機していたり、空港近くでテニスをやっている人々を乗客でも見つける状態だったようです。空港内に共和国国旗もなく、赤軍派の者たちも疑いを持ち、ここは韓国で朝鮮ではないと見破ってしまったのです。よど号の田宮さんらは、「ようこそ歓迎します」と日本語で話しかけてきた代表に、「金日成首相の肖像画を持ってきてほしい」と要求しましたが、それ以来戻ってこなかったとのことです。コックピットから小西さんが身を乗り出して、そばにいた兵士に「ここはソウルか」と聞くと「イエスソウル」と答えた後、「ピョンヤン、ピョンヤン」と訂正するなど、敵もドタバタです。

この偽装がバレると、今度は、「よど号」機を金浦空港から飛び立たせまいと、あれこれの手を日米韓政府は使いますが、交渉は長引くばかりです。三日にわたる田宮さんらと日本政府の交渉を繰り返し、乗客九九人とスチュワーデス四人の代わりに、当時の運輸政務次官だった山村新治郎氏が乗り込んで人質となる事で合意が成立します。

こうして四月三日午後六時五分、乗客ら全員を釈放して「よど号」機は、金浦空港からピョンヤンに向けて飛び発ちました。「よど号」機が、ピョンヤン郊外の飛行場に着いたのは、四月三日午後七時二〇分です。日本中をテレビの前に釘付けにした日本初のハイジャック作戦は、日米韓政府の介入という予想を上回るドラマの上で、乗客乗員の全員が無事に帰国した事で一段落しました。マスコミは政府の一方的な報道と違って乗客の知る事実を、当時様々に報道していました。

ハイジャック闘争と日本委員会

この日航機ハイジャック闘争の頃、私たちはどうしていたのでしょう。

私は、関西から東京に戻り、塩見さんら逮捕後の救援や地下アジトなどの建て直しで、田宮さん、高原さん、山田孝さんと話し合いをしていました。とくに三月三〇日は大事な会議で、今後の事を決めるので、東京に居てくれと言われていました。

三月三〇日、ホテルの一室に三々五々集まったメンバーの中に、田宮さんと小西さんが居ませんでした。夜遅く、もう一二時近く始まった会議の冒頭、高原さんが「実はこの会議は、日本委員会として再編された初の会議である。明日早朝、我々の赤軍派世界委員会の主力、田宮らがハイジャックによって、国際根拠地建設に踏み出す」と明らかにしました。

そして、田宮さんの字で書かれた「出発宣言」が回覧されました。「出発宣言」には以下のように書かれていました。

全ての日本プロレタリア諸君、人民諸君、同志諸君！そして全ての革命的世界プロレタリア人民諸君！我々は今、出発せんとしている。ハイジャックで……。

六〇年代後半、確実に万国プロレタリア人民の決死の戦いが、世界革命戦争の時代と告げてきた。この時代、万国プロレタリア、人民の力によって、国籍、国境は取って払われるべきである。国境、民族を乗り越え、万国プロレタリア人民が団結してこそ、帝国主義ブルジョアジーをこの地球上から一掃しうる。今、世界革命・世界革命戦争の時代である。

この時代を領導しようとする我々は、まず我々自らをこの時代にふさわしい主体に転化し昂めあげなければならない。我々は、固く信じる。我々が言葉だけでなく、現実的に徹底した「国際主義者」になり切った時のみ、プロレタリア人民の心を固く捉えるだろうと。ハイジャックは、その出発点である。我々は、明日羽田を発たんとしている。

我々は、かつて如何なる闘争の前にも、これ程まで自信と勇気と確信が内から湧き上がってきたことを知らない。

我々は、この歴史的任務を遂行することを誇りに思う。我々は日本の同志に心から感謝する。

この歴史的任務を、我々に与えてくれたことを。我々は我々に与えられたこの歴史的任務を最後まで貫徹するだろう。日本の同志諸君！　プロレタリア人民諸君！　全ての政治犯を奪還せよ！　前段階武装蜂起を貫徹せよ！　前段階武装蜂起⇕（相互作用）世界革命戦争万歳！　そして最後に確認しよう。

我々は〝明日のジョー〟である。

一九七〇年三月三〇日　午後一〇時三〇分　田宮高麿

このハイジャック作戦による国際根拠地建設に向けた「出発宣言」は、四月一日に予定されている「日本革命戦線結成大会」に向けて発表するつもりで執筆されていました。ハイジャック作戦敢行後、日比谷公会堂に全国から赤軍派の大衆的組織と位置づけている革命戦線を集結させ、全国的に結成宣言する計画だったのです。

三月三〇日から三一日にかけての深夜の「日本委員会」で表明されたのは、情報漏れを警戒し、中央委員会を日本委員会に再編していく事も、初めてこの会議で明らかにされた訳です。このように、赤軍派が権力との攻防上、地下化すればするほど、民主的な側面は難しく、革命戦線に政治組織としての役割を持たせようとしても、軍の下にある政治戦線という位置となり、党中央が大衆の側から点検される機能を失って行く構造を持たざるを得ないのです。

つまり上が一方的に決定し、下が承認して実行するという構造にならざるを得ません。上が間違えば、下も批判し難い構造があったのですが、当時は政治路線的にも組織的一体感が、各分野、軍から救援にまであった分、ハイジャック作戦には沸いていました。

塩見、田宮さんなき後、高原、花園、川島さんが政治局を形成し、山田、物江さんらも「日本委員会」指導部です。田宮さんら「世界委員会」は、世界党・国際根拠地を目指し、朝鮮労働党をオルグして軍事訓練の上、秋の蜂起には戻って来るという話です。その結果、赤軍派は軍事技術水準が変革され、指揮官として蜂起の陣型を作り出すというのですから、今からとらえると随分思い込みの強い観測です。朝鮮の出先機関や朝鮮総連などにも、全くコネもなく、一方的に飛び出し、しかも秋まで半年しかありません。

日本委員会は、塩見議長なき後、秋の蜂起に向け、七〇年安保決戦を求める運動の高揚の中で、先駆的役割を果たすと決めていました。そして、四月一日に予定されている赤軍派の日本革命戦線結成大会によって、日本委員会の展望を開こうとしていました。

日本委員会の徹夜の会議後、早朝に羽田空港の様子をチェックするために見に行こうというので、仲間と蒲田署や羽田空港を通ってみましたが、静まりかえっていました。その後自宅に戻り、テレビの小川宏ショーでハイジャックのニュースが流れたので、すぐ家を出て救援体制を取りました。

三一日に終了すると計画されていたハイジャックは、まだ危機に直面しつつ、一進一退の交渉を繰り返しています。警視庁は赤軍派への報復として、翌日の四月一日に赤軍派が予定している日本革命戦線結成の日比谷公会堂の政治集会の会場使用取り消しを画策しました。前代未聞の政治集会禁止令です。

戦前の治安維持法を思わせると、抗議する弁護士らもいましたが、政府・公安当局の意向で日比谷公会堂側が使用許可を撤回しました。

「よど号」機は、金浦空港で駐機し緊張が続いており、各地の革命戦線から、「日比谷の会場が使用出来ないとニュースで知ったが、どうするのか?」と問い合わせがたくさん来ており、今こそ開くべきだと上京する者もいます。みんなが「今度こそ成功する作戦を」と、高揚感でハイジャックを見守っているのです。

私は川島さんと日本委員会の秘密アジトに明日、四月一日の日本革命戦線結成集会をどうするべきか、既に仲間は上京していると指示を求めに行きました。

しかし、高原さんを始め、全員が金浦空港の中継テレビにかじりついています。「どうするのですか?」と尋ねると「中止しかないだろう。禁止なんだから」と画面に夢中の返事にはがっかりしました。赤軍派指導部というより、赤軍派のファンみたいだな、と思ったものです。

川島さんが、「とにかく、東大本郷構内なら、何とか集まった人だけでも対応出来るのではないか」と言うと、「任せるわ」と素気ない返事。そして、まだ作戦途中のため、集会で表明される予定だった「出発宣言」の発表は、差し控え、タイミングと条件を見る事にして、その発表は私に委ねられました。

テレビに夢中のひとりが「やっぱり朝鮮でなく、中国に行って中国共産党と党派闘争すべきだったんちゃうか。迂回戦術で毛沢東派との論争を避けたのは日和見主義で間違いではないか」とはしゃいで、真顔で話しているのにも呆れました。

この期におよんで、何を言い出すのか。さらに高原さんも「やっぱり塩見奪還闘争をすべきだった。田宮が、それは難しいと断念したが、塩見も連れて行けるのではないか」と金浦の膠着情況をあれこれ話しています。

その後テレビで、赤軍派の学生たちが、日本政府を信用できないので、仲介に社会党衆議院議員の阿部助哉氏を指名したという報道が流れました。

「おい、何で阿部助哉なんや?」と高原さん、山田さんも首を傾げています。田宮さんたちは、敵の思わぬ金浦空港への誘導という騙し打ちに、知恵を出し合って懸命に打開策を練っているようでした。こちらが、信頼出来る人、政府と一体になって騙し打ちに協力しない仲介者は誰かいないかと検討したようです。阿部助哉の息子が現思研に出入りしていて、父親の選挙の折りに、何人も現思研の仲間が手伝いに行った事があります。それで、「よど号」機に乗っていた現思研の田中さんが推薦したものと思われました。

そう説明すると「それじゃ……阿部助哉にこちらから伝言頼めないか。塩見もついでに奪還しろというのは、難しいか」「中国に行けというのは、どうだろう」などと、田宮さんらや、阿部議員の置かれた条件も考えずの発言まで出てきます。

社会党の阿部議員の仲介が奏功して、金浦空港から山村運輸政務次官と赤軍派を乗せた「よど号」機は、朝鮮に出発しました。そして、ピョンヤンに到着しました。

朝鮮当局は、赤軍派のピョンヤン滞在を許可し、山村次官や石田機長らを歓待し、人道的措置による解決に協力しました。

そして、「よど号」機は、四月五日午前九時一〇分に、羽田空港に戻り、一二二時間四九分の「よど号」作戦のドラマは、やっと終了しました。

赤軍派の公然救援対策事務所に、すぐに家宅捜査が入ったのは、まだ「よど号」機が羽田に着く前だったと思います。テレビには現思研のニックネーム「グズラ」が大きい身体を仁王立ちして、警察の家宅捜索の立ち合いをしているのが映っていました。

同じ頃、友人を介して、急ぎ大事な用件なので、私に会って欲しいという知らせが入りました。指定された東大本郷の校内には、顔見知りの友人が待っていました。「大事な話がある。弾圧が気になって」と言いながら、銀杏の並木道の端で「実は自分の友人の友人が、『よど号』機に乗り合わせて人質の一人になっていたんだ」と話し始めました。その時の話を、私たちに伝えてくれたのです。

彼によると、金浦空港で騙し打ちに気付いた時から、乗客たちは、むしろ赤軍派頑張れという雰囲気だったそうです。最後は、仲間のように朝鮮に発つ赤軍派を励ましたという話です。田宮さんが「乗客のみなさん。人質だということを忘れないでください。人質相応の態度をとってほしい」と諌めたほどだと話して、乗客が笑っていたとのことです。乗客のひとりは、小西さんと話して、何かメッセージがあったら伝えると提案したのだそうです。

金浦空港に着いたのは、テクニカルミスでは無く、日米韓連携の誘導だという事、機長からコールサインで騙された事を聞き、その乗客も小西さんらも、こうした驚くべき事実を知ったわけです。それでこの事実が握り潰されてはならないという思いを、赤軍派の金浦空港からのメッセージとしてまとめることにしたそうです。「ソウルからの闘争宣言」を小西さんが書くので、それを確実に届けてほしいと託されたそうです。四つ折りにしたその文章を渡されました。

その文章はノートを二枚破いたページに書かれ、大方は小西さんの筆跡で、終わりの数行は田宮さんの字で、乗客や乗務員らにお詫びと感謝が記されていました。赤軍派に確実に届くのは私だと、田宮さんらが私の名をあげて会うようにと話したそうです。それで、乗客、友人を経て私の手元へと届けられたのです。この協力にはとっても感動しました。

人質だった乗客にとって、つらい経験にも関わらず、また乗客を警察が一人一人取り調べている最中です。赤軍派の戦い方には批判を持っているのに、一分の義を感じて、密かに金浦空港からの仲間の最後のメッセージを私たちに届けてくれた事は、大変ありがたい事でした。

「よど号」作戦が始まってから、日比谷公会堂の政治集会「日本革命戦線結成大会」を禁じられ、弾圧は激しくなり、大学、事務所、活動家の出入り先など、次々と捜索逮捕され始めたなか、私は日本委員会指導部と協議し、とにかく効果的にハイジャック闘争の声明を発する機会を検討しました。出来るだけ広く読んでもらおうと、既に次々と逮捕者が出たり、国会でも飛行機乗っ取り処罰法案が論議されている中で、急がずにメディアを探る事にしました。

「出発宣言――我々はあしたのジョーである」と「ソウルからの闘争宣言」の二つの原本は、私の大学時代の先輩に預かってもらう事にしました。彼は赤軍派とは何の関係も無い信頼出来る人で、私たちが保管していて、いつ逮捕され、押収されるかも不安なためです。

先輩は快く保管を引き受けてくれました。同時に、この声明の効果的な発表を行いたいので、引き受けてくれるマスコミはないだろうかと相談しました。

「少し待ってほしい」と先輩とその友人で検討のうえ、交渉してくれました。情報漏れが無い条件を確認した上で、月刊『文藝春秋』が、二つの声明も載せるとの事でした。

この話し合いは、六本木で『文藝春秋』の編集部側の責任者と仲介者、私で合意しました。『文藝春秋』は月刊の有利な点を活かして、「乗客一〇〇人の証言」をタイトルに、乗客から取材し、短い言葉をあつめて特集を考えていたので、それに「出発宣言」と「ソウルからの闘争宣言」と共に掲載するとの事です。

スキャンダル風ではなく、真面目な企画なのを理解して原稿を渡しました。それから一週間位後のことですが、仲介者から「文春側が怒っている。月刊『文藝春秋』が独占掲載の筈だったのに、『週刊現代』に記事が出るという。講談社が入手したらしい、もう記事が出る」と言うのです。

私は「そんな筈がない。私が責任を負っている事で、二重出しなどしていないし、とにかく調べます」と伝えました。しかし、もしかすると中央委員会で日本委員会改組の会議の時、コピーが取られているのでは？　と、気になりました。『週刊現代』のゲラも見ました。

再び『文藝春秋』編集部側と会い、平謝りに謝まりました。編集部の側も、約束違反を非難しましたが、故意ではない事がわかり、また「出発宣言――我々は明日のジョーである」のコピーが関西から流れたという事が判ったとの事でした。「ソウルからの闘争宣言」は、赤軍派の指導部会議でもコピーを許さなかったので、そちらの被害はありませんでした。リークしたのは、日本委員会指導部の一人である事も判りました。一部の人たちが、勝手に非組織的に週刊誌へと売り込んだのです。自身の組織のデタラメさにがっかりしました。

「出発宣言」は抜粋の一部が週刊誌に先を越され、月刊誌は、それに立ちうち出来ませんが、それでも月刊『文藝春秋』には、二つの声明全文と、一〇〇人の乗客の証言が載り、とても良い特集で、概ね好評でした。

「一〇〇人の証言」も、ハイジャッカーに好意的、政府に批判的なものもあり、一人一人のコメントが、ポイントをついていました。「ハイジャックで身動き出来ない状況下、前の座席の背に『楽しい空の旅・日本航空』のステッカーが貼ってあった」など、短いコメントは実情とユーモアを示しています。

赤軍派声明の全文、ことに金浦空港で騙し打ちの圧力に対峙して戦っている様子と、乗客らへの謝罪が明瞭に記されていたのは、とても良かったと、『文藝春秋』編集部の人からも言われたのを覚えています。読者の反応も良かったようです。『赤軍』誌も、ハイジャック特別号として六月一〇日付で発行し、「出発宣言」「ソウルからの闘争宣言」も載せています。以下、ソウルからの闘争宣言を引用しておきます（原文ママ）。

＊

闘争宣言

全世界のプロレタリア人民諸君!!

日本のプロレタリア人民諸君!!

国家、民族の現実の壁のぶ厚さと、その重圧をひしひしと感じるこの機内にあって、我我のこの闘争、文字通り我我の、そして階級闘争総体の飛躍をかけたこの闘争に対する若干の闘争宣言を記しておきたいと思います。ブルジョアジーによる矮小なデマゴギーが乱れとぶ中でこの闘争宣言は重要だと思います。

3月31日午前7時10分羽田発、福岡着の日航機において、我々赤軍派同志9名が遂行したいわゆるハイ・ジャックは、南朝鮮ソウルへの不時着（一般にはそう報道されているに違ない）によって予期以上の国際政治を引き出している。緊迫し、混迷した国際政治への我々の主体的切り込みは、局面の流動化を引き出さずにはおかないのである。

現代帝国主義国家内部での労働運動の全くの経済主義、排外主義、への転落、帝国主義労働運動への変質と、労働者国家におけるスターリニスト官僚の堕落、日和見主義、一国主義の論理化、かかる中で、表面的には運動は停滞しつつも、その増大する内部矛盾が大きな流動の可能性を生み出していっている。

そうであるが故に武装の問題を党が目的意識的に追求し、それを全世界に統合することが最も鋭く問われている段階こそ現在であり、上記の客体的与件に我々が主体的攻撃的に切り込む以外にない攻撃型階級闘争の時代こそ現在なのである。

そして、この階級闘争の質は、世界的階級闘争史の最終的段階が現在窮極的に煮詰まりつつあるのであり、その中における、労働者国家内部の動揺・分解と現代帝国主義における帝国主義の法則の不貫徹とそこから生ずる内部矛盾の増大、後進国への矛盾の集中が、全世界武装プロレタリアートの統合を可能としていきつつあるのだ。

しかし、かかる客観条件の煮つまりに我々は身をまかせていることは許されない。今こそ、より鋭く、より広い主体的かかわりが問われているのである。この主体的かかわりを、いかなる方向に、いかになしていくかこそ問われている現代革命論なのであり、我々は、帝国主義内部での党による目的意識的な、世界革命戦争の開始としての前段階武装蜂起と、これを媒介とする労働者国家の世界革命根拠地への転換—世界革命戦争への移行としてその基本軸を形成してきたのである。

我々は、目的意識的に、レーニンの一国的な宣伝の党を超克する。世界的な宣伝と軍事の党建設にのり出しているのであり、この建設過程は、とりもなおさず、我々の主体的状況への切り込みによる政治的変動、すなわち前段階武装蜂起と、それによる世界武装プロレタリアートのヘゲモニー確立の過程としてもあるのである。我々は、この未来における革命のダイナミックな高揚を、客体条件を歴史的、現実的にとらえる中で確信し、それへ向かってただひたすら主体的にまい進せんとしている。

一切のスターリニスト的客観主義、待機主義は、我々と全く無縁の存在であり、歴史的与件に対し、主体的にどうかかわるべきかを最も鋭くつき迫り、それを現時点にあっては、世界的軍事の党建設—前段階武装蜂起貫徹としてとらえているのが我々である。

我々は、かかる主体的状況の切り開きの第一歩として、このハイ・ジャックを設定したのであり、これによる世界党建設の準備の具体化、党の武装の実態化こそが、日本における、そして全世界帝国主義内部における前段階武装蜂起を可能にしていくのである。

全世界のプロレタリア人民諸君!!

日本のプロレタリア人民諸君!!

今、この我々のハイ・ジャックをめぐって、現代過渡期世界の奇妙な国際政治が展開されつつある。我々の国際根拠地建設を挫折せしめ、国内の法と秩序をさらに強化せんとする日本政府ブルジョアジーと、北朝鮮の攻撃と自国内部における階級闘争の結合とを極度に恐れ軍事独裁をしく南朝鮮政府ブルジョアジーとの共謀による全く愚劣な国際的対応がなされつつある。

この事実関係は、明確にしておかねばなるまい。日本の、いや全世界のプロレタリア人民に知ってほしい問題である。我々が制圧した飛行機の給油の際着陸した福岡において、あからさまに、故意になされた離陸のひきのばしは、何のためのものだったのか、それはあきらかに、我々をピョンヤンだといつわってソウルにおろすための陰謀を日本政府が韓国政府との取引きによって完成させるために必要だったのである。

我々の飛行機が西日本海を北に直進し、朝鮮半島に入ったとき（それは確かに38°を突破していた）我々のピョンヤンの呼び出しに対して応答した飛行場があった。この飛行場、すなわち「ピョンヤン飛行場」の誘導により、我々はピョンヤンならぬソウルにおりたったのである。

我々内部の機転と周囲の情況に対する不信感が、外からの「ここはピョンヤンである」「日本帝国主義に反対する皆さんの到着を歓迎します」…という数人の「歓迎」による言葉にまどわされることなく機内へふみとどまらせたのであるが、それはまさに危機一髪であった。このように我々は、決してソウルに不時着したのではない。日本政府と南朝鮮政府によって不時着させられたのである。

かかる時点にあって、我々は、我々にとって唯一で、最大の力である乗客の制圧の強化（それは物理的に彼らのこう束を強めたのではないことは当然であるが）と、それを可能とする我々自身の最終局面における機体もろともの自爆の決意の深化とをなしていく以外に方法はなかった。

我々の武力が弱く、そして全員ブルジョア法によって拘束され（全国指名手配であったり、保釈中であったりすること）ている中で、にもかかわらず、世界にはばたき、自らの武装を獲得するためには、我々の文字通り決死の覚悟を基礎とした乗客をまき込んでのハイ・ジャック作戦しか残された道はなく、そしてそれの本質が極限的にとわれる段階に入ったのである。

我々は闘った。日本政府の卑劣な、南朝鮮政府への責任転嫁と南朝鮮政府の強硬な政策、そしてこの地が鋭いブルジョア独裁をしく南朝鮮であること。そうであるが故に、この時点にあって、我々は、なにものにもまさる非妥協性を要請されていた。まさに乗客を乗せてピョンヤンへ行くのか、それとも自爆かである。この決意、自己の理論を断固として確信し、それに生命を賭けることのできる精神力こそ、この危機にあっての我々の勝利をもたらしたのである。

我々の闘争は、まだ第一歩を踏み出したにすぎない。これから北朝鮮に到着し切れるかいなか、北朝鮮に到着した後、軍事訓練とキューバ、北ベトナムへのさらなる飛行とが可能になるかいなか、そしてその後は、……全く未知の世界である。しかし、我々は確信している。我々の主体的切り開きのみが局面の展開を可能とし、これが可能となる客観的条件が煮つまっていることを。

そして、この情況に対する主体的かかわりを媒介としてのみ真に正しい理論の創出と、新たなる豊かな戦略、戦術の確定が可能となるのであり、又、これによってのみ、新たな実践を媒介としての現状とは全く異なる組織内容の獲得—人間諸関係の変革も可能となるのである。

革命的マルクス主義の理論を闘うことなくこねくりまわし、社会主義経済の姿を展望し、現状を固定化するものはエセマルキストである。全体をふまえて、それへの主体的かかわりを現実の運動の中で確定していくことこそ真のマルキストの姿であり、かかる姿勢からのみ、あふれ出ずる情熱による豊かな、そしてすぐれて創造的な理論が、戦略、戦術が創出されていくのである。

我々は、ブルジョア社会のアカをこそぎ落し、新しい社会的諸関係を創出する世界プロレタリア解放への道、避けることの出来ないブルジョア独裁権力との熾烈で血みどろの世界的な闘い、ブルジョアジーとプロレタリアートとの生命を賭けた総力戦、すなわち世界革命戦争の時代を今まさに客体的条件の成熟の中で、主体的に切り開かんとしているのである。

全世界のプロレタリア人民諸君!!

日本のプロレタリア人民諸君!!

闘おうではないか。今こそ武器を持ち雄々しく立ち上がるときなのだ。武器を使うことに習熟しようとしない階級は、奴隷の階級である。我々がブルジョア独裁の中でかいならされた時代は終わりつつあるのだ。

主体的に、主体的に、あくまで主体的に現状にかかわり、困難を克服し、我々の未来を全世界を自らの手で獲得していこうではないか。

我々のハイ・ジャック作戦が、あきらかにブルジョア権力との新たな攻防局面をつくり出し、階級闘争の質的転換―世界性と軍事性の獲得の第一歩となることを確信して、闘争宣言にかえたいと思います。

共産主義者同盟赤軍派の一戦士として

南朝鮮ソウルでの機体内部にて

一九七〇年　四月三日

〈追伸〉

最後に、我々の、このハイ・ジャックが、不測の事態で、必要以上に永びいたのに、最後的にねばり勝ちしたのは、乗客の方々の強い支援と協力があったからである。

我々は、このことについて、乗客の方々に深く感謝している。同時に、乗客の家族の方方は、非常に心配された事と思う。深く、おわびする。

だが、その意は、唯一、我々の初志（前段階武装蜂起―世界革命戦争）を貫徹することによってのみ表明されることである。

＊

深まる弾圧――再逮捕

ハイジャック作戦後は、連日の逮捕、捜索、関連捜査が日々の新聞に載っています。このころ私は書記局の山田さん、救援対策の上田吾郎さん、革命戦線の友人たちと連携しながら、日々広がる弾圧に対応していました。多くの獄中者の救援は、差し入れ、面会、弁護士との討議、公判費用など、まったく追いつかず、新しい問題や弾圧をフォローするので精一杯です。

救援の仲間からは、塩見さんへの不満が出てきました。大菩薩峠事件の戦いの前には「救援不要」とまで言っていたのに、今では「救援がなっていない！」と救援担当を非難し、また敵を欺くつもりか一部を自供し、「塩見転向か」と記事に書かれるような振舞いをしたという批判です。

弾圧が続く中、それでも六九年に設立された「救援連絡センター」を基軸に、弁護士が対応してくれるお陰で、赤軍派は大変助けられました。当時の赤軍派に対する弾圧は、激しいもので、私も数メートル後を、私服刑事数人が付きまとうし、話しかけて来るストーカー行為です。私は交番に入り「おまわりさん、痴漢が付いてるんです」と訴えたり、デパートの下着売り場の女性トイレを利用して巻いたりしていました。

救援連絡センターの新聞『救援』四月号、五月号で「赤軍派なら人権を無視してよいのか」という記事に示されるように、尾行や平和デモでも赤軍派だけ分断して機動隊が暴力をふるい、顔写真を撮り、抗議にリンチ、逮捕後も弁護士選任をさせないなどの酷いものです。こうした弾圧を、マスコミも「赤軍罪」と称したものです。

この頃は女性活動家も増えており、二人一組で行動し、一人が尾行を撒く時にうまく共同したりしています。女性を舐めている刑事もいて、ある仲間の女性が撒くためにパチンコ屋に入り玉を弾いていると、刑事が隣の台に来たので出ようとすると「こっちの台、出るから玉やるよ」などと、大量に玉をくれたので貰った、と報告がありました。それを聞いて、「絶対ダメ。相手は馴れ合いを作ろうしている。玉を貰ったりするのは舐められてるから、二度としないように」と年下の仲間に注意した事もあります。

日本委員会は、塩見さんも参加していた六九年秋から七〇年一月の中央委員会で決定した軍事的、政治的国際根拠地建設の実行と、七〇年秋の日米同時蜂起構想を展望していました。

しかし、提唱者の塩見さんが逮捕され、右腕の田宮さんがハイジャックで海外に飛翔したのです。日本委員会は、高原さんをトップに花園さん、川島さんらが指導部で、のちに保釈された堂山さんが加わり、書記局に私や山田さんがいるといった状態でした。

そして日本委員会は、ハイジャック作戦後「P・B・M作戦」を方針化します。

Pはペガサスで、塩見議長奪還のための作戦を「ペガサス作戦」と名付けました。Bは海外根拠地作りの作戦で「ブロンコ」、Mは「マフィア作戦」で財政、兵站のための作戦の符丁としました。

前年の六九年十一月に、国際根拠地政治工作として出発していた国際担当の小俣夫妻は、七〇年三月に帰国しましたが、塩見議長も逮捕された後で、小俣さんらも国際部活動からも、なし崩し的に離れて行く事になりました。

小俣さんの方も、海外で赤軍派理論への共感は期待通りには進まなかった事と、また「よど号」作戦によって、政治工作よりも軍事的に国際根拠地建設を進める考えが赤軍派の主流となっていたためです。塩見さんもおらず、小俣さんらを必要とする考えも稀有になっていて、小俣さんも場を与えられず、そのまま活動から離れて行きました。

日本委員会の活動は地下化し、次々と逮捕が迫るなか、作戦も革命戦線の政治指導も、動きが難しくなっていました。この頃、私は再び逮捕されました。今度は、大菩薩峠事件の「殺人予備罪」が逮捕の理由です。

この日は五月九日の母の日前日でした。私は許される条件がある時には、大晦日、正月、母の日など、ふだん何もしてあげられない家族、両親に、顔だけは見せようと心掛けていました。そして会った折には、自分の活動について率直に伝えて来たので、家族は反対しつつも協力的でした。

とくに父が「赤軍派の幼稚な思想で、民族も人民も判っていない者が国際主義、国際根拠地など、上手く行かんだろう」と批判しつつも、自分の信念に沿って生きる事は奨励するという立場だったので、その親心に助けられて、家族は様々に支援してくれました。母も母なりの考え方で、心配しつつ「房子が『反日共』だから、選挙では社会党に投票する」と、楽天的な人なので、私は助けられていました。

明日は母の日なので、最終電車で二時近くにやっと家に着き、姉とおしゃべりをして寝てから、午前中に母へのプレゼントを買いに街へ出る事にしました。

近所の人が、通り道に車が一台、町田署の刑事が二人見張っていると教えてくれました。いつもの事なので、一人でバス停に向かおうと家を出ると、一〇〇メートル近く先に車を止めて見張っていた二人が車を降りて徒歩で尾行して来ました。

どうせ、母の日のプレゼントを買いに行くだけだからと、そのままにしてバス停に向かいました。バス停の所まで来ると二人の私服刑事が後ろから声を掛けてきました。

「あの～、ちょっとお尋ねします。あなたは重信房子さんですか？　それともお姉様の方ですか？」と聞くので、「どちら様ですか？」と聞くと「町田署の者です」と答えました。「何故、そんな事を訊くのですか？」と尋ねると「あの～、もし妹さんの房子さんの方だとすると、実は逮捕状が出ましたので、我々は逮捕するよう警視庁本庁の方から言われております」と大変律義に、真面目に答えます。一瞬「いいえ、私は姉です」と振り切って逃げるべきかとも考えましたが、それでは姉たちに迷惑もかかるし、逃げ切れるとも思えません。それで観念して言いました。

「私が房子です。でもお願いがあります。私は今母の日のプレゼントを買おうと出て来た所で、服も靴も姉の物を拝借して来ました。姉に迷惑をかけたくないので、このまま着換えに自宅に戻りましょう。どうぞついて来て下さい」と言って、踵を返して歩き始めました。返事を待たず歩き出したので、二人は付いて来ました。

自宅に戻ると、家にいた姉に「逮捕状が出たんですって。捕まるので、姉の服返すからって刑事さんに言って、戻って来た所なのよ」と言うと「あら！」と姉。

姉は「すみません。少々お待ち下さい。お茶でも」と言い。私も「服を着換えるので、外で、ちょっと待ってて下さい」と言い、戸を締めて、姉に遠山さんへのいくつかの連絡を頼みました。

そして、獄中で使う洗面具の日用品だけを持って、家を出ようとすると、丁度父が門から入って来る所でした。

「お父さん、また逮捕状が出て捕まっちゃったの。今度は長いかも知れないけど心配しないでね。何も悪い事してる訳じゃないし」と言うと、父は「そうか、がんばってこい」と答えました。

「お母さんにプレゼント買えなくて、変な母の日にしてしまって、ごめんなさいと言ってね」と姉に言うと「大丈夫よ、私がちゃんとプレゼント選んでお母さんに渡しとく」と言ってくれたので、安心して身軽に出発しました。町田署について少しすると、顔見知りの本庁公安刑事が駆けつけて来ました。そして「一旦、家に帰しちゃダメですよ」などと、町田署の刑事を私の目の前で批判していました。

こうして警視庁へ護送され、再び菊屋橋署を宿舎として、取り調べが始まりました。

既に昨年の十一月の初めての逮捕「四・二八凶器準備集合幇助罪」の時に、大菩薩峠事件についてはあれこれ尋問していたものです。

今回は、大菩薩峠事件の「殺人予備罪」を口実に、「よど号」事件を追及するつもりです。それでも、塩見さんら後に逮捕されている人々の供述からも、私がハイジャック作戦に関与していない事は判っているはずです。でも「お前のような目立つ奴はいつでも、こっちが捕らえたい時には、こうやって逮捕出来るんだ」と、赤軍派特捜班長の高橋刑事は言っていました。

取り調べは、前回も担当した真面目な人で「田舎に帰って教師をした方が良いですよ」と私が言った人で、もう一人は「親友の西条刑事が、日大闘争で殺されたので〝仇打ち〟で公安に志願して来た」と言う人です。〝仇打ち〟刑事は「しゃべらないと、タバコを喫わせない」など、ヤクザ担当経験者で二人のコンビは、当初はギクシャクしていました。ある日、〝仇打ち〟刑事は憮然として「今日は取り調べ無しにする」という日もありました。どうしたのか尋ねると、上司から「女の一人や二人落とせないで！」と、どやし付けられて頭に来たので「課長さん、そんならあんたやってみますか?!」と啖呵を切って叱られたとの事、刑事も大変だな……と思いました。

そんな取り調べ中、菊屋橋署に母が訪ねて来ました。母はわざわざ特上の寿司を持って差し入れしようとして、許可されずがっかりしていました。「私は元気だから心配しないで。母の日はごめんなさい。せっかくの日に捕まって何も出来なくて」と謝り、取り調べ状況、どんな事を聴かれているか、遠山さんに伝えてもらうために母に説明しました。その点、母は心得ています。

のちに母は、当日の事をこんな風に話していました。

心配で、都心まで自分を励ましながら出かけ、やっと菊屋橋署を探してせっかくの寿司の差し入れも許可されず、房子は元気でも、とても辛い気分で帰途についたそうです。新宿駅で乗り換える時、こんなに何万人もの人が行き交っているのに、何でうちの娘が逮捕されなければいけないのか、娘は、ただ世の中を良くしたいと思ってるだけなのに……。重い気持で町田の駅を降りると、駅前で和光大学の学生たちが「ベトナムに平和を」と訴えて、署名運動をしていたそうです。

これまで、一瞥しただけだったけれど、もしかして房子たちのように世の中を良くしようと考えている人たちなんじゃないか……と思って、初めて署名してみる気になったそうです。恥ずかしかったけれど、署名を呼び掛けた学生と目が合い、思わず応じたそうです。

そうしたら、和光大学の知らない学生が、母の署名を見て「あれ、町田の重信さん？　赤軍派で逮捕された重信さんという人と関係がありますか?」と聞いたそうです。「ええ、娘です」と母が言うと、みんな寄って来て、「わ〜お母さんですか、頑張って下さいと娘さんに言って下さい。署名ありがとうございます」と言われて「ああ……房子のことを理解してくれる人もいるんだな」と、とても心が軽く嬉しかったと涙ぐんで話してくれました。この話は、私が釈放された後に聴いた話です。

この五月の獄中には、同類の学生たちは居ませんでしたが、スリ、詐欺などの人々が同房になりました。彼女らは心が素朴で、率直な人が多いです。何度も刑務所に入った人もいて、どんな所?と聞くと「そうねえ、ナショナルとか東芝とかの工場の住み込み従業員みたいなもんよ。ただ外出禁止って感じ」などと話していました。

ある日、女性看守が隣の空いた房に、靴を履いたまま上がり込んでいるのを見て、スリの女性が小さな声で「私たちにとっては座敷なので靴を脱いで上がってほしいのに」と言ったのを聞き咎めた看守が「何を?! あんたらに言われる筋合いはない」と大声で怒鳴りました。私たち全員で反撃しました。

靴のまま上がったのが悪いに決まっています。大声で非難すると、今度は「脱ぎゃいいんでしょ! 脱ぎゃ!」と言うので、今度はスリの人が「私たちも盗ったものを、返せばいいのかい。何でここに入れられてんだよ!」「謝れ!」と更に抗議しました。スリの私より年上の女性は、東京の空襲で両親も兄弟も失い、スリの仲間に拾われて生き延びて来たそうです。今では、スリなんかしなくても生活出来るようになったのに、ときどき自分をコントロール出来ず、気づくと手が出てしまうんだと話し、「今度、獄を出たら、この右手を切る」と涙ぐんで話してくれました。

いつでも原因——戦争を起こした張本人——は、裁かれず、こんな小さな結果だけで罰せられる世の中、何か間違ってる、こんな話で意気投合しました。私の話を聴いて興味津々の同房者は、赤軍派のアジトが足りないなら、家を使っていいよと、みな気さくです。そして、みな仲良くなり、反戦運動の特別な日である一〇月二一日に「菊屋橋同窓会」をやろうと決めました。でも七〇年一〇月二一日には釈放されないだろうという人もいて、じゃあ七一年の一〇月二一日に会おうと約束しました。そして新宿コマ劇場の前で再会を決めました。でも、私は後に海外に行くことになり、この約束を果たす事は叶いませんでした。

この五月の「殺人予備罪」の取り調べ検事は、当初は前回担当した大熊検事で、彼の部屋に連行されました。手錠を外されたところ、検事は仕草で私に座るように指示した後、大きな回転式の自分の椅子を左右に動かしながら「君は、東京検察庁を手玉に取って来たと、豪語していたようだね」と開口一番言い放ったのでびっくりしました。「え〜？　そんなこと言った覚えはありませんけど。どういう意味でしょうか」「いやいや、君たちのグループは良く喋るね。去年の君の逮捕が起訴されなかったのが、不思議と言う奴だっていたんだぞ」などとはぐらかしていました。

その後、大熊検事から緒方検事に代わるのですが、何度か検察庁に出入りする間に、「箱根で花園さんらが逮捕された」と教えてくれた検察庁の人がいました。「箱根の旅館の番頭のふりをして、面通しをやったらしい」と教えてくれました。彼は明治大学Ⅱ部の人で、私や遠山さんを良く見かけたとの事です。

私はその話を聞いて、日本委員会は壊滅では……と、心の中で案じました。今までの路線を実行するのに、指導部の不足を感じているのに、さらに弾圧は激しくなると思わざるを得ません。

ときどき、赤軍派特捜の高橋刑事も取り調べに来ていました。大菩薩峠事件は、既に林泉寺の会議の見取図を書いた人がいて、私の座った位置を示すものもあり、起訴されるだろうと思っていました。でもそれは既に、前年にも調べていたものです。本当は「よど号」事件で、関連を探したいらしく、あれこれ質問してきました。一つしつこく聴くのは、一月の集会を偽名で私が借りたという容疑です。

別にそれが逮捕理由とは関係のない「よど号」関連のものですが、私が何かの謀議に参加していたと決めつけています。ところがその日付は、自宅で病院から帰って寝ていた日です。体調を崩して猛烈な腹痛で、病院に行って安静を言い渡されためです。

ちょうど寝ていたその日、新宿署の大野という刑事が自宅に訪ねて来ました。京大の森さんが「よど号」関連の謀議か何かで疑われており、その日は私と一緒に居たと主張しているとの事で「裏取り」に訪ねて来たとの事です。実際、森さんの言う通りだったので、それを裏付けました。

それで、高橋刑事に「新宿署の大野刑事に聴いてごらんなさい。私は自宅に居たんですから」と言ってやりました。結局、新宿署の刑事が証言し、冤罪は逃れました。高橋刑事は、塩見議長は偽装転向のつもりか、自供したとか、だらしが無いとこき下し、そのいっぽうで「お前らにリンチされた仏議長は立派だ、アゴの骨までヒビが入り骨折して大変な目に遭ったのに、警察病院に取り調べに行くと『警察に話す事は無い』と拒否されたよ。まったく、お前らの議長と人間の格が違うんだよ」と、さんざん言っていました。私も、そこまで塩見さんをクソミソに批判されると、闘争心が湧きますが、黙秘しながら「塩見さんは思想家でも、革命運動の指導者としては、ムリなんだな……」と密かに思ったものです。

「よど号」機事件に関わった仲間たちの中から自供者が出て、それに託けて共謀も事実も知らなかった者まで逮捕が続きました。

五月下旬、二三日間の拘留を経て、私は釈放されました。「また、いつでも捕えてやるからな」と、高橋刑事は、嘯いてニヤニヤしていました。私の不起訴を最終的に判断したのは、尋問を担当した緒方検事でした。緒方検事は大熊検事より一回り以上も若手で、磊落《らいらく》に振る舞う大熊検事と対照的に、礼儀正しく真面目そうな人物でした。

この七〇年五月末、私を不起訴判断した後、三〇年経て既に、検事職を退いていた緒方検事は、二〇〇〇年十一月の私の逮捕後、私の担当検事を訪ねて来たそうです。当時の自分は、彼女の起訴、不起訴を決定する任にあったが、前途ある若者であり、関与も僅かな事で、不起訴処分とした。その結果、彼女はその後アラブに渡り、数々の事件に関わったようだが、当時の自分の判断は正しかったと確信しているが、そうではなかったのかと、確かめたくなったのだと言っていたそうです。

その後、この緒方検事の消息は朝鮮総連本部の建物敷地に関する取引で逮捕、起訴有罪判決を受けている事を、新聞で知りました。人間的情のある数少ない検事だったのかと、思い到ります。

思索の中で

釈放された後、さすがの私も赤軍派にとって役立つ事は、私にはもう無いのでは……と思っていました。「札付き」のように権力に狙われているので、動き回る事で他の指導部を捕まらせるような活動はしたくない、と思いました。でも、財政難から救援のためにすぐ、獄中の出来事を週刊誌に手記として書いたりしました。

かつてのように、CPAとCPOの軍事と政治の対等な党の機能の両輪としての革命を拓く組織から、党・軍・革命戦線という軍組織へと再編されていました。

逮捕前の中央委員会で「CC軍団長会議」という方針が出されていました。CCとは中央委員会の事を指しますが、中央委員は各軍団長でなければならない。言いかえれば、軍団長でない中央委員は認めないという考えだったのでしょう。私としては、ますます「男性化」して行く組織の中で、指導的位置に留まる考えもありませんでした。

赤軍派は日本委員会として再編され、高原新体制下、全党の軍事化として進められ、軍事優先のため、私が獄中に居た間に、P・B・M作戦などとして、塩見議長奪還のための要人誘拐などが検討されていたようでした。「作戦を踏まえ、先進国を世界革命戦争（攻勢）の主戦場とせよ」などと赤軍派日本委員会として機関紙『赤軍』第5号（七〇年八月五日）で表明されています。

これまでの戦い方の不満も、現場の女性仲間たちから出ていました。女性に対する扱いが差別的であり、軍に女性を参加させようとしない事や、電話中継や雑務などの役しか女性に担わせようとしない指導部への批判です。女性たちが結束して対決しようと言う話もありました。私は「古株」で、下からはリーダーシップの一人として見られていました。女性たちの批判には私も賛成でしたので、中央委員会に提起することにしました。同時に女性たちによる中継任務などは軽視出来ない任務であり、任務をきちんとやる事で、どの分野も能力に応じて配置せざるを得ない状況を作る事が大切だと訴えました。

全く無能な男性リーダーもいたし、判断力のあきれる程悪い上司にもがっかりさせられながら、女性たちは活動して来ました。中央委員会で、こうした女性たちの批判と要求を代弁しつつ訴えると、「何だ、なまいきな奴らだな」という一言で片付けられた事もあります。軍事以外に目を向けない傾向が強まると、この人たちには理解出来ないだろうと、切実に提起もしませんでした。軍事的な活動しか重要視されない組織の中で、「女性差別」問題など、かみあいません。でも執拗に求めて、とにかく軍でも女性を受け入れることになりました。

でも私は女であり、それが弱さだとも「弱い」とも思った事もないし、むしろ強さであり、開き直った強さの中で、女性たちが革命に参加している事を知っています。赤軍派のような男性中心社会では、その否定形として、男性と同様に頑張る形態的同権よりも、「男」か「女」かではなく、人として対等な仲間が得意分野で能力を発揮すれば良いと考えていました。

今から捉えれば、当時台頭していたウーマンリブの人たちとは、違う視点であったかも知れませんが、赤軍派の女性たちは男性のジェンダー差別を、どう自覚させ、内実の同権を、実践的にどう作り出すか語り合うフェミニストたちです。赤軍派指導部の中で、もっと問題提起すべきだったと思い到ります。

それはのちに連合赤軍事件で、遠山さんが批判された時、本当は赤軍派の男性側の考え方こそ、問われたのです。でも遠山さんが矢面に立たされ、遠山さん個人の問題に摺り替えられてしまったという、痛苦の教訓を経て捉え返したことです。

当時の私は、持っている力を使い果たし、私自身役に立てないだろうという思いの一方で、やるなら頼りない指導部に見切りをつけ、今度からは自分の思い通りにして行こうと考えるようになりました。「七・六事件」以来、何とか失敗を乗り越えようと経験も能力も理論も無い中で、自分の持っている力を尽くし、七〇年五月の獄中で、力を出し切った思いと、内容的な蓄積の無さを実感していました。

獄中から釈放された後、明治大学Ⅱ部の研究部連合会の下級生から会いたいと誘われて会う機会がありました。寮を管理している下級生たちからは、赤軍派が現思研の仲間を通じて寮に宿泊するようになり、二つある夜間部の寮、松陰寮と堀切寮も兵舎のように使って、規律は無いし、ガサ入れなどで迷惑していると苦情もありました。また、明治大学Ⅱ部の中執である学苑会は、社学同現思研が赤軍派として学内から退いてから、党派主義になって我慢ならない状態だという話で、相談に乗って欲しいという事です。

当時の『明治大学新聞』（七〇年六月四日号）によると、六九年には全国的な大衆運動の中で、六者共闘（革共同、共産同、共労党、第四インター、ML同盟、社青同解放派）が実現したが、今年は内ゲバが始まったとの事です。七〇年四月以降、明治大学全共闘は、ML派、ブント、反帝学評（解放派）の主導権争いで、実質的に解体状況になったと報じています。党派主導の全共闘だったためということです。

七月二日号によると、学苑会学生大会の前日の六月一〇日にML派が解放派系自治会の予算凍結や中執人事を認めないなどと表明し、解放派が対案議案を提出して揉め、六月一二日の継続大会協議中、他大学生含むML派三〇人が解放派を襲い、重軽傷一〇数人という内ゲバに至ったとの事です。

「この事件は初めて学苑会中執をめぐる反日共系同士の抗争である」と『明治大学新聞』は報道しています。ML派は全国でも明治大学Ⅱ部しか拠点がなく、「六月決戦論」で勇んでおり、現思研・赤軍派が大学から離れて以降、共闘していた解放派に危機感を持ってゲバルトをかけたようです。これに対して研究部連合会を中心とするノンセクトラディカルの学生たちが、流会した大会と学苑会の再建を求めて立ちあがった訳です。

私は六六年一二月に、私たちが研究部連合会（研連）執行部として対案を提出し、民青から学生大会で多数派として学苑会を奪還した話をして、それならノンセクトの研連中心に再び対案を提出したらどうかと話しました。私たちの教訓としても、人事案も必ず提出するよう伝えました。

その準備会合のアパートの狭い部屋ぎっしりの中に私も一度参加し、応援しました。当日はオブザーバー席で見守ると約束しました。この学生大会の日、母校に出かけると、オブザーバー席に荒岱介さん（ブント中央派の指導者）も来ていました。

「お前、何か企んでいるだろう」とひと言、私を批判しましたが、赤軍派と対立しているブント中央の筈の旧友は、さすがに殴りかかる事はありませんでした。「あら、ここは私の大学よ、あなたこそ、どうしてオブザーバー席に座っているの？」と言い返しました。研連のノンセクトたちが批判していたのは、ML派、解放派、ブント荒さんたちの形成していたこれまでの学苑会指導部だったのです。

この日、ノンセクト研連の政治研究会のKさんを委員長とする対案は過半数を得て、新学苑会中執が成立しました。

六九年釈放後の六月に、こんな風に考えたり大学に顔を出したりしている頃に、六九年一〇月逮捕されたCPOの責任者だった堂山さんが、保釈で出て来ていました。そのいっぽうでは、指揮を執っていた高原さんがハイジャック闘争の共犯容疑で逮捕され、六月を決戦期と捉えていた日本委員会も、P・B・M構想も挫折してしまいます。

家宅捜査で芝浦工業大学の寮など、赤軍派が拠点としていた所を捜索しては、そこに居る人々の逮捕や身元調べが続き、物江さん、川島宏さんら日本委員会の人々もほとんど逮捕されてしまいます。赤軍派の初めからの活動家の多くは獄中にあり、既に三〇〇名を超える人々が逮捕されています。

六月二七日警視庁は、勾留中の塩見議長に対して破防法を適用し罪を重くすべく送検し、七月一六日起訴しました。当時の『救援』は、「赤軍派への日常的破防法弾圧。職質・暴行・不当連行に、弁護団の抗議にも拘わらず、捜索と称して全員拘束して身元調べをすることが常態化」と述べています。

そのうえ、梅内さんらに対する指名手配や東大闘争の保釈逃亡の収監状の出ている者もあり、当初のリーダーは保釈で出所したばかりの堂山さんと関西では和田さんなど数は少なく、また逮捕され自供し、そのまま報告もせず消えて行くリーダーもいました。

そうした中で、私に中央委員会に参加するよう連絡が来ました。場所は千葉で六月中旬か下旬だったと思います。多くが逮捕されたために、軍の中堅カードルだった坂東国男さん、松田久さんが新たに加わっていました。

堂山さんが、高原逮捕後の組織再建を目指し、既に、高原さんらと決めていた新しい方針として、「前段階蜂起」から「連続蜂起」への転換方針が、この時提起されました。これまでの前段階蜂起は、戦略なき戦術主義、党建設なき戦術主義だったと総括し、攻撃型階級闘争論を、党・軍・革命戦線の全体として能動的な戦いを一体に進めるとしました。

具体的には、前段階蜂起を連続蜂起――ゲリラ戦の開始として国際地下組織建設を図る。国際ゲリラ戦による先進国革命戦争・労働者国家の根拠地化・第三世界革命戦争との戦略的呼応を求めて行く、という方向を打ち出しました。ようは、秋の蜂起の総力戦は力量的にも無理なので、「前段階蜂起」路線から「連続的に力量にあわせてゲリラ戦」に転換する内容だったと思います。「これは蜂起の放棄だ」として軍から批判がありましたが、実体として蜂起は、組織再建を抜きには無理なのです。

私が獄中にいた間に、国際部は新しくなっており、関西大学の和田さんや茨城大学のSさん、東京大学のFさんや阪大の人がいました。この会議で「よど号」の田宮さんらとは、秋に戻ってくる時に備えて符丁などを決めていた事、しかしそれ以上ではなく、朝鮮にコンタクトする手立ても考えておらず、もっぱら朝鮮当局に判断が委ねられた状態にある事も理解しました。

決意と使命感のみで国境を越えたのです。それなら彼らを支えるために次の戦いこそ必要だと思いました。国際部は、戦略的な戦いとして「日米同時蜂起」のために米国部隊をFさんを責任者に準備中でした。私はこの中央委員会の会議に招請されてから、国際部と地下組織建設（UGと言い、地下兵站や財政などの赤軍派でない人々のオルグ）の活動に加わりました。これなら、自分なりにやれそうだと思いました。

これまでの「CCの軍団長化」なども廃止されていました。昔を知っている人が少ないせいで、私も書記局的に人脈を維持したり、活動を継承する必要がありました。とにかく原点に返って、組織化を図るというので堂山指導部の一員として、困難な中何とかしなければと活動に集中します。

このとき、革命戦線のビラ撒きから真面目に復帰して活動していた森恒夫さん（後の連合赤軍のリーダー）が、軍の政治委員として活動しているという話を聞きました。この会議では、「連続蜂起への転換」を全国に普遍化することを確認して、会議を終えました。

まず革命戦線が各地に散って、新しい「連続蜂起」方針を提起して、政治的意志一致を固めること、次にそこに軍が行って、軍への入隊オルグをして軍団を拡大すること、最後にUGが行ってカンパ活動など組織の地下網を広げる、というオルグ計画を最後に立てました。

私の任務はUGとして、革命戦線と軍が行った後に九州各地に向かう事でした。私は信頼する同志社から東京に呼んで活動していた女性のTさんを誘い、九州へと向かったのは七月か八月の事です。

ところが、三番目に現地に到着する筈のUG班は、各地でいきなり矢面に立たされました。革命戦線も軍もまだ来ていないのです。各地で、前段階蜂起路線を下し、連続蜂起路線に転じた新方針を伝えると、反対される事が多かったのです。

鹿児島大学で赤軍派シンパに集まってもらい、新方針を提起すると「ナンセンス！　蜂起の放棄じゃないか！　朝鮮に行った兄貴をどうしてくれるんだ！」と顔を真赤にして叫ぶ小柄な若者がいました。これが岡本公三さんとの初対面でした。世界赤軍の夢が閉ざされたと、怒っていたのです。実力が無いから「デモより大きく蜂起より小さい」前段階蜂起はムリなのは判っていても、それを求める心情は私にも、伝わりました。兄さんたちの活動を繋げるアクションが必要なのです。でも私には説得も出来かね「批判があるなら意見書を書いてほしい」としか言えませんでした。無内容だと官僚主義的対応になるんだな……と自覚しつつ。

東京にもどって、革命戦線も軍も来ていないと文句を言うと「前段階蜂起をやらない」という空気の入らない話をしに、全国にオルグに行く気になれなかったと白状する者もいれば、実は行くためのカネが工面出来なかったのだと言われてしまいました。各地で、この連続蜂起方針は、不評で福島医科大学や茨城大学からも批判が公然となされました。

「よど号」作戦で国境を突破し「やったぞ！」という気分はあるものの、約三〇〇名の赤軍派メンバーが逮捕と指名手配、捜索、ガサ入れに、立て直しがついて行けない状態です。指導部から、和田さんもある日黙って去って行きました。

指導部ほど、無理な実態と方針のギャップを本音では実感していました。でも「やるべき」というベキ論をとりやめることが出来ません。武装闘争が赤軍派の結集軸になってしまったからです。しかも、各地から結集する人々は、武装闘争の拡大、前段階蜂起を求めています。赤軍派の旗がそこにあるからです。今から捉えれば、この時、原則に返る道――武装の無理をいったん置いて、現実的に、何故逮捕され何故指導部からも去って行くのか、実際の自分たちの姿を批判的に捉え、根本的に転換する事が出来ませんでした。当時の時代も、また周りの空気もラディカルに出発した以上、引き返すことができません。さらに、自惚れた使命感と自己正当化の道へと進みます。武装闘争の旗を降ろす事は出来ませんでした。もちろん、私もその一員です。

七月か八月、下北沢の東京大学生Hさん宅で、中央委員会がありました。川島さんも逮捕され、堂山さん一人が、政治局レベルの位置にありました。

会議の中で、人材の補充について、堂山さんから説明がありました。大阪市大のKと森恒夫さんが赤軍派への復帰を求めて活動して来た事を報告し、Kは指導部には受け入れ難いが、森はこのかん誠実に活動して来たこと、今は中央委員会の拡充が求められており、「七・六事件」後一度戦線逃亡したが自己批判し、それに見合った活動をして来た森を、軍の政治委員として中央委員会に加えたいと話しました。

みんなの同意を求めましたが、森さんを知っている人は少なく、結局堂山さんが森さんと総括討議した上で、良しと判断してくれたら、中央委員会としては、その判断に従うと、私たちは意見を述べて、そう決まりました。

会議終了後、堂山さんに誘われて、私も一緒に森さんに会いに行き、ＣＣの結論を伝えました。私が森さんに初めて会ったのは、彼がブントの千葉県委員会として三里塚闘争にコミットしていた頃です。六八年三月頃、現思研で三里塚援農学習合宿を行った時、堀越昭平さん宅に案内してくれ、状況説明してくれました。以降の付き合いの中で、森さんは他の人たちのように本音で莫迦話などする所のない、任務に忠実、生真面目な人だと思いました。でも他人の意見を気にして、遠慮したりする人だな……とも思いました。

その後、同じブントの仲間として時々、協力し合う事もありました。「七・六事件」から一年後の私との再会でしたが、森さんはちょっとバツの悪そうな笑顔で「すまなかった」と神妙に言ったのが、印象的でした。リーダーの中からも、連絡も無く去っていく人がいる中で、森さんは頭を下げて復帰し戦う意志を表明しているのです。私も歓迎を示しました。

でも、いっぽうで私は、赤軍派は潰れるだろうと思っていました。潰れてもいつか継続するために、第一に救援で獄中支援を強化する事と、第二に既に国境を越えた赤軍派の仲間たちに責任を負う体制だけは強化したいと、堂山さんに話しました。そしてまた、森さんを信用するのは危険ではないか……という本音も述べました。

「赤軍派指導部で、唯一の常識人」と言われた堂山さんは、何とか塩見路線を継承しようと奮闘していますが、弾圧の中で戦力も劣化し、これまでと同じパターンで戦うことは出来ません。私自身、塩見路線に疑問を持ち始めていて、世界党・世界赤軍をアプリオリに主張し、再び「よど号」のように国境を超えるやり方も疑問でした。すでにもう弾圧の中で、そういう力量も欠けていたと思います。

むしろ、各国の戦う党・組織の戦略的な統一戦線を結んで行く事こそ第一であるはずだと思いました。この見方からそれに「先進国のプロレタリアートが世界性を持つ」という見方にも疑問がありました。この見方から「日米同時蜂起」が方針化されているのですが、あまりにも非現実的で、むしろ赤軍派の私たちこそ、世界を知らないのではないか？　と考え始めていました。

国際部で会議を開いては、米国行きの人材中心に「日米同時蜂起」を語り、ロシア革命やドイツ革命をアナロジーしながら意味付与するのですが、現実的にどのように出発するか？　誰と組んで、どう戦った時「日米同時蜂起」と評価出来るのか、私には疑問がいっぱいありました。また六八年のブントが主導した国際反戦集会に参加した戦う主体との共同や小俣夫妻の工作は失敗したと言うが、どうなったのか、これまでの継承性が無い分判らず、責任者の和田さんも断りもなく抜けて、方向が詰まりません。

その頃ちょうど、ニュースでパレスチナ問題、民族解放を求める人民勢力の武装部隊の活動が、日本の新聞にも載るようになりました。これまで中東についてはよく知らず、イスラエルとアラブ諸国の国家間戦争としてしか見切れていませんでした。

帝国主義と結託したシオニズム、イスラエルが植民地主義の占領国家である事は知っていました。六七年の第三次中東戦争後、国家間戦争では見えなかったパレスチナ解放に立ちあがったゲリラ兵士たちがおり、彼らは南ベトナム解放戦線の兵士たちと同様の位置にあるのではないか？　と私は注目し始めました。

どうして赤軍派は、第三世界の革命に目を向けないのか？「日米同時蜂起」よりも、国際革命根拠地なら解放区を持って戦う革命の過渡期にある勢力の方が、はるかに共同する価値がある。

労働者国家の厚い壁で、連絡も取れない「よど号」作戦のような戦い方よりも、第三世界にこそ、革命根拠地として目を向けるべきではないか。そんな風に、私自身、直観的な新しい思索が溢れて来ました。

そのことに自分なりに尽くそう。それが逮捕された仲間や「七・六事件」で命を落とした望月さんらブントの「国際主義と組織された暴力」を旗印に戦いを開始した隊列の延長にある戦い方ではないか、と思い至ったのです。自分たち赤軍派自身の軍事一辺倒と、その失敗にうんざりし、新しい突破口を見つけたかったのです。

第五部

パレスチナ革命と赤軍派の乖離《かいり》の中で

第十五章　パレスチナ連帯の夢

国際根拠地パレスチナへ

残された赤軍派指導部の間では、論争が始まっていました。獄から出て自分であれこれ考えていた私は、国際部の「日米同時蜂起」準備にも、労働者国家の国際根拠地化にも疑問を持ち、打開策を探していました。

まず「よど号」グループとの連絡回復を求めましたが、その方法が見つかりません。また米国派遣部隊も、どう日本を出発するかメドも立っていません。私には観念的位置付けや日米蜂起の歴史的意義の討議よりも、国際反戦集会に参加した組織が米国にあるのだから、ＳＤＳ（米国民主社会学生同盟）やウェザーマン、ブラックパンサーらと反日米安保共同行動を取る道を目標にすえて考え、まず現地に行く方法を考えるようにFさんに言いました。私も米派遣部隊の出国の方法や米入国のビザなど、海外脱出の戦術、方法をさぐりました。当時赤軍派をやめて、キューバ文化交流研究所で活動していた藤本敏夫さんに相談したりしていました。

赤軍派の路線は「先進国革命主体論」で、第三世界の革命が抜けていると、友人に借りた『世界革命運動情報』誌やサミール・アミン、フランツ・ファノンなどの本を読みながら思いました。むしろ抑圧された第三世界人民と帝国主義本国の人民が結び合う事こそ、世界革命の道だと確信しました。

六九年と七〇年、パレスチナは新しい、そして厳しい戦いの連続の中にありました。

六七年の第三次中東戦争は「六日戦争」と言われるように、イスラエル軍が先制攻撃によって、エジプト、シリア、ヨルダン、イラクなどのアラブ諸国の空軍機を破壊し制空権も奪い、短期のうちに勝利しました。そしてイスラエルは、それまでヨルダンが併合していたパレスチナ西岸とエジプトの管理下にあったガザ地区を占領し、エジプトシナイ半島、シリアゴラン高原も占領してしまったのです。

この六七年の中東戦争敗北を目の当たりにして、パレスチナから追放されたパレスチナ人が、立ちあがったのです。彼らは四七年以降シオニストたちによる「パレスチナ民族浄化政策」で国を追われて難民としてアラブ諸国に住み、パレスチナ解放をずっと求めていました。最早アラブ諸国の国家間戦争に、パレスチナ解放を委ねるのではなく、自らの力でパレスチナを解放するために立ちあがったのです。

アラブ諸国のお飾りのような「パレスチナ解放機構」（ＰＬＯ）を、六八年に綱領に武装闘争を明記して再編しました。そして、パレスチナ難民を中心とする解放組織を糾合し、武装闘争を軸に祖国を解放する道を歩み始めました。

ヨルダン王政は、当初みずからの手勢とするつもりでＰＬＯの戦いを支持しましたが、パレスチナ解放闘争が親米王政を批判し脅かす存在となった事で、弾圧に転じました。そしてヨルダンでは七〇年六月以降、ヨルダン政府軍とＰＬＯ勢力の間で本格的な内戦状態に至っていました。こうしたニュースが、日本でも知られるようになり、パレスチナ解放人民戦線（ＰＦＬＰ）のハイジャック作戦・革命飛行場作戦など、数々のゲリラ戦を展開している事が報じられ始めました。

それまでの情報不足から、パレスチナ人民の解放闘争に対する支援や連帯運動は、当時の日本には存在していませんでした。しかし、限られた情報が報道されるにつれて、私はパレスチナ問題こそが、戦後世界の矛盾の集中環であり、世界革命の要の位置にあると捉えました。

パレスチナ問題の発生は、米欧帝国主義とそれらと結んだシオニストたちが、パレスチナを植民地化したことに始まります。更にヨーロッパで第二次世界大戦から顕著になったユダヤ人迫害虐殺の責任を「イスラエル建国」に転化した事によるものです。ユダヤ人たちより、ずっと前から住んでいたパレスチナ住民を武力でシオニストが追放し、パレスチナ占領の上にイスラエル領土を拡張して来た事に、中東危機の基本問題があるのです。

シオニストとは「シオン」（エルサレムのこと）に、ユダヤ人国家を創ろうとする政治運動のイデオロギーです。しかも「東西冷戦」が始まり、米欧諸国がユダヤ国際資本と組んで、イスラエル建国を支援した結果、アラブ諸国はソ連の支援を受けるようになりました。石油資源を米欧と分かちあうアラブの王制国家は、米欧に守られ、他方でアラブ民族主義運動は、反帝・反植民地・反シオニズム・反イスラエルのイデオロギーを土台にパレスチナ解放をもとめ、様々に矛盾が激化していった歴史も知りました。

私はパレスチナ問題の解決こそ、世界の抑圧された人々の革命の要の位置にあるという、直観的な問題意識を持つようになりました。そこで私は、中東に関する学習を開始し、「アラブ通」と言われる専門家らに会い教えを乞い、実情を学びました。

こうした学習や討議の過程で、パレスチナ解放を目指す主体、ＰＬＯやＰＦＬＰが、医者、看護師、技術者など、ボランティアを国際的に募り、欧州を中心として新左翼系の人々の連帯は広がっている事を知りました。ユダヤ人迫害の「原罪意識」の強いドイツや欧州で「ユダヤ人問題」を乗り越えて、シオニスト、イスラエルのパレスチナ占領、追放を批判し、パレスチナに連帯行動を起こす事は画期的な事でした。

中東問題の専門家は、日本でもボランティアに行く人がいないだろうかと話していました。私はこれは良い機会だと思いました。私たち、日本人も欧州の新左翼の人たち同様に貢献出来ると、誠実で責任感の強い医者や技術者の友人の顔が浮かびました。

私は中央委員会と国際部に提起し、すでに決まっていた米派遣部隊の他に、パレスチナ派遣部隊の結成を訴えました。この頃、ＰＦＬＰのハバシュ議長が、ベトナムなどアジアの社会主義諸国を訪問中という記事が新聞に載りました。ハバシュ議長はその後、ピョンヤンも訪問しました。この記事を伝えると、国際部もまた当時の赤軍派責任者だった堂山さんも、ＰＦＬＰならきっと「よど号」で朝鮮に行った仲間たちとも関係を付けられるだろうと、即座にアラブへのボランティア人材派遣に賛成してくれました。パレスチナへの派遣は、中央委員会で私が責任を持って人選なども行うことが認められました。以来、私はその準備を中心に活動して行く事になったのです。

七〇年秋には、パレスチナに連帯し、ボランティアとして医者、技術者を赤軍派国際部として送る事になりました。私は少し前に知り合った奥平剛士さんに技術者としての参加を打診し、彼は即座に出発を決めました。

派遣部隊のキャップは、医者で赤軍派結成大会にも参加した人です。それに奥平さんと看護師が加わる予定でした。パレスチナ問題の専門家とのコンタクトは、公安当局にバレないように進めるため奥平さんにお願いし、私が彼を専門家に紹介しました。

当初私は、自分がアラブに出発すると考えていた訳ではありません。未知の戦いの場に行ってみたいという好奇心は、もちろんありましたが、医者や技術者らを送り出す側にいました。

国際部でパレスチナ派遣の人選を決定してから、赤軍派から行く人は、赤軍派メンバーとして行くべきだという話がありました。当時は米派遣部隊も全員が赤軍派メンバーであり、海外派遣するなら赤軍派メンバーとして行くべきという考えだったのです。そこで革命戦線が奥平さんとその友人に、赤軍派学習会を何度か行い、その後、三か月赤軍中央軍で訓練を受ける事になりました。奥平さんは十一月には上京し、部隊に加わりました。後に奥平さんに聞くと、学習会と日雇い労働を日常とし、尾行訓練や体力を鍛えるエクササイズなどが日課だったようです。奥平さん自身も、自分も運動のけじめを着けたかったと、進んで赤軍派に加わりました。

赤軍派パレスチナ派遣部隊は、徹底して秘密裏に準備を進めました。情報が漏れない内に三か月の軍の訓練を終え、赤軍派として奥平さんは出発する事になっていました。ところが、七〇年末になっても、医者の方の計画準備が、家庭の事情で遅れ、準備が整っているのは技術者の奥平さんだけでした。

医師の準備を待って出発を遅らせるよりも、まず計画通り進めてパレスチナ解放闘争の実情を知るべきだと思いました。また海外から、日本の赤軍派の戦いの欠陥も把握したいし、また北朝鮮に行った仲間の消息を知るためにも、私が行ってみようかと、考えるようになりました。誘った奥平さんだけを行かすというのも筋が通らないし、私が行く話には中央委員会も国際部も同意しました。

こうして、当初は送りだし役だった私は、医者の準備の遅れで、自分が初回派遣に加わる事にしました。パレスチナには、初回だけでなく軍事訓練や政治的交流が可能なら、次々と派遣を想定していたのです。私がパレスチナ・アラブ行きを最終的に決断したのは、もう一つ、赤軍派内の事情もありました。

赤軍派指導部の崩壊

赤軍派の「連続蜂起路線」は各地で批判を受け、福島医科大学、茨城大学などの赤軍派の拠点と言われる大学の革命戦線から意見書が出されていました。そのうえ、「大菩薩峠事件」の被告や三月に逮捕された塩見さんも含めて、『獄中通信』を軸に赤軍派のこれまでの戦い方を総括する文章も、どんどん載るようになっていました。

獄外指導部としては、青息吐息で現実の諸問題に立ち向かっています。獄外指導部としては、獄中からの様々な論文で援護して欲しかったのですが、反対に批判が続きました。ある者は蜂起を主張し、ある者はゲリラ戦を主張するといった具合です。獄中の旧リーダー、ことに塩見さんは責任感もあって、現指導部の政治方針に介入する事が多く、それはただでさえ多忙な獄外指導部の思考に、困難な新しい課題を突き付けるようになっていました。

塩見さんは前段階蜂起路線をおろし、連続蜂起路線を採ることに反対して、「戦略なき戦術主義である」と批判を始めました。みずからの指導不十分を補うべく堂山さんが招き入れた森恒夫さんは、堂山さんに言わせれば理論学習を良くやっていると推薦理由で述べたように、現在の方針をあれこれの古典文献などで権威づけたり、位置づけるのが確かに上手でした。

この森さん登場前後に、国際部のトップだった和田さんも連絡が取れないまま離脱しています。七〇年九月ぐらいからは、堂山さんと森さんの二人が政治局の役割を果たし、これまで軍の政治指導の任にあった森さんが主に軍を中心に、堂山さんが全体を代表するような役割分担をしていました。

その頃『獄中通信』で、獄中の批判を受ける形で、「第二次綱領論争」と名付けられた論争が全党的になっていました。私がUGとして九州を回った時に、反発を喰らった「前段階蜂起から連続蜂起への転換」の是非、さらには「ゲリラ戦」を戦略的に位置づけると主張する花園さんの意見など活発な各自の主張がなされます。

一〇月の『大阪大学新聞』（「―ゲリラ戦を開始せよ――戦争の形態をプロレタリア人民に与えよ」第三三〇号）と雑誌『構造』（七〇年一二月号）に載った花園紀男「自由への道」は、特に当時の全共闘、黒ヘルメットの人々の支持を集めました。これは、批判されている「連続蜂起路線」と似ていました。力量に合わせて戦術的に軍事行動を行い、味方の力量を革命戦線と結びながら大衆的蜂起状況を作ろうとするものです。

中央の指導に加わった森さんは、七二年「沖縄返還」に向ける蜂起を主張し、毛沢東の持久戦論、矛盾論・実践論、レーニン、トロツキーのロシア革命を引き合いに出して、論争していました。

これまでブントは中国共産党の路線は、積極的に評価してこなかったのですが、森さんは他の人の知らない中国共産党第何回大会決定云々と、中国共産党に対して親和的な見解を主張し、文化大革命を高く評価していました。文化大革命を評価していたのは、上野勝輝さんもそうです。

私はもともと、プチブル的と言われようと、中国の女性たちの画一的な髪形や服装のあり方は、自由の抑圧と見て賛成していません。文化大革命も弱さの一挙的解決であり評価出来ないと主張していたほど、中国革命や日本の中国派とは距離を置いていたので、森さんの意見には、賛成して来ませんでした。

また、森さんは誠実に活動を続け、羽目を外す姿を見たことがありませんでした。いつもべき論で、本当にそう考えているのか？　と疑問なこともあって、たびたび批判したものです。堂山さんは軍の指導を森さんが率直に報告せず、軍を私兵化する傾向を批判しており、序々に対立していくのが判りました。

この頃、赤軍派では革命戦線のカードルの軍人化や軍への人材のリクルートのため「蜂起宣伝隊」などの役割が要求されていたようです。

敵権力との攻防で、私もかって仲が良かった女性たちや軍の友人たちが、どうしているのか、会う事も出来なくなっていました。当時の軍も、三人から五人組一隊でアパート生活し、活動費は日雇い労働で稼ぎながら上納もし、調査活動、作戦任務、学習訓練を日常活動としています。横の連絡は無く、キャップが上部と単線で連携するやり方だったので、キャップの逮捕などで連絡を失いそのままになってしまう例もありました。

森さんは、軍の小隊キャップを政治委員として指導しつつ、堂山さんと論争しながら、その軍を基盤にしていたように思います。すでに自分の能力の限界を知っていた堂山さんは、もうこれ以上指導出来ないと撤退を決めたようです。革命の展望から見て、見通しが立たなくなったのでしょう。

一二月のある日、私は堂山さんから喫茶店に呼び出されました。堂山さんは、暗い喫茶店で待っていて、青白くやつれた表情で「雪山を見に行こうか」と私を誘いました。この言葉は、これからもう赤軍派を辞めて離脱する意図だと理解しました。

私は指導部を支え切れない自分の内容の無さを情け無い思いで自覚しつつ、トップが辞めるなんて……何と無責任な……と、落胆と憤りが湧きました。

「革命のみじめさなら幾らでも背負うけど、個人的な惨めさには付き合えない」と思わず言葉がこぼれました。「君は強い人だね」と言って笑みを向け、彼は去って行きました。

私は強いわけではなく、「撤退」「離脱」という考えがなかったのです。この時私は、「中央委員会を開いて離脱を表明すべきだ」と言うべきだったのかも知れません。

私は当時の彼の状況が、赤軍派の無理な武装闘争路線にあったとは考え切れず、彼個人の弱さ、彼個人の限界と捉えてしまったのです。もし彼が、中央委員会を招請して「指導出来ない」と率直に表明してくれたら、彼個人を責めるのではなく、「我々は間違っている。何を改めるべきか？」といった建設的な討議になったのだろうかと後々、何度も考えた事があります。

でも当時の私を含む、周りの人々の思想的未熟さでは、受け止められず、「彼個人の弱さ」としか見れず、無理な現実の武装闘争路線をいったん下ろすという決断は、誰も出来なかったろうと思います。獄中の仲間に対する愛情と義理があるし、赤軍派の結集軸自体が「武装闘争をやる事」だったからです。

七〇年一二月堂山さんが去った日の翌々日、森さんから会いたいと連絡がありました。森さんは、「どうしたらいいだろう」と困った表情で、自分が論争に勝った事が堂山さんを居づらくさせたのだろうかと聞いて来ました。「論争自体、森さんが勝ったとは私は思っていないし、あなたとの信頼関係が上手く作れなかった事や、革命の展望を持って指導出来ないという事ではないか」と言いました。

「自分が今後、指導せざるを得なくなるのだろうか……」と言うので「中央委員会で決めて下さい」と、私は答えました。

これまで、堂山さんから軍を囲い込む傾向を批判されていた森さんはこれ以降、軍を把握し独裁的な組織再編と方針を作り上げて行ったように思います。それは何時から始まったのか私には判りませんが、堂山さんが退場してますます明らかになります。

当時の軍には、同志社大学の杉下さん、大西さん、新谷さん、京都大学の坂東國男さん、茨城大学の松田久さんらが隊長としており、森さんのもとで福島医科大学の梅内恒夫さんも参謀部を形成しつつ、各隊を担当していたと思います。

しかし、梅内さんは、「アルジェ方式」と呼ばれる小隊のゲリラ戦のヒットエンドランを主張し、森さんの七二年蜂起路線に反対していました。また堂山さんを信頼する数人は、堂山さんの退場で、彼がいない赤軍派は辞めると実家に帰ってしまいました。「森は信用出来ない」と不満を述べて去って行く者もいました。

当時の七〇年の終わりから七一年の初めの頃には、堂山さんの退場に組織的に対応しえなかった事で、赤軍派は既に崩壊を意味していました。初期のリーダーやカードルたちを獄中に奪われ、獄中に勾留されている以外の人々は、保釈後再度結集する人もいましたが、家族との軋轢で活動を続けられなくなったり、保釈後は連絡も取れない人もいました。そのうえ、政治活動の経験の無い若い人たちがおり、教育する側も、少し前まで何の経験も無かった者たちです。

組織が半ば非合法に追いやられる中で、活路を見出そうとすると、大衆的な批判を受ける政治の場、革命戦線に依拠するよりも、地下化してフリーハンドで軍の能動的実践に向かって行きます。それは政治戦線の大衆による点検の回路と機能を失う事を意味します。軍指導部は、これまでの日雇労働よりも、手っとり早く「資金奪取」といったアウトロー的なやり方が許されて行くようになります。

ちょうど七〇年一二月一八日、京浜安保共闘（日本共産党革命左派）による銃奪取闘争で、作戦部隊の一人が警官に射殺される事件が起きました。森恒夫さんは、革命左派による上赤塚交番銃奪取作戦に感動し、「我々がやろうとして出来なかった事だ」と銃奪取の重要性を語りました。

赤軍派は六九年秋に、大阪戦争や東京戦争で銃奪取に到らなかった経験がありました。この上赤塚交番襲撃によって、射殺された京浜安保共闘の柴野春彦（横浜国立大学）と腹部に重傷を負った者（渡辺正則さん・横浜国立大学、佐藤隆信さん・神奈川県立川崎高等学校生）たちを「英雄的戦い」として、獄中の赤軍派の人々は深い感動を表明しました。

他の新左翼勢力にも衝撃を与え、三人の英雄戦士に連帯し、追悼アピールを発し、日比谷野音で追悼集会が開かれました。とりわけゲリラ戦を主張して来た花園さんは、その心情を次のように記し連帯を表明

しています

「日本の地に初めてのゲリラ戦士柴野春彦兄の殉教に涙し、このペンをとっています。赤軍兵士は、そして日本の全プロレタリアートは柴野兄の旗を握るであろう。何という大胆、何という勇気。獄中の赤軍は身震いし感激している。勝利か死かの巨大な叫び声は、全国にあがるだろう。日本のプロレタリアートは、ゲリラ戦士柴野兄の喪章をその旗とするであろう」と。

急進的に戦う者にとって死は、身近な日常と実感させる出来事でした。その翌々日の一二月二〇日未明、沖縄コザ市の米軍支配に対する抗議行動に騒乱罪が適用された事を含めて、赤軍派はますます、軍事至上主義へと傾斜して行きます。

やがて一二月の上赤塚交番襲撃事件後、救援活動を通して京浜安保共闘と接触が始まりました。森さんは、「銃による蜂起殲滅戦」という考え方と中国革命に親和的だった事もあって、赤軍派の活路をそこに見出したのでしょう。森さん以外の人なら、彼らとの関係は救援レベルの共闘に留めたと思います。

森さんは、私に京浜安保共闘の人々がブント諸派のような観念論争に明け暮れるのと違って、誠実で素直な事に驚いたと語り、赤軍派のもとに統合して一緒に武装闘争を行えると話していました。

同じ頃、私は森さんとは反対の立場に立ちました。国際根拠地建設の継続から活路を見出すべきだという考えです。「日米同時蜂起」はおろしてもいい。でも赤軍派の朝鮮に行った仲間に、責任を負っているという考えが強くありました。

現思研の仲間の一人田中義三さんも、田宮隊と行動を共にしています。それに、国際根拠地は、革命と解放の途上にあるパレスチナなどの戦場こそ相応しいと主張して来ました。少なくとも、こうした戦場で共同活動を作るべきだと言って来ました。そのため、まず学習する立場からパレスチナへのボランティア派遣を推進して来ました。しかしこのまま行けば、森さんはこれまで中央委員会で決定して来たパレスチナ派遣方針を、軍の名に於いて反古にしかねません。

私は堂山さんが去って以降、開かれていない中央委員会の開催を求めました。これまでの経緯から、私は森さんの指揮下で活動することは、出来ないと考えていました。森さんとは、うまくやって行けそうもないし、現在の敗北状況を切り拓くためには、海外の解放革命勢力から学び、共闘の基盤を作り、外から戦う体制を作り上げる必要があると思ったのです。私自身のパレスチナ行きの方針を実行に移し始めました。私の中では「七・六事件」で始まった赤軍派は堂山さんの退場によって、指導部は崩壊し、終わったという考えがありました。

その間、赤軍派リーダーたちを除名した共産主義者同盟（ブント）は、赤軍派を「党建設なき軍事路線」と激しく批判して来ましたが、七〇年にはブントの中から三多摩地区を中心とする「叛旗派」が分裂しました。彼らは、国家は共同幻想であるとして、こうした構造に対して大衆的叛乱によって戦う事を主張していました。「情況派」も、松本礼二さんら反戦青年委員会の左派を基盤に、軍事主義を批判していました。また中央派の「日向派（戦旗派）」は、ソヴィエト論や組織論を主張し、「蜂起派」は仏《さらぎ》議長のもと、先進国の武装蜂起論を主張するなど、ブントは分裂分解して行きます。

さらに「赤報派」「烽火派」「神奈川左派」が生まれ、日向派から「日向戦旗派」「西田戦旗派」「国際主義派」「プロレタリア戦旗派」へ分解、「蜂起派」も「仏派」と「蜂起左派」、「烽火派」も、「全国委派」「全国委（ボルシェヴィキ派）」、「情況派」も「游撃派」「遠方派」、「叛旗派」も「三上派」「神津派」へと、ブントは分解して行く事になります。

ブントの連合性という積極面を否定し、マルクス主義戦線派追放に始まる「純化」を求めた時から、そして赤軍派が党内に暴力的権力闘争を持ち込んで、「七・六事件」を起こして以降、ブントの連合性の強さは否定される事によって、崩れる運命にありました。赤軍派も軍事を最優先にした結果、ますます軍事組織に純化せざるを得ないところに立ち至っていました。

ところが当時の森さんは、この原因を、国際根拠地論の破産として捉えていました。そして、国際部の政治的戦いを軽視し、国際部の「軍人化」という体育会的鍛錬が話し合われているのに、私は反発しました。でも、私自身も武装闘争に固執しており、国際根拠地形成を有効と捉えていましたから、森さんに新しい方策を提起出来たわけではありません。

森恒夫さん指導下の赤軍派

七一年に入り、堂山さんが離脱した事で、論争していた点も含めて、森路線が全面的に主張され始めました。とくに京浜安保共闘との共闘の深まりです。

七一年一月二五日の、共産同赤軍派・日本革命戦線と日本共産党革命左派神奈川県常任委員会・京浜安保共闘共催の、「蜂起戦争武装闘争勝利政治集会」の基調報告として提出された『赤軍』特別号（機関紙『赤軍』八号七一年三月五日）に示された内容です。この論文が七一年の赤軍派の軍事・政治方針となり、連合赤軍を生む内容とも言えます。主旨は以下のような内容です。

ロシア革命以降の共産主義運動を概括しつつ、中国共産党の毛沢東思想に基づく持久戦略による中国革命の勝利を高く評価しています。その上で、しかし中国共産党は、スターリン主義を清算しきれず、「一国持久戦論」に留まっている限界があるが、プロレタリア文化大革命によって、中国の国際根拠地への道が開かれていると評価しています。そして世界革命戦争を「世界的持久戦」として戦う事で、毛沢東思想の限界を克服すべきだと主張しています。

七〇年代情勢については、米帝の一時的後退のもとで、日本政府は破防法弾圧や自衛隊の治安出動準備、七二年「沖縄ニセ返還」を日帝の戦略的反攻の準備と捉えています。そのため、運動戦――機動戦による軍の連続した戦術的蜂起によって、沖縄闘争を七二年武装蜂起へと発展させると主張しています。

これまでの連続蜂起路線については、ゲリラ戦などの遊撃戦の必要は認めつつ、「敵との攻防関係を捨象した主観主義的傾向」とか「党建設の戦略を欠落させたゲリラ主義」と批判しています。そして、七二年沖縄返還を帝国主義の軍事外交の要と捉えて、そこに決戦を挑む、七二年武装蜂起論を表明しました。

これまでの赤軍派の戦いが、目標から実行に到る準備が不十分のまま突っ走るという傾向に対し、比較的長いスパンを置いて建軍を計ろうという考えだったかも知れません。ところが、この論文は獄中からの更なる論争を引き起こしました。

塩見さんは、待機主義・政治的軍事的路線の内容の無い「この右翼的・日和見的受動的小蜂起の傾向が、都市ゲリラ主義を批判することによって隠蔽されている」と批判し始めます。また上野さんは「七二年の敵の動向の対応として革命を考えるのではなく、味方から学び能動的に発展させるよう」求めました。

獄外指導部で論争に対応していたのは、森さん、高田さんだったと思いますが、獄中からの繰り返しの批判の紙礫には、「獄中は軍の困難、非合法の現実を理解していない」と反発しつつ、特に森さんは塩見さんの主張に制約されていったと思います。

こうした中で、堂山さん離脱後の中央委員会が開かれました。この中央委員会の冒頭で森さんを指導者として承認する何らかの事が行われたのでしょうが、記憶にありません。この中央委員会は、私の参加した最後の会議です。梅内さん、高田さん、青砥さん、坂東さんらが居ました。

森さんが議長報告で、上赤塚交番での銃器奪取闘争で射殺された、京浜安保共闘・革命左派のリーダーたちと自分の判断で共同を開始している事を、誇らしげに語りました。軍関連の人たちは感動的に話を聞いていました。森さんは、ブント諸派は口先ばかりだと批判し、対権力闘争を現実的に命懸けで担っていると、革命左派を高く評価し、彼らこそ我々と最も近しい同志だと語りました。

セクト主義も無いし、素朴で素直だったと絶賛していました。そして、今後一緒にいろいろやって行くつもりで、柴野さん追悼を共にやり、一月二五日には赤軍派と革命左派の共催で「蜂起戦争・武装闘争勝利集会」を計画したと話しました。

革命戦線責任者の高田さんが補足し、みんなも合意しました。そのうえで、森さんは、革命左派から川島議長奪還闘争のため武器を貸して欲しいと要請された事を告げ、「武器は貸すべきではないが、今回は特別に貸したいと思う」と中央委員会の同意を求めました。私は反対しました。

赤軍派には、他所に貸せるようなまともな武器があるとは思えなかったし、猟銃などはあっても自宅や友人から勝手に持ち出しというもので、失敗すれば軍との共同がバレ、銃登録者にも迷惑が掛かること。「武器は万人のものとして本来は貸すべきだと思うが、今回は貸すべきではないと思う」と述べました。森さんは、私の意見を聞くと「そうだな」とすぐ提案を引っ込めてしまったので、森さんも本当は貸さない方が良いと考えていたのだろうと思いました。

森さんの報告が終わると次の話の中で、梅内さんが森さんの七二年蜂起方針に反対したばかりか、「森さんと会った後、尾行が付き危険な目に合い、逮捕状が出ているのでやむなくアジトも変えざるを得なくなった」ことを報告し、指名手配下にある同志に対する配慮が欠けている点を批判しました。

この梅内さんの批判に、森さんは突然立ち上がり「何を言うか！　俺が赤軍派を辞めるか、お前が辞めるか、どっちかだ！」と怒鳴り付けました。私はびっくりしました。いつも温厚で、意に沿わない事でも、表面上は穏やかに対応する姿をこれまで見てきたので、私は初めて無頼漢のような振舞いに驚いたのです。

心の中で私は、先の森さんの革命左派への武器貸与の提案を生意気にも、私が反対した事に、実は腹を立てていて、梅内さんからの批判に、その怒りが作用して切れたように思いました。

森さんは、「七・六事件」の事情を私が知っているせいか、気を使うので、私は会議の座る位置も出来るだけ対面に成らないように気をつけていました。梅内さんも森さんの剣幕に驚きつつ「批判を真面目に受け止めろ！」と言って立ち上がり、一触即発状態になってしまいました。

坂東國男、高田英生、青砥幹夫さんらが、「まあまあ」となだめ、森さんを座らせました。森さんは彼に批判的な梅内さんを遠ざけ「おやじさん」と慕ってくれる若手は可愛がって便宜も図るので、梅内さんの方も、森さんに不満が溜まっていたと思います。梅内さんは、指名手配中であるばかりか、赤軍派の仲間の不用意な自供などから、福島医科大学の仲間も何人も逮捕され苦境にあるのに、冷たい森さんの対応には腹に据えかねていたのでしょう。軍事方針もゲリラ戦を主張し、森さんの方針を批判し続けました。

私は赤軍派崩壊の現実を、この中央委員会で目の当たりにして、森さんの指導では、赤軍派が益々おかしくなって行くだろうと思いながら、責任を取ろうとせず黙って座っていました。会議が再開され、梅内さんに対する森さんの謝罪も無く、気まずい思いで、革命戦線などの報告が行われ散会して行きました。

この会議の後、梅内さんの考えを知りました。赤軍派の関西から上京して活動していた女性のKさんから、会いたいと私に連絡が入ったのです。かつて関西で、楽しく活動していた仲間の一人です。

私は久し振りに会えるので喜んで会いに行きました。再会を喜び、Kさんは連絡・中継など引き続き女性差別の中で、男たちをやり込めながら活動している事、女性宿舎に獄から出たばかりの男一人を泊めてくれと言うので泊めたら、痴漢行為があった事など話をしながら、「実は」と本題に入りました。「森指導部にはあきれている。今後うまく行かないだろう。森の路線と人間性が問題なので、赤軍指導部から森を追放すべきだと思う。そのためにはフラクションを作り、ゲリラ路線に転換させて森を辞めさせる。ついては、あなたが森批判を常々していたのを知っているので一緒にやりたいというのが、私たちの考えです。今、このフラクションのリーダーシップを梅内さんが取っている」との誘いでした。

私は驚かざるを得ませんでした。既に小さくなっている赤軍派の中に分派を作るなんて……。そうか、梅内さんも軍指導部から排除された条件では、不満を感じてる人々を糾合して、分派を作り、森さんの七二年蜂起路線をゲリラ戦陣型へと転換しようとする試みなのか……と、理解しました。

本当なら私も森批判に与する所ですが、私の方は、秘密裡に海外準備に入っている時です。同調するのは、立場上もまずいと考えました。何故なら、どちらも軍中心で軍の方法に拘り、他の展望が見えません。もちろん、私は蜂起路線よりもゲリラ戦支持でした。

Kさんは、赤軍派は今後、一般強盗まがいのような森指令の資金調達などが方針化されているので、赤軍派を守るには森を追放しなくちゃと訴えました。私は「悪いけどKさん、あなたたちのフラクションには参加しない。もちろん森路線には反対だけど、分派よりも正規の方法でガンガンやるしかないと思う。分派なんて『七・六事件』のように良い事なしよ」と、Kさんに伝えました。

本当は話したかったのですが、自分も指導部の一員であり、国際部としても出発が控えており、関わっても中途半端になるのは目に見えているし、関わらないのにそれ以上話すのは混乱の元だと考えたためです。

Kさんは私を「魔女」というニックネームで呼んでいましたが「なんだ、魔女にはがっかりした。信じていたのに……」と、ムッとして別れて行きました。とっても辛い別れ方でした。でもKさんのような素直な感性の人が、今の赤軍派を見離すのは当然だと思いました。

一月二五日の京浜安保共闘との「蜂起戦争・武装闘争勝利政治集会」は、九段会館に約五〇〇人を集めました。そこで表明されたのが、赤軍特別号（『赤軍』8号）に示される基調報告であり、全国から革命戦線のメンバーが集まりました。

それに併せて、その集会後の一月下旬から革命戦線の全国委員会が連続的に開かれ、約二〇人程の代表委員を選び、『赤軍』8号の学習を行い、「臨戦体制の構築」の名で組織再編が行われています。これは、今後始まるM作戦（森さんが「エロイカ作戦」と名付けた資金調達作戦）計画を見据え、弾圧、破防法攻撃を予想した森指導軍部による企画です。全国革命戦線の集中と普遍化の連絡体系の整備再編を、軍事の質を持った戦いとして勝ち取る事を訴えたものです。

そしてまた、各現場、三里塚や関西などという持場で軍のリクルート機関として革命戦線を位置づけ、同時に三里塚、沖縄闘争での赤軍宣伝隊として、活性化させようとする狙いがありました。森さんは、軍の一元化によるM作戦と、革命左派との共闘の拡大を柱とする国内建軍持久戦戦略による銃による殲滅戦として、七二年沖縄返還蜂起を描いていたと思います。

この方針は、これまでの国際根拠地論の否定です。そして、軍による一元化のために中央委員会を結果的に廃止したようです。当時の中央委員だった青砥さんの話では、私が参加した中央委員会が最後の中央委員会となったそうです。赤軍派の軍も人民委員会を結成し、その参謀的な委員会を、これまでの政治局や中央委員会に代えたようです。私自身は既に海外出発準備に入っていたので、その再編は知らされていませんでした。たとえ知らされても、反対意見を述べるに留まったでしょう。

森さんは、党大会が開けない以上、中央委員会という制度も意味がないと考えたのでしょう。政治局もメンバーの逮捕や逃亡していった現実を踏まえ、赤軍派の特性である軍事的使命達成のためと組織再編したのでしょう。新しい森さんのまわりの中心的な人たちは軍の隊長たちで、森さんを信頼し、「オヤジさん」と慕う者たちです。彼らは党活動の経験は浅いけれど、真面目な人たちです。しっかり森さんを支えて行きます。しかしそれは、そのいっぽうで、老練な国際部のメンバーや、兵站を指揮していた古株の人は排除されるか逮捕されて行きます。

ブント赤軍派の作り上げて来た党組織形成を、森さんはすっかり変えてしまったのです。ただし森さんは、やはり獄中の先輩たち、とくに塩見さんからの批判は常に耳を傾け応えていました。

森さんが七〇年七月にカードルの一人として復帰して半年、最高指導者に就いて一か月、七一年から森構想が動き始めました。同じ頃、私はパレスチナ派遣体制を整える活動、ことに私自身の旅券の入手の情報が漏れれば、別件逮捕で出国を阻止されるので、慎重に対応していました。

この頃、軍の友人の中から「話を聞いてくれ」と何人かが連絡して来ました。夕暮れの公園のブランコに座って話しながら、「もう赤軍派を辞めよう思う。やっぱり堂山さんが去った時、自分も呼び止められて戻ったが、そのまま辞めるべきだったな。かつて赤軍規律では『人民のものは針一本盗まない』と言ってたのが、『人民の財産に手を出すのではない。革命のため、カルロス・マリゲーラやスターリンらも、銀行強盗を行って来た資金調達だ』って言うけど……」と、沈んだ声で話し、「度胸試し」と言って、引ったくりまで言い出すような軍になったと嘆いていました。

「そんな事になっていたのか……」と、私も一緒にため息をつく事しか出来ませんでした。「自分の決断には、自信を持ちなさいよ」としか言えませんでした。

パレスチナへの道

七一年一月のある日、国際部の会議が開かれました。その日の会議場所は、奥平さんが参加している軍部隊の宿舎のアパートです。

この会議で、予定を遅らせずパレスチナ第一次派遣を行う事を最終的に決めて、予定していた医師の代わりに私が行く方法も決めました。また、米国組も四月には、まず正規の方法で出発する事などが話し合われました。

会議を終えて、狭いドアロでブーツを履くために、少し細目にドアを開けて外を見ると、丁度視線の先に、赤軍特捜班のキャップ高橋刑事が横を向いて、何か向こうに合図しているのが目に入りました。慌ててドアを閉め「このアジトバレてる、安全と聞いていたけど」と、みんなに伝えました。

そしてすぐに、奥平さんの身元がバレないよう、それを第一に考えようと決めました。カーテンもない一階のため、庭から覗かれたらまる見えの部屋です。とにかく、奥平さんには、隣との高い塀を乗り越えて一人で退去してもらうこと、もうここには戻らず、みな下北沢の喫茶店で待ち合わせして、今後の事を決めるようと確認。他の人はドアから一斉に出て、みんな違う方角に散る事にしました。奥平さんが椿の花の見える塀を乗り越えたのを確認して、私たちは一斉に散りました。

秘密裡に進めるため、困難は多くあります。戸籍など旅券の必要書類をどうするか……。私が海外に出発する情報が、公安当局に漏れれば別件逮捕で出発を妨害されてしまいます。

国際部の中で討議し、友人の名義を借りて結婚で姓を変えて素早く出国する方法を確認しました。でも、友人から情報漏れになったりと懸念され、結局奥平さんと結婚して一時的に発見を遅らせる方法を取る事にしました。

奥平さんが二月初めに神戸の本籍に婚姻届を提出し、姓の変わった条件で、私も出発手続きを急いでいました。ところが奥平さんが海外出発のため、実家に久し振りに帰って二階で整理していると、高校時代の友人と名を語る男が訪ねて来て母親に「奥平クン、結婚したんですって」と、話し始めたのに出くわしたそうです。怪しいと奥平さんが二階から降りて行くと、慌てて車で逃げていったそうです。また奥平さんが京都の下宿に戻る途中、夜道で包囲され無言で、リンチされる事件にも遭いました。

私の京都大学の友人から「重信さん、結婚したって本当ですか?」と尋ねられた事もあります。そんな事を知ってるのは、敵の側からの接触のはずと「誰がそんな事言ったの?」と聴くと、ある友人の名を挙げていました。その人は、よろしくない行状を疑われた過去のある人でした。権力は結婚を知ってる。急がねば……と出発を急ぎました。

当時はまだ、個人の海外旅行は珍しく、外貨持ち出しも一〇〇〇ドルと日本円も三万円以上持ち出せない出国管理の厳しい時です。中東のガイドブックなどは見当たりません。それでも手探りで準備を続けました。

私はよく偶然に助けられる事がありましたが、この時も偶然に扉を押して入った新宿の日本交通公社のカウンターに、現思研に出入りしていたAさんを見つけてびっくりしました。Aさんも驚いています。彼はこの交通公社に就職したばかりとの事でした。夜間部は多くの人が正規に就職しています。私たちが夢中で赤軍派に没頭し始めた頃、下級生の一人であったAさんは、地道に生活基盤を作ろうとしていた一人なのです。

Aさんは、私の事情を良く知っています。苗字を変えた戸籍抄本を示しながら、権力の目を逃れてベイルートへ、海外脱出する道をアレンジして欲しいと頼みました。彼は快く引き受けてくれて、当人の出頭の必要以外の手続きを全て迅速に、パスポート、ビザ取り、切符購入などやってくれました。もし彼がいなければ、事情に疎い私にはスムーズに準備する事が難しく、公安警察に知られ、成功しなかったかも知れません。

私が出発した後、Aさんは特に七二年のリッダ闘争後には、公安警察からの取り調べや家宅捜索などの嫌がらせを受ける事になってしまいました。彼にデモでの逮捕歴があったため、ただ客に正規の手続き、サービスを行っただけなのに、弾圧を受けたのです。申し訳ないことになりました。

当時は不断に尾行や逮捕の危険に晒されている私よりも、権力に認知されていない奥平さんが出発に向けた準備を集中的に担いました。在日米軍放送の英語ヒヤリングを欠かさず、既に一定の対話力を身に付けていました。最悪の場合には、奥平さん一人からの、パレスチナ参加になる事も覚悟していました。

京都に住むパレスチナ・アラブ専門家との打ち合わせ、PFLPとのコンタクトの方法など、二月に奥平さんと確認し、出発は奥平さんが二月二六日に、私が二月二八日に出発する計画を立てました。もし一緒に出発して、私が羽田空港で拘束された場合、奥平さんだけでも活動する条件を確保するためです。

交通公社のAさんは、尾行の条件を考え、前日からしっかり尾行を切って、羽田国際空港に隣接する東急ホテルに一泊するよう手配してくれました。私もその計画に沿って、準備の最終段階に入りました。

こうした時に、軍の中の友人から森指導部になって、軍が強盗やひったくりを「度胸だめし」としてやっている事への不満を、何人かから相談を受けたわけです。薄情ながら、私は自分の目標に向かって進むことだけ考えていました。二月中旬すぎに、革命戦線責任者の高田さんから、軍の指令だとして、国際部の私のパレスチナ参加は中止するように伝えられました。私は驚きと同時に、森さんに対して不信を持ちました。

パレスチナ派遣については、私が全責任を負い、私自身の出発も確認されていました。私の出発中止を求めるならば、中央委員会を開くべきだと、高田さんに答え、軍の指令には同意しない旨伝えました。

情勢的に中央委員会の開催が困難なら、森さんが自分で直接その中止の根拠を説明すべきだと主張しました。一体なぜ軍が中央委員会の上にあるのか？　と反論しました。

高田さんは「わかった、あなたの考えは森さんに報告する」と言って戻りました。その後、再び来た高田さんは「森さんと討議したが、あなたの考えは、組織決定に従わない組織日和見主義だと、軍司令部では考えている」と再考を促しました。

私は組織決定を勝手に変えたのは軍であり、軍の今の実体は森さん独裁で、彼自身の考えに過ぎないと、反論しました。森さんが私に、カンパ集金活動をやって欲しいという考えも判っています。

それらは既に、遠山さんらに引き継いであり、私が居なくてもコンタクト人脈は明確であり、後は赤軍派がどんな活動をするかに掛かっていると、説明を繰り返しました。

「私は赤軍派の一員としてこれまでの路線に基づいて国際根拠地建設を担います。パレスチナ解放闘争の中から私たち自身のあり方を対象化しようと思っている。軍の本筋に銀行強盗を置くのは革命運動の規律に反しており、森さんの方針では赤軍派は立ち行かない。赤軍派の破産は目に見えている。その活路を開くために行くつもりだった。でも、判った。もう赤軍派として行く必要はない。森さんに伝えて。私は赤軍派を、今日辞めます。そして、パレスチナへ出発します」と激しく高田さんに反論しました。

そして、それまで出発費用として集めた資金を差し出して「これは赤軍派として行くために集めた金なので、返却すると軍にも伝えてほしい」と言いました。私はこれからの活動を、赤軍派ではなく、日本の革命勢力にとっても、日本の戦いを問い返すためにも必要だと考えていたので、赤軍派であることは、不可欠だとは考えませんでした。

もともと、信頼関係の無い森さんがトップに立った事で、赤軍派に対する愛情も、私の中で急速に減じてしまいました。獄中にある仲間たちやハイジャックで国境を越え、苦境にあるだろう仲間たちには、義理と責任があるけれど、赤軍派は辞めようと決断しました。私のその結論に困って言葉もなく、高田さんは去って行きました。すぐに遠山さんにその事を伝えました。

遠山さんも、森指導部に批判的であり、夫である獄中の高原さんからも批判があったので、二人でよく、森さんには困ったものだ、でも赤軍派の始まりを知っている自分たちが抜ける訳には行かないと互いに愚痴を交わしていました。

遠山さんは「ふうの選んだ道を行けばいい。いつでも応援しているから」と励ましてくれました。「ふう（彼女は私のことを「ふう」と呼ぶ）、あなたが先に死ぬんだね……」と涙をこらえながら私をじっと見つめました。

その後、私は個人的な友人二人に事情を説明し、出発のための費用のカンパを受け、再び準備を整えました。奥平さんに事情を説明し、奥平さんは赤軍派として、これまで通り計画を進めるよう頼みました。彼は笑いながら「自分が赤軍派として行く事になったところで、君は赤軍派を辞めたんだね」と了解しました。

私たちはこの間の学習で、パレスチナ解放闘争の拠点ベイルートの難民キャンプでボランティアから開始する意義をアラブ専門家とも討議していたので、とにかく出発を中止する考えはありませんでした。私が出発する時の赤軍派は最悪だけど、獄中の仲間が出獄したり、新しい活動の中から、今の指導部を乗り越える赤軍派の再生をめざして頑張ろうねと、何人かと最後の別れを済ませました。

出発の前日になって、再び高田さんから「至急会いたい」と連絡が入り、既に出発のために移動した東急ホテルで会いました。「森さんが、そこまで言うのなら個人としてではなく、赤軍派として行って欲しいと、君の主張に折れた」と言うのです。

そう言われると、私の側も森さんには個人的な不信感からしか協力し得なかった事に反省も湧きます。そこで森さん宛てに、走り書きの手紙を書いて高田さんに託しました。

私が十分に説明できず、路線の問題も森さんへの個人的な対立、批判でしか対応しえずに来たことを詫び、赤軍派としてみんなの期待に応えられるように、まず一歩から学びつつ進むとしたためました。そのためにも当初より何か、国内の困難を援護するような活動を早く実現したいと、責任を強く感じました。

二月二八日の朝、姉や遠山さんら友人たちとホテルのカフェテリアで、最後のコーヒーを飲みながら雑談しました。出発する私よりも、送ってくれる人々の方が先行きを案じてくれて、すこし緊張気味でした。交通公社のAさんがそこへ「出発です」と呼びに来て、私たちを出発ロビーへと誘導しつつ、付き添ってくれました。

空港の赤電話から、最後の電話を父に掛けました。「そうか、出発か。元気で自分の信じるところを進んでこい。易々と帰ってくるな。納得いくまでしっかり頑張ってこい」いつもの父の穏やかな声が、私を安心させます。

「みんなありがとう！　心配しないで、また会えるから」私は、これから行く未知の世界の希望の方向に向けて飛び発とうとしていました。

日本も、また世界も変わる筈だから、いつでも帰れる日本になっているかも知れない。また戦場で命を落とすかも知れない。全て、革命の夢の実現の道のりとして、引き受けようと、私は楽観的に考えていました。

少なくとも、森さんとの対立といった、隊内の否定的な事に、頭を悩まされず、自分の考えに従って望む通りに進む道に就いたのです。共に戦ってきた友人たちの分も尽くしたい、そんな気持でした。

一九七一年二月二八日午前十一時半、スイスエアー機に乗り込み、ベイルートに向けて日本を出発しました。

第十六章　パレスチナから見つめる

ベイルートに着いた私たち

私は三月一日ベイルート到着以降、アラブ・パレスチナ戦場でPFLPと共同を開始しました。到着後まもなく、日本発の記事（「赤軍女リーダー潜入、アラブゲリラと接触か」の見出しの三月一五日の『毎日新聞』）で私のアラブ行きが報道され、クウェートの新聞にも転載されました。

イスラエルの情報機関はこうした情報に敏感だということを、PFLPから教えられました。その結果、私たち二人は活動を分担し、私はPFLPの情報センター「アルハダフ」のボランティアスタッフとして公然と活動し、奥平さん（アラブ名バーシム）は軍事訓練を経てパレスチナ・中東地域の革命家たちとレバノン南部前線で共同生活を開始しました。

五月末から七月には、カンヌ映画祭の帰途立ち寄った若松孝二、足立正生監督らと、ＰＦＬＰの戦場ドキュメンタリー映画制作に取り掛かり、ヨルダンのジュラシ山岳地帯やシリアのゴラン高原のパレスチナ戦場を取材がてら滞在学習しています。

言葉は不十分でも、文化や習慣が違っても、帝国主義の植民地支配に抗して闘う者同士、必ず通じ合えるはずだという楽観的確信のもと、パレスチナの解放勢力と希望通りの活動を始めていました。

日本人と違って、アラブの人々は垣根のない親しさが民族性で陽気な人々なので、ずいぶん助けられました。ベイルートの普通の人々――ホテルの従業員やアパートのコンシェルジュたちも、またテレビやラジオも帝国主義アメリカ、シオニスト・イスラエルを敵として批判するし、日常的に政治が話題なのです。日本で私たちが主張するような立場は、むしろ歓迎されることを知りました。

そしてまた、民族とか、宗教とか、日本でこれまで無関心であったことが日常の生活の中で営まれる姿にあることも新鮮でした。日本では、父が民族運動に関わったと知っていたので、日本の民族運動を超える闘いとして、「階級性」や「国際主義」を対置して父と語り合ったものです。

でも、ここパレスチナの民族解放の観点は、抑圧する側の民族主義とは対極の階級性、人民性に貫かれています。抑圧された民族の解放闘争は、闘いを通して、他民族の困難に共感・連帯する視座があります。私が描いていた国際主義と民族主義は、パレスチナでは同義につながりを持っていました。

数か月の間の見聞で、私と奥平さんは、自分たち赤軍派の観念性を自覚し、武装闘争の考え方もずいぶん変わりました。パレスチナにおける武装闘争は、当時のパレスチナ難民キャンプに暮らす民の意志を代表する闘い方であり、どの家族も解放のために息子、娘たちが参加することを誇りとしていました。

強い愛情と支援の中で戦うことは、戦士たちの誇りを育て、犠牲を厭わない戦士をさらに育てていきます。赤軍派だって自分たちの戦いは、どんな厳しい社会的な批判でも、やり抜く使命感を持って戦ってきたのですが、人民に支えられて闘う姿はうらやましく、まぶしいと感じました。私たちは人民どころか、数少ない支えてくれる人たちにまで離反されるようにしか闘い得てこなかった……と。そして自分たちのあり方を振り返り、問い返していくことになりました。

パレスチナ解放の闘いに触れて、まず第一に自覚したことは、「自分たちを変えることなしに世界は変え得ない」という、当たり前のことでした。自分たちの未熟さや限界、過ちを認め、批判的に見る観点の必要を切実に実感したのです。なぜなら日本では、常に対象批判する時には、自分たちを同じ視座でとらえられず、あらかじめ是の側に身を置いていたからです。客観と主観はちぐはぐで、うまくいかなければ情勢や権力や他党派のせいにして、自己革新に立ち遅れていたと気付いたのです。

第二には、ヨルダン、シリア、レバノン南部の戦場を巡り、「前線とはすなわち銃後・後方である」ことを学びました。そして後方もまた前線になります。主体的な自分の場が前線で、他は後方として支え合う関係にあることを遅ればせに発見したのです。

第三に、革命とはスタンバイだと、各戦場を巡りながら発見しました。待つこと、どんな待ち方をするかで将来の戦闘の勝敗が決まっていくという実感です。

奥平さんはすでに訓練を終えて、前線に配属されていましたが、トルコやチャド、アラブの国の人々も含め、パレスチナ戦列の多様な義勇兵と暮らしています。ちがった習慣を面白がって学びながら、それを実感していました。彼は水を得た魚のように、生き生きと楽しそうです。奥平さんは、描いていた通りの国際義勇兵の一員として闘いの中にあることを、とても喜びながら、一緒に一時過ごした杉下さんら、日本の赤軍派の仲間を早く呼びたい、と話していました。

活動は想定以上に順調で、すでに国際根拠地の萌芽は戦場に形成されており、世界中から様々な革命・解放組織も支援や学習訓練に来ていました。私たちは国内の赤軍派本部に人材派遣を要請し、訓練がすぐに可能な事も伝えました。が、それに関する返事はなく、森さんはその考えは無いようでした。

日本に居た時と違って、国際電話は直通すらなく、欧州経由では高価で使えず、手紙一往復に一カ月を要します。こちらの繰り返しの報告に、やっと届いた手紙には、反帝国際集会をPFLPと赤軍派の共催で行いたいなどと記されていました。そしてPFLP議長宛にその申し入れがあり、私たちはそんな力はないのにと少し訝りながら、それを英文にしてPFLPに渡しています。

軍事の中心的命題を、すでに森さんはパレスチナではなく、山岳地帯の国内建軍と考えていたのか、軍の派遣には一言も触れていません。このころ救援関連の人からの問い合わせで「山田孝という人物が、戦線復帰を望んでいる。しかしその人物を知る者は居ず、本人はあなたと活動を共にして来たと主張しているので、この人物が、信用出来るか否か知らせてほしい」と記されていました。

山田さんは、背骨の痛みで体調を崩したので、一時活動を休んでいました。その後逮捕され、春に出獄したようでした。山田さんは、私がアラブに行った事もあって、自分も責任を感じ、活動を再開したいと述べていると書かれていて、とても嬉しく彼が如何に理論、実務的に優れていたかを記しました。そして「森さんにすぐ連絡したらどうか。かつてブントの中央委員でもあった山田さんとは、知り合いのはずで、森さんこそ、山田さんの信用を保障できるはずです」と伝えました。

統一赤軍結成

七月に塩見さんが獄中から「綱領問題について」と題する論文を提起したとのことです。六九年秋の敗北について「前段階蜂起とは、革命戦争の開始であり軍事的には、ゲリラ型戦争の開始であり、これに見合った主体の共産主義的改造＝党の軍人化・軍の中の党化・党の正規軍化の獲得」と総括し、連続蜂起路線に代わる「ゲリラ型戦争を通じて、武装蜂起へ」とゲリラ戦路線を主張したと、植垣さんは『兵士たちの連合赤軍』の中で記しています。

この七月の新方針は、大衆から自立した革命軍隊とこれによる武装闘争の主導的展開による武装蜂起を目指し、客観的条件よりも主観的条件を重視し「革命戦争の型は戦争の担い手の主観的要素の如何によって決まる」「戦争の問題とは、人間の問題である」として犠牲を恐れない革命的な集団的英雄主義・共産主義的精神・規律が戦いの源泉となる」と主張していたとの事です。

これらの獲得のために「『主体の共産主義的改造＝党の軍人化・軍の中の党化・軍の正規軍化』を提起した。この路線転換における『共産主義化論』が、後の同志殺害の思想的根拠となる」と植垣さんは述べています。

しかし、それは違うと思います。路線の過ちや、この「共産主義化論」に問題があったとしても、塩見さんの責任よりも、当該の森さんやB隊（坂東さん植垣さんらの部隊のこと）の人々の自然成長した人間観・階級性・思想性として「共産主義」の内容が問われたのだと思います。その内実は、塩見さんと決して同じだったとは思えないし、同じ結果をもたらすこともなかったのではないでしょうか。

共産主義のイメージは、マルクス以来人間の解放の愛とヒューマニズムに満ちた思想でありながら、

〝未来〟であるが故に、その担い手である当該の人々の自己内省、対象化抜きには、生まれ得ません。誰もが過去と現在に制約されているからです。「主体の能動性」や「共産主義化」は、それぞれのリーダーの質が現れるところです。自分に合わせ論理の剽窃を駆使すると、失敗する事を示しています。

とにかく七月の塩見さんの「路線転換」は、ゲリラ路線を提起し獄外森指導部方針を支持したことで、獄中と獄外の対立矛盾は解消されたようです。この頃、秋の蜂起に軍事訓練をして帰国するはずだった「よど号」機で北朝鮮に向かった国際根拠地建設の仲間たちは、七一年七月に赤軍派の路線の過ちを自己批判し、早くも赤軍派路線の決別を宣言したようです。それは国内赤軍派をがっかりさせました。アラブに居た私たちには、そういうニュースは入っていません。

七一年八月六日付で赤軍派と京浜安保共闘の党である日本共産党（革命左派）の共同の機関紙『銃火』が発行されて「七月一五日統一赤軍結成」が表明されました。この『銃火』が後の連合赤軍の軍事論の基本を示して行くものです。

赤軍総司令部の名で特別アピールし「統一された『赤軍』の下に結集し、徹底的に遊撃戦を戦い日米革命戦争の大飛躍を」と題する論文で、「一九七一年七月一五日、共産主義者同盟（赤軍派）中央委員会、並びに日本共産党（革命左派）神奈川県常任委員会は、各々の中央軍、人民革命軍の組織合同を決定した」と宣言しました。

「統一された革命軍は、プロレタリア世界革命の革命伝統を打ち樹てたロシア赤軍、中国赤軍に習い、その名称を『赤軍』とすることに決定された」とし、統一された赤軍は、戦う全ての人民の戦いを支持し、日・米帝国主義打倒にむけて遊撃戦を徹底的に戦うとも主張しました。

「赤軍は、世界―日本革命戦争に献身的に参加しようとする全てのプロレタリア人民に、その門戸を開放するプロレタリアートの武器であり、日本革命戦争を前進させる力だ」と主張しています。そして「赤軍は全人民的総蜂起―日本革命戦争の勝利から、休むことなく米帝国主義打倒、ソ連社会帝国主義打倒―世界革命戦争勝利へと前進し」と、初めて「ソ連社会帝国主義」と主張しました。そして「この赤軍機関紙『銃火』は、日本帝国主義権力との闘争の最先端から諸君の手元に送り続けるだろう」と自負しています。

そのうえで「付」として「統一された赤軍は、中央軍と人民革命軍の連合軍である…連合軍は遊撃戦を何よりも展開し、建軍武装闘争によって軍事路線を深める中で、共産同赤軍派中央委員会と日本共産党(革命左派)神奈川県常任委員会は、それぞれの路線を検証し発展させ、新党結成をかちとる覚悟である。尚イデオロギーの問題については、今後整理し提起することを確認する」としています。

この「付」の中で、路線、イデオロギー上の統一は成されておらず、軍の遊撃戦(銃奪取)が方針化されており、統一赤軍・新党への目的を持った共同軍事活動の開始の宣言と捉える事が出来ます。

アラブの私たちの元に、この方針、革命左派との「統一赤軍」という内容が届いたのは、このビラ(機関紙『銃火』)によっています。

八月か九月頃のことで、突然の毛沢東派路線への転換は、赤軍派が如何に変質したかを示すものでした。当時は世界中で、第三世界の解放闘争を支援する上でも中・ソ対立は深刻な時代であり、アフリカでは反ソ連の立場から、中国が米国の支援する反革命勢力に肩入れして、矛盾を起こしていた頃です。「ソ連社会帝国主義論」は、中国の党派性として世界に知られていました。

私はすぐに「統一赤軍」に反対し、毛沢東派との安易な統一に不賛成である事、「ソ連社会帝国主義論」は、国際的な観点から見れば、毛沢東派の党派性であり反対する。ブントも赤軍派も帝国主義と同次元でソ連を敵とみなして来なかったし、政策批判はあっても戦略的にソ連と米帝と同一するのは間違いだと伝えました。

そして、共同のあり方としてパレスチナ解放機構（ＰＬＯ）を伝え、統一戦線から発展させる必要を訴えました。当時、アラブに居た私たちは、知る由もありませんでしたが、国内では、赤軍派は革命左派から銃の提供を受け、赤軍派は資金を革命左派に援助し合うという相互の弱さの補完として「統一赤軍」へと向かっていたことが、後に明らかにされます。

のちの青砥さんの自供によると、赤軍派の革命戦線と京浜安保共闘が大衆的な政治共闘で知り合って、革命左派のＭさんが永田洋子さんの指示で七一年四月初めに、青砥さんを訪ねて来た事から、両組織の関係が深まったようです。

青砥さんから森さんに連絡を取り、革命左派からの一〇万円の借金要請と、赤軍派への銃の供与の話を知り、直ちに森さんからＭに合意の回答をし、金銭を渡したそうです。この後、永田さんは坂口弘さんと上京し、森さんと協議し資金と武器を補い合い、共同建軍計画までも生まれていったとのことです。

森さんは、革命左派との戦略的共闘に、この間の敗北からの活路を見出していったようです。

この七月二三日、鳥取県の米子の松江相互銀行が銃を持った四人組に襲撃され、六〇〇万円が奪われる事件が発生しています。これも赤軍派のエロイカ作戦と名付けられたＭ作戦で、同日の夜二人が、翌日にも残り二人が銃・爆弾と共に逮捕されました。この銃は、革命左派から譲り受けた二丁の銃が含まれていました。

この人々は、ＯさんやＳさんら関西で活動していた部隊が逮捕消滅する中で、生き残った人材と革命戦線からの人材の補充で立て直した部隊によるものだったとのことです。この「米子事件」を最後に、軍よる資金徴発作戦は終えて、銃奪取に向けた「殲滅戦」を軍は方針化して行きます。

植垣さんの著書『兵士たちの連合赤軍』によると、「殲滅戦」とは、「殺害」を意味しています。これをやる部隊は、森さん直轄の正規軍と言っても、もうB隊の数人しか残っていない状態でした。こうした条件下で、森さんは革命左派との共同を深め、銃による殲滅戦をやるにあたって、敵に投降しかねない人物については、処刑を行うべきだと訴えていたようです。七一年五月に赤軍派の規律として一連の「懲罰」を初めて適用し、その中で森さんは「自供などの通敵行為は死刑にする」と表明していました。

森さんは、生きた人間を見ず、観念・イデオロギーの「正義」で、短絡的に数々の自供の現実を見て主張したのでしょう。でも自供などの通敵行為が死刑なら、当時の赤軍派では処刑はきりが無いものとなってしまいます。

七月には森さんはB隊のメンバーの恋人で協力者であると同時に、不安材料の一人であった女性に対する処刑を命じたのです。B隊がその森さんの指示に従わなかったために、赤軍派による初の処刑は行われませんでした。

それには森さんは不満だったようで、八月にB隊の山小屋に来た折、革命左派が男女二人を処刑した事を語り「殲滅戦をやり抜くには、そういう厳しさが必要なんや。お前らには、殲滅戦をやり抜こうとする、そうした態度がない」と批判したそうです（植垣さんの証言）。

しかし、殲滅戦の調査中に一二〇本のダイナマイトや九〇本の雷管を見つけるなどの「成果」はあったものの、駐在所殲滅戦は失敗します。何故なら、計画日の九月十一日、標的の駐在所に警官が居なかったためです。部隊は、ダイナマイト奪取で痕跡を残しており、包囲の危険から作戦中止を要求しましたが、森さんは中止を認めようとしなかったとの事です。失敗の原因を銃による殲滅戦ではなく、ナイフだったため、攻撃するよりも撤退する事に主力を置いた消極的な作戦計画しか、立てられなかったからだと森さんは批判、主張したと植垣さんは記しています。

森さんにとっては、この戦いにはこれから統合しようとする革命左派に対する見栄があったと思われます。それでもB隊は、銃による殲滅戦なら東京でやると主張すると、森さんは了解したとの事です。この頃から既に、「銃による殲滅戦」を美化し目的化し、戦いの最高形態として追求して行くのがわかります。

この「東京における殲滅戦」を重視した路線に基づいて、九月一四日、四谷公会堂で「連合赤軍結成集会」が行われます。連合赤軍結成集会の二日後九月一六日、三里塚では、第二次強制執行阻止闘争が行われ、青年行動隊らによる三里塚の東峰十字路での機動隊一個大隊の包囲戦闘が行われ三人の警察官が死亡しています。

権力の弾圧のひどさ故、赤軍派のみならず、時代のラディカルな反戦―沖縄―三里塚闘争は、益々先鋭化して行きました。赤軍派も三里塚闘争の機動隊殲滅戦に衝撃を受け、都内における交番殲滅戦を目指していきます。「軍の能動性、攻撃性を要求する銃による殲滅戦でなかったことに、失敗の原因があった」と森さんは主張し、B隊もそれを総括しながら、都内殲滅戦を目指します。

そして森さんから、革命戦線・半合法部隊から山田孝さんを含めて、殲滅戦の調査に加わるとB隊に伝えられたそうです。このように「銃による殲滅戦」を、革命左派との共闘においても宣言しており、赤軍派がやり抜く必要が問われていたのでしょう。

アラブの私たち――赤軍派との決別

その頃私たちは、赤軍派からの軍の人材派遣など、国際根拠地路線の約束が一向に果たされない中で、奥平さんが日本で京都大学で共同していた人脈を中心に人材確保を目指さざるを得なくなっていました。

この七一年夏から秋にかけて、すでにPFLPとは軍事的にも、政治的にも協力し合う関係を築いていました。当時PFLPは、ボランティアとして志願兵も外国人に認めており、奥平さんも義勇兵（ボランティア兵）として参加しています。私がPFLPの情報センター・アルハダフでボランティアスタッフとして活動を行い、ドキュメンタリー映画制作を行って来たことは既に述べました。

また同じ頃、大菩薩峠事件で逮捕された若宮正則さんら幾人かから、森批判と共に、アラブで活動したいと言う要請が私に伝えられました。本当はすぐにでも来てもらいたい、必要な人材です。でも、奥平さんと討議しながら、赤軍派とこれ以上争うのは分派闘争になり良くないと結論づけて、赤軍派メンバーの人材を呼びよせる事を躊躇しました。他の党派の人もベイルートへと参加を求めて来た人々もいました。「党派の人は、自分の組織の諒解を得た人のみを受け入れる」という基準をつくり、党派ではない個人とは、本人の決断で、パレスチナ戦場で共同する事にしました。アラブでは、活動領域も医療、情宣、出版、渉外など数々求められます。

結局赤軍派はあてにせず、奥平さんの仲間、私の関西や東京の友人たち、そしてドキュメンタリー映画制作に関わって以降、パレスチナに連帯している若松さん、足立さんの仲間ら、（後に設立する国際革命情報センターIRF・IC、機関誌『世界革命戦線』）の政治的、経済的支援によって、アラブの私たちの活動は支えられていました。

当時はアラブの方に連絡がなかったのは、森指導部の意志と考えていましたが、私が逮捕されてから資料を読んでみて、「エロイカ作戦」や「銃による殲滅戦」などで国際部員も軍に招集し、国際部を潰してしまったらしい事も理解しました。そのため、連絡場所も無くなり、交通が途絶えがちだった側面もあったでしょう。

当時の国内の赤軍派には、「よど号」の仲間も、アラブでの国際根拠地も不可欠な要素では無くなっていたようです。パレスチナ解放闘争を撮影した映画は「赤軍・PFLP世界戦争宣言」というタイトルで完成しました。

私が遠山さんとAさんを紹介し、若松プロと革命戦線がつながり、足立さんの発案に合意して、この映画の全国上映運動を行いながら、新たな文化戦線を形成する事を目指しました。九月二五日「上映隊」を結成し、バスを赤く塗って「赤バス上映運動」で全国行脚しつつ、各地でこの映画を上映し、討論するスタイルの活動を開始したのです。

国内の足立さんらの要請を受けて、PFLPの情宣部のスタッフを一人日本に派遣する事にし、その準備に入りました。パレスチナの戦いが日本では、まだベトナム解放闘争のように伝わっていないため、この機会にパレスチナの実情を伝える宣伝のために行く事を決めました。

赤軍派にはPFLPの人とは彼の安全上から会う必要もなく、上映運動のパレスチナ支援に沿って進め、赤軍派がPFLPの人を囲い込んだりしないようにと、遠山さんに伝えました。赤軍派は一貫して特別破格の弾圧に晒されていたからです。

でも、結局森さん自身が、PFLPの人とも会っています。

この頃、七〇年二月にハイジャック作戦をめぐる反対意見から赤軍派の活動を止めていた京都大学の森清高さんや京都大学出版会の中谷寛章さんらが、アラブの活動を支援してくれていました。彼らは、上映運動に合わせて『アラブゲリラと世界赤軍』(七一年十一月)と題する本も出版しました。

この本は、PFLP綱領の翻訳やハバシュ議長から赤軍派への手紙なども収録し、京都大学出版会から発行となったので、私も七一年のヨルダン・ジェラシの最後のパレスチナコマンド基地が壊滅させられた当時のパレスチナ情勢を綴り送りました。

この当時、私の方に届く赤軍派の友人たちの手紙のほとんどが、森指導部に対する批判です。アラブの私たちは、「統一赤軍」以来、政治的内容の一致もなくなっており、当初から支援もないままでした。もし、森指導部が国際根拠地を利用してメンバーを送り、パレスチナで訓練や共闘を目指していれば、良くも悪くも後の展開は違ったと思います。

日本では、九月の連合赤軍結成集会を経て、赤軍派は再び都市に戻り、丹波山岳ベースを作っていた革命左派の仲間に爆弾の作り方を教えるなど、共同が深まっています。大衆戦線では、上映運動も各地を回り盛んに行われていました。しかし、映画「赤軍・PFLP 世界戦争宣言」の赤瀬川原平さんのポスターに、連絡先として若松プロダクションと救援のモップル社が記されていた事を理由に、十一月に公安当局が若松プロなど家宅捜索を行うなど、弾圧は相変わらず強化されていきます。

九月の三里塚の戦いを脅威と考えたのか、七一年の一〇・二一闘争の日は警視庁は都内の集会やデモ全てを禁止し、機動隊が制圧し、戒厳令下のようだったそうです。

またこの頃、獄中も含めて新しい論争が始まったようです。

大菩薩峠事件の被告であり、最初の赤軍派七人政治局の一人である八木健彦さんがレーニンの理論に立脚して、塩見さんのゲリラ戦争路線を「小ブル革命主義のテロリズム」と批判して、反対を表明したそうです。これに対し、塩見・高原さんが、赤軍派の革命戦争路線を放棄するレーニン教条主義の解党主義、民兵主義と八木さんを批判しました。

この対立を受けて、獄外の森指導部は塩見・高原さんを支持し、関西地方委員会は八木さんを支持し、森さんの中央への結集を拒否して、地方軍として関西は自主的に武装闘争を戦おうとしていたようです。

当然と言えばそうですが、やっと赤軍派路線を全否定する論理が八木さんから導かれたのです。こうした論争を私たちは、まったく知りませんでした。私たちは「国際根拠地論」を土台に、党の戦略的統一戦線形成による共同武装闘争を、国際主義の基本路線として戦っていたのです。

森指導部は、革命左派との共同を軸に、七二年の「沖縄ニセ返還阻止闘争」における「武装蜂起に向けた計画」を進めていました。そしてその展望の下に一〇月下旬には、森さんは坂東さんに、教育訓練センターを設置するよう指示しています。

そして軍事訓練基地を、南アルプスに作る事にしたようです。この調査のため、森さんの指示で山田さんが派遣されて来たとの事です。非軍人の山田さんへの訓練の一環というつもりなのでしょう。

植垣さんは、山田さんと二人で甲府から国鉄の身延線に乗り、身延駅で降り、バスに乗り変えて新倉で降り（新倉は、南アルプスの登山口になっている）川を遡って渓谷に入りました。そして、尾根を越えつつ甲府パルプ会社の飯場を見つけ、小屋も大きく食料も沢山あって軍事基地としては、もってこいだと思ったと述べています。

この調査で新倉ベースの報告をすると、坂東さんから、そこは革命左派との共同訓練に使えるかと聞かれ、植垣さんが可能だと答えた結果、共同訓練の場となります。そして十一月十一日からB隊は、共同軍事訓練の先発隊として出発し、二二日頃には森、山田さんも合流します。

この頃のことです。アラブの私たちは、赤軍派とこれ以上一緒にやって行く事が出来ないと決断し、国内指導部に伝えています。

赤軍派と明確な分裂へと至る契機は、七一年一〇月か十一月に赤軍派中央からもたらされた手紙によります。この手紙の中で、上映運動でパレスチナ解放を日本人に情宣、説明するために、ＰＦＬＰから派遣

された パレスチナの同志と討議した事が書かれていました。「彼らPFLPの諸君は哲学がない」の批判の一言でパレスチナ問題を片づけ、党派闘争をやるべきだと、私たちを批判していました。そのうえ「アルジェリアに、ブラック・パンサー党のエルドリッジ・クリーヴァーが居るらしいから、行って党派闘争を行うべき」という主旨が述べられていました。

何をもって党派闘争なのか？　相手に学ぼうともせず、自分たちの検証は棚上げにして顧みることも出来ず、他者批判で自己正当化するやり方は、日本の狭い新左翼運動の産物です。「学習も無く、何が党派闘争か」と、憤りも湧きました。何と観念的で傲慢で、救いがたいほど天狗になっていると思いました。それはまた、私たちを映す鏡でもあるのですが。そのうえ、こちらからの「統一赤軍」への批判や質問には何の説明もなく、ただ「現在党内には、左右の日和見主義——大菩薩事件の保釈組と釜ヶ崎グループが登場し、連合赤軍路線に反旗をひるがえすに至っている。困難はあるが、君らは中央に結集するように」という内容でした。

アラブでの共同軍事訓練への返事や、国際根拠地論の総括も無く、アラブ側の要請や質問も無視されたままです。しかも「左右の日和見主義」の論証も主張も書かれていません。私と奥平さんは、討議を重ねました。

赤軍派から何の支援もない中で、既にバーシム奥平はPFLPの作戦に志願し、国内の友人たちにイスラエル調査も依頼してベイルートに彼らも到着し、作戦計画準備に入っていました。

結局、今の赤軍派は毛沢東派路線化し、国際主義も国際根拠地論もおろしたようだし、ひとつの組織として何の政治的、実践的行動を取りえないと結論づけました。そして、以下のような手紙を中央に送りました。

「PFLPの同志は、パレスチナ革命の広報宣伝のために日本に行ったのであり、赤軍派のために行ったのではない。危険を考え会う必要が無いと伝えたのに、わざわざ森さんは会い、せっかく会ったのに『PFLPの諸君は、哲学がない』の一言でパレスチナ問題を片づけて、他へ党派闘争へ行けと言う。人民連帯の邪魔をせず、連帯の推進を求めたのに、赤軍派の宣伝の道具としか考えていないのか、ハバシュの手紙も合意無く公表した。国際主義の地平を踏みにじっている事を自覚すべきだ」といった内容の批判です。

そして、世界は様々な人民勢力によって戦われており、既に述べたように国際根拠地の萌芽はあり、一〇人でも二〇人でも軍事訓練も学習も出来る。国際的な戦いは、世界党・世界赤軍の観念ではなく、現実的に党の戦略的統一戦線を作るところから共同武装闘争を実践する重要性を訴えました。

そしてまた、こう批判しました。

「『左右の日和見主義』と釜ヶ崎や大菩薩保釈組を批判しつつ、その内容も示さずに、中央に従えというのは不可能だ。また『統一赤軍反対』に対する返事も無い。中国政府のソ連反社帝論は、国際的にはマオイストの党派性で通用しない。何が問題か今の赤軍派のやり方が判らない。

こんな実情では責任を果たす事は出来ない。質問と批判に中央の責任で回答すべきだ。回答が得られなければ現在の赤軍派中央を認めない。独自に私たちは進む」

と決別を宣言しました。もっと批判的に書いたかもしれないし、もっと穏やかに書いたかもしれません。返事はありませんでした。

バーシム奥平と討議を経て、私たちはもう制約を受けずに進む事にしました。バーシム奥平はそれまで、赤軍派を代表しようとしていました。出発間際の私と森さんのいざこざを知って、彼は赤軍派には頼れないと覚悟はしていたと言っていました。こうして七一年十一月、私たちは赤軍派との組織的関係を自ら断ち切りました。

在アラブのバーシム奥平の仲間や、既にパレスチナのためにボランティアとして活動していた仲間たち同士で、お互いこれから階級の一員の一人一人として、仲間として支え合い、在アラブの私たちの責任に於いて、今後活動して行く事を確認しました。

赤軍派として出発し、その赤軍派がいかなるものであれ、その母体はもう無いのです。国内に母体を持たない組織の継続性の困難は、後に味わうのですが、アラブの私たちは、自分たちの戦いの方向を定めました。実情は分からなかったのですが、日本では、赤軍派は革命左派との新党・共同軍事訓練に向かって行きます。

のちに連合赤軍事件で遠山さんが殺された事が発覚した後に、遠山さんの母親から私への便りで、「美枝子は、あなたの手紙を持って出かけたまま帰ってこなかった」と記されていました。

獄中の花園さんにも、友人を介して森批判を伝えると「少し待て。新年には良い贈り物が届くだろう」と伝言がありました。良い贈り物？　それが、銃撃戦から同志殺害の連合赤軍に化けてしまったのでしょうか。

新党結成の破産

赤軍派が設営した新倉ベースで、革命左派との初の軍事訓練を行うのは、七一年一二月に入ってからです。ここから、新党に向けた陰湿な党派闘争とその破産が始まります。こうした実情を知らされていない赤軍派の大衆戦線である「革命戦線」では、一二月一八日に日本赤色救援会復権大会を開き、「もっぷる通信」第一号でその行動綱領、規約を示し、広く左翼の救援の共同を目指しています。

十一月二九日夜、森さんは、共同軍事訓練に臨む赤軍派の立場についてB隊メンバーや山田さん、青砥さんら非軍事部門のメンバーを集めて意志一致しています。植垣さんの著書によると「森氏が強調したことは、共同軍事訓練を通じて連合赤軍の統合司令部の建設を具体化し、殲滅戦の戦術原則をかちとる決意で臨まなければならない。そのためにも、革命左派に、瀬木政児氏の脱走問題や、是政での大量逮捕問題の総括を要求しなくてはならないという事であった」との事です。

森さんが見るには、革命左派は軍事的な能動性、攻撃性の欠落があり「これらの問題の原因を、革命左派が反米愛国路線を掲げている事に求め、反米愛国路線が革命戦争を行って行く上で障害になっているのだと捉えたのである。こうして確認された共同軍事訓練に対する赤軍派の態度は、赤軍派が革命左派を指導しようとする立場に基づいたものであった」と植垣さんは述べています。こうした思考方法は、これまでブント含めて指導的活動家が持つ競争意識、セクト主義です。

当時赤軍派として連合赤軍事件の当事者となったYさんによると、森さんはYさんら下部のカードルたちに、「革命左派」は、理論は毛沢東主義組織の愛国路線で内容が無いし、軍事理論も経験も俺等のほうが上だし、オルグして統合するつもりだ、と言っていたそうです。またその一方で、私が出発した後、森さんは同じ大学の先輩をわざわざYさんたちに命じて誘拐してまで、一緒に指導部をやってくれと言って断られたり、早大のブント仲間の一人に指導部に入って一緒にやってくれと働きかけて固辞されていた事を、近頃Yさんから聞いて驚きました。森さんは自信がない分、ブント時代の先輩を指導部に加えて立直そうとしていたようです。下部には頼れず、自信が無いと言えなかったのでしょう。

そして森さんの意中の先輩が加わってこない中で、無理に無理を重ね、武装闘争をやり抜く新党結成へとつきすすんだのでしょう。経験の有るものが経験の浅い下部よりうまくやれるのはいわば当然で、それを自分が優れていると考えると過ちます。下部から学べず傲慢になり、自分の間違いを認められず、虚勢を張ってしまうからです。そんな革命家を海外でも見てきました。

赤軍派は銃を使いこなせ、軍事力に於いても政治力に於いても、革命左派を圧倒して行こうという気持ちであった当時の森指導部と、それに従う「赤軍派中央軍B隊」の姿を示しています。こういう出発時からの狭い競争意識は、党派間ばかりか、ブント内の各派閥やグループの間でこれまでも作用しています。「七・六事件」を「不徹底」と捉えていた森さんは、これまでのブント、赤軍派の総括・党派闘争の在り方を、より純化してとらえたのでしょう。赤軍派やブントの総括の仕方は、第一に、起こった事象に対してそれを社会的事実として把握するよりも、自分たちのイデオロギー・信念にとっての事実を「正しい事実」とします。そのため、自らを対象化しきれず、現実の姿を事実として捉えません。

第二に、その原因を問うとき「正しい自分たち」は除外し、外因論に陥ります。上手くいかない問題や原因は、つねに外的要因の責任なのです。その結果、方針では自分たちを正当化してしまい、現実と切り結べず願望や「べき論」を並べる傾向がありました。つまり批判・責任追求・自己正当化、この三段論法で物事を捉えると党派闘争は常に分裂へと導かれます。

当時は、森さんがアラブにも求めたように、「左翼的批判精神」の原則から「党派闘争」を行う事が他組織との共同の前提と考える風潮がありました。六六年に三派全学連は再建の当日から、この三段論法の論争で分裂を再生産していたように思います。違いから学ぶのではなく、許さないあり方、「違い」を「過ち」と同義語に扱うやり方で、どちらかが支配して行くのが、新左翼党派の悪しき傾向としてありました。ブント内のマル戦派（マルクス主義戦線派）追放に始まるあり方は、「分裂の党観」です。そうした「統一」や「純化」の方法は失敗します。

塩見論文でも、国際党派闘争による国際根拠地や世界党建設を訴えていましたが、森指導部もアラブの私たちが、「国際党派闘争をやっていない」「国際党派闘争をすべき」という考えです。「ＰＦＬＰと党派闘争せよ」「ブラック・パンサー党のエルドリッチ・クリーバーがアルジェリアに居るらしいから党派闘争をやれ」と言う指示に、私たちは、その思考の傲慢さに呆れて、結局森指導部と対立、決別したのですが、森さんはそれが「左翼の節操」のように考えていたのかも知れません。

私自身は「素人」であったので、学ぶことばかりで、「党派闘争」という考えは全く理解し得なかったし、納得しえないことには従いません。「分裂の党観」をもって真剣に統一、新党を目指しても、それは成功するはずがありません。当時の私は、おかしいと反発でしか返せませんでした。

その後の私の経験と教訓から言えば、革命党の統一の要諦は「違いを受け入れる」ことであり、革命勢力の統一戦線や共同の要諦は「違いをリスペクトする」ことにあります。相手の違いを理解し、学び合う党観で、他の組織と出会い共同すれば、日本の革命運動も、もっと違っていたでしょう。

もちろん森さんも、その「つもり」は持っていたはずです。でも「批判的に捉えねば」という「左翼の節操」や競争意識が、知らず知らずにセクト的になり、自分を守ろうとすればする程それが拡大していったというのが実状でしょう。

また、森さんの発案で赤軍派は、禁酒・禁煙の「懲罰」を実行しています。ブントや赤軍派にはかつてなかった「懲罰主義」の傾向を示していました。ブントの自由主義は、こうしたやり方を体育会の懲罰主義として、軽蔑していたはずだったのです。

森さんは、Ｍ作戦などの敗北の総括を武器の高度化に収斂させて、「銃による殲滅戦」論によって主体を飛躍させるという無茶な論理を組み立てており、それに加えてブント・赤軍派の党派闘争の思考が実行されれば、統一の希望や善意を皆が持ちながらも、実現しえず破産するのは必然だったのだと思い至ります。

一二月一日、共同訓練のために新倉へ迎え入れた革命左派の人々が、「水筒を持って来なかった」ことで、その素人のような振舞いを、赤軍派側が何度も批判しました。この最初の出会いから不信と競争の論理が生まれています。「水が無くとも頑張る」と革命左派が答えることで険悪になり、永田洋子さんが水筒の件を自己批判して、いったんは収まったようです。

その後、赤軍派の意志一致に基づいて、森さんが革命左派の仲間の離脱問題や大量逮捕問題について、赤軍派のことは棚上げにして、繰り返し総括を要求したようです。これはブント流か赤軍派流の党派闘争のやり方を継承しているものです。

こうしたことの反動として、革命左派も違いや違和感について批判しています。植垣さんの文によれば、永田さんから遠山さんに「何で山に来たの?」という問いから始まりました。永田さんら革命左派の基準に照らして遠山さんの態度や服装が、革命左派の描く「革命家」と認められない分、追及して行きます。革命左派にとっては、慣れたやり方だったのですが、赤軍派にとっては、びっくりするようなアプローチだったでしょう。

遠山さんは「革命戦争を更に前進させるために、自ら軍人になり革命戦士になる必要を理解したから、山に訓練に来た」と答えています。当時の遠山さんについて、現思研仲間だった上原さんは、後に次のように手紙で伝えてきました。

「七一年十一月、山に行く前に小菅の拘置所に面会に来てくれた時、いつもの遠山さんらしくなく、思いつめた顔で『これからは銃による殲滅戦よ!』と言うので、看守もいるし、冗談めかして明るく『ああ、そんなこと止めとけ止めとけ。俺たち主体の側にそんな条件ないよ。油紙に包んで埋めとけ埋めとけ』と言うのが精一杯でした。遠山さんは思いつめた顔で『Q（上原さんのニックネーム）それは日和見よ』と言い、僕はびっくりして、こいつ何言っててんだと思い、その後対話がかみ合わず、気まずく別れました。翌年すぐに、冷たい獄中に悲報が届きます。あの時、何故止められなかったのか、今も心が痛みます」と。

私が去った後の遠山さんは、より責任を引き受けようと、無理な「べき論」を成功させようと尽力していたのでしょう。もともと遠山さんは、私のように開き直ることがなく、どちらかと言えば「べき論」に身を寄せ、思いつめて頑張りすぎる傾向がありました。その真面目さが彼女を山に向かわせたのだと思います。

永田さんは、遠山さんの指輪を批判し（この指輪は、私も良く知っていますが、彼女が二〇歳になった時、母親が「活動の中で手元不如意になっても、この指輪を質屋に入れて帰ってきなさい」と、遠山さんに贈ったものです）、組織名や髪型が合法の時のもと同じであるとか、会議中化粧したとか（荒れ止めのリップクリームらしい）、髪を梳かしたとか、ストーブの所に座って男の同志に指示するだけで、少しも動こうとしないなどの批判もあり、それらを遠山さんは認めなかったと植垣さんは述べています。男女に関係なく、他人に指示しても自分は動かない人はいます。そんな「個人的な事」としてそれを云々することは、これまでブント・赤軍派にはありませんでした。

私の知っていた遠山さんは、そういう批判を受けるような人ではありませんでした。この永田さんらの批判に対して、後に殺される赤軍派の山崎順さんは「差し出がましいようですが、一体何が問題なんですか?」と問うたように、当初赤軍派は、まったく永田さんの意図が分からなかったようです。

遠山さんは答えようがなく、赤軍派の森・山田・坂東指導部も何が問題かわからず、対応に困ったようです。永田さんは「赤軍派は苦労していないのよ。小屋はあるし食料はあるし……。山の生活はそんな簡単なものじゃない。私たちが何であんな苦労して来たか判らなくなる」と泣いてしまったとの事です。革命左派にも遠山さんと同じ問題を持った人がいたが、みんなで解決して来たと言い、「このままでは、とても一緒にやって行けない」と寝に行ってしまったそうです。

森さんは、こうした革命左派の日常活動の「批判の方法」に衝撃を受けたと思います。これが共産主義化の道を作るのではないかと考えたのでしょう。森さんは革命左派の人間の改造方法に乗り移り、取り入れながら主体の飛躍と銃による殲滅戦の結合を描いたのでしょう。

翌朝、革命左派に対して赤軍派だけの討議を提案した森さんは、赤軍派会議を持ち「遠山さんへの批判は、赤軍派全体への批判である」と言い、革命左派の批判にもっと素直に答えるよう遠山さんを批判します。続いて赤軍派のみんなで「何だ、昨日の態度は！」と森さんに同調し、遠山さんに指輪を外せと非難します。

森さんは、革命左派の二名の処刑を持ち出して、革命左派はそのようにして山（ベース）を守って来たと言い「赤軍派は遠山さんが総括出来るまで、山を降りない。山を降りるものは殺す」と宣言し、赤軍派全員が「異議なし！」と同意しています。

殺しとか死が、革命準備の聖なる価値になったこと、赤軍派が変わったことを示しています。そして赤軍派会議を終えると森さんは、革命左派の人たちに遠山さん批判の受け入れを表明し、「我々赤軍派は、遠山さんが総括出来るまで山を降りない。山を降りる者は殺すと確認している」と宣言しました。森さんは本当に「遠山さん個人の問題ではなく、赤軍派の問題」という捉え方をしているでしょうか？

そう言いつつも、森さん、山田さん、坂東さんも植垣さんも、自分たちの女性観、人間観を問うのではなく、遠山さん個人の問題にしてしまい、遠山さんのプチブル性や軍人・革命家らしからぬ振舞いに問題をすり替えています。赤軍派を検証せず、遠山さんに責任を押しつけたのです。

私は遠山さんの仕草に、そう言われるほど問題が在るとは考えません。でも、問題が在るなら、赤軍派で率直に日常的に指摘し合う関係がなかった事こそ、ここで問われてしかるべきでしょう。

「遠山問題」は、このように個々人に問題と責任を負わせ「共産主義化」として責任追及して行く事で、組織を個に解体し続ける出発点となりました。森さんは、この「遠山問題」で初めて、日常生活のあり方の重要性と革命任務を自覚的に結びつけたようです。

ブントと毛沢東派の問題の立て方は、根本的に違います。ブントは、路線方針など政治主義的に、その見解の一致を行動の一致、組織活動の基本としています。しかし、個々人の問題には介入せず、個々人が自ら革命を担う責任に於いて、欲望も含めて自分の好きな他の領域や生活倫理に委ね統制する事はありません。

革命家の自覚を持って、恥じない範囲で自由に過ごそうということでしょう。教条主義ではないのです。プチブル的な自由主義であり、寛容とも言えるし、だらしない組織性で知られています。

ところが毛沢東派は、一般的にも当時は、特に「四人組」の時代でもあり、日常生活の在り方一つ一つの中で、利己主義が無いか、走資派の芽は無いかという批判活動と、その追及を受けた自己批判など、告発し追求するスタイルの文化大革命・思想革命を重視していました。こうした毛沢東派的な見方でみれば、ブントの指導部含めて、みな失格の烙印を押されそうです。

毛沢東派は個人利己主義、自由主義を厳しく批判し、改造を求める組織です。私の友人にも「革命家」として、労働者らしく誠実な人々が毛沢東派には多くいました。日常の物の見方、考え方が常に革命運動の中で問われています。革命運動に関われば、自覚し自主的に改めるものです。両者は問題の立て方が根本的に違います。その違いを理解した上で共同できれば、積極的な展開が生まれたでしょう。

「差し出がましいようですが、一体何が問題なんですか?」と赤軍派側の山崎さんの言った質問は、まさにブントの人だからでしょう。この「遠山問題」を通じて、森さんは立ち振舞いの形態を問う事によって、人間の変革と団結を作り出しているように見える革命左派を認め絶賛します。これが共産主義化、銃による殲滅戦を実現しうる個々の強化をつくり出す方法だと、積極的に活路を見出したのだと思います。

乗り移るように、森さんは「個の強化論」へ——強い自分が弱い他者を批判を通じて支援する——という方向に、組織形成を進めたのだと思います。これが組織問題を、個に解体する道となってしまうのです。「弱さ」はまた「強さ」であるはずです。「強さ」は逆にまた「弱さ」に転じます。その事を知らない森指導部から「弱い」と認定された、遠山さんや行方正明さん、進藤隆三郎さんらは、活動を中断させられて総括要求を求められ続けます。そして、彼らを排した赤軍派は、「銃による殲滅戦論」を確立して行きました。

一九七一年一二月、一方に「弱い者」に総括を求め続け、他方で赤軍派と革命左派指導部の間で、新党結成が進められて行きます。そして、一二月二九日、新倉(榛名)ベースに居た赤軍派の者たちに新党が結成されたと告げられました。連合赤軍党の結成です。

坂東さんと革命左派の寺岡恒一さんが新党結成の経緯について説明し、「両派は銃の地平で出合うべくして出合った」と述べ、革命左派のリーダー川島豪は、党を私物化したとして政治至上主義の右の解党解軍主義と分派規定の上排除する、赤軍派の八木健彦は、レーニン教条主義の左の解党解軍主義・民兵主義として分派規定の上排除する事を決定したと報告したそうです。

「新党の路線は、共産主義化を通じてかちとる。総括が進めば敵が見えて来るようになる」と森さんが述べたとして、新党に結集して全員で総括を勝ち取ろうと坂東さんが告げたそうです。この時点か、もっと前の時点で、私は赤軍派を除名されていたようです。私は全く知りませんでした。

こうして新党結成による「銃による殲滅戦を担いうる主体の共産主義化」と言う題目を元に、「遠山問題」で問うたような日常的な過去の個人的行動や欲望、ちょっとした過失を理由に批判しています。「共産主義化」の観念の奴隷になったような新党指導部によって、命がけで戦って来た仲間の尊厳も人間性も否定され、物理的解体、肉体的解体へと押し進められて行くのです。

人間には聖人君子は存在せず、批判の種は誰にでもあるはずです。批判を真剣に求め合うほど、皮肉にも相手ばかりか自らの人間性をも破壊して行きました。

七二年一月三日には全体会議を開き、新党中央委員会結成を行います。そこで、赤軍派からは森恒夫、山田孝、坂東國男、革命左派からは永田洋子、坂口弘、寺岡恒一、吉野雅邦の計七名が中央委員会に立候補し承認を受けています。

中央委員会は委員長が森恒夫、副委員長が永田洋子、書記長が坂口弘、その他中央委員は序列順に寺岡恒一、坂東國男、山田孝、吉野雅邦の四人であり、中央委員会のメンバーは計七人です。

そしてこの日、遠山さんら「弱い者たち」に対する暴力的総括要求が始まりました。以降、これまでのブント式の政治一致と毛沢東派的な日常の検証の在り方を、森さんは持ち前の懲罰主義を「共産主義化」と誤認し、暴力による非人間的な指令によって、結局一二人の仲間を殺害します。革命左派は、新党結成以前に二人を殺害しているので、一四人が殺された事になります。

森さんは、この「共産主義化」の中で、仲間を批判し、追求し、自身の弱さ臆病さと密かに戦っていたように私には思えます。山田さんは批判を持ちつつも、森さんの論理付けを凌駕する論理を作り得ませんでした。

最初の仲間の殺害を、「敗北死」として森さんが意味付与した時から、みな殺害の恐怖と罪悪感を森さんに帰依帰命する事で乗り越え、生き延びようとしたのでしょう。「敗北死」という意味付与を行った事はもはや、殺害を肯定する論理に転化しました。革命軍において、自供や離脱などがあると、権力との攻防では生死を問われる分、世界の革命組織も頭を悩ませてきた問題です。私たちもアラブで、自供問題や失敗を契機に自己批判点検を日常活動にとり入れたことがあります。そこでも常に個人に責任を帰すことなく組織的根拠を問い、組織の改善・党の革命に結びつけることをめざしたのは、連合赤軍の教訓があったからです。

連合赤軍は同志愛で一心同体に助け合うつもりで、反対の懲罰主義と人間性の否定のような激しい糾弾で、自ら疲弊し組織を個に解体して行きました。こうした社会と隔絶した山岳での「共産主義化」の戦いは、結局包囲されます。幾人かはその中を頑強に死力を尽くしました。そして最後の仲間が、七二年二月一九日から二月二八日まで軽井沢「あさま山荘」で苛烈な銃撃戦を戦い、最初で最後の銃撃戦を経て新党・連合赤軍は幕を閉じました。

新党・連合赤軍への道は、革命家は革命を語る以前に、ヒューマニスト・人間性を体現した者たちである事を決して忘れてはならない、という革命家の胸を抉る痛苦の教訓を遺しました。

ジャスミンの歩道で遠山さんを見た

七二年の正月を過ぎたある日の夕方の事です。ＰＦＬＰ事務所で友人たちと別れて乗合タクシー（ベイルートの乗り物の基本が、この「セルビス」という乗合タクシーです）で、コルニッシェ・マズラから海岸通りのマナーラで降り、自分のアパートに向かおうとしていました。

マナーラは「燈台」と言う意味のアラビア語で、地中海の海岸沿いに燈台があってそう名付けられています。マナーラから、丁度太陽が沈む地中海を背にして坂道を一〇〇メートル程登った所に、私の住んでいる大きなアパートがあります。

冬の寒さは、日本ほど厳しくはありませんが、それでも正月の頃は寒い時です。この日も、セルビスを降りてサンセットの橙色、紫色、金色に輝く太陽の煌めく空と残照の海の美しさにため息をついて見つめた後、坂道を登り始めました。

途中には、アパートや建物が並び、春にはその垣根から歩道に伸び咲くジャスミンが良い香りを放っています。冬には、そのジャスミンの枝は鉄条網のように絡まって歩道にも広がっています。私が歩きながら、ひょいと顔を上げると、そのジャスミンの鉄条網のような枝が絡まって歩道を遮る枝の向こうから、坂を下って遠山美枝子さんが歩いて来たのです。

私は太陽の夕間暮れの始まりを背にしていて、笑いながら手を振る遠山さんは、サンセットの残照を浴びて輝いていました。突然の遠山さんの登場に驚いてしまいました。

「来ちゃった！」と笑いながら、彼女は言いました。いつものように黒のコーデュロイのズボンに、ジーンズ地の空色のハーフコート、左肩に大きめのカバンを担いでいます。

私は走り寄って「どうしたの?!　どうしてここが判ったの?!」と語りかけました。

なぜなら彼女が、誰にも訊かずに私のアパートに辿り着いたことは、とても信じられない驚きだったからです。お互いに抱き合った筈なのですが、「どうしたの?!　マリアン！」（私は当時ベイルートでアラブ名・マリアンと呼ばれていました）と言われてハッとして遠山さんを見ると、それは遠山さんとは似ても似つかない、私の知り合いの女友達だったのです。茫然としてしまいました。

友人は「マリアン、大丈夫？　何かあったの？」と言われても、あれ？　遠山さんは？　遠山さんに何かあったのでは……と思ってしまいました。

前年に、赤軍派に対して決別宣言を送っていたので、遠山さんと話したいと思ったせいで、錯覚したのかも知れません。のちに同じ頃に、遠山さんが命を閉じた事を知りました。

七二年のアラブの私たちは、ＰＦＬＰのボランティアとして赤軍派に制約されず、日本人民の国際部だという自覚で戦おうと、アラブサイドで自由に判断して活動を進める事にしていました。京都から呼んだバーシムの仲間たちも、軍事訓練の区切りで丁度ベイルートに戻り、一緒に私たちは新年会をやったりしていました。

バーシムら四人の仲間たちは、冬の間も「息抜き」と称して軍事訓練を兼ねて、歩いてすぐそこの、地中海の海辺でよく泳いでいました。その仲間の一人の京都大学生の山田修さんが、寒中水泳中に一月二四日、心臓麻痺で亡くなるという悲しい事件がありました。

山田さんは、安田安之さん、桧森孝雄さんの三人で前年九月末に日本を出発し、イスラエルのテルアビブ空港に入国して、ＰＦＬＰの要請に沿って調査を行いました。一〇月ベイルートに到着した三人は、バーシムのイニシアチブの下で、軍事訓練や作戦に関する話し合いを行っている最中の不慮の事故だったのです。その結果、作戦についてＰＦＬＰと日本人義勇兵たちは、イスラエルに嗅ぎつけられない内に、作戦を前倒しして行う事が話し合われました。

諜報活動の厳しいイスラエルです。すでに、日本人の赤軍派がベイルートに入っているニュースは得ており、また、イスラエルに入国した日本人たちの一人が、ベイルートの冬の海で事故死したのです。イスラエル側が、作戦を警戒し始めるのは時間の問題です。山田さんの死の衝撃もあって、バーシムらは作戦志願を決断してPFLPの一翼を担うと決めていました。

その準備の最中に、国内で初めて銃撃戦が始まったニュースが届いたのです。バーシムも私たちも、当初は武装闘争を戦ったという事で喜んでいました。でもニュースを聞いて「軽井沢」と言う地名に困惑しました。私たちの知る赤軍派の前段階蜂起は霞が関、首相官邸占拠だったからです。

それでも何か新しい戦いが始まった事に、私たちは楽観していました。しかし、日本中を注目させた銃撃戦は、包囲制圧されて終わりました。こちらは赤軍派が山岳地帯を拠点としていた事も知らなかったのです。

二月一九日から二八日までの銃撃戦を経て、三月七日からそれ以上の日本中を震撼させる事になる「粛清事件」の発覚が始まりました。

この頃は、国内から岡本公三さんがベイルートに到着する頃と重なります。この「仲間の死体発見」の衝撃的なニュースの第一報は、すぐにベイルートの私たちに唐突な形で届きました。

私はいつものように、PFLPの情報センターであり、週刊誌『アルハダフ』（「標的」の意味）の事務所に居たのですが、編集長のガッサン・カナファーニから「日本から国際電話が入っているので受話器を取ってくれ」と言われました。

受話器に耳をあてると「フジテレビの番組『3時のあなた』の山口淑子と申します。御存知でしょうか。赤軍派が仲間を殺しました。山田孝さんと言う方ですが、お知り合いでしょうか。あなたの御意見を聞かせて下さい」と畳みかけるような情報と質問が押し寄せました。

「私は承知しておりません。仲間が味方を殺す事は考えられません」と答えるのが精一杯でした。受話器を置くと、目眩がして立っていられませんでした。

「何かとんでもない事が起こってしまった」と。山田さんが殺された？　森さんのせいで何か悪いことが起こったに違いない。すぐに、ガッサン編集長に、バーシム奥平への緊急連絡を要請し、その日の内に私のアパートに来たバーシムに、山田孝さんが殺された事を泣きながら伝えました。バーシムは「スパイと間違って殺されたかも知れないじゃないか」と激しく泣く私を慰めていました。

私は山田さんと近しく、一緒に書記局で仕事をしたので、良く知っている。そんな事はありえない。ただ森さんのせいで、きっと何かが起こった。そう確信している事を伝えました。このマスコミからの第一報のあと、殺されたのは一人ではなく、一〇数人に及ぶらしいこと、親友の遠山さんも殺された事を知りました。

今度は、私はもう泣きませんでした。やはり、危惧した通りだと思うと泣けませんでした。憤りで身体が震えました。

森指導部に疑問も不信も露わにして、手紙を送って来ていた親しい遠山さんや仲間たちの姿が、頭の中は氷のようなのに、胸、身体中、私を熱くします。

遠山さんとは、現状の赤軍派を嘆き、森指導部に代わる党の革命は必ず来るからと、励まし合っていました。その彼女が殺された……。私と森さんの対立が、遠山さんの死を招いたのか……。

解決出来ない悩みに襲われました。殺されたのは、一人ではなかった事、この事実を告げるとバーシムは驚愕に目を見開き、今度は彼が泣き崩れました。

バーシムは、傍らに在った本を取り上げると号泣を押し止めるように、滂沱《ぼうだ》の涙を拭いもせず、以下の同じ個所を何度も何度も繰り返し読み続けました。

「隊伍を整えなさい。隊伍とは仲間であります。仲間でない隊伍がうまくいくはずがないではありませんか！　我々は、隊伍を整えた、全軍は九一人と七二丁の銃を残すのみとなった。多くの者が失われたが、残った者は、どのような困難と欠乏にも耐えうる革命の志に結ばれた一心同体の仲間のみであった」

これは、ちょうど友人が送ってくれた『映画批評』という雑誌に載っていた竹中労さんの「毛沢東青春残侠伝」の中の、中国革命の長征の苦しい時期の一節です。この一節をバーシムは、繰り返し、繰り返し暗くなるまで、ふるえる声で何度も読み、心を鎮めようとしていました。何よりもまず、命を分かち合うのは仲間、同志ではないか。

同志を殺す隊伍には、革命は担えないし、人民を解放する資格もない。同志愛で、結ばれていなければ、困難で命賭けの戦いは長続きしない。それはパレスチナで学び、日本の母体を失い、一握りの数える程の仲間から再出発した私たちの生々しい実感でした。私とバーシムは、起こった事情も判らないけれど、同志愛と革命が不可分である事を国内へ伝えようと語り合いました。

そして三月一四日付で「赤軍派の同志諸君ならびに連合赤軍の同志諸君、そして友人たちへ」と、救援を担う仲間に所感を送りました。前述の「隊伍を整えなさい」の文を引用して、同志愛による隊伍の再建を以下のように訴えました。

「敵との直接的な緊張関係を通してではなく、味方内部を規律によって共産主義化しうるという幻想は、悪しき独裁を助けるだけだ。我々は、こんな革命はいらない。仲間を殺した連合赤軍の同志たち、未だ同志と呼ぼうとする私の気持ちが判りますか。仲間を殺す権利など誰も持ち合わせていない。あなたたちの革命の私物化を、戦う同志たちは、決して許しはしないだろう。たとえあなた達が数人、数十人の敵を殺

したとしても、仲間を殺した罪は償えないだろう。(中略)

あらゆる友人達に自己批判を通じて、分かち合う地平を確信するために、どんなに苦痛であろうとも始めようではありませんか」と、自己批判による再生を共にする事を呼びかけ「連合赤軍事件が、現在の新左翼運動の純化した形態を引きずっていたことも事実です。先行した現実を同様に戦う友人達も自らの検証の地平として認めようではありませんか。あらゆる党派、あらゆる戦いの担い手が、自らのものとして、再点検しない限り、大なり小なりこうした終焉に向かうにちがいないのです」と、連合赤軍の全面否定を通した再生を求めました。

「武装闘争支持・粛清反対」という御都合主義や、敵の前であること、真相が不明であること等を口実とする連合赤軍防衛論などは、革命を本当の意味で防衛することにはならないこと。連合赤軍の全面否定は、別に武装闘争の清算を意味しないし、逆に真の革命隊伍を築くために不可欠であると訴えました。

そして三月二五日付で、週刊誌に「さらば連合赤軍の同志諸君」と題して「まず、赤軍派の兵士の一人として、日本の友人たちに心から謝罪したいと思います」と述べて、殺害した者と被殺害の同志たちの革命に対する責任をも引き受けて進む事を表明しました。

連合赤軍事件は、英字紙・アラブ紙にも載りました。私はガッサン・カナファーニに申し出て、編集部のスタッフに連合赤軍事件を報告しました。カナファーニ編集長や仲間たちは、驚きと共に私が前年に赤軍派と組織的関係を絶った事を知っていたので、私たちの選択を支援すると励ましてくれました。そして、「まったく理解出来ない事態だ」と述べていました。

本当のところ、私も同じ思いでした。アルハダフのスタッフたちは、連合赤軍の人たちが、なぜ人民のところに還らないで山に入ったのか? 人民から学ぶ事が出来なくなると語り、とくに七一年にパレスチナの宣伝のために、上映運動から招かれて訪日したPFLPの仲間は、新聞の写真を見て森さんと会ったと語っていました。そして彼は、赤軍派が「インターナショナル」と多く口にしたが、この事態はナショナルな観念に捉われている日本的な在り方だと言いつつ、驚きと悲しみを示しました。それは、私も同意しました。

日本の社会の縮図のように、縦社会の指示に自主的、主体的に意志を表明するのを躊躇し、全体に巻かれて行く無責任な戦前からある構造だと、説明しました。革命家にも、その習慣と価値観が知らず身に滲みているのです。

またガッサン・カナファーニは、「何故、日本で武装闘争を急ぐ必要があるのか？　多様な戦いや発言の合法的条件がある日本で武装闘争は人民の望むことなのか?」とも語っていました。

多様な戦いの一つとして、味方の最左派として赤軍派が、武装闘争を担ってきたが、敵への準備なき攻撃で弾圧が人民の戦いと連携出来ずにいたこと、今後、武装闘争も革命運動も厳しい条件に到るだろうと伝えました。

こんな革命を誰も望まないからです。敵は、組織戦・思想戦を仕掛けている。敵との戦いによってしか、隊伍は訓練されないし、団結も育たないと、みな口々に深刻に語りながら、助けが必要なら何でも言ってくれと、励ましてくれました。

ありがたいことに、ベイルートの日本人会の人々も、さまざまに暖かく励ましてくれました。ベイルートやアラブ駐在の特派員や、欧州を見聞してベイルートに住み着き、現地採用されていた同年代の友人たち、大使館の人々も、私に連合赤軍の情報を集めては知らせてくれました。みな同胞意識の強い良心的な人々だったので、助けられました。

「連合赤軍」の最後とアラブの私たち

その後、連合赤軍指導者の森恒夫さんは、七三年一月一日東京拘置所で自殺しました。「もしぼくが絶望感の大きさに敗北したら、この手紙を公表して下さるか、この内容を御遺族、他の被害同志、同盟、革左に明らかにして下さい」として、遺書に彼の総括を遺しました。

森さんが指導した時期は、七〇年一二月末から七二年二月の逮捕に至る一年二ヶ月にすぎません。しかしその時期は、赤軍派内部からも批判が多かったM作戦（エロイカ作戦）であり、革命左派・京浜安保共闘との共同であり、連合赤軍の粛清・同志殺害に至る過程でした。森さんは現実を直視出来たところで、自らの過ちに驚愕し、自己批判として自殺しました。それを私は諒としませんが、彼は真摯に総括しようとして来たのだと思います。

遺書の中で「唯銃主義、唯軍主義、極左路線をボクは次のようにつくってきました」と述べています。「M作戦の敗北を武器奪取し殲滅戦による軍の自立的な闘争の連続性で突破しようとしてきた」ことを検証し、「党の指導性、軍の攻撃性、計画性を『銃』に物神化した」「そのことによって軍と戦線、戦闘グループを対立させて、すべてを軍へ、唯軍主義を深めていった」と述べて「戦略や綱領と乖離し、それらの政治性を軽視した」と述べています。

「遠山批判が一面で、『軍の資格のない』』、半合法部分への批判であり、また一面『女性』問題であったのを、ボクは後者に統合論理化して『共産主義化』『山岳ベース』を讃美していったこと。つまり前者から意識的な『半合法』批判を発展させ、遠山さんにその（不可能な）総括を要求し、同時にそれを旧い赤軍派批判として拡大し、それと『女性問題』をくっつけて論理化して、党建設の内実『共産主義化』―『山岳ベース』賛美になっていったのです」と、自らの粛清に到る思考を述べています。「七・六事件」の肯定から銃による建党へと固めていったとも遺書は伝えています。

そして「反対するものは、党の独裁化、ボクとその独裁性に疑問を持ったり、反発、反対したりした全ての同志に『総括』を求め、過去の闘争の清算、恣意的な歪曲等、ボクと評価のちがう同志に対しても同様に批判を行っていくことによって『粛清』を現実化していったのです」と遺書を締めくくっています。

粛清の誤りに気付き、それがどのように生み出されたのかを検証する中で、革命の名に於いて犯した罪を自殺によって清算しました。ようやく事実を直視し、総括はそこからだったのに——。

彼個人について言えば、ブントの中でめずらしく毛沢東路線に親和的であり、そこに理論的にも塩見路線をつなげ、革命左派という真剣な武装をめざす組織との共闘に活路を求めたのでしょう。赤軍派の路線や獄中のかつてのリーダーたちの様々な自己主張に対して、批判を受け止め整合させつつ、戦いの継続性を模索していました。みなが逮捕されたり指導放棄して行く中で、引き返す事も離脱することも出来ず、武装闘争路線にしがみついていたのです。森さんの真面目さがそうさせたのでしょう。

森さんは「七・六事件」で逃げた事を、自分の「弱さ」と捉える分、繰り返すまいと決意し、能力を超えた指導に虚勢をはり、過った道へとつき進んでいったのでしょうか。時代の中で個別の戦いが、運動的に突破出来なくなればなる程、武器の高度化ではなく仲間の団結力が力の源泉となることを、中国革命の苦しい時代から学べなかったのでしょうか。「隊伍を整えなさい。隊伍とは仲間の事であります……」と。

連合赤軍当事者であった青砥幹夫さんは、後に吐露しています。

「誰か一人強い声を出せば、連赤の状況もひっくり返った可能性はあったんだ。だが誰もそれが出来なった。そこに連赤の根本的な問題があったと、僕は自分の問題として総括している」(『破天荒な人たち』荒

岱介・彩流社二〇〇五年）

主体性、自己の主張を考えるより、上の要求に自ら進んで従う日本の縦社会の官僚組織、会社組織を含む日本の忖度社会の縮図をそこに見ます。連合赤軍事件は、個々が一知半解で自信が無い分、指導部の過ちに反論する論理にも、また勇気にも欠け、保身もあったからでしょう。

しかし、「党」や「革命」の「大義」の名がなければ、決して過ちを犯すはずの無い真面目な人々の起こした罪でした。「革命家」でありたいと願い、革命を求め、「武装闘争」から退く事は日和見で「転向」だという観念が支配していたと思います。何がなんでも武装闘争をやり抜くのだ、という使命感を疑わぬまま最後まで進んでしまいました。

「革命なんて便利なもんだな。〝殺し〟や〝たたき〟が革命の名で正当化されるなんて。内ゲバやM作戦、連合赤軍事件をそう思っていた」と、ダッカ闘争（一九七七年九月〜一〇月）で、獄中から釈放された泉水博さんが言った事があります。そこには、私たち左翼の敗北の真理が覗いています。

人民、市民がそんな戦いを支持するのか？　という問いです。革命の大義のためにと、手段を自分たちの都合に短絡させるやり方は、私たち自身も犯した過ちです。海外での武装闘争の「人質作戦」などです。

とくに武装闘争を実行する地下組織では、革命が困難になればなる程、指導者の人間性が大きな影響を与えます。仲間の命をいつも自分の命のように大切に意志一致して、一丸となる指導者の居る組織は、大変強いものだと、いくつかの友人組織を見て、連合赤軍と真逆なのが強く心に残りました。

連合赤軍事件を直視し、在アラブの私たち、特にバーシム奥平は新しい条件の中で、これまでPFLPと進めて来た武装闘争について検討し、これまで以上に革命家としての死生観―生き方、死に方を戦いの中で伝えるという決意を強くしました。

そして、これまでPFLPのボランティア戦士（義勇兵）として参加してきたように、PFLP指揮下の個々人として初めての作戦を戦う事を決めました。

すでに七一年秋には、赤軍派森指導部と決別したままです。母体そのものが、連合赤軍事件によって解体してしまったのです。それに「在アラブの日本人たち」は、在欧、在アラブの日本人たちで、赤軍派メンバーは私と奥平さん以外これまでも居ませんでした。

そこで、在アラブの仲間たちは、新しい組織をいつか作って行こう。今はPFLP指揮下のボランティアとして、個人の責任で闘いぬこう。そして日本の階級闘争を担う他のグループとも共同し、それを指定して、私たちは日本の闘う人々の国際部としての役割を自分らに科して戦いはじめました。

こうした考えから初めてのPFLPの作戦には、組織もないし「赤軍」などの組織名を名乗らず闘うことにしました。PFLPの七〇年の作戦中に殉教した、国際主義者・米国生まれのニカラグア人のパトリック・アルグレロの名を冠したPFLPの作戦であり「パトリック・アルグレロ隊」として戦う事を決めました。

この七二年五月三〇日のPFLPのリッダ空港襲撃作戦（リッダ闘争）で、奥平さん、安田さんは戦死し、岡本公三さんはイスラエルの捕虜になりました。岡本さんが「我々は赤軍である」と名乗ったことから、「赤軍」として声明を発しました。当初は、PFLPの義勇兵の身分でのみ戦う計画でした。その時代の戦い、七二年五月三〇日のイスラエルのリッダ空港襲撃作戦（リッダ闘争）は『革命の季節』『戦士たちの記録』（幻冬舎刊）で記しています。

新たな変革の道を求めて

赤軍派、連合赤軍は過ちと敗北を経て消滅していきました。

ブント、赤軍派から連合赤軍へと至る根本的過ちは日本で武装闘争を何が何でもやる、と固執し続けたことにあったと思っています。そこからいろいろな問題が派生していきました。

革命の根本に立ち返ることが出来ず、赤軍派も連合赤軍も最後まで日本に於ける武装闘争路線を取り下げることが出来ませんでした。武装闘争が結集軸に転化していたからです。武装闘争をやり抜くための主体形成を求めるという論理の転倒したまま崩壊に至りました。

私も六九年から日本の中で武装闘争に幻想を持ち、武装闘争に万能の解決を求め、武装闘争を半ば自己目的化した路線を引き継いでパレスチナ解放闘争に関わりました。

ところがパレスチナを知れば知るほど、パレスチナの武装闘争が当時解放の要でありその必然性に比べて、日本で武装闘争を堅持する事の意味を問い返さざるを得ませんでした。パレスチナ解放の日々に触れてみて武装闘争に対する考えが変わり始めたのです。祖国を追われ、民族浄化にさらされて生きてきたパレスチナの人々の生存の闘争として全人民がこぞって支援する中で武装闘争が生み出されていました。武装闘争が目的ではありません。パレスチナでは祖国解放闘争として全人民の支持を得て戦っている姿は感動的で心動かされることばかりです。

イスラエルの占領によって土地や家を奪われ、シオニストによって虐殺、追放され、母親がレイプされたという話を聞きながら、この人々は祖国解放を人間の尊厳の回復として戦っているのだと実感したのです。人間としての生きる権利を求め続けているのです。だから根源的であり不退転なのです。祖国解放のために人民、全家族が当たり前のように武装闘争を支援して戦っている姿、「武装」が頭の中の抽象ではなく、小難しい話ではなく、日々の生活と直結しています。

私が日本で初めに革命を目指したのは、世の中を良くしたい、人々を幸せに出来る、と確信したからです。でも、いつの間にかそこを置き去りにしていたのではないか？　と日本の戦いを振り返ったのです。私たちの日本での「武装闘争」を振り返ると、一心に使命感に燃えて闘ってきたけれど、人々の生活や希望と無関係に自分たちの観念的な思いだけで行動してきたという姿に気づきはじめました。自分たちは日本で地を這うような人々の戦いに目を向けず世界革命のためとして突出して武装闘争を戦うことに使命感と価値を置いてきたことに思い至ります。なぜもっと多様な国際国内的な非武装の直接行動を取らなかったのか？　と。

パレスチナ解放勢力は民兵が主です。民兵と共に訓練をしていると、統制も規律もいい加減という、第一印象を持ちました。しかし彼らは、必要な時には一致して行動する能力を備えています。生活過程の中でスタンバイ＝準備をして待っているわけです。こうした彼らの闘い方を見て、「革命とは待つこと、次に勝つように如何に日常を過ごすかだな」と思いました。武装闘争では無く、もっと根本の革命を考えるようになりました。

日本で武装闘争を考え、連合赤軍や革命の軍隊を創った人々は日本の天皇制軍隊を知らず知らずのうちに内在させていたのかもしれないと思いました。どの国でも、新しい世界を創ろうとしたわけですが、避けがたく育ってきた経験に基づいた母斑を背負っています。

私たちの武装闘争で、日本の革命をどう描けたのか？　日本は良くなると断言できるのか？

世界革命だから日本の革命後の世界を描かないというのはおかしくないか？

一緒に訓練した世界の仲間たちが自国に戻って戦い勝利していくのも見ました。一年も経たない前に一緒にアラブで訓練しどっちが逆立ちを長く出来るかとか、射撃が上手いかとか共に鍛え合いながら暮らした仲間が大臣になることもあれば、人民の中で英雄的に戦って殉教する事もありました。日常の中に勝つまで負ける革命の勝利が目に見えています。

「戦い方によっては勝てる」ことを学びました。私たちも革命に勝ちたい！

武装闘争よりも創造性ある革命戦略と方法を考え始めました。どうしたら勝利できるのか？ と考えるようになりました。どんな姿が勝利なのか？ 根本的変革でなくても今よりましならそれも人々にとって幸せではないのか？

こんな風に私たちが戦いを問い返すことが出来たのは、現前に過酷な敵が牙をむいてパレスチナ人を日々殺し続けているという現実があり、生存の闘争を強いられたパレスチナの仲間や世界各地の仲間と共に戦っていたからです。

私たちはまた、「外国人ボランティア」ではあったけれどもパレスチナ人戦士としてより有効に戦いを引き受けようとしてきました。その最初の戦いが一九七二年のＰＦＬＰの作戦、リッダ空港攻撃作戦（リッダ闘争）への参加でした。これはアラブの歴史に根差した反植民地闘争の戦争下における一つの戦闘として戦われたものです。

当時このＰＦＬＰの作戦はパレスチナばかりか、アラブ世界、イスラーム世界が熱烈に支持賞賛しました。しかし、日本ではアラブ側の報道はあまり報道されたとは聞いていません。この闘争についてはイスラエル側の情報が一方的に流布されてきました。イスラエルが主張するように日本人義勇兵だけが民間人を虐殺したと言う事はあり得ず交戦下の出来事です。勿論イスラエル兵も民間人を殺傷しました。またイスラエル側死者の中にアハロン・カツーイルと言う生物科学兵器を開発してイスラエルの建国前からパレスチナのアラブ人に対して実験し、それを使い殺し続けてきた人物もいました。まさに彼はパレスチナ側が狙っていたターゲットだったのです。彼はリッダ闘争で死んでいなければイスラエル建国の立役者の一人として大統領に予定されていた人物だったようです。彼の死によってその栄誉の大統領職は、弟である、エフライム・カツイールに引き継がれました。

これはパレスチナの戦いに日本人義勇兵が参加したものです。戦争を肯定しないけれど戦いがある以上犠牲が生じます。殺しあう事が目的ではありませんが歴史的な戦争下にある戦場での、ひとつの軍事行動がリッダ空港攻撃です。忘れ去られようとしていた何百万人のパレスチナの人びとは抵抗の闘争によって再生していった激しい時代です。

これまで何度も私は「リッダ闘争はPFLPの作戦です」と繰り返して来ました。日本赤軍の作戦ではありません。当時まだ私たちは組織は無くPFLPの義勇兵で自由な個人として参加したものです。赤軍派と決別し、一人一人が「階級の一員」として出会いなおしてPFLPの指揮下で戦っていました。当然政治情宣部門のボランティアの一人であった私がリッダ闘争に関わった事実はありません。マスコミの一部は意図的にか、リッダ闘争に私が関与した様な誤った情報を流布してきました。数万人を超えるメンバーを持つ当時のPFLF組織の作戦にアラブに来て一年たったばかりの二〇代の言葉も不自由なPFLPのボランティアの私がリッダ闘争の計画に関わりたくても関われるものではありません。私がPFLPの指揮下のボランティアを脱して、日本赤軍を結成するのもその後の一九七四年です。

わたしはパレスチナの解放闘争の戦闘としてPFLPのリッダ空港作戦を支持してきました。その戦闘に身を投げうってパレスチナの大義と国際主義に殉じた兄弟たちを心から尊敬し愛おしく感じています。

当時の戦いの意義もその思いも変わりません。だから戦いの歪曲に反論し続けてきました。

しかし戦闘と交戦によって日本人義勇兵ばかりかイスラエル兵にも殺されたであろう無辜の人々の犠牲を悼む思いは決して失ってはいません。当初からＰＦＬＰとともに哀悼の思いを表明して来ました。

日本赤軍はＰＦＬＰのボランティアを経て、七四年十一月から十二月に結成されました。しかしパレスチナ解放闘争の中で戦いつつ、私たちはいくつもの過ちがありました。七〇年代はゲリラ戦が世界各地で戦われた時代です。私たちはパレスチナの解放闘争の大義にことよせて、自分たちのための当面の闘い――獄中の仲間の釈放などを、民間人を巻き添えにする過った戦術を使って戦ってきました。当時の自分たちの力のなさを、時代の政治情勢を利用して闘わざるをえなかった姿です。

そして、日本における武装闘争がパレスチナ解放闘争と違って、どんなに否定的に社会革命に作用したかも捉え返して行きました。日本の自分たちの戦いを振り返った時、日共も新左翼も、コミンテルン以来の党の唯一性に拘泥し、無謬の党を主張し続けてきたことが、はたして正しかったのか？　それが他党派との競争や内ゲバを生んできたのではないか、と捉えなおしたのです。

唯一の党である必要も無く、無謬の党観を捨てよう、間違わない党ではなく誰でもありうる過ちを常に正す党を目指そうと考えました。これは後に「党の革命なしに世界の革命はない」と「無謬の党」に代えて「自己変革できる党」を目指すことになります。

その後も路線をとらえ返しながら八〇年代を戦いました。存在に規定されて常に国際主義、国際連帯を第一義的な活動としながら日本の革命を論じ合いました。

私たちの望む社会は人間がカネの価値から解放された社会、搾取や差別の無い人々の自由な共同体です。その為には人々が主体となれる「人民権力」を育てる必要があり、「主権在民」の徹底を求めるところに人民権力へ向かう糸口があるのではないか。そして社会革命のその目的を実現するプロセス・キーワードとして、使い古された「民主主義」という言葉をもう一度自分たちの概念として使うことにしました。「人民本位の民主主義」です。他の適切な言葉が見当たらなかったからです。人民主権を目指す民主主義の徹底化を社会主義へ。「民主主義」という概念は、それぞれの考え方によって違います。米国を中心とするブルジョア民主主義は、ネオリベラルと呼ばれるグローバル市場化の利潤追求を背骨としています。それは、平等を求める人民革命、私たちの人民本位の民主主義と対極にあります。「民主主義の徹底」路線は七〇年代総括を経た、八〇年代以降を進む私たち自身の考えでした。

そしてまた、武装闘争も再規定しました。武装闘争は、パレスチナのような暴力支配の過酷な被抑圧環境においては、解放闘争として正当性と正義性を持ち、民衆が支持参加して戦いを前進させますが、当時の日本において武装闘争は不必要であり正しい選択ではなかったと。そしてまた私たちの武装闘争に於いては民間人を巻き添えにするような戦いは決してしないと、確認しました。

フィリピン、ラテンアメリカなどの経験を聞いても、武装闘争は社会革命の中に位置づけられ必然性と知恵に満ちています。また人々と共に非暴力直接行動のような地域に根差した陣地戦ゲリラ戦の多様な楽しい闘い方を実践しています。

そうした世界と違って米欧など先進国で当時存在した武装闘争路線は革命を持続的に発展させえないと転換が問われました。七〇年代後半から八〇年代に、多くのそうした人々はＮＧＯや政治グループとして非暴力直接行動に転じて戦い続けました。ドイツ「緑の党」に加わった人の中にも当時武装闘争から戦いを転じた人々もいます。新しい戦い方はそうした試行錯誤の中で生まれた側面があります。私たちも新しい変革を目指そうとしました。

ソ連東欧崩壊を経て時代が変わり、闘い方もまた変化を求められました。特に九〇年代以降は、パレスチナの闘いを支えることは、自国を基礎に、合法的に公明正大な連携によって戦うことが最も有効で必要な闘いとなっています。私たち自身が変わることを問われました。

私たちは歴史的使命を終えたとして、九〇年に入ると日本赤軍をひそかに改組し、新たな道を歩み始めました。

九〇年代は新しい展開をと、夢がありました。でも自分自身がそうであるように、過去の闘い方を反省しつつも、ちょっと小さな成果があると、いつの間にか慢心し、言っていることとやっていることの乖離した姿に無自覚になります。民間人を盾にしないと言いながら私が旅券盗用をしたように、言ってきたことをやっていない自分を発見します。情勢の変化に対応しきれず、無理な闘い方は、私自身を含む逮捕に至ってしまいました。日本赤軍の責任ある地位にあったものとして私自身の戦い方、逮捕に至るあり方、いろいろな方に被害や迷惑をかけたことを謝罪します。

二〇〇〇年十一月の私の逮捕を経て、二〇〇一年五月三〇日、既に役割を終えた日本赤軍は正式に解散を表明しました。

裁判に於いて検察は、「ハーグ事件共謀共同正犯」というシナリオの論告を書き上げて無期懲役を求刑しました。私は「ハーグ事件はＰＦＬＰの作戦であり関与していない」と無罪を主張して争いました。証拠も無くリーダーだから共謀したはずというばかりです。「重信を一生獄から出すなと上から言われた」「重信が無罪などなったら、しめしがつかない。」と若い検事自身が言ったような政治裁判でした。

私がハーグ事件には関与していないことは、ＰＦＬＰのライラ・ハリドさんが私の法廷で証言しました。さらにハーグ事件を指揮したフランス収監中のカルロスさんが事件経緯を語りＰＦＬＰの作戦であり私の関与の余地がないことを証言しました。また、同じ事件で裁判を行っていた和光さん、西川さんの二つの法廷の裁判長が私の共謀は無罪と判決を下したことにも私の無実が示されました。

しかし、私の公判の判決真近になって交代した裁判長は、懲役二十年の重刑を科しました。以来最高裁まで争いつつ懲役二十年の刑が確定し、受刑生活に変わりました。公判中に発見された最初の癌の手術をへて、私は医療刑務所で受刑生活を送り、四回の開腹手術や内視鏡手術で合計九つの癌を摘出しつつ生き延びました。

二〇二二年五月二八日に二二年近くぶりに出獄し、家族、友人たちのもとに帰ることが出来ました。長い公判と獄中生活を支えて下さった弁護士、友人、そして娘や家族たちには感謝の気持ちで一杯です。又私の何度もの癌の罹患に最善を尽くしてくださった医師、スタッフの方々に感謝しています。

そしてまた、私自身は満期を経て出所しましたが、今も獄中にある友人たちの厳しい条件や、海外にある友人、同志たちの厳しい状況を決して忘れません。

今、半世紀以上前の、はたちの時代の私や仲間たちの戦いをふりかえっています。

助け合いがいつもあり、何でもしゃべり合える仲間が居て、戦えば世の中を変えられる、そう信じた世界と日本がありました。エネルギーにあふれた大学キャンパスと異議申し立ての自由があった日本。

でもあのはたちの時代、反戦・平和を求める戦いの高揚期に、溢れる使命感をもって戦いながら、「べき論」と「現実」を切り結べず、私たちの戦いが、社会変革を求める人々の幸せに繋がらなかったことを認め、反省と共に振り返っています。

この一書を綴りながら振り返ると、はたちの私が描いた夢とは違う結末を迎えているけれど、戦ってよかった、としみじみ思っています。

良い家族にめぐまれ、良い友人に恵まれ、思い通りに生き、決断して来たわが道でした。はたちの私に、今のわたしは言ってあげたい。そのまま進めばいい、過っても失敗しても学べるから。愚者は経験から、賢者は歴史から学ぶと言われるけれど、私は経験の大切さこそ訴えたい。経験があって初めて歴史から学べ、世界、日本が見えるようになると思うからです。海外で国際交流するのもいいし、国内で知らない人々と交流する事でもいい。はたちの時代には自身の生活圏を出て、新しい出会いをどんどん作っていってほしいと、はたちの私と友達に、そう伝えたいと思います。

重信房子

あとがき

ここに書かれた記録は、ごく日常的な私自身の身の回りで起こったことを率直に書き記したものです。その分、他の人が書けば全く違った関心角度から違った記録がこの時代のエピソードとして描かれることでしょう。

私は獄に在って、何度か癌の手術を繰り返していました。生きて出られないことがあっても、支えてくれる旧友や、見ず知らずの方々にお礼を込めて、私の生き方、どんなふうに生きてきたのかを記録しておきたいと思ったのが、この記録の始まりです。私がどのように育ち、学生運動に関わり、パレスチナ解放闘争に参加しどう生きて来たのか、マスメディアでステレオタイプに作り上げられた私ではなく、生身の私の思いや実情を説明しておきたくて当時を振り返りつつ記して来ました。

獄中と言うのは、集中して文章を書くのに良いところで、ペンをとって自分と向き合うと過去を素直に見つめることが出来ます。楽しかった活動や誇りたいと思う良かった事も、間違いや恥ずかしい事や苦しかったことも、等しく価値ある人生であり私の財産だと教えられた気がします。

当初この文章の一部は関西の私を支える会の救援冊子『さわさわ』に載せ、その後「六〇年代と私」と題して明大の旧友たちがアップしているブログ「野次馬雑記」に載せていました。それが友人編集者の目にとまって本にするように誘われました。

二二年の獄中生活を終えて出所し、出版のためにこの文章を読み直してみると、消したいエピソードも多々ありました。でも人物像を浮かび上がらせ、当時の事実関係をつまびらかに出来るところは、記述して残すべきだという編集者の助言もあって、政治的な部分を減らし、消したいと思うエピソードもほとんどそのまま残しました。

私は、どんなふうに戦い、どんな思いをもって力を尽くし、そして敗れたのか、当時の何万という「世の中を良くしたい」と願った変革者の一人として、当時の何万と居た友人たちへの報告として読んでもらえたら嬉しいです。また当時を若い人にも知ってほしいし、この書がきっかけになって身近に実は居る祖父や祖母たちから「石のひとつやふたつ投げたんだよ」と語ってもらい、当時を聴きながら社会を知り変えるきっかけになれば、そんな嬉しいことはありません。

いまの日本は明らかに新しい戦争の道を進んでいます。いつの間にか日本は、核と戦争の最前線を担わされています。そんな日本を変えていきたいと思っています。決して戦争をしない、させない日本の未来をなお訴え続けねばと思っています。なぜなら日本政府が不戦と非戦の国是を貫くならば日本の憲法には戦争を押しとどめる力があるからです。

はたちの時代の初心を忘れず日本を良い国にしたい。老若男女がこぞって反戦を訴え支える日本政府を実現したいと思います。

この本『はたちの時代』の出版を勧めてくださり、そのために文章をチェックし、編集して下さった『情況』編集部の横山茂彦さん、明大土曜会の山中健史さんに感謝申し上げます。そしてまた、編集と出版の為に労を取ってくださった太田出版担当者の村上清さん、脇みゆうさんにお礼申し上げます。

二〇二三年二月二八日、五二年前二五歳で日本を発った日に

重信房子（しげのぶ ふさこ）

1945年9月東京・世田谷生まれ。65年明治大学Ⅱ部文学部入学、卒業後政経学部に学士入学。社会主義学生同盟に加盟し、共産同赤軍派の結成に参加。中央委員、国際部として活動し、71年2月に日本を出国。日本赤軍を結成してパレスチナ解放闘争に参加。2000年11月に逮捕、懲役20年の判決を受け、2022年に出所。近著に『戦士たちの記録』（幻冬舎）、『歌集　暁の星』（皓星社）など。

企画・編集　横山茂彦
編集協力　山中健史／岩田吾郎／オリーブの樹編集室／さわさわ編集部

装　幀　相馬章宏（コンコルド・グラフィックス）
本文組版　木村祐一（ゼロメガ）
編集担当　村上清

はたちの時代
——60年代と私

二〇二三年六月三〇日　第一版第一刷発行

著　者　重信房子
発行人　森山裕之
発行所　株式会社太田出版
〒一六〇-八五七一
東京都新宿区愛住町22第3山田ビル4F
電話　〇三-三三五九-六二六二
http://ohtabooks.com/

印刷・製本　株式会社シナノ

ISBN978-4-7783-1869-7　C0095